Padervalley

»Denn diejenigen, die verrückt genug sind, zu denken, dass sie die Welt ändern könnten, werden diejenigen sein, die es tatsächlich tun.«

Apple - Think Different

Dominik Gröpper

PaderValley

Nachweise:
S. 20: Karl Marx: Zur Kritik der Hegelschen Rechtsphilosophie. Einleitung. In: Deutsch-Französische Jahrbücher, Paris 1844.
S. 144: Julian Huxley: Transhumanism. In: New Bottles for New Wine: Chatto & Windus, London 1957.
S. 298: Raymond Kurzweil: The Singularity Is Near: When Humans Transcend Biology, New York 2005.
S. 336: Franziskus: Ansprache an die Mitglieder der Max-Planck-Gesellschaft, Vatikanstadt, 23. Februar 2023. Verfügbar unter: Vatican News

Ringstr. 5, 33178 Borchen

Gedruckt in Deuschland.
Gesetzt aus der Bembo Standard und der Massiv Standard Light.
Cover: Dominik Gröpper/ Vanessa Schmidt/ Vanessa Peitz/ ChatGPT
Umschlag: Vanessa Schmidt
Karte S. 8-9: Dominik Gröpper
Lektorat/ PM: Ines Wolf/ Dr. Mareike Menne

ISBN 978-3-911372-05-3

ZEITSTRAHL

Silicon Valley	PaderValley
	1925: Heinz Nixdorf kommt am 9. April in Paderborn zur Welt.
1939: Gründung von Hewlett-Packard (HP) in Palo Alto.	
	1947: H. Nixdorf beginnt ein Studium der Physik an der Johann-Wolfgang-Goethe-Universität Frankfurt.
1951: Gründung des Stanford Industrial Parks (heute Stanford Research Park), der Unternehmen und Forschungseinrichtungen zusammenbringt.	
	1952: H. Nixdorf gründet das „Labor für Impulstechnik“ in Essen.
	1953: RWE kauft Nixdorfs ersten elektronischen Tischrechner.
1956: William Shockley gründet Shockley Semiconductor Laboratory. Er beginnt mit dem heute üblichen Halbleiterwerkstoff Silizium zu arbeiten.	
1957: Gründung von Fairchild Semiconductor	

durch acht ehemalige Mitarbeiter von Shockley Semiconductor (die „Traitorous Eight").

1968: Gründung von Intel durch Robert Noyce und Gordon Moore, ehemalige Fairchild-Mitarbeiter

1971: Vorstellung des ersten kommerziellen Mikroprozessors (Intel 4004).
Arbeitsplätze haben sich im Silicon Valley seit 1959 verzehnfacht.

1976: Gründung von Apple Computer durch Steve Jobs, Steve Wozniak und Ronald Wayne.

1960: H. Nixdorf heiratet seine Frau Renate und verlagert seinen Unternehmenssitz nach Paderborn.

1968: Börsengang der Nixdorf Computer AG. Der *Nixdorf 820* revolutioniert die dezentrale Datenverarbeitung und den Büroalltag kleiner und mittlerer Unternehmen.

1971: Fertigstellung des Nixdorf-Hauptsitzes in Paderborn an der Fürstenallee.
Die Nixdorf Computer AG zählt fast 5.000 Mitarbeiter.

1978: Der Gesamtumsatz der NCAG übersteigt erstmals die Milliarden-Mark-Grenze.
Die NCAG beschäftigt mehr als 10.000 Mitarbeiter weltweit.

Silicon Valley	**PaderValley**
1981: Die IBM präsentiert ihren ersten Personal Computer – der PC-Boom ist entfacht.	
	1983: H. Nixdorf erhält als erster Unternehmer die Ludwig-Erhard-Medaille für seine Verdienste um die Soziale Marktwirtschaft. Nixdorf errichtet für 25 Mio. DM den multifunktionalen Ahorn-Sportpark für seine Belegschaft und die Bürger seiner Heimatstadt.
1984: Apple stellt den Macintosh vor und revolutioniert mit grafischer Benutzeroberfläche den Computermarkt.	
1985: Steve Jobs verlässt Apple nach internen Machtkämpfen mit CEO John Sculley.	1985: Höhepunkt der Nixdorf Computer AG: Umsatz der NCAG steigt auf fast vier Milliarden DM. 23.300 Mitarbeiter in 44 Ländern. Heinz Nixdorf wird vom „Industriemagazin" zum Manager des Jahres gewählt.

Von nun an entspringen sämtliche Handlungen realer Personen und Institutionen der Fantasie des Autors.
Sämtliche Handlungen fiktiver Personen und Institutionen entspringen jedoch der Realität …

ALTSTADT PADERVALLEY

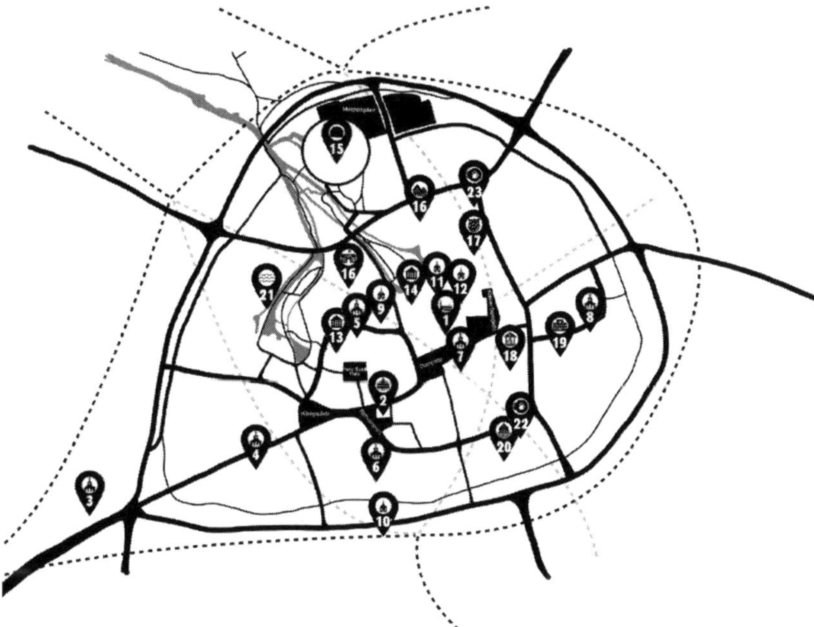

1 Dom
2 Rathaus
3 Herz-Jesu-Kirche
4 Franziskanerkloster
5 Abdinghofkirche
6 Marktkirche
7 Gaukirche St. Ulrich
8 Busdorfkirche
9 Alexiuskapelle
10 Liborikapelle
11 Bartholomäuskapelle
12 Geroldskapelle

13 Stadtmuseum
14 Museum Kaiserpfalz
15 PaderHalle
16 Adam & Eva Haus
17 Konrad-Martin-Haus
18 Amts- und Landgericht
19 St.Vincenz Krankenhaus
20 AskLeibniz Center
21 Paderquellgebiet
22 Zum Krummen Ellenbogen
23 Crushed Apple
24 Schulen St.Michael
25 Gymnasium Theodorianum

»Vor dem Himmel kommt das Leben auf Erden,
und da gilt es,
eine soziale Gesellschaft aufzubauen.«
- Heinz Nixdorf -
(1986)

PROLOG

2009, Provinz Katanga (D.R. Kongo)

„Schneller, Fabrice!“

Fabrice spuckte braunen Speichel aus. Die Luft schmeckte nach Erde. Im aufflackernden Licht seiner Stirnlampe erkannte er die stämmige Gestalt des Mannes, dessen tiefe Stimme durch die Dunkelheit des Kamatanda-Hügels waberte. Schnaufend schleppte sich Fabrice voran, sein Ziel fest im Blick. Kingsley Mafoumbi hieß der Mann, auf den er zusteuerte. Kingsley war der Anführer eines sechsköpfigen Teams, mit dem Fabrice und seine Familie heute Morgen in das 60 Meter tiefe, pechschwarze Loch hinabgestiegen waren.

„Gut so, Junge.“

Mit einem anerkennenden Schlag auf die Schulter nahm Kingsley ihm den 25 Kilo schweren Sack ab, wobei die etwas zu große Stirnlampe endgültig auf Fabrices Nase rutschte. Mit zusammengebissenen Zähnen schwang Kingsley sich den Sack auf die Schultern und hievte sich einen senkrechten Spalt hoch, der sich beim Blick nach oben schier endlos durch die Erdmassen in Richtung Tageslicht schlängelte. Gekonnt stützte er sich an den Ausbuchtungen ab, die hier und da ins Gestein des knapp zwei Meter breiten Erdspaltes geschlagen worden waren. Fasziniert beobachtete Fabrice, wie Kingsley Stufe um Stufe emporstieg.

Nach einigen Metern übergab er die Ware einem seiner Männer, der bereits auf einem Steinvorsprung auf ihn wartete und dessen Fußsohlen nur von Flip-Flops geschützt wurden. Wie schwerfällige, dickbeinige Spinnen trotzten Kingsley und seine Truppe mit ausgestreckten Armen und Beinen der Schwerkraft, Sack für Sack, um das kostbare Gut an die Oberfläche zu befördern.

Mineur artisanal, Kleinbergbauarbeiter, war der Beruf, dem einige Hunderttausend Kongolesen dieser Tage nachgingen, um die wertvollen Rohstoffe dem tiefsten Inneren von Mutter Natur zu entreißen. Sie selbst nannten sich lieber *Creuseure*, denn das kräftezehrende Buddeln und Schürfen war es, wozu sie täglich in die Dunkelheit hinabstiegen.

„Komm schon, Fabrice, zurück ins Loch. Die Chinesen zahlen nicht fürs Gaffen!“

Mit einem Augenzwinkern gab ihm Kingsley zu verstehen, dass Verschnaufpausen hier unten fehl am Platz waren. Die Rollen waren klar verteilt: Kingsley und seine Mannschaft bildeten eine Menschenkette, um die gefüllten Säcke an die Erdoberfläche zu befördern. Währenddessen waren Fabrice, seine Eltern, sein Onkel und sein ältester Cousin damit beschäftigt, mithilfe von Hammer, Meißel, Pickel und kleinen Schaufeln Kupfer und Kobalt aus dem Gestein zu schlagen.

Fabrice war in den vergangenen Jahren rasant gewachsen. Vor zwei Wochen war er 13 geworden. Er erinnerte sich noch genau daran, wie sein Vater ihm an seinem Geburtstag ein Bier überreicht und ihm gratuliert hatte. „Fabrice“, hatte er gesagt, „die Zeit ist gekommen. Ab morgen wirst du mit uns kommen und nach den Schätzen suchen, die Gott für uns in der Erde vergraben hat.“

Seitdem war es seine Aufgabe, sich die gefüllten Säcke zu schnappen und irgendwie zu Kingsley und seinen Männern zu bringen, ohne dass die Hälfte dabei herausfiel. Der Rückweg zu seiner Familie durch die engen Gänge des Kamatanda-Hügels war der angenehmste Teil seiner Arbeit. Dann musste Fabrice nicht den schweren Sack aus Gestein und Erde vor sich her wälzen oder hinter sich her schleifen und auch sonst nichts tun, was seinen jungen Körper ans Limit brachte. Die kleine Stirnlampe schenkte ihm Licht, die feuchte Erde kühlte seine nackten Füße.

Zu seiner Linken erhaschte er einen Blick auf den langen Schwanz einer Ratte. Gefolgt von einem kleineren Exemplar. Wahrscheinlich brachte die Rattenmutter ihr Junges in Sicherheit. Draußen kündigten sich die ersten dicken Regenschauer des Jahres an. Ab Oktober begann hier im südlichen Teil Kongos die Regenzeit. Dann teilten sich die Creuseure ihre Löcher vermehrt mit den schlauen Nagetieren. Er selbst hatte nichts dagegen. Solange sie Spinnen und anderes Krabbeltier fernhielten, konnten sie bleiben. Schließlich suchten sie hier unten alle gemeinsam nach dem, was sie am Leben hielt.

Doch Fabrice wollte mehr als nur zu überleben. Er hatte größere Pläne. Gemeinsam mit seinem Kumpel Dorséne wollte er eines Tages selbst Löcher graben, so wie Youssufa, der vor zwei Jahren mehrere ergiebige Minen entdeckt hatte und jetzt ein wohlhabender Mann war. Youssufa hatte ihnen sogar einen Tipp gegeben: Man müsse nur nach dem Fichtenstrauch Ausschau halten. Darunter sei die Wahrscheinlichkeit am größten, eine reiche Ader zu finden.

Und wenn die beiden erst einmal genug verdient hatten, würden sie einen Buchhaltungskurs an der Technischen Hochschule in Likasi besuchen. Doch Fabrice wollte noch mehr. Der krönende Abschluss seines Dreistufenplans hatte einen Namen: Malaika. Die schöne Händlerin vom Fluss hatte sein Herz erobert. Sie mochte vielleicht zwei bis drei Jahre älter sein als er, aber das konnte Fabrice nicht aufhalten. Eines Tages würde er sie heiraten und sie aus der

Reichweite der zwielichtigen chinesischen Rohstoffhändler herausholen, mit denen sie täglich um ihre Ware feilschen musste. Es kursierten genug Gruselgeschichten über diese Gestalten.

Jedes Mal, wenn Malaika nach Likasi aufbrach, um ihre Ware an die asiatischen Händler zu verkaufen, verspürte er diesen Druck in der Magengegend. Dabei wusste Fabrice genau: Wenn jemand mit den Verbrechern zurechtkam, dann war es Malaika. Oft genug hatte er sie dabei beobachtet, wie sie am Fluss von Kamatanda den Creuseuren ihre Ware abkaufte. Er musste immer grinsen, wenn sie mit ihrem Taschenrechner in der Hand ihren weiblichen Charme spielen ließ. Geschickt verhandelte sie mit den Männern um Qualität, Gewicht und Metallgehalt der Ware. Niemand konnte ihr widerstehen, doch Fabrice wusste genau, dass sie nur mit ihnen spielte.

„Hey Fabrice, nicht träumen." Seine Mutter lächelte ihn gequält an. Vor ihrem schwangeren Bauch hielt sie schon den nächsten Sack Erde für ihn bereit. Seit einiger Zeit trug sie eine Glatze, da sie unter einem unerklärlichen Haarausfall litt. Fabrice fand das nicht weiter tragisch. Es stand ihr eigentlich sogar ganz gut.

Während Fabrice sich auf allen vieren, den Sack vor sich her rollend, erneut auf den Weg machte, um seine Ware bei Kingsley abzuliefern, schweiften seine Gedanken abermals zu Malaika ab. Wenn seine Glückssträhne anhielt, würde er sie heute Abend einladen. Er kannte ein paar Orte am Flussufer, an denen sich die braune Suppe des Flusses für kurze Zeit feuerrot färbte. *Machweo* nannten sie den Moment, wenn die Sonne am Horizont verschwand. „Frauen stehen auf so was", hatte Dorséne ihm erklärt.

Wichtig war nur, dass in diesem verdammten Sack vor ihm genug Kobalt enthalten war. Für Kupfer zahlten die Händler dieser Tage nichts mehr. Eine globale Finanzkrise sei schuld am Einsturz des Kupferpreises. Fabrice konnte sich das nicht vorstellen. Was sollte das überhaupt sein, eine Finanzkrise? Entweder waren die Menschen dazu bereit, anständiges Geld zu bezahlen, oder eben nicht. Was konnten Fabrice und seinesgleichen schon daran ändern? Sie waren einfach darauf angewiesen, dass Gott es gut mit ihnen meinte.

Aber an Glück mangelte es Fabrice derzeit nicht. Gestern hatten sie an dieser Stelle so viel Kobalt gefunden, dass sie am Ende des Tages mit 22 Dollar nach Hause gingen, die sie sich zu fünft teilten. Davon kauften sie dann etwas Thompson-Fisch, Mehl und Gemüse. Heimlich hatte Fabrice noch eine der verschweißten Plastiktüten mit Alkohol ergattert. Unten im Zeltdorf bekam man das Zeug für 25 Cent. Jetzt fehlten nur noch zwei Mangos und eine Kokosnuss, um Malaika einen leckeren Frucht-Cocktail à la Fabrice zu zaubern. Er wollte sie damit überraschen.

Ein seltsames Grollen riss Fabrice aus seinen Gedanken und brachte ihn zurück in das erdrückend enge Tunnelsystem. Hatte das Grollen der aufkommenden Gewitterwolken etwa die gesamte Erdschicht durchdrungen? Bei schlechtem Wetter konnte er sich die heutige Verabredung zum Sonnenuntergang abschminken. Erneutes Donnern, diesmal begleitet von dumpfen Schreien.

Fabrice erstarrte.

Dann drehte er sich um und sah, dass der Gang hinter ihm verschwunden war, verschüttet unter einem Haufen rötlicher Erde.

Ein weiteres Grollen erklang. Diesmal war es direkt über ihm.

Von da an nahm er nichts mehr wahr. Er rannte um sein Leben. „Mama! Papa!“, schoss es ihm durch den Kopf. Doch die einstürzenden Erdmassen hatten den Weg zu seiner Familie abgeschnitten.

Er musste Hilfe holen. Von Kingsleys Männern war keine Spur mehr zu sehen. Seine Stirnlampe flackerte, als er auf den einzigen Ausweg zusteuerte, der ihn jetzt noch retten konnte. Es war der schmale Schacht, der senkrecht nach oben führte.

Fabrice kletterte, so schnell ihn seine Hände und Füße trugen. Blind vor Angst zog er seinen Körper immer weiter nach oben. Endlich wurde es heller.

Die dicken Regentropfen prasselten auf ihn herab. Er schwang sich auf den rissigen Boden, der das Wasser nicht aufnehmen konnte und es kämpferisch und blasenwerfend zurück an die Oberfläche beförderte. Rot-brauner Schlamm quoll aus den Furchen. Die warme Feuchtigkeit erfasste Fabrice von allen Seiten. Seine Gedanken rasten. Er war sich sicher , den Geist seiner Mutter zu sehen, der mit den tanzenden Nebelschwaden gen Himmel fuhr. Der warme, dampfende Regen vermischte sich mit seinen Tränen, während er zu schreien begann.

Fabrice schrie um Hilfe. Er wollte so laut schreien, dass niemand im gesamten Kongobecken sagen konnte, er habe nichts gehört. Es war ein Schrei, der die letzte Energie aus seinem müden Körper saugte. Ein Schrei, der seinen Leib mit dem Gesicht voran zu Boden sinken ließ und ihn mit dem warmen Schlamm des Kamatanda-Hügels vereinte.

TAG 1

08. April 2025

»Die Religion ist der Seufzer der bedrängten Kreatur,
das Gemüth einer herzlosen Welt,
wie sie der Geist geistloser Zustände ist.
Sie ist das Opium des Volks.«
- Karl Marx -
(1844)

Szene 1: 2025, Paderborn (Westfalen) – 7:05 Uhr

Demut. Das Wort schoss ihm unversehens durch den Kopf. Es war ein urdeutsches Wort, vielleicht sogar das älteste von allen. Sein Gehirn arbeitete auf Hochtouren. Verzweifelt versuchte es, die unfassbare Situation in Worte zu fassen. Er erinnerte sich an den Codex Abrogans. Der Codex war ein lateinisch-althochdeutsches Wörterbuch aus dem Jahr 765 n. Chr und galt als das älteste Buch in deutscher Sprache, benannt nach seinem allerersten Eintrag: *Abrogans = dheomodi.*

Demut? Nein, das brachte ihn nicht weiter. Außerdem musste er sich eingestehen, dass es das falsche Wort für seine Gefühlslage war. In diesem Moment empfand er keine Demut. Es war pure Angst; Angst, die in ihm aufstieg, während er seinem Spiegelbild gegenüberstand.

Er betrachtete sich in der deckenhohen Fensterfront eines verlassenen Büros. Der edel eingerichtete Raum wirkte modern. Er konnte nicht genau sagen, wo er sich befand, aber die Aussicht ließ vermuten, dass er sich im achtzigsten, vielleicht sogar neunzigsten Stockwerk eines gewaltigen Bürokomplexes befand. Hier stand er nun und erinnerte sich genau an den Ursprung des Wortes Demut; aber sein eigener Name wollte ihm nicht in den Sinn kommen. Hinter der Glasscheibe breitete sich die Skyline seiner Heimatstadt aus – und genau das ließ ihn erschaudern.

Nervös rieb er sich die Schläfen und musterte sich erneut von oben bis unten. Der kleine, grauhaarige Mann mit scharfsinnigen, freundlichen Gesichtszügen und dem rundlichen Bauch, den auch sein Maßanzug nicht verbergen konnte, war ihm vertraut. Doch so sehr er sich auch an sein

Spiegelbild klammerte, seine Erinnerungen blieben verschwommen.

Seit er vor wenigen Minuten auf dem Schreibtischstuhl aufgewacht war, kämpfte er gegen Schwindel und lähmende Verwirrung. Zunächst hatte er geglaubt, zu träumen. Doch der Gedanke war so schnell verflogen, wie er gekommen war. Immer wieder hatte er die Augen geschlossen und mit aller Kraft versucht, sich auf etwas Greifbares zu fokussieren. Doch alles, was sein Gedächtnis ihm gab, waren wirre Erinnerungsfetzen.

Schweißperlen bildeten sich auf seiner Stirn, während er versuchte, seinen Zustand in Worte zu fassen. Er zwang sich, etwas zu benennen, um seinem Gedächtnis auf die Sprünge zu helfen. Das Wort *Skyline* drängte sich ihm auf, doch es fühlte sich im Zusammenhang mit seiner Heimatstadt falsch an.

Aber wie sonst sollten seine Gedanken den Anblick taufen? Das grüne Kupferdach des Paderborner Doms kam ihm höchst vertraut vor. Der Rest beunruhigte ihn zutiefst. Etwas stimmte nicht.

Rechts vom Dom, dort wo er eigentlich die Jesuitenmauer, die Marktkirche und einige kleine Geschäfte erwartete, ragte ein prunkvoll beleuchtetes Gebäude in den Himmel. Die Architektur wirkte fremd, fast grotesk. Über dem Bau thronte eine riesige Glaskuppel, die von innen heraus leuchtete. Die Fassade erinnerte ihn ans Harrods in London – ein Vergleich, den sein Gehirn ihm mühelos lieferte, während es sich gleichzeitig verweigerte, ihm seinen eigenen Namen ins Gedächtnis zu rufen. Doch am verstörendsten war das rotierende Hologramm, das wie eine Krone über der Kuppel schwebte. Darauf war ein Mann mit gelockter Perücke abgebildet - vermutlich ein Firmenlogo. Es überragte den Dom und zog alle Blicke auf sich. Es war eine Provokation.

Er konzentrierte sich darauf, ruhig zu atmen.

Denn im Kontrast zu dem, was die Skyline sonst noch zu bieten hatte, strahlte dieser leuchtende Koloss fast schon eine gewisse Behaglichkeit aus. Schwebende Straßenbahnen umkreisten die Altstadt und schlängelten sich ihren Weg entlang der Hochhäuser, die am Rande der Altstadt wie Pilze aus dem Boden schossen. Auf sein angeschlagenes Gemüt wirkten die gläsernen Riesen wie eine bedrohliche Armee, bereit, sein Weltbild zu erschüttern.

Direkt unter ihm, zu Füßen des Towers, in dem er sich befand, leuchtete ein gewaltiges Monument in roter Farbe. Von hier oben wirkte das Kunstwerk wie ein aufgebrochener Granatapfel, dessen Kerne in die Luft spritzten. Es fiel ihm auf, dass er sogar den botanischen Namen für den Granatapfel kannte: Punica Granatum.

Sein Blick wanderte weiter. Nur eine Straße entfernt erstreckte sich eine weite braun-grüne Fläche: der Westfriedhof. Um den Friedhof herum breitete sich das Riemeckeviertel aus. Doch auch hier war nichts so, wie es sein sollte. Er hatte das Viertel immer als buntes, multikulturelles Viertel gekannt – ein Mosaik aus kleinen Geschäften, Mietshäusern und lebendigem Straßenleben. Doch nun erstreckten sich hier großzügige Grundstücke, umgeben von gepflegten Gärten mit makellos blau schimmernden Pools.

„Scheiße“, murmelte er gequält und fuhr sich mit der Hand durch sein kurz rasiertes, lichtes graues Haar. Sein rechter Arm kribbelte und seine Finger fühlten sich taub an.

Plötzlich schrak Hieronymus zusammen.

Jemand klopfte an der Tür.

Szene 2: 7:25 Uhr

Sein Blick haftete an der massiven Holztür. Ein kalter Schauer kroch ihm über den Rücken. Was, wenn er antwortete? Hatte er überhaupt etwas in diesem Raum zu suchen?

Erneut klopfte es. Dann bewegte sich der Türgriff nach unten.

Ein Mann um die vierzig, groß und breit gebaut, betrat den Raum. Sein strohblondes Haar war akkurat zur Seite gekämmt, seine Erscheinung makellos. Der Hüne zog sein mit Ärmelmanschetten verziertes Hemd vom Handgelenk und warf einen kurzen Blick auf seine Armbanduhr.

„Verzeih mein Eindringen, aber es ist so weit." Die Stimme des Mannes klang ruhig, fast beiläufig. Dann fügte er hinzu: „Die Delegation ist eingetroffen und macht sich in einer Stunde auf den Weg. Alles ist vorbereitet. Wir sollten aufbrechen, Hieronymus."

Hieronymus.

Sein Name hing in der Luft und hallte nach, als müsse sein Verstand ihn erst greifen.

„Hieronymus", murmelte er leise zu sich selbst. Es fühlte sich an, als spräche er über einen Fremden.

Der Mann musterte ihn mit scharfem Blick. „Hieronymus", wiederholte er, diesmal mit einem Hauch von Tadel.

Ein dezenter Hauch von Aftershave stieg Hieronymus in die Nase, während sein Gegenüber einen Schritt näher auf ihn zutrat.

„Du hast wieder durchgemacht", stellte er fest. „Du weißt, was dein Arzt prophezeit hat. Sei ehrlich – fehlt es dir an Unterstützung?"

Unterstützung? Hieronymus blickte noch einmal an sich hinab. Welcher Mensch verbarg sich hinter dieser Fassade aus wertvollem Stoff und teurem Schnitt? Wer war er? Wozu benötigte er Unterstützung?

Verzweifelt richtete Hieronymus seine Aufmerksamkeit erneut auf sein Gegenüber. *Erik van der Vaal* stand auf einem silbernen Namensschild, das mittig an der Brusttasche des faltenfreien weißen Hemdes angebracht worden war.

Es war weniger der Name, der Vertrauen in ihm weckte. Es war etwas anderes, eine tief verwurzelte, instinktive Gewissheit. Erik war eine wichtige Person in seinem Leben.

„Schon gut, Erik, schon gut. Es ist nur …“, Hieronymus zögerte. „… ich hatte kurzzeitig etwas vergessen. Du hast recht. Lass uns aufbrechen.“

Von leichtem Schwindel geplagt, konzentrierte Hieronymus sich darauf, Erik mit einigem Abstand zu folgen. Er wollte nicht in die peinliche Situation geraten, die Richtung vorgeben zu müssen. Irgendetwas in ihm sträubte sich dagegen, seine Orientierungslosigkeit zu offenbaren.

Während Erik bereits zielstrebig den Fahrstuhl ansteuerte, schaute Hieronymus noch einmal zurück in Richtung Büro. Sein Blick blieb an einem eingerahmten Schild neben der Tür hängen:

Dr. Hieronymus Hauptmann
PG – CEO
Chief Executive Officer

Hieronymus schluckte. Chief Executive Officer. Das klang amerikanisch. War er der Chef eines internationalen Unternehmens?

Er trat zu Erik in den verglasten Aufzug.

Während er von seinem Büro aus nach Osten auf die Altstadt geschaut hatte, bot sich ihm von hier aus ein atemberaubender Blick nach Westen. Er wusste, dass er sich an einem Ort befinden musste, an dem sich einst die Bürogebäude der Nixdorf Computer AG aneinandergereiht hatten.

Der Ausblick war definitiv nichts für Menschen mit Höhenangst. Aber es war nicht die Höhe, die ihm eine Gänsehaut verpasste.

Eine gewaltige Schwebebahn schoss aus dem Erdgeschoss des Towers, überquerte den schmalen Flusslauf der Alme und den Berufsverkehr der achtspurigen A33. Dahinter senkte sich die Bahn wieder ab und führte in das Gewerbegebiet, das sich beinahe bis zum Horizont erstreckte; rechteckige Gebäude mit flachen Dächern. Es waren futuristische Bauten, eingebettet in Grünflächen, Marktplätze und Sportanlagen.

Sportanlagen? Hieronymus drehte seinen Kopf nach rechts und fand einen vertrauten Fixpunkt. Nördlich des Towers, von hier oben nur einen gefühlten Steinwurf entfernt, erkannte er die Ausläufer des Ahornsportparks. Heinz Nixdorf hatte ihn Anfang der 80er-Jahre für die heimische Bevölkerung und seine Belegschaft erbauen lassen. Es sollte ein Ort der Bewegung und der Gemeinschaft werden.

Doch hinter den ovalen Leichtathletikplätzen, Fußballfeldern und Sporthallen erhoben sich zwei weitere gewaltige Bauwerke in den Himmel.

Das eine war ein offenes Stadion mit einer rautenförmigen Spielfläche. Auf dem Rasen zeichneten sich orange Linien und Kreise aus Asche ab. Über der Haupttribüne prangte ein überdimensionaler, grün-gelber Schriftzug: *Untouchables.*

Nicht weit davon entfernt stand eine zweite Arena – ihre Außenfassade wirkte wie ein riesiges, aufgeblasenes Schlauchboot. Während die Sonne langsam aufging, wechselte das Material seine Farben. Von einem Granatrot zu einem kühlen Schwarz-Blau. Gleichzeitig passte sich die Videotafel am Straßenrand an. Der Schriftzug „*PG ARENA*" verwandelte sich in „*DEUTSCHER MEISTER SCP*".

Hieronymus wurde schwindelig. Die Eindrücke prasselten ungefiltert auf ihn ein, während der Fahrstuhl nach unten raste.

Im 23. Stock bremste er sanft ab.

Eine junge Frau mit weißer Bluse, beiger Bundfaltenhose und weißen Sneakers stieg hinzu. Der Schreck stand ihr ins Gesicht geschrieben, als sie die beiden Mitfahrer erkannte.

„Herr Dr. Hauptmann, Herr van der Vaal", sagte sie hastig und nickte beiden kurz zu, bevor sie sich abwandte und mit gesenktem Blick Richtung Tür starrte.

Hieronymus spürte das Bedürfnis, die Stille zu durchbrechen. Ein lockerer Kommentar? Etwas Unverfängliches?

Aber was?

Wetter? Zu banal. Aktuelle Nachrichten? Sport?

Seine Finger zupften nervös an der Kante seiner Anzugjacke. Ganz so, als könnte ein gepflegtes Äußeres sein chaotisches Inneres ordnen.

Der Fahrstuhl hielt erneut. Die junge Frau verabschiedete sich mit einem knappen „Auf Wiedersehen" und eilte davon.

Unbeeindruckt von der Situation ergriff Erik das Wort: „Alles verläuft nach Plan. Projekt *Pan Paniscus* hat die präklinische Phase erfolgreich abgeschlossen. Professor Moreau konnte mir gestern Morgen noch einmal bestätigen, dass

Elvis und Marie-Antoinette vollständig genesen sind. Keinerlei senile Plaques, keine Verhaltensauffälligkeiten."

Dann beugte er sich zu Hieronymus herunter und flüsterte: „Wir stehen vor einer Zeitenwende. Die Welt ist im Wandel."

Szene 3: Bruder Raphæl – 7:30 Uhr

„Heilige Maria, Mutter Gottes, bitte für uns Sünder, jetzt und in der Stunde unseres Todes."

Die Stimmen der Franziskanerbrüder hallten von den weiß getünchten Wänden der Klosterkirche wider. Wie jeden Morgen hatten sich die sechzehn Brüder zum Angelus-Gebet versammelt, die Hände gefaltet, die Köpfe gesenkt.

Bruder Raphael sprach mit, doch seine Gedanken wanderten. Er ließ den Blick durch das Gotteshaus schweifen, das im 17. Jahrhundert von Fürstbischof Ferdinand von Fürstenberg in Auftrag gegeben worden war. Es war eine fromme Stiftung und zugleich die prächtige Grabstätte des Stifters.

„… Führe uns durch sein Leiden und Kreuz zur Herrlichkeit der Auferstehung. Darum bitten wir durch Christus, unseren Herrn. Amen."

Noch während sich seine betagteren Ordensbrüder bekreuzigten, war Bruder Raphael aufgestanden und hatte die Seitentür der Klosterkirche erreicht. Er spürte den skeptischen Blick Bruder Gereons in seinem Rücken. Seinem Mentor war die Anspannung nicht entgangen, die ihn seit dem Anruf des Kardinals quälte.

Er blieb auf der Schwelle stehen, sog die kühle Morgenluft ein. Dann trat er ins Freie.

Zu dieser frühen Stunde strahlte die Westernstraße eine angenehme Leblosigkeit aus. Während er die Treppenstufen zur Einkaufsmeile hinabstieg, ging er noch einmal die bevorstehenden Aufgaben durch. Raphael wusste, dass er zunächst seiner Routine nachgehen musste, um den gewohnten Anschein zu wahren.

Schräg gegenüber des fast vierhundert Jahre alten Klostergeländes hatte der Orden vor drei Jahren mit Unterstützung des Erzbistums eine Tafel eingerichtet. Ein Zufluchtsort für die, die nichts hatten.

Das gefiel ihm. Es entsprach der Tradition der Bruderschaft, den Bedürftigen nahe zu sein. Schon seit dem Mittelalter hatten Franziskaner ihre Wirkungsstätten vornehmlich an den Stadtmauern errichtet. Dort, wo die Bettler, Tagelöhner und Verstoßenen lebten. Sie nannten sich Minderbrüder, denn sie waren Diener der Armut.

Und Armut gab es in dieser Stadt genug.

Der wirtschaftliche Boom Paderborns hatte milliardenschwere Gewinner, aber auch einige Verlierer hervorgebracht. Die Lokalpolitik rühmte sich zwar damit, dass soziale Brennpunkte und No-go-Areas wie etwa in amerikanischen Wirtschaftsmetropolen weitestgehend ausgeblieben waren. Doch das war in seinen Augen nicht mehr als eine weitere Spitze in Richtung Silicon Valley und ein willkommenes Ablenkungsmanöver.

Denn auch in Paderborn ließen die kolossalen Gehälter der neuen Tech-Giganten Wohnungskosten und Mietpreise unaufhörlich in die Höhe schießen. Wer kein sechsstelliges Jahresgehalt vorzuweisen hatte, dem blieb nur die

Flucht in den Speckgürtel der Stadt. Damit verdrängte Paderborn seit einigen Jahren erfolgreich seine eigene Kulturszene. Schriftsteller, Künstler, Aktivisten, Exzentriker und alle anderen, die nicht 60 Stunden pro Woche für Konzerne arbeiteten, verloren nach und nach ihr Zuhause. Wer nicht fliehen wollte und sich dem Mechanismus trotzig widersetzte, der fand sich auf der Straße wieder.

Wie Christel.

Beim Anblick der älteren Frau, die stoisch auf die Essensausgabe der Tafel blickte, spürte Bruder Raphael wieder die Wut in sich aufsteigen. Es wunderte ihn, dass sie überhaupt noch in der Lage war, Morgen für Morgen den Weg an die kostenlose Essensausgabe zu finden. Ihr Schädel zeigte mehr Haut als Haare. Wenn sie den Mund öffnete, offenbarte sie eine lückenhafte Reihe fauliger Zähne. Die wunde Haut ihrer linken Hand umklammerte eine verblichene Plastiktüte. Offensichtlich hatte sie vor nicht allzu langer Zeit ihre Blase geleert, was ein dunkler Fleck an ihrer Hose verriet.

Christel war ein Paradebeispiel für die Schattenseiten der Boomtown. Dreißig Jahre lang war sie ihrer Tätigkeit als Künstlerin und Karikaturistin nachgegangen. Dreißig Jahre lang hatte sie mit ihrem Mann in einer passablen Mietwohnung am Kaukenberg gelebt. Mal hatte sie dort in ihrer kleinen Garage für Firmen, mal für Privatkunden gearbeitet. Zuletzt konnte sie sich sogar einen gewissen lokalen Bekanntheitsgrad schaffen, da die Stadt sie Anfang der 2000er-Jahre beauftragt hatte, die grauen Fassaden der öffentlichen Gebäude zu verzieren. Mit ihrem Pop-Art-Stil prägte sie lange Zeit das Bild der Stadt. Doch dann schlug das Schicksal vor fünf Jahren zu.

Ihr Vermieter hatte den Vertrag fristgerecht gekündigt, während ihr Mann eine Chemotherapie durchmachte. Die Wohnung wurde luxussaniert und gewinnbringend verkauft. Dickköpfig entschieden sie sich dafür, ihrer Heimatstadt treu zu bleiben und bezahlten mit einem Leben auf der Straße. Der Lungenkrebs ihres Mannes sorgte wenig später dafür, dass Christel den steinigen Weg allein fortsetzen musste.

Und irgendwann, als die Einsamkeit zu groß wurde, als die Nächte zu lang und die Gedanken zu laut waren, traf sie eine Entscheidung.

Schmerz gegen Rausch. Aus Christel wurde Crystal.

In Windeseile hatte Crystal Meth sie zu dem Zombie geformt, dem Bruder Raphael nun ein geschmackloses Käsebrötchen und einen Kamillentee überreichte.

Sein Herz schlug schneller. Immer, wenn er diesen Abgrund sah, übermannte ihn die Wut. Aggressivität war eine gefährliche Eigenschaft, die ihm aus der Jugend geblieben war. Er wusste, dass er diese Wut unter Kontrolle halten musste. Bruder Gereon hatte ihm beigebracht, sie in Dankbarkeit umzuwandeln. Er sollte Gott danken. Dem Orden danken. Doch in diesem Moment fiel es ihm schwer.

Er blickte zur Klosterkirche hinüber. Eingerahmt von zwei steinernen Säulen im korinthischen Stil prangte das Wappen Ferdinands von Fürstenberg wuchtig über dem aufwendig verzierten Haupteingang der Kirche.

Es war eine Farce.

Ausgerechnet die Brüder des Bettelordens lebten in einem prächtigen Gebäude in allerbester Wohnlage. War es nicht eigentlich der innerste Kern des franziskanischen Lebens, jeglichen Besitz abzulehnen? Für den Heiligen Franziskus von Assisi war jeglicher Besitz ein Affront gegenüber Gott. *Denn diejenigen, die nichts ihr Eigen nennen, sind die Armen im Geiste, denen das Himmelreich gehört.*

In Wahrheit profitierte das Erzbistum Paderborn so gut wie keine andere Institution von der wirtschaftlichen Explosion der Stadt. Während Menschen wie Crystal im Elend versanken, stiegen die Immobilienwerte des Erzbistums ins Unermessliche.

Raphael ballte die Fäuste. Sein Puls raste.

Er konnte nicht länger zusehen.

Zu lange hatte er sich mit Vorträgen und Kunstausstellungen, die auf die Fehlentwicklungen der Gesellschaft aufmerksam machen sollten, begnügt. Zu lange hatte er versucht, mit Worten zu überzeugen. Sein Kardinal hatte ihm vor zwei Wochen einen besseren Weg aufgezeigt.

Einen effektiveren Weg.

Sobald er die armen Seelen vor ihm mit etwas Essbarem versorgt hatte, konnte er seinen Plan fortsetzen.

Sobald er seine Aufgabe hier beendet hatte, wartete auf die Sünder dieser Stadt das Jüngste Gericht.

Szene 4: Hieronymus Hauptmann – 7:50 Uhr

Projekt Pan Paniscus? Zeitenwende?

Die Worte seines Assistenten schwirrten durch Hieronymus Kopf. Mittlerweile hatten sie den Fahrstuhl verlassen. Eine breite Marmortreppe mündete in einer lichtdurchfluteten Eingangshalle. Rote Farbakzente und ein minimalistisch hochwertiges Design dominierten das Erscheinungsbild des Atriums. Sein Zentrum war auf einen mittelgroßen

Obstbaum zugeschnitten, der mit grünen Blättern und mindestens faustdicken, knallroten Früchten übersät war. Er spürte eine seltsame Verbindung.

Etwas an diesem Baum ließ ihn nicht los.

Obwohl die Halle zu dieser Uhrzeit noch relativ unbelebt war, bemerkte Hieronymus, wie seine Anwesenheit Anspannung im Raum erzeugte.

Ein Mann, der noch Sekunden zuvor mit seinem Smartphone beschäftigt war, richtete hastig seinen Krawattenknoten. Hieronymus fühlte sich unwohl. Alles erschien ihm eine Nummer zu groß. Seitdem sie aus dem Fahrstuhl gestiegen waren, liefen Eriks Worte wie in Dauerschleife durch seinen Kopf: *Wir stehen vor einer Zeitenwende. Die Welt ist im Wandel.*

Was sollte das heißen? Während er darüber nachdachte, warf ein weiterer Frühaufsteher ihnen ein überfreundliches „Guten Morgen“ zu, begleitet von einer tiefen Verbeugung.

Saikerei.

Das Wort triggerte einen Erinnerungsfetzen in Hieronymus Gedankenwelt:

Schlagartig hatte er ein Bild seines privaten Trainers für multikulturelle Kommunikation vor Augen. Mr. Feng, ein Spezialist auf dem Gebiet der fernöstlichen Gepflogenheiten, stand in einem asiatisch eingerichteten Arbeitszimmer vor einem Flipchart. Der beruhigende Duft von Lotus und Magnolien lag in der Luft, als er mit ruhiger Stimme auf Hieronymus einredete. *„Die Saikerei, Herr Dr. Hauptmann, ist eine 45-Grad-Verbeugung und ausschließlich höchsten Autoritäten vorbehalten.* Schauen Sie gut zu. Körper und Kopf müssen eine gerade Linie bilden, während die

Hände flach an der Vorderseite ihrer Beine anliegen. Normalerweise überspringe ich diesen Teil, aber bei einem Mann in ihrer Position … Wer weiß, ob Sie es nicht eines Tages benötigen werden.“

Das Klackern von hohen Absätzen auf Marmorfliesen holte Hieronymus zurück aus seiner Tagträumerei.

„Herr Dr. Hauptmann“, hörte er eine aufgeregte Stimme zu seiner rechten Schulter.

Eine ältere Dame kam hinter der Rezeption hervorgeschossen und eilte mit schnellem Schritt auf ihn zu. Ihr rotes Kostüm saß perfekt. Ihr Gang war aufrecht, das Haar hochgesteckt, die Perlenohrringe schimmerten. Sie hielt ein Telefon in der Hand. Auf dem Display war zu erkennen, dass am anderen Ende der Leitung jemand wartete.

„Ein Anruf aus dem Sekretariat des Auswärtigen Amtes. Die chinesische Delegation ist früher eingetroffen als geplant. Sie befinden sich bereits in diesem Moment auf dem Weg zum Nixdorf Museum.“

Die Dame blieb vor Hieronymus stehen und holte einen ordentlich gefalteten Zettel aus ihrer Blusentasche.

„Hier noch ein paar Stichpunkte mit den wichtigsten Infos über unseren prominenten Gast. Herr Feng hat ihn gestern Abend bei mir hinterlegt und war der Meinung, der könnte Ihnen helfen. Familienhintergrund, Interessen, potenzielle Fettnäpfchen. Herr Feng hat noch einmal alles für Sie zusammengefasst, was er herausfinden konnte.“

Hieronymus’ Magen zog sich zusammen.

Ich sollte es sagen. Ich sollte ihnen sagen, dass ich mich an nichts erinnere.

Doch Erik hatte sich bereits in Bewegung gesetzt und blickte erneut auf seine Armbanduhr.

„Alles klar, wir sollten jetzt wirklich aufbrechen. Auch ohne diesen Zettel kann ich dir sagen, dass die Tugend der Pünktlichkeit in Dong Shaoqis Kreisen außerordentlich geschätzt wird."

Dong Shaoqi? Den Namen hatte Hieronymus schon einmal gehört. Vielleicht war das der Funke, der seine Erinnerung entflammen konnte.

„Erik, was wissen wir sonst noch über diesen Mann?"

Erik hob eine Augenbraue und sah Hieronymus skeptisch an.

„Seine Exzellenz Dong Shaoqi, Generalsekretär der Kommunistischen Partei Chinas und Staatspräsident der Volksrepublik. Er führt die sieben Mitglieder im Ständigen Ausschuss des Politbüros an. Niemand weiß genau, wie dieses Gremium zusammenarbeitet. Dong wird jedoch ein autokratischer Führungsstil nachgesagt. Ein Staatenlenker mit Fokus auf Wirtschaftsfragen, bekannt für digitale Überwachung und repressives Vorgehen gegen Minderheiten. Kurz gesagt: der perfekte Adressat für unser Produkt."

Hieronymus nickte stumm, während sie das Gebäude verließen und an die frische Luft traten.

Beim Anblick des riesigen roten Monuments, das er bereits von seinem Büro aus gesehen hatte, verlangsamte er seinen Schritt. Das Meisterwerk aus rot lackierter Bronze hatte die Form einer überdimensionierten, aufplatzenden Frucht. Aus seiner Öffnung stiegen unzählige rote Luftblasen in die Höhe und zerplatzen nach einigen Metern wie Seifenblasen in der Luft.

Ein leuchtender Schriftzug umrandete den Bodensatz des Kunstwerks:

PUNICA GRANATUM.

Er führte also dieses Unternehmen. Er empfing in wenigen Minuten den Staatschef Chinas. Und er sollte ein Produkt präsentieren, das er nicht kannte.

„Für die Öffentlichkeit wird alles so aussehen wie geplant“, flüsterte Erik ihm zu. „Erst mal wie gewohnt ein paar Angebereien im Museum, dann gemeinsames Mittagessen im Ratskeller, wo es angeblich zum Austausch über Kooperationspotentiale kommt. Dort sind wir ungestört und werden Professor Moreau über eine sichere Leitung aus dem Labor zuschalten. Das Wirtschaftsministerium ist eingeweiht.“

Hieronymus rang sich ein verständnisvolles Lächeln ab. Mit glasigem Blick betrachtete er eine Gruppe von Schulkindern, die auf der gegenüberliegenden Straßenseite den Bus verließen. Sie wirkten so angenehm unbeschwert.

Szene 5: Zita – 8:40 Uhr

Obwohl das Fenster nur einen Spaltbreit geöffnet war, fand die warme Sommerbrise mühelos ihren Weg ins Schlafzimmer der Penthousewohnung. Der Luftzug streichelte Felicitas' Schultern sanft, beinahe liebevoll, und spielte mit ihrem mahagonibraunen Haar. Ein Seufzer entwich ihr, als sie langsam die Augen öffnete. Sie genoss das Gefühl, in einen frisch anbrechenden Frühlingstag zu starten.

Zita, wie all ihre Freunde sie nannten, zog die Decke etwas zur Seite, um der Wärme darunter zu entkommen und den angenehmen Luftzug zu spüren. Leise, melodische Sprechchöre drangen von draußen durch das Fenster herein. Den Blick vom wolkenlosen Himmel abwendend bemerkte sie, dass sie in einem Doppelbett mit kunstvoll geschnitzten Bettpfosten lag. Ein Moment lang schien alles perfekt. Doch dann fröstelte sie, und mit der Gänsehaut kam die Erkenntnis.

Doppelbett?

Zita versuchte den Kopf zu heben, um einen Blick auf die Uhr ihres Nachttisches zu werfen. Abrupt schoss ein stechender Schmerz durch ihre Schläfen. Es dämmerte ihr. Auf dem Nachttisch konnte Zita lediglich eine fremde Stehlampe und ein leeres Cocktailglas entdecken.

Schlagartig war sie hellwach. Der Anblick der offen gestalteten Wohnung, die aussah, als sei sie einem *Vogue Living*-Shooting entsprungen, ließ keinen Zweifel mehr zu. Sie musste sich nicht umdrehen, um zu wissen, in wessen Bett sie gelandet war.

Carter McLoughlin.

Ein Start-up-Wunderkind mit zig Millionen auf dem Konto und einem Ego, das mindestens genauso groß war. Sicherlich keine Erfolgsstory, was die gemeinsame Zeit in diesem Bett betraf – aber ihre Notizen, die sie sich gestern Nacht heimlich gemacht hatte, während McLoughlin lallend die fünfte Flasche Moët bestellte, waren Gold wert. Doch darum konnte sie sich später kümmern. Jetzt musste sie erst einmal verschwinden.

Jahrelange Erfahrung hatte sie gelehrt, wie man sich in solchen Situationen bewegte. Lautlos rollte sie sich aus dem Bett, ihre Socken hatte sie strategisch in Griffweite platziert – nackte Füße auf glattem Laminat waren der Tod jeder unbemerkten Flucht. Carter grunzte und drehte sich im Schlaf. Zita hielt den Atem an und schlich vorsichtig zum Kaminsims. Lautlos griff sie nach ihrem zusammengeknüllten Abendkleid. Die Wohnungstür lag in Sichtweite. Noch ein paar Schritte, dann war sie draußen.

Sie warf sich das Kleid über den Kopf und lief los. *Autsch!* Das Kleid hatte sich verheddert, wodurch sie etwas zu weit nach rechts abgedriftet und in vollem Tempo gegen das schwarze Steinway & Sons Klavier gelaufen war. Ihr rechter kleiner Zeh pochte wie wild und das Instrument antwortete mit einem disharmonischen Stöhnen. *Verdammt!*

Hinter ihr raschelte die Bettdecke. „Honey?“ Carters Stimme klang verschlafen, aber sie wusste, dass sie nicht mehr viel Zeit hatte. *Strategiewechsel!*

Ohne Rücksicht auf Lautstärke riss sie die Tür auf, griff nach ihren Pumps und hechtete auf den Flur.

„Komm schon, Babe! Leg dich wieder hin“, hörte sie Carters verschlafene Stimme in ihrem Rücken, bevor die Tür ins Schloss fiel. Ohne sich noch einmal umzudrehen, flüchtete sie ins Erdgeschoss. Dann hechtete sie hinaus auf die Straße.

Oben aus dem Fenster rief Carter ihr irgendetwas Unverständliches hinterher. Zita entschied sich dazu, die Rufe ihrer nächtlichen Bekanntschaft zu ignorieren. Es muss ja nicht direkt nach Flucht aussehen, dachte sie sich und richtete ihren Blick nach vorn. Erst jetzt fiel ihr auf, dass sie ihre Schuhe noch immer in der Hand hielt.

Sie befand sich auf der Fürstenallee. Vor ihr überquerte eine Fußgängerbrücke die Straße, um die Naherholungsgebiete Padersee und Fischteiche miteinander zu verbinden. Große Plakate waren am Geländer der Brücke angebracht. Auf einem Plakat erkannte Zita chinesische Schriftzeichen, ein anderes war mit dem Abbild des Dalai Lama versehen.

Der dazugehörige Demonstrant streckte ein Pappschild mit der Aufschrift *Freedom for Tibet* in die Höhe.

Sie erinnerte sich. Im Radio hatten sie davon berichtet. Dong Shaoqi wurde für heute angekündigt, was zur Folge hatte, dass sämtliche Straßen Paderborns gesperrt werden mussten. Daher kamen also die Sprechchöre, die Zita beim Aufwachen vernommen hatte.

Ihre Smartwatch zeigte noch immer einen erhöhten Pulsschlag an, während sie auf einen Schotterweg Richtung Padersee abbog. Die spitzen Steine piksten durch ihre dünnen Socken, doch der Anblick auf den sonnenbeschienenen See und die frische Morgenluft zauberten ein Lächeln auf ihre Gesichtszüge.

Puh, das war knapp. Einen weiteren, selbstbeweihräuchernden Monolog des Start-Up-Millionärs hätte sie nüchtern nicht ertragen. Der gestrige Abend hatte gereicht, um genug Material für einen weiteren reißerischen Artikel ihres Blogs zu sammeln. Dieser Mann war in der Szene bekannt genug, um Aufmerksamkeit zu erzeugen, und arrogant genug, einen kleinen Skandal auszuplaudern.

Hastig schlüpfte sie in ihre schwarzen Absatzschuhe.

Carter McLoughlin war ein bundesweit gefeierter Pionier im Bereich der Artificial Intelligence. Im Auftrag der deutschen Autoindustrie hatte er vor einigen Jahren die Applikation *Parklücke* entwickelt, die Autofahrer gezielt zum nächsten freien Parkplatz navigierte. In einem Land wie Deutschland, in dem zwar die Urbanisierung stetig voranschritt, die mächtige Autolobby aber keinerlei Interesse an einem funktionierenden öffentlichen Nahverkehr hatte, war die App zum Erfolgsgaranten geworden.

Letztendlich war die Software sein Eintrittstor in die Multimilliarden-Dollar-Welt der Automobilindustrie gewesen, zu dessen Hauptabsatzmarkt sich der Ferne Osten entwickelt hatte. Mit seiner Vision, Automobile als „dritten Lebensraum“ neben Büro und Wohnung zu konzipieren, hatte er Konzernen wie VW, BMW und Mercedes frühzeitig den Erfolg auf dem chinesischen Absatzmarkt gesichert. Insbesondere in China gab es schließlich eine riesige Anzahl an Städtern, die auf kleinstem Lebensraum zusammenwohnten und ihre Freizeit mittlerweile zu einem erheblichen Teil in Autos verbrachten. Knapp zwei Stunden stand man in China durchschnittlich täglich im Stau.

Das Auto wurde zum persönlichen Rückzugsort und McLoughlin sorgte dafür, dass es seinen Nutzer lesen konnte. Je nach Bedürfnis sollte es sich zum Wohnzimmer mit Kinoatmosphäre und Spielkonsole, zum Schlafzimmer mit Sternenhimmel oder zur Minibar mit eingebautem Kühlschrank transformieren. Das Ganze stets im Dialog mit einer allwissenden Spracherkennungssoftware.

Carter dachte visionär und in globalen Maßstäben, wie er Zita gestern einige Male erklärt hatte. Meistens abgerundet mit dem Satz „Honey, eines Tages wirst du damit prahlen, mich kennengelernt zu haben.“

Während Zita die U-Bahnstation an der Westseite des Padersees ansteuerte, formulierte sie in Gedanken bereits die nächste Schlagzeile:

FALSCH EINGEPARKT – MCLOUGHLIN UND DIE GATTIN DES LANDRATS

Ein zufriedenes Lächeln umspielte ihre Lippen, als es plötzlich in ihrer Handtasche vibrierte. Auf ihrem Handydisplay leuchtete das Selfie einer Frau mit grün-violetten

Haarsträhnen und gepiercter Augenbraue auf. Zita legte die Stirn in Falten. Adira? Um diese Uhrzeit? Normalerweise stand ihre Mitbewohnerin nicht vor 13 Uhr auf.

„Zita, mein Engel. Du sizilianische Schönheit, deren Geist so lebendig ist wie die Straßen von Palermo und deren Körper heißer als die Lava des Etna."

Zita verdrehte die Augen. „Lass mich raten: Du bist mal wieder fassungslos, dass dein Vorrat an Kaffeebohnen aufgebraucht ist? Keine Sorge, ich bring dir was mit, du kleiner Koffein-Junkie."

Adira schlürfte demonstrativ an ihrem Espresso. „Falsch geraten. Jetzt spitz deine Öhrchen. Wir haben eine erste Reaktion auf unsere Anzeige. Ein Mann will ausplaudern."

Zita zögerte. Adira war mehr als nur eine Mitbewohnerin – sie war die technische Leiterin ihres gemeinsamen Blogs. *HeroesAndZeros.com* hatte als waghalsiges Experiment begonnen, war aber schnell zu einer gefragten Quelle für Skandale und unveröffentlichte Neuigkeiten in der Tech-Szene geworden.

Ursprünglich hatte Zita die gleichen Pläne wie all die anderen zigtausend Studenten, die aus der ganzen Welt ins Land strömten, um sich an der Uni Paderborn einzuschreiben. Viele suchten die große Karriere bei einem der Paderborner Tech-Giganten. Andere waren etwas idealistischer unterwegs und wollten mithilfe eigener Start-ups die Welt verändern. Angezogen von der weltberühmten, interdisziplinären Forschungseinrichtung des Heinz Nixdorf Instituts, das schon so manchen Nobelpreisträger und milliardenschweren Spin-off hervorbringen konnte, hatte sich auch Zita als Jahrgangsstufenbeste auf den Weg ins PaderValley begeben.

Leider musste sie schnell feststellen, wie gewaltig die Konkurrenz war. Völlig desillusioniert hatte sie sich ins Paderborner Nachtleben gestürzt und erkannt, dass sich hier nicht nur die größten Genies, sondern auch die größten Egomanen der Zeit bündelten.

Zunächst hatte Zita ihre Erfahrungen als tratschende Unterhaltungs-Influencerin auf Instagram geteilt. Doch ihr Erfolg flachte schnell ab, da sie mit zunehmender Bekanntheit abschreckend auf ihre Partygesellschaft wirkte. Also hatte Adira vorgeschlagen, einen anderen Weg einzuschlagen. Sie starteten einen seriöseren Mix aus Tech- und Gossip-Blog, den sie unter einem Pseudonym betrieb. Das Interesse an *HeroesAndZeros.com* war groß, zumindest größer als gedacht.

In ihren Artikeln lieferte Zita den Lesern nun also die Wahrheit über ihre prominenten Eroberungen. Die Wahrheit darüber, wie die Lifestyle-Nerds hinter ihren Fassaden wirklich tickten. Mal führte das zu überschwänglichen Lobliedern, mal zu vernichtenden Abrechnungen. Letzteres erzielte übrigens deutlich mehr Klicks.

Vor ein paar Tagen waren Adira und Zita in die Offensive gegangen. Anstatt mühevoll Stories auf den zahlreichen Start-up-trifft-Investor-Partys zu sammeln, hatten sie einfach eine Anzeige geschaltet:

Arschlöcher gesucht – Sex, Gier und Heuchelei im Hightech-Universum.

Zita hatte gewusst, dass es da draußen genug Menschen gab, die bereit waren, ihre geschäftlichen oder privaten Feinde auffliegen zu lassen.

„Vergiss es“, murmelte sie. „Gestern hat mir gereicht. Du kannst dir nicht vorstellen, was dieser McLoughlin …“

Adira ließ sie nicht ausreden. „Hey Zita, der Typ schreibt, er habe Infos, die ein Erdbeben nach sich ziehen werden. Er will die blutige Wahrheit ans Licht bringen. Kann schon sein, dass wir es hier mit einem Spinner zu tun haben, aber sei nicht blöd. Lass dir das nicht entgehen."

Zita seufzte.

„Wer ist der Typ und wann will er mich sehen?"

„Heute Abend. Im *Crushed Apple*", antwortete Adira. „Sein Name ist Fabrice Ngoma."

Szene 6: Hieronymus – 9:05 Uhr

Das Blitzlichtgewitter schoss zielstrebig auf die Gruppe ein, die sich staatsmännisch vor dem ehemaligen Verwaltungsgebäude der Nixdorf Computer AG aufgereiht hatte. Einst wurden hier die Strippen des börsennotierten Hoffnungsträgers der deutschen IT-Industrie gezogen, doch seit einigen Jahrzehnten diente das Bauwerk als Museum. Bundeskanzler Helmut Kohl persönlich war es gewesen, der das Museum an einem sonnigkalten Tag im Oktober 1994 eingeweiht hatte.

Hieronymus hatte aufmerksam zugehört, als der Vorsitzende der Heinz-Nixdorf-Stiftung die versammelten Würdenträger in die Geschichte des Museums einführte. „Das größte Computermuseum der Welt", hatte er betont, „mit einer Besucherzahl, die selbst das Nachbauprojekt im kalifornischen Mountain View im Silicon Valley blass aussehen lässt."

Das Gebäude selbst war ein Monument der typischen Nixdorf-Architektur. Eine ästhetische, schlicht gerasterte

Glasfassade, die das Sonnenlicht in prächtigen Strahlen reflektierte. Die blau-gelbe Fahne des Heinz-Nixdorf-MuseumsForum wehte stolz im Wind und wurde zur Feier des Tages von der roten Fahne Chinas und den schwarz-rot-goldenen Farben der Bundesrepublik flankiert. Ein längliches Banner, welches oberhalb des Haupteingangs angebracht war, verriet Hieronymus den Anlass des angekündigten Staatsbesuches: *nixdorf100 - DIGITAL FUTUREcongress 2025.*

Hieronymus fühlte sich wie ein Statist in einer Inszenierung, deren Drehbuch er nie gelesen hatte. Der aufgeregte Organisator mit dem roten Leibchen hatte ihn vor wenigen Minuten in eine Reihe mit Personen gebeten, die wahlweise als Herr Botschafter, Frau Außenministerin oder Herr Bundeskanzler angesprochen wurden. Die Blicke seiner Mitstreiter und der Pressekameras waren starr auf die Fürstenallee gerichtet, wo nun eine Wagenkolonne, eskortiert von Motorrädern der Polizei, auf den Vorplatz rollte. Allmählich dämmerte es Hieronymus, an welchem Spektakel er hier teilnehmen durfte. Ein Empfang mit militärischen Ehren für das chinesische Staats- und Parteioberhaupt.

Eine angespannte Stimmung lag in der Luft. Offensichtlich erforderte das verfrühte Eintreffen der Staatsgäste einige Improvisationsleistungen. Ein roter Teppich wurde ausgerollt und ein kleines Podest aufgestellt.

Stoisch verfolgte er das Prozedere. Wenigstens konnte er sich jetzt noch hinter den Routineabläufen des Zeremoniells verstecken und musste keinerlei Gespräche führen, die ihn und seine Situation hätten entlarven können.

Dann setzte die Zeremonie ein. Der Klang des Preußischen Präsentiermarschs hallte über den Vorplatz. Die

Staatsgäste traten in Erscheinung, angeführt von Chinas Präsident Dong Shaoqi und dem deutschen Bundespräsidenten. Mit bedächtigem Gleichschritt näherten sie sich der Gruppe.

Hieronymus blickte zur Seite. Niemand aus dem Empfangskomitee rührte sich. Neben ihm verwickelte die Außenministerin den Bundeswirtschaftsminister in ein oberflächliches Gespräch. Ein völlig inhaltsleerer Austausch über das schöne Wetter veranlasste sie dazu, freudestrahlend in die Hände zu klatschen und sympathisch in die Kameras zu lachen. Reflexartig setzte auch Hieronymus sein Kameralächeln auf und versuchte, das schmerzhafte Ziehen im Kopf zu ignorieren, dass jedes Mal einsetzte, wenn die Kameras auslösten. Er wendete seinen Blick von der Außenministerin ab und sah hilfesuchend rüber zur anderen Seite. Niemand, der ihm helfen konnte. Hieronymus war an den äußersten Rand der Reihe positioniert worden.

Hieronymus' Herz begann zu hämmern. Seine Finger zitterten leicht, als er sich an die Etikette erinnerte. „Nicht zu viel Augenkontakt", hallte die Stimme von Mr. Feng in seinem Kopf. „Weicher Händedruck, niemals dominant."

„Präsident Dong, willkommen in Paderborn", hörte er sich sagen und deutete dabei eine kurze Verbeugung an. Verzweifelt suchte Hieronymus in den Gesichtszügen des Staatspräsidenten nach einer Reaktion. Doch Dongs Gesicht blieb ausdruckslos – fast wie in Stein gemeißelt. Es gab kein zustimmendes Lächeln und kein Wort aus seinem Mund.

Nach einigen Sekunden, die sich für Hieronymus wie eine Ewigkeit anfühlten, ergriff der chinesische Präsident endlich seine Hand. Langsam beugte er sich vor und flüsterte: „Herr Dr. Hauptmann, es ist mir eine Ehre. Ich bin mir sicher, dass unsere Häuser in konstruktiver Zusammenarbeit vereint sein werden.“ Offensichtlich hatte Dong die Worte auswendig gelernt. Er sprach sie in gebrochenem Deutsch. Dennoch lagen sie bedeutungsschwer in der Luft.

Die Spannung brach, als Dong weiterzog. Auf Handzeichen des Bundespräsidenten stoppte das Blitzlichtgewitter und weitere Vertreter der chinesischen Delegation stießen zum Empfangskomitee hinzu. Hieronymus blieb zurück und suchte verzweifelt nach einem vertrauten Gesicht. Er suchte nach einem Anker in diesem Meer aus Höflichkeiten und Ritualen.

Doch noch bevor unangenehmer Small Talk entstehen konnte, ergriff ein kleiner Mann mit schottischem Akzent das Wort.

„Ladies and Gentlemen“, begann er, seine grün-rot karierte Weste zurechtrückend. „Im Namen des Heinz Nixdorf MuseumsForums darf ich Sie herzlich begrüßen. Mein Name ist Liam Pomeroy, und ich habe heute die Ehre, Sie auf eine Reise durch die Geschichte der Informationstechnik zu begleiten.“ Seine Kleidung im Stil des britischen Landadels wirkte wie aus einer anderen Ära, doch hatte er eine anziehende Präsenz. „Bitte folgen Sie mir und bestaunen Sie mit mir das größte und spannendste Computermuseum der Welt.“

Szene 7: Hieronymus – 9:45 Uhr

Die Menschentraube setzte sich erwartungsvoll in Bewegung. Vor der gläsernen Drehtür des HNF standen zwei Männer in schwarzen Anzügen bereit, um den Gästen kleine Empfangsgeräte samt Kopfhörer zu überreichen. Die eifrige Außenministerin nutzte die Gelegenheit, den chinesischen Gästen vorzuführen, wie man den Radioempfänger mit der Schlaufe korrekt um den Hals trägt. Für Hieronymus wirkte die Szene, als sei die Chefdiplomatin eine Grundschullehrerin auf Klassenfahrt. Einerseits war es ihm unangenehm, andererseits war er froh, dass die politische Elite es offenbar genoss, die Aufmerksamkeit auf sich zu ziehen. So konnte Hieronymus sich dezent zurückhalten.

„Ein Dolmetscher wird meinen Vortrag ins Chinesische übersetzen. Wählen Sie dafür bitte Channel 2. Allen deutschsprachigen Gästen, die meinem schottischen Akzent entgehen wollen, empfehle ich denselben Kanal," erklärte der Museumsdirektor mit einem Lächeln. Ohne das künstliche Gelächter der Gruppe abzuwarten, wandte er sich ab und steuerte mit schnellen Schritten die lange Rolltreppe an, die inmitten der offenen Gebäudearchitektur ins erste Obergeschoss führte.

Auf der ersten Stufe angekommen, vollzog Pomeroy eine quirlige 180°-Drehung und breitete die Arme aus. Seine Augen funkelten vor Begeisterung. „Noch einmal herzlich willkommen im HNF! Sie sind sicher schon gespannt darauf, was Sie hier und heute erwartet."

Hieronymus schloss sich der Gruppe an, die sich vor der Rolltreppe versammelte. Er spürte den Blick eines chinesischen Sicherheitsmannes, der ihn seit dem Betreten des Gebäudes anstarrte. Der Mann mit dem schwarzen Zopf beobachtete jeden seiner Schritte. Hieronymus fragte sich, was seine Aufmerksamkeit erregt haben könnte.

Pomeroy sprach weiter, während er rückwärts die Rolltreppe hinauffuhr: „Die meisten unserer Besucher vermuten, dass wir unsere Führung mit den ersten Rechenmaschinen des 20. Jahrhunderts beginnen. Viele Gäste haben die Erwartung, die Geschichte der Informationstechnologie beginne mit der Turing-Maschine oder mit der Z3 von Konrad Zuse. Spitzfindige Gäste weisen mich an dieser Stelle häufig darauf hin, dass es schon in der Antike erste Formen von Rechenmaschinen gab. Denken Sie nur an den Abakus. Sie wissen schon, kleine Kugeln, die auf Stäben aufgefädelt sind und innerhalb eines Holzrahmens hin und her geschoben werden können. Noch heute ist es ein beliebtes Instrument, um Kindern das kleine Einmaleins beizubringen."

Hieronymus musste beobachten, wie die Außenministerin einem chinesischen Abgeordneten von hinten auf die Schulter tippte und ihn darauf hinwies, dass ihre Tochter letztes Jahr eingeschult wurde und die schnellste Kopfrechnerin ihrer Klasse sei.

„Doch Sie müssen wissen", fuhr Pomeroy fort. „Im Grunde genommen ist der Computer eine konsequente Fortführung dessen, was schon vor siebzigtausend Jahren auf dem afrikanischen Kontinent begann und den Homo sapiens seitdem zur mächtigsten Schöpfung machte, die unsere Erde jemals hervorgebracht hat."

Ein zustimmendes Kopfnicken durchzog die Gruppe.

„Ja genau, wir sind uns unserer Überlegenheit durchaus bewusst. Homo sapiens heißt aus dem Lateinischen übersetzt nicht weniger als der weise Mensch. Bescheiden, nicht wahr? Doch noch vor einhunderttausend Jahren durchstreifte der weise Mensch die afrikanische Savanne im Stile eines gewöhnlichen Säugetiers."

Hieronymus riskierte einen Schulterblick und erschrak, als er direkt in die zusammengekniffenen Augen des

Sicherheitsmannes mit dem schwarzen Pferdeschwanz starrte. Aus dieser Perspektive fiel ihm auf, dass sich der Zopf ausschließlich aus den Haaren seines Hinterkopfes zusammensetzte. Sein Deckhaar war entweder kahlrasiert oder vollständig ausgefallen. Eine diagonale Narbe überzog die Schädeldecke des Mannes. Als Hieronymus sich erneut dem Museumsdirektor zuwendete, ließ der Gedanke an den eindringlichen Blick seines Hintermannes ein unangenehmes Kribbeln auf seiner Haut zurück.

„Erst als der Sapiens vor etwa siebzigtausend Jahren den afrikanischen Kontinent verließ, wurde schnell klar, dass es sich hier um eine besondere Spezies handeln musste. Überall, wo Homo sapiens sich ansiedelte, hinterließ er ein Massensterben. Innerhalb weniger Jahrtausende starben fünf artverwandte Menschenarten aus. Auch die frühzeitliche Märchenwelt Australiens mit seinen zwei Tonnen schweren Wombats, drei Meter hohen Donnervögeln und Schildkröten von der Größe eines Autos, war kurze Zeit nach dem Eintreffen des Menschen ein Fall für die Archäologie. Doch wie haben wir es geschafft, alle anderen Menschenarten und die Giganten dieses Planeten zu verdrängen? Die wahrscheinlichste Antwort auf diese Frage finden wir in dem Instrument, mit dem ich Ihnen in den nächsten Minuten etwas über die Geschichte der Informationstechnik erzählen werde. Denn es ist unsere Sprache und unsere Art zu kommunizieren, die uns an die Spitze der Nahrungskette katapultierte."

Mit diesen Worten verließ Pomeroy die Rolltreppe und wartete einen Moment, bis die Gruppe sich um ihn versammelt hatte. Dann führte er sie zu einer Reihe leuchtender, zimmerhoher Monitore, die den Rundgang eröffneten.

Urbeginn des Informationszeitalters und *Wo Geschichte beginnt*, stand darauf geschrieben.

„Eine soziale Gemeinschaft von Schimpansen bricht zusammen, sobald sie eine Schwelle von fünfzig bis einhundert Tieren erreicht. Die sozialen Strukturen werden zu komplex. Die Tiere werden sich fremd und können sich nicht mehr auf gemeinsame Regeln verständigen. Der Mensch hingegen ist in der Lage, fiktive Regeln aufzustellen. Solange jeder an die gleichen Fiktionen und Mythen glaubt, kooperieren Milliarden von Menschen miteinander. Dieser Prozess setzte vor etwa siebzigtausend Jahren ein, als der Homo sapiens damit begann, sich Geschichten zu erzählen und fiktive Jagdstrategien zu entwickeln. Gemeinschaftlich begannen wir, das irdische Ökosystem zu beherrschen. Letztendlich erschufen wir Königreiche, riesige Imperien, Staaten und globale Handelsnetze."

Hieronymus schaute sich um. Gespannt lauschte die Gruppe den Ausführungen des Museumsdirektors. Der kahlköpfige Pferdeschwanz war verschwunden.

„Übrigens" fuhr Pomeroy fort. Er hatte sichtlich Gefallen an seinem Vortrag gefunden. „Moderne Menschen neigen dazu, sich einzubilden, sie hätten den Glauben an Mythen völlig hinter sich gelassen. Doch sie vergessen, dass unsere modernen Institutionen auf die gleiche Art und Weise funktionieren wie der Pharao im alten Ägypten. Während die Macht des Pharaos darauf beruhte, das sein Volk daran glaubte, er sei ein Sohn und Abgesandter des Sonnengottes Re, so können heutzutage 85 Millionen Deutsche friedlich miteinander leben, weil sie kollektiv an die Idee des Grundgesetzes glauben. Selbst Unternehmen wie Punica Granatum existieren nur durch unsere kollektive Fantasie. Herr

Dr. Hauptmann, was meinen Sie – wäre es das Ende Ihres Unternehmens, wenn all seine Gebäude niederbrannten?“

Hieronymus zuckte zusammen. Alle Augen richteten sich plötzlich in seine Richtung. Der kleine schottische Museumsdirektor funkelte ihn an und schob sein spitzes Kinn erwartungsvoll von links nach rechts.

Szene 8: Hieronymus – 10:00 Uhr

Hieronymus suchte fieberhaft nach der passenden Antwort. Was wollte Pomeroy von ihm hören? Was wollte die Gruppe von ihm hören? Er war der CEO eines Weltkonzerns. Eine eloquente Antwort auf diese einfache Frage sollte für ihn ein Kinderspiel sein. Er räusperte sich, um die peinliche Stille zu durchbrechen, und zwang sich zu einer Antwort.

„Ihr Szenario wäre ohne Zweifel eine Katastrophe für unseren Konzern. Dennoch würde Punica Granatum in den Büchern weiterhin existieren. Versicherungen könnten einspringen und Kredite aufgenommen werden. Der Aktienkurs würde in den Keller rauschen. Anteilseigner würden abspringen, neue hinzukommen. Vielleicht würden chinesische Investoren übernehmen und die Verwaltungszentrale in Shanghai errichten.“

Kaum hatte er die letzten Worte ausgesprochen, bemerkte Hieronymus, wie Dong Shaoqi und der Chef eines chinesischen Digitalkonzerns, dessen Namen er schon wieder vergessen hatte, flüchtige Blicke austauschten. Pomeroy nickte ihm wohlwollend zu und klatschte in die Hände.

„Exzellent! Sie sehen, Punica Granatum ist mehr Konzept als Substanz. Eine kollektive Fiktion, die nur so lange existiert, wie wir alle daran glauben. So funktioniert auch das Geld und selbst unsere geliebten Staaten. Sie sind Illusionen, denen wir gemeinsam Macht verleihen. Sie existieren nur, weil wir kollektiv an sie glauben. Es sind die modernen Mythen unserer Zeit, die Sie, meine Damen und Herren, hier und heute repräsentieren. Und das ist auch gut so, denn es ist der mythische Kitt, der uns zusammenhält und von der Tierwelt unterscheidet."

Pomeroy richtete den Blick von der Gruppe ab und drehte sich zur ersten Station der Ausstellung. „Nun kennen Sie die Bedeutung unserer Sprache und unserer Vorstellungskraft. Doch eine entscheidende Zutat auf dem Weg in unsere zivilen Gesellschaften fehlt uns noch. Wie kommuniziert man über Grenzen hinweg? Wie bewahrt man Informationen für kommende Generationen auf? Wie speichert man das Wissen der Welt? Die Antwort finden Sie hier."

Pomeroy musste sich strecken, um auf die kleinen Lehmkügelchen zu deuten, auf denen fein eingeritzte Symbole zu sehen waren.

„Spätestens mit der Erfindung der Schrift vor etwa 5.400 Jahren im mesopotamischen Uruk beginnt die Geschichte unserer Informationstechnik. Schreib- und Rechenfähigkeiten der Beamten ermöglichten eine detaillierte Buchhaltung. Ab dem dritten Jahrtausend vor Christus begannen die Menschen dann sogar damit, literarische Formen wie Gebete, Hymnen und Epen zu verschriftlichen. Eine der ältesten Geschichten handelt von Gilgamesch, dem sagenhaften König von Uruk, der einen Weg zur Unsterblichkeit sucht …"

Hieronymus Gedanken schweiften langsam ab. Seltsamerweise war ihm alles, was Pomeroy erzählte, längst bekannt.

Es kam ihm vor, als könnte er jederzeit einspringen und die Führung für den Museumsdirektor übernehmen.

Pomeroy führte die Besuchergruppe vorbei an einer ausgestellten Gutenbergbibel, wo er über die Anfänge des Buchdrucks mit beweglichen Lettern referierte, und steuerte von dort aus die Hall of Fame der Computerpioniere an. Gottfried Wilhelm Leibniz, Blaise Pascal, Herman Hollerith, Alan Turing, Konrad Zuse, Howard Aiken, John von Neumann. Hieronymus kannte die Geschichten all der verstorbenen Computerpioniere, nur seine eigene war irgendwo tief in seinem Gedächtnis vergraben und einbetoniert worden.

„… Über die Jahrtausende sind die Komplexität und die Menge an Daten so gigantisch geworden, dass wir sie nur mithilfe von Rechenmaschinen bewältigen konnten. Genialen Köpfen haben wir es zu verdanken, dass aus einfachen Rechenmaschinen unsere heutigen Computer wurden."

Ein plötzlicher, mechanischer Klang ließ Pomeroy aufschrecken. Vor ihnen lief eine monströse Maschine an. Sie war eingelassen in den Boden und wirkte wie ein Relikt aus einer anderen Zeit. Pomeroy lächelte. „Aah wundervoll, sie läuft wieder. Die Jacquardmaschine! Sie steuert Webstühle und erlaubte es den Menschen, komplizierte Muster automatisch einzuweben. Ein Meilenstein der Industrialisierung. Die Grundlage aller programmierbaren Systeme. Die Jacquardtechnik beruht darauf, Lochstreifen als Träger eines Steuerprogramms zu nutzen. Ein Gewebemuster wird in einzelne Punkte zerlegt, die den Kreuzungen von Kett- und Schussfaden entsprechen …"

Das rhythmische Klackern des Webstuhls und die detaillierten Erläuterungen Pomeroys verschwammen zu einem monotonen Hintergrundrauschen. Vor seinen Augen begann sich ein schummriger Film auszubreiten. Der Boden unter ihm begann zu schwanken, als ein Schatten in seinem Blickfeld auftauchte. Der Chinese mit dem Pferdeschwanz. Hieronymus versuchte nach dem Geländer zu greifen, das sie um die Maschine herumzog.

Er spürte den kühlen Stahl unter seinen Fingern. Zwischen dem Geländer und der Jacquardmaschine konnte Hieronymus in die Tiefe auf die weißen Fliesen des Erdgeschosses blicken. Die Fliesen begannen sich wellenförmig zu kräuseln. Schließlich bildeten sie einen rotierenden Mahlstrom, der an seinem Körper zog. Seine Hände verkrampften sich, doch der Sog riss ihn mit sich.

Sein Gleichgewicht versagte. Er fiel.

Szene 9: Marie Kupferkamp – 10:05 Uhr

Leon Buchwald klatschte drei Mal laut in die Hände. „Alles klar, Leute, ich brauche hier einmal eure volle Aufmerksamkeit!"

Seit etwa fünfzehn Minuten musste Marie mit ansehen, wie ihr Kollege ungeduldig im Besprechungszimmer auf und ab lief.

Nach und nach versammelte sich die eilig einberufene Task Force des Landeskriminalamtes an der Riemekestraße 60, wo die Kreispolizeibehörde Paderborn ein sanierungsbedürftiges, rotes Backsteingebäude in Anspruch nehmen durfte. Marie hatte Leon noch nie in dieser Verfassung erlebt. Normalerweise strahlte der großgewachsene Polizeidirektor die Ruhe eines buddhistischen Mönches aus. Aktuell musste sie jedoch mit ansehen, wie Leon unruhig hin und her lief. Hektisch strich er sich immer wieder durch das schwarze Haar. Zwischen seinen blauen Augen und seinen markanten Wangenknochen zeichneten sich dunkle Augenringe ab.

Konzentriert betrachtete Marie die vier Porträtfotos, die per Beamer an die Wand gestrahlt wurden. Es waren vier Gesichter, die in regelmäßigen Abständen vom Schatten des umherwandernden Polizeidirektors verdeckt wurden. Noch bevor Leon Buchwald mit seiner Ansprache begann, hatte Marie jedem der Gesichter einen Namen zugeordnet. Sie musste zugeben, dass diese Namen in Kombination mit dem Umstand, unter dem sie sich hier versammelt hatten, äußerst beunruhigend waren.

Ein flüchtiger Blick durch das veraltete Besprechungszimmer verriet ihr, dass es den anderen Personen in diesem Raum ähnlich erging. Boris, Sachverständiger für Lichtbildvergleiche beim Landeskriminalamt in Düsseldorf, hatte neben Marie Platz genommen und schenkte ihr ein aufmunterndes Augenzwinkern. Der Meister der Personenidentifizierung war während Maries Ausbildungszeit eine Vaterfigur für sie gewesen. Doch seit fast zwei Jahren hatte sie sich nicht mehr bei ihm gemeldet. Der kinderlose Mittsechziger überspielte seine Enttäuschung darüber nicht so gut, wie er vermutlich dachte.

„Bist du jetzt eigentlich mit deiner Freundin zusammengezogen? Wie hieß die noch gleich? Die mit den vielen Tattoos und den blauen Haaren. Habt ihr was Schönes gefunden? Ist bestimmt nicht so einfach hier, oder?“

Zum Glück unterbrach Leon das aufkommende Gespräch. Das Letzte, wozu sie jetzt Nerven aufbringen konnte, war über ihre Wohnsituation im Dachgeschoss ihres Onkels und ihre gescheiterte Beziehung zu ihrer Ex-Freundin Adira zu sprechen.

„Ruhe, bitte!“ Leon streckte seinen rechten Daumen in die Höhe, als wolle er seine Ansprache mit einer Aufzählung beginnen. „Jan Lennart Holmquist, Gründer der Suchmaschine AskLeibniz und CEO des wertvollsten Technologieunternehmens der Welt. Geboren und aufgewachsen im schwedischen Göteborg, zog es ihn als Student nach Paderborn, wo er 1995 den LinkRank-Algorithmus entwickelte und ein Jahr später patentieren ließ.“

Während Leon maschinengewehrartig die wichtigsten Fakten zum Leben des AskLeibniz Gründers aufzählte, erinnerte sich Marie an eine Studienarbeit über den Link-Rank-Algorithmus. Eine ebenso simple wie geniale Idee. Der Algorithmus funktionierte frei nach dem Grundprinzip, je mehr Links im World Wide Web auf eine Website verweisen, desto relevanter muss diese Seite wohl sein. Damit konnte Holmquist eine erstaunlich gute Ergebnisreihenfolge für Suchabfragen im Internet herstellen. Ab den späten 90er-Jahren hatte Holmquist mit dieser Technologie dem laienhaften Internetnutzer zu einer wirkungsvollen Suchmaschine verholfen. Mittlerweile hatte sich die Floskel „Frag Leibniz“ tief und fest in den Sprachgebrauch der Menschen eingebrannt.

Marie erinnerte sich an die Worte ihrer damaligen Professorin. Denn bevor Marie als Expertin im Kompetenzzentrum für Informationstechnische Überwachung beim LKA anheuerte, hatte sie ein klassisches Informatikstudium durchlaufen. „Der alte Leibniz würde sich freuen“, hatte die Professorin ihrem Plenum erklärt. Schließlich habe der

Universalgelehrte Gottfried Wilhelm Leibniz schon zu Beginn des 18. Jahrhunderts von Notizämtern geträumt, in denen sämtliche Informationen landesweit gesammelt und zur Verfügung gestellt werden sollten. Etwa 300 Jahre später hatte Holmquist diesen Traum dank seiner Suchmaschine in die Tat umgesetzt.

„Heute ist AskLeibniz die meistbesuchte Website der Welt“, fuhr Leon fort. „Das Vermögen von Holmquist wird auf 160 Milliarden Euro geschätzt. Vor vier Tagen meldete ein Obdachloser, dass ihm eine Geldbörse mit einer großzügigen Bargeldspende und Holmquists Personalausweis übergeben wurde. Holmquist selbst ist seitdem spurlos verschwunden. Es ist nur eine Frage der Zeit, bis die Presse davon Wind bekommt.“

Leon hob neben seinem Daumen nun auch den Zeigefinger in die Luft. „Opfer Nummer zwei: Bernie Woods, Börsenguru und Leiter der BlackWood Inc. Seine Investmentgesellschaft mit Sitz in New York verwaltet Vermögen im Wert von über zehn Billionen US-Dollar. BlackWood ist an 38 der 40 DAX-Unternehmen beteiligt. Auch PG und AskLeibniz sind eng mit dem Kapital von BlackWood verbandelt. Vor drei Tagen sollte Woods‘ Privatjet vom Airport Heinz Nixdorf nach New York starten. Die Maschine hob jedoch nie ab und Woods ist seitdem wie vom Erdboden verschluckt.“

Marie kannte die legendären Auftritte des buckligen Amerikaners mit dem stets rot angelaufenen Kopf. Seitdem sie eine Handvoll Aktien des Punica Granatum-Konzerns erworben hatte, verpasste sie keine einzige Aktionärsversammlung. Die Presse beschrieb Typen von Maries Gesinnung gern als Punische Jünger. Menschen, die ihre Zelte vor einem PG-Store aufschlugen, sobald ein neues iPhone Modell auf den Markt gebracht wurde und in Tränen ausbrachen, wenn sie ihr neues Eigentum zum ersten Mal in ihren Händen halten und die Schutzfolie vom Display abziehen durften. Keine Frage, Marie war hightech-besessen und gehörte genau zu diesem Schlag Mensch. Die Auftritte des Bernie Woods hingegen, der meist zum Ende der Aktionärsversammlungen ans Mikro trat, waren ihr bislang eher suspekt und irrelevant vorgekommen. Sobald er aufs Podium humpelte, sank das Euphorielevel im Saal drastisch ab. Dann gab er mit geballter Faust und energischer Stimme einen Vortrag über Kosteneinsparprogramme und Lieferkettenoptimierungen zum Besten. Sein Einfluss war unbestritten, doch es war eine Finanzwelt, für die Marie keinerlei Interesse aufbringen konnte.

„Opfer Nummer drei: Dr. Waltraud Faber.“ Marie betrachtete die ältere Frau mit dem verschmitzten Lächeln, die optisch an eine exzentrische Oma erinnerte. Waltraud Faber hatte sich als Pionierin auf den Gebieten der optischen Texterkennung, der Sprachsynthese und sogar elektronischer Musikinstrumente einen Namen gemacht. Inzwischen war die geniale Wissenschaftlerin zur Ikone der KI-Forschung aufgestiegen. Für besondere Aufmerksamkeit hatten jedoch ihre prophetischen Werke zum Thema des Transhumanismus gesorgt. Demnach werde der rasante, exponentiell steigende Fortschritt der Künstlichen Intelligenz einen Punkt erreichen, an dem die KI den Menschen in einer Art und Weise übertreffe, dass die Zukunft der Menschheit schon in wenigen Jahrzehnten nicht mehr vorhersehbar sei. Marie fand diese Vision ebenso faszinierend wie gruselig. Auch die wissenschaftliche Welt hatte gespalten auf Fabers Sachbuch mit dem Titel „*Homo Sentiens Paderbornensis – Menschliche Evolution in Zeiten der technologischen Singularität*“ reagiert. Einerseits hatten Waltraud Fabers Vorhersagen in der Vergangenheit zumeist ins Schwarze getroffen, andererseits warnten Philosophen und Kirchenvertreter unisono vor den techno-religiösen Vorstellungen der Wissenschaftlerin. Schließlich schilderte Faber die zunehmende Bedeutungslosigkeit des menschlichen Verstandes als eine unausweichliche, erstrebenswerte, bunt schillernde Errungenschaft der Evolution.

„Als Leiterin der technischen Entwicklung bei AskLeibniz verfügt Frau Dr. Faber über enormen Einfluss und nahezu unbegrenzte Forschungsmittel“, erklärte Leon. „Insider bezeichnen sie als Holmquists Chef-Ingenieurin, die fieberhaft daran arbeitet, Gehirn-Uploads in die Meta-Ebene zu ermöglichen. Dort soll der menschliche Verstand in die Unsterblichkeit übergehen und auf sämtliche Denkmuster, Informationen und Emotionen der digitalen Welt Zugriff haben, ohne an seinen biologischen Körper gefesselt zu sein. Damit die Frau Doktor diesen glorreichen Zeitpunkt noch miterleben darf, stopft sie sich nach eigenen Angaben täglich 250 Nahrungsergänzungsmittel rein. Den lebenserhaltenden Cocktail stellt ihr kanadischer Hausarzt jeden Morgen für sie zusammen. Ebendieser Miraculix hat uns heute Morgen panisch darüber informiert, dass Waltraud Faber seit zwei Tagen verschollen ist. Den täglichen Check-up ihrer Blutwerte habe sie zuvor noch nie geschwänzt.“

In der ersten Reihe rutschte der Pressesprecher der Landespolizei, ein bulliger Mann mit Vollbart, ungeduldig auf seinem Plastikstuhl hin und her. Dabei murmelte er mit seinem kölschen Akzent irgendetwas Unverständliches über eine „*verrückt jewordene Welt*“ und dass sich „*die olle Hexe doch mit einer gescheiten Anti-Aging-Creme zufriedengeben*“ solle.

Leon ignorierte ihn und wandte sich dem letzten Portrait zu. Es war ein grauhaariger Mann mit weißem Kittel und aristokratischer Körperhaltung

„Professor Jacques Moreau! Gestern Nachmittag gegen 17 Uhr ging ein telefonischer Hilferuf ein, der abrupt abbrach. Seitdem gab es kein Lebenszeichen mehr vom Professor. Moreau ist sicherlich nicht so prominent wie seine Leidensgenossen, dennoch scheint er das Bindeglied zwischen den gekidnappten Opfern zu sein.“

Szene 10: Marie – 10:15 Uhr

Leon klickte zur nächsten Folie seines improvisierten PowerPoint-Vortrags. Ein grasgrüner Schriftzug, *Vis Vitalis*, erschien auf der Leinwand. Die serifenlose Schrift erinnerte Marie sofort an das typisch schlichte Punica Granatum-Design.

„Unsere Vermissten verbindet ein gemeinsames Hobby,“ begann Leon trocken. „Sie gehören zum erlesenen Kreis der Vis Vitalis GmbH. Laut ihrer eigenen Webseite handelt es sich um ein innovatives Biotech-Unternehmen, spezialisiert auf Gesundheit, Wohlbefinden und Langlebigkeit. So weit, so unspektakulär.“

Er ließ seinen Blick durch den Raum schweifen. „2016 erklärte Holmquist in einem offenen Brief, die Vis Vitalis sei ein Tochterunternehmen des AskLeibniz-Konzerns mit dem Ziel, altersbedingte Krankheiten zu erforschen und Strategien zur Lebensverlängerung zu entwickeln. Bisher sind allerdings kaum Ergebnisse an die Öffentlichkeit gedrungen. Das ruft natürlich die Verschwörungstheoretiker auf den Plan. Angeblich trifft sich der Führungskreis von Vis Vitalis wöchentlich an einem unbekannten Ort, um die Fortschritte einer Vision zu diskutieren, die in wissenschaftlichen Fachmagazinen als das Gilgameschprojekt Schlagzeilen gemacht hat."

Leon klickte weiter. Die nächste Folie zeigte einen Zeitungsartikel: *Projekt Gilgamesch verpflichtet Gehirn-Doktor.* Anhand der Überschrift und der Struktur des Artikels war unschwer zu erkennen, dass es sich um ein bekanntes Boulevardmagazin handeln musste.

„Alle antiken Literaturfans unter euch können jetzt Eins und Eins zusammenzählen. Ziel des Projekts ist es demnach, die biologischen Schranken des Menschen zu überwinden. Glaubt man den Gerüchten, begreift der elitäre Kreis von Vis Vitalis den Tod als ein wissenschaftliches Problem, das es zu lösen gilt, um den Homo sapiens in ein neues Zeitalter der Unsterblichkeit zu führen."

Unterhalb der Schlagzeile war eine Fotomontage zu sehen. Prof. Jacques Moreau breitete seine Hände über einem offenen Gehirn aus, als sei er ein Hellseher, der seine Glaskugel beschwört. Maries Blick fiel auf die fett geschriebenen Sätze unterhalb der Montage:

Der französische Neurowissenschaftler Prof. Jacques Moreau (72) kehrt Max-Planck-Institut den Rücken und schließt sich dem Gilgameschprojekt an. Nach Insider-Informationen hat er den Schlüssel für das ewige Leben bereits im Gepäck.

Marie zog skeptisch eine Augenbraue hoch. Der Schlüssel zum ewigen Leben? Warum hatte sie von dieser Geschichte noch nie gehört? Wenn daran auch nur ein Funken Wahrheit war, hätte die Medienwelt darauf längst anspringen müssen.

„Völlig egal, ob es sich hier um eine maßlose Übertreibung oder gar Fake News handelt", setzte Leon seine Ansprache fort, als habe er Maries Gedanken gelesen. „Wir müssen davon ausgehen, dass es irgendjemanden da draußen gibt, der die Märchen über das Gilgameschprojekt ziemlich ernst nimmt. Seinen Handlungen zu Folge ist er allerdings kein Fan von der Idee des Ewigen Lebens und will dem Treiben ein Ende setzen."

Auf der Stirn des Polizeidirektors waren tiefe Falten zu erkenn. Augenscheinlich legte er sich seine nächsten Worte sorgfältig zurecht: „Meine Damen und Herren, wir müssen vom Schlimmsten ausgehen. Neben Holmquist, Woods, Faber und Moreau könnte eine weitere Person im Visier des Entführers stehen."

Unruhe machte sich breit. Gedämpftes Tuscheln durchzog den Raum. Leon klickte erneut auf den schwarzen Presenter in seiner Hand und das Foto des wohl berühmtesten Vertreters der Paderborner Hightech-Szene erschien auf der Leinwand. Dann hob er die Hand wie ein Lehrer, der seine Klasse zur Ruhe bringen muss.

„Ohne Frage ist die Vis Vitalis ein besonderes Konstrukt. Auf den ersten Blick handelt es sich zwar um ein lupenreines Tochterunternehmen des AskLeibniz-Konzerns. Seltsam ist nur, dass ausgerechnet unser allseits bekannter CEO von Punica Granatum den Aufsichtsrat dieses Konglomerats aus visionären Halbgöttern komplettiert. Dr. Hieronymus

Hauptmann befindet sich derzeit im HNF, begleitet von einem chinesischen Staatsbesuch mit Sicherheitsstufe 1+. Doch wenn der Täter seinem Muster treu bleibt, schlägt er noch heute zu."

Maries Blick wanderte zum Pressechef in der ersten Reihe, der sein Gesicht in den Handflächen verbarg. Nur die Spitze seines schwarzen Bartes lugte unter seinen Pranken hervor. Sie konnte sich denken, was ihm durch den Kopf ging. Als ob dieser Fall nicht schon schwierig genug war … Sollte Lokalmatador Hieronymus Hauptmann tatsächlich zur Zielscheibe werden, würde die Medienlandschaft explodieren.

Szene 11: Hieronymus – 10:45 Uhr

Als Hieronymus das Gefühl hatte, in den Abgrund zu stürzen, spürte er plötzlich die kräftigen Hände des chinesischen Sicherheitsmannes auf seinen Schultern. Dann bemerkte er, wie sich sein rechter Kopfhörer löste. Eine Stimme, leise und doch eindringlich, flüsterte ihm ins Ohr. „Sir, alles in Ordnung? Sie sehen nicht gut aus." Überrascht registrierte Hieronymus das nahezu akzentfreie Deutsch. „Ich beobachte Sie, seitdem wir dieses Gebäude betreten haben. Was ist los? Entschuldigen Sie meine Direktheit, aber Ihr Gesicht ist – wie sagt man bei euch? – blass wie eine Kalkleiste?"

Während sich Liam Pomeroy daran machte, die Gruppe zur nächsten Attraktion zu führen, versuchte Hieronymus, sich zu sammeln. Er nahm einen tiefen Atemzug. Sein Blickfeld war noch immer verschwommen.

„Schon gut, danke“, erwiderte er matt. „Es ist nur die Luft. Vielleicht sollten wir mal die Belüftungsanlagen erneuern.“

Der Sicherheitsmann mit dem Pferdeschwanz musterte ihn skeptisch. „Vielleicht hilft auch schon ein Kaffee. Rühren Sie sich nicht von der Stelle. Ich bin gleich wieder da.“

Hieronymus ignorierte den Ratschlag. Es war jetzt nicht die Zeit, um Aufmerksamkeit zu erregen. Mit zittriger Hand steckte er sich seinen Kopfhörer zurück ins Ohr und versuchte den Anschluss an die Gruppe zu halten.

„Machen wir einen Sprung in die 40er-Jahre des 20. Jahrhunderts!“, verkündete Pomeroy enthusiastisch. Der Museumsdirektor trat in die Mitte eines rechteckigen Raumes. An den Außenseiten des Areals waren schrankförmige Module aufgebaut, aus denen verkabelte Steckverbindungen herausragten. „Der *Electronic Numerical Integrator and Computer* ist der erste funktionsfähige, vollelektronische Computer der Welt. Der ENIAC war ein Koloss von 27 Tonnen, der die Arbeit von über 2.400 Menschen ersetzte. Die US-Armee gab ihn in Auftrag, um schnellere Berechnungen über die Flugbahnen der Artilleriegeschosse zu ermitteln.“

Pomeroy nahm sein rotes iPhone aus der Hosentasche und warf es spielerisch von der linken in die rechte Hand. „Im Vergleich zu unseren heutigen Rechenmaschinen ist der ENIAC wirklich eine lahme Ente. Während dieses Schätzchen 5.000 Rechenoperationen pro Sekunde tätigen konnte, ist ein heutiges Smartphone in der Lage, über 30 Milliarden Instruktionen in der gleichen Zeit zu verarbeiten.“

Der Museumsdirektor verließ den Nachbau der ENIAC und peilte die Rolltreppe ins zweite Obergeschoss an. Dabei schaute er sich suchend um und begann schließlich zu grinsen, als er Hieronymus ins Blickfeld gefasst hatte.

„Sie merken, wir nähern uns mit großen Schritten den Erfindungen, über die ein Mann in dieser Runde viel mehr zu berichten hat, als ich es je könnte. Natürlich sind Erfindungen vom Personal Computer bis zum Smartphone eng verknüpft mit dem Namen von Dr. Hieronymus Hauptmann. Ich freue mich bereits auf seine Anekdoten, mit denen er unsere kleine Führung immer wieder bereichert.“

Hieronymus erntete anerkennende Blicke. Seine feuchten Hände begannen zu zittern. Er musste einen Ausweg finden.

„Aber zuvor wollen wir einen anderen Mann huldigen, der die nötige Pionierarbeit dazu geleistet hat.“ Im zweiten Obergeschoss angekommen, führte Pomeroy die Gruppe zu einem großen, verpixelten Gemälde. Ein charismatischer Mann mit Halbglatze und Brille blickte den Betrachter des Gemäldes entschlossen an.

„Ähnlich wie der abgebildete Heinz Nixdorf sind die Computertasten, aus denen ein Künstler dieses Porträt formte, Zeugen der Zeit. Unzählige Hände haben sie gedrückt, um intelligente Programme zu schreiben, wichtige E-Mails zu verfassen, spannende Spiele zu spielen oder romantische Nachrichten zu verfassen. Heinz Nixdorf war ein Mann, der aus einfachsten Verhältnissen kam. Doch dank seiner Innovationen schaffte es der Computer in die Büros kleiner und mittelständischer Betriebe auf der ganzen Welt. Sein Genius war der Motor des deutschen Mittelstands. Seine schreibtischgroßen Rechenmaschinen waren das Fundament des Wirtschaftswunders. Ohne Zweifel ist Nixdorf ein Leuchtturm für die Soziale Marktwirtschaft in diesem Land.“

Pomeroy machte eine Pause, stieß einen zufriedenen Seufzer aus und lenkte den Blick der Gruppe auf den Eingangsbereich eines weiteren Rundgangs. Zwei Schilder mit unterschiedlichen Firmenlogos hingen dort von der Decke.

„Betreten Sie mit mir zum Abschluss der Führung eine Welt, die uns von einer Erfolgsgeschichte erzählt. Es ist die Welt von Nixdorf und seinen geistigen Erben. Eine Geschichte, die in der Nachkriegszeit begann und bis in die Gegenwart andauert. Es ist die Geschichte der Nixdorf Computer AG und von Punica Granatum."

Während Liam Pomeroy die feierlichen Worte sprach, deutete er zunächst auf das Schild mit dem schlichten 80er-Jahre Logo der Nixdorf Computer AG und anschließend auf das zweite Schild mit dem aufplatzenden, knallroten Granatapfel. Ein Granatapfel als Firmenlogo eines Technologiekonzerns. Nicht unbedingt die naheliegendste Wahl, dachte Hieronymus für den Bruchteil einer Sekunde und verwarf den Gedanken genauso schnell wieder.

„Von der Garage in die Welt. Es ist im Grunde genommen die klassische Geschichte eines Computerpioniers."

Während Pomeroy weiter dozierte, ließ Hieronymus sich ans Ende der Gruppe fallen.

„Als junger Student mit der Idee zum Bau eines Elektronenrechners ausgestattet, konnte Heinz Nixdorf den Energieversorger RWE aus Essen dazu gewinnen, ihm einen kleinen Arbeitsraum und einen Vorschuss in Höhe von 30.000 DM zur Verfügung zu stellen."

Hieronymus konnte den Vortrag in Gedanken mitsprechen. Er kannte jedes Detail. Nixdorf, der Star auf der Hannover Messe 1968. Im selben Jahr der Erwerb der Wanderer Werke, seinem bis dahin größten Kunden. Es erfolgte die

Umbenennung der Firma in Nixdorf Computer AG und die Verlegung des Firmensitzes nach Paderborn. Dann die Wachstumsexplosion in den 1970er-Jahren. Eroberung des internationalen Marktes und Mitarbeiterzahlen, welche die Zehntausender-Marke knackten. Es war die Zeit, in der auch Hieronymus sich als junger Diplomand der Nixdorf Computer AG anschloss.

„Doch schnell stieß Nixdorf an die natürlichen Grenzen der Provinz“, hörte er Pomeroy fortfahren.

„Da sprach der Herr, es werde Licht, jedoch er fand den Schalter nicht.

Also blieb es finster - in Paderborn und Münster.“

Der kleine Museumsdirektor mit dem schottischen Akzent sang fröhlich vor sich hin und schwang dazu melodisch seine ausgestreckten Zeigefinger. Hieronymus erinnerte sich an die zahllosen Auseinandersetzungen Nixdorfs mit den Behörden, die darin endeten, dass Paderborn eine eigene Autobahn und einen Flughafen bekam.

Er betrachtete die alten Fotos in einer Vitrine, auf denen Nixdorf mit prominenten politischen Vertretern wie Helmut Kohl, Norbert Blüm und Ronald Reagan abgebildet war. Er konnte sich noch ziemlich genau an den sonnenreichen September 1983 erinnern, in dem Richard von Weizsäcker dem Computerpionier Nixdorf die Ludwig-Erhard-Medaille für besondere Verdienste um die Soziale Marktwirtschaft verliehen hatte. Angestrengt versuchte Hieronymus daran anzusetzen und seine Erinnerungslücken zu schließen, doch irgendwo in den 80er-Jahren blieb sein Gedächtnis immer wieder stecken.

Er starrte auf seine schwitzigen Hände. Erst jetzt fiel ihm auf, dass ein Ehering seinen rechten Ringfinger zierte. Seine

Haut war blass und seine Sicht noch immer leicht verschwommen. Ganz offensichtlich war sein Kreislauf komplett im Keller. Vermutlich kam jetzt der Teil der Führung, bei dem Liam Pomeroy auf seine Anekdoten zählte. Langsam reifte in Hieronymus die Erkenntnis, dass sein eigener Verstand ihn in die Knie gezwungen hatte. Es war Zeit für die Kapitulation. Zeit, die weiße Fahne zu hissen und einen Arzt aufzusuchen. Den ganzen Morgen hatten sein Stolz und sein innerer Kampfgeist sich dagegen gewehrt, doch er musste sich eingestehen, dass er an einem üblen Gedächtnisverlust litt. Seine Erinnerungen waren verschwunden. Ein tiefes Loch klaffte in seiner Biografie, dass er allein nicht stopfen konnte.

Hieronymus sah, wie sich der kahlköpfige Pferdeschwanz des chinesischen Sicherheitsmannes von der Rolltreppe aus näherte. Er war mit einem Pappbecher bewaffnet, aus dem der heiße Dampf des schwarzen Kaffees hervorstieg.

Es war das letzte, was Hieronymus wahrnahm, bevor eine muskulöse Gestalt ihn von hinten überrumpelte und zur Seite zog.

„Komm mit“, zischte die Stimme an seinem Ohr. „Hör mir jetzt gut zu und lass dir nichts anmerken.“

Es war Erik van der Vaal, der ihn gepackt und ruppig beiseitegeschoben hatte, um ausreichend Distanz zur Besuchergruppe aufzubauen.

„Ich hab einen Anruf aus dem Polizeipräsidium erhalten. In der Stadt spielen sich seltsame Dinge ab. Holmquist, Woods, Faber und Moreau sind verschwunden.“

Hieronymus starrte seinen langjährigen Freund ausdruckslos an.

„Der Polizeidirektor ist sich sicher: Du bist der nächste auf der Liste!“

Szene 12: Jan Lennart Holmquist – 11:00 Uhr

Mit röchelndem Atem öffnete Jan Lennart Holmquist seine klebrigen Augen. War es der modrige Geruch oder seine trockene Kehle, die ihn geweckt hatte? Vielleicht war es auch der vertraute Glockenschlag, der die elfte Stunde des Tages ankündigte.

Seit drei Tagen war er in diesem lebensfremden Raum gefangen. Er hatte mitgezählt, jeden einzelnen Glockenschlag. Wie jeder Paderborner kannte er den Klang. Es war das einzige akustische Signal, das an seine Ohren drang. Holmquist musste sich in unmittelbarer Nähe zum Dom befinden. Seine Augen hatten sich längst an die Dunkelheit gewöhnt. Nur ein kleiner Schlitz unterhalb der alten Holztür verriet ihm, ob es Tag oder Nacht war. Schreien war zwecklos. Daran erinnerte ihn der Schmerz an seinen aufgerissenen Mundwinkeln, der vom straff verknoteten Knebel in seinem Mund herrührte.

Der Knebel? Holmquist spürte eine ungewohnte Freiheit in seinem Mund. Der Knebel hatte sich gelöst und lag zusammengeknüllt auf seiner Brust. Angestrengt starrte er in die Dunkelheit. Stand dort jemand? Vor ihm war ein Tablett mit einem halben Laib Brot abgestellt worden. Daneben lag ein scharfes Messer. Außerdem ein goldener Kelch. Holmquist sah zu, wie sich an der Außenseite des Kelchs winzige Perlen aus Kondenswasser zu einem klaren Rinnsal verbanden und zu Boden flossen.

In den letzten Tagen und Stunden hatte Holmquist seinem Verstand buchstäblich dabei zusehen können, wie ihm in immer kürzeren Abständen imaginäre Bilder von Kaltgetränken zugespielt wurden. Mit zunehmender Dauer war daraus die Vorstellung eines tropfenden Wasserhahns geworden und schließlich die einer dreckigen Wasserpfütze, die wie eine Fata Morgana vor seinem inneren Auge aufflackerte. Er brauchte Wasser.

Unsicher blickte Holmquist an sich herab. Das Einzige, was ihn seit drei Tagen an einer Flucht hinderte, waren die zwei Seile, die links und rechts hinter ihm in die Wand einbetoniert worden waren. An den Enden der Seile hingen zwei Eisenringe, die seine Handgelenke umschlossen.

Holmquist streckte seine Arme aus. Der Kelch war gut zu erreichen. Mit etwas Anstrengung kam er sogar an das Tablett heran. Offensichtlich war seinem Kidnapper ein Fehler unterlaufen, denn auf dem Tablett hatte er das Messer liegen lassen.

Sein Blick wanderte vom Messer zum Seil. Wenn er all seine Kräfte zusammennahm, hatte er eine Chance, die einzelnen Fasern des dünnen Taus durchzusägen. Zitternd streckte Holmquist seine blasse Hand aus. Doch statt sich das Messer zu greifen, umklammerten seine ausgemergelten Finger zuerst den goldenen Kelch. Gierig führte Holmquist das kühle Trinkgefäß in Richtung seiner aufgeplatzten Lippen. Der Geruch von Rotwein stieg ihm in die Nase.

Plötzlich, noch bevor der Kelch seine Lippen berührte, setzte ein unausstehlicher Juckreiz ein. Erschrocken stellte der schwedische Tech-Milliardär den Kelch zurück auf den Boden. Flecken breiteten sich auf der Innenfläche seiner Hand aus. Instinktiv kippte er ein paar Spritzer der kostbaren roten Flüssigkeit über die erbärmlich brennende Haut.

Was Holmquists Verstand in diesem Moment ignorierte, war die Tatsache, dass es sich bei dem Kelch um einen mit Teflon beschichteten Behälter handelte und der markante Rotwein darin einen anderen, leicht stechenden Geruch überlagerte. Doch der stechende Geruch war nichts im Vergleich zum Gestank des verätzenden Fleisches, des hervorquellenden Blutes und der sich auflösenden Knochen an seiner Hand.

Jan Lennart Holmquist verschwendete auch keinen Gedanken mehr daran, ob sein markerschütternder Schrei an die Außenwelt drang, oder ob die Gestalt, die aus dem Schatten hervorgetreten war, ihm rechtzeitig den Mund zugedrückt hatte. Allerdings hörte Holmquist noch ein paar letzte Worte, die der Mönch ihm ins Ohr hauchte.

„Interessant, wie der menschliche Verstand programmiert ist, nicht wahr? Ich war gespannt darauf zu sehen, ob Sie sich nach drei Tagen ohne Nahrung zuerst auf Ihre Henkersmahlzeit stürzen oder das Messer als Mittel zur Flucht ergreifen würden. Ich bin enttäuscht. Ich hätte Sie cleverer eingeschätzt, Herr Holmquist. Ich dachte, Sie wären ein Visionär, der den innersten Trieben trotzt und die nachhaltige Chance der Flucht ergreift. Stattdessen haben Sie sich von mir zu einer ebenso verlockenden wie gefährlichen Alternative hinreißen lassen. So wie die armen Seelen im Kongo, die sie absichtlich manipuliert haben. So wie die armen Menschen, die ihren eigenen korrupten Henker an der Wahlurne ankreuzten. War Ihnen denn nicht bewusst, dass wir in der heutigen Zeit ständig auf der Hut sein müssen? Wir müssen aufpassen, dass wir nicht zum Opfer fremder Interessen werden, die uns heimlich lenken wollen. Fremde Interessen, die uns subtil in die Irre führen. Menschen, die mit unseren innersten Sehnsüchten und Trieben spielen, um unseren freien Willen zu manipulieren.“

Ein süffisanter Unterton mischte sich in die nächsten Worte des Mönchs, die Holmquist jedoch kaum noch registrierte.

„Was ihr Verstand nicht einkalkuliert hat, war das hoch konzentrierte Rodentiziden auf der Oberfläche des goldenen Kelches. Rattengift - wie passend, nicht wahr? Den Rest hat Ihnen der Inhalt dieses Bechers gegeben. Fluorwasserstoffsäure ist in der Lage, einen ganzen Menschen rückstandslos aufzulösen."

Mit langsamen Schritten umkreiste der Mönch sein Opfer.

„Während des Mahles nahm Jesus das Brot, sprach den Segen, brach es und gab es seinen Jüngern mit den Worten: Nehmt, esst, das ist mein Laib, der für euch hingegeben wird. Dann nahm er den Kelch, sprach das Dankgebet, gab ihn den Jüngern und sagte: Trinkt alle daraus, das ist mein Blut, das Blut des neuen und ewigen Bundes, das für euch und für alle vergossen wird, zur Vergebung der Sünden."

Dann sackte der blutleere Körper des Jan Lennart Holmquist leblos auf den frühmittelalterlichen Boden, auf dem er drei Tage lang ausgeharrt hatte.

„Und nun gehet hin in Frieden, denn der Herr, euer Gott ist gnädig und barmherzig und wird sein Angesicht nicht von euch wenden, wenn ihr euch zu ihm bekehrt."

Szene 13: Marie – 11:35 Uhr

Die Hydraulik des höhenverstellbaren Schreibtischstuhls im Büro des Paderborner Polizeidirektors zischte leise vor sich hin. Gedankenverloren ließ Marie den Sitz des Stuhls auf- und abfahren. Es war eine ihrer vielen Marotten, die ihre Konzentration stimulierte.

„Noch mal von vorne." Leon Buchwald war hingegen vollkommen auf den Bildschirm fixiert. „Fällt dir irgendetwas auf? Ist der Hintergrund bearbeitet worden? Kannst du den Stimmenverzerrer knacken? Und wie zur Hölle kommen wir an den Absender ran?“

Marie lehnte sich zurück und begann an ihren Fingernägeln zu kauen. Es war in ihrer jungen Karriere nicht das erste Erpresservideo, das sie auf Herz und Nieren zu prüfen hatte. Doch sie musste zugeben, dass dieses Video keine 08/15-Lösegeldforderung war. Die meisten Erpresser arbeiteten aus pragmatischen Gründen ohnehin viel lieber mit Telefonaten oder Sprachnachrichten als mit aufwendigen Filmaufnahmen. In diesem Fall hatte der Täter jedoch viel Aufwand investiert, um seine Botschaft zu inszenieren.

„Wenn du mich fragst, schaut der Kerl zu viel Netflix. Er scheint aber leider kein Amateur zu sein“, antwortete sie und spulte das Video zurück. Wieder und wieder ließ sie es laufen, suchte nach Unregelmäßigkeiten und nach Mustern, die ihr einen Hinweis auf die Identität des Erpressers liefern konnten. Um 6:50 Uhr war die Mail im privaten E-Mail-Postfach von Leon Buchwald eingetroffen. Als Absender stand dort eine Adresse namens *career@visvitalis.com*. Bei der Vis Vitalis hatte man jedoch angeblich keinen blassen Schimmer, was es mit der Mail auf sich hatte.

Das Video startete erneut. Zu sehen war ein abgedunkelter, pechschwarzer Raum. Lediglich die Deckenlampe spendete ein warmes, in Karomustern erstrahlendes Licht. Marie klickte direkt auf Stopp und zoomte ins Bild hinein.

„Der Hintergrund wirkt echt“, stellte sie fest. „Da sind keine verpixelten Ränder oder Ähnliches zu sehen. Unser Freund hat sich tatsächlich die Mühe gemacht, den gesamten Raum mit schwarzer Siloplane abzuhängen. Schau hier, überall kleine Falten an der Wand.“

Leon nickte zustimmend, während Marie auf die runde Deckenlampe aus hellem Bambusmaterial zoomte. „Die Lampe könnte uns weiterhelfen. Wenn wir Glück haben, ist das ein Designerstück, das sich zurückverfolgen lässt."

Diesmal schüttelte Leon ungeduldig mit dem Kopf. „Das ist klassischer Boho-Style. Früher wurde das mal als Hippie Chic beschimpft. Heutzutage würde es mich nicht wundern, wenn das Ding auf der Bestsellerliste von IKEA steht."

Marie lächelte anerkennend und ließ das Video weiterlaufen. Unterhalb der Lampe saß eine Gestalt im Schneidersitz auf einem Perserteppich. Die Silhouette deutete auf einen kräftigen Mann hin, doch ein weiter schwarzer Umhang verbarg seinen Körper. Das Gesicht wurde von einer okkulten Maske verdeckt. Oberhalb der spitzen Ohren war der Ansatz von geschwungenen Hörnern zu erkennen. Die diabolischen Gesichtszüge der Maske wurden von einem künstlichen Vollbart eingerahmt, der eine Vielzahl an geflochtenen, exakt gleich langen Bartzöpfen enthielt.

Dann setzte die verzerrte Stimme des Erpressers in einer Tonlage ein, wie Marie sie aus Videobotschaften von Anonymous kannte. Es war eine dunkle, basshaltige Stimme, die den Zuhörer direkt ins Mark traf: „Direktor Buchwald, es ist mir eine Freude. In Zeiten des Umbruchs ist es beruhigend, einen Mann mit dem richtigen Kompass in Reihen der ausführenden Gewalt zu wissen. Lassen Sie sich nicht von meinem Erscheinungsbild täuschen. Ich bin Enkidu. Ich bin ihr Freund. Und Sie sind mein Helfer."

Eine kurze Pause. Dann hob Enkidu seinen Kopf. Seine roten Maskenaugen blickten jetzt direkt in die Kamera.

„Der König von Uruk, er wollte einst Unsterblichkeit erringen.

Doch dank göttlicher Prüfungen blieb sie ihm verwart.
Nun wird Enkidu der Stadt vier Jubiläumsopfer bringen,
Sodass mein Werk die blutige Wahrheit offenbart."

Die seltsame Gestalt bekreuzigte sich, während die Kamera auf einen Glaskasten schwenkte. Ein geknebelter alter Mann krümmte sich auf dem Boden. Marie erkannte das Gesicht mit dem gezwirbelten Schnauzbart. Es war Professor Jacques Moreau. Enkidu trat erneut ins Bild. Dann sprach er weiter.

„Am Tag der Kreuzigung wurd' ein wahrer König geboren,
Und das Reich Gottes zum Königtum auf Erden erkoren.
Es wird erneut geschehen, es ist prophezeit,
Das Evangelium nach Markus schlägt den Takt der Zeit."

Marie glaubte ein Grinsen unter dem Schlitz der Maske zu erkennen.

„Und in der neunten Stunde rief Jesus mit lauter Stimme: Eloï, Eloï, lema sabachtani?"

Plötzlich stoppte die Aufnahme. Anstelle des schwarzen Zimmers war das Bild eines gemütlich eingerichteten Wohnzimmers zu sehen. Eine blonde Frau stürzte ins Bild und zog einen dunkelhaarigen, durchtrainierten Mann zu sich heran. Sie landeten auf einem Sofa und pressten ihre Lippen aneinander.

Marie blinzelte irritiert. „Was...?"

Doch schon setzte das nächste Bild ein. Diesmal war es eine Schlafzimmeraufnahme und Marie konnte den dunkelhaarigen Typen eindeutig als den Mann identifizieren, der in diesem Augenblick neben ihr saß. Leon lag im Bett und deutete mit einer roten Fernbedienung geradewegs in die Kamera. Die blonde Frau krabbelte zu ihm ins Bett und schwang ein Bein über seine Hüften.

„Das reicht.“ Leon brach das Video ab. „Der Kerl hat sich in mein iTree-System gehackt. Marie, ich bitte vorerst um absolute Diskretion. Ich hab dir das kleine Besprechungszimmer gebucht. Du kannst dich dort einschließen. Aber ich bin vorerst dein einziger Ansprechpartner in der Sache, verstanden?“

Marie ließ den Schreibtischstuhl zischen. Sie kannte die Gerüchte über Leon. Ein Womanizer, der sich angeblich von seiner wahren, unerwiderten Liebe abzulenken versuchte.

Leon kopierte die Videodatei von einem lokalen Arbeitsordner auf einen leeren USB-Stick. Dann drückte er Marie den Stick in die Hand. „Finde ihn. Und zwar so schnell wie möglich.“

Plötzlich vibrierte es in Leons Hosentasche. Ein Blick auf das Display seines Smartphones ließ ihn erstarren. Einige Sekunden vergingen, bis er den Anrufer schließlich wegdrückte. „Das waren die Kollegen von der Kriminalprävention. Wir müssen Dr. Hauptmann da rausholen.“

Ohne ein weiteres Wort zu verlieren, eilte er aus seinem Büro hinaus.

Marie blieb allein zurück. Verwirrt starrte sie auf den kleinen USB-Stick in ihrer Hand, auf dem das Wappen der Landespolizei NRW aufgedruckt war. Mit einem Seufzer ließ sie ihren Kopf in den Nacken fallen. Sie schloss ihre Augen und drehte sich nachdenklich im Kreis. Als sie den Stuhl mit Blick in Richtung Schreibtisch abstoppte, fiel ihr etwas auf. Links war Leons lokaler Ordner mit der abgelegten Datei zu sehen. Auf dem rechten Bildschirm war noch immer sein privates E-Mail-Postfach geöffnet. Die Originaldatei im Anhang der Mail war fast doppelt so groß wie die in seinem Ordner. Wie konnte das sein?

Szene 14: Marie – 12:00 Uhr

Marie spürte, wie sich ihr Puls beschleunigte. Die Originaldatei im E-Mail-Anhang war nicht nur größer, sondern auch fast doppelt so lang wie die abgespeicherte Version in Leons Ordner. Warum war ihr das nicht früher aufgefallen? Leon hatte von einem Erpresservideo gesprochen, doch wo war die eigentliche Forderung? Die Enthüllung einer Affäre schien kaum ausreichend, um Druck auf einen Mann wie Leon Buchwald auszuüben – besonders angesichts der Tatsache, dass vier prominente Multimillionäre in Lebensgefahr schwebten.

Sie öffnete die längere Datei aus der Mail, übersprang die Szenen aus Leons Privatleben und drückte auf Play. Die Kulisse wechselte erneut in das schwarz abgehangene Zimmer. Das unheimliche Fabelwesen saß nun wieder regungslos im Schneidersitz auf dem Perserteppich.

„Wie du siehst,“ begann die verzerrte Stimme, „kenne ich dich besser, als du denkst. Meinen Beistand beziehe ich von der mächtigsten Instanz auf Erden. Denk immer daran, ich kenne dein Geheimnis.“

Mit diesen Worten flogen Fotos ins Bild, die Marie zunächst nicht einordnen konnte. Was hatte das zu bedeuten? Auf den Bildern war ein kleines Mädchen zu sehen – lachend bei einem Waldspaziergang, spielend mit Legosteinen und Puppen, oder vertieft in ein Malbuch. In jedem Detail steckte die Unschuld der Kindheit. Eine eisige Beklemmung kroch Marie den Rücken hinauf.

Dann wechselte die Szene zu einem Video. Das Mädchen, diesmal im Badeanzug und mit Schwimmflügeln, lief ausgelassen um einen Pool herum, während im Hintergrund das

Meer glitzerte. Die blonde Frau aus Leons Schlafzimmer nahm das Mädchen auf den Arm, beide strahlten vor Freude. Doch das Bild veränderte sich erneut. Plötzlich war ein Männerarm vor der Kamera zu sehen, dann das dazugehörige Gesicht. Der Mann hatte glatte, blasse Züge und einen streng zur Seite gegelten Mittelscheitel. Er trug eine dunkle Sonnenbrille. Mit einem triumphierenden Grinsen klappte der Mann den Laptop zu, und die Aufnahme brach ab.

Schwärze. Doch die Stimme der maskierten Gestalt war wieder zu hören.

„Pünktlich zur Mittagsstunde wirst du einen Anruf von mir erhalten. Folge meinen Worten und es wird ihnen nichts geschehen!"

Pünktlich zur Mittagsstunde? Marie verdrehte ihr linkes Handgelenk. Das Display ihrer PG-Watch zeigte 12:06 Uhr an. Wer hatte Leon vorhin noch gleich auf seinem Handy angerufen? Die Kriminalprävention?

Szene 15: Hieronymus – 12:00 Uhr

Langsam rollte der schwarze SUV die Zukunftsmeile hinunter. Am Ende des Weges bogen sie nach rechts auf die Fürstenallee. Die bulligen Stadtgeländewagen, die das Paderborner Straßenbild prägten, waren Hieronymus schon heute Morgen auf dem Hinweg zum HNF befremdlich vorgekommen. Vermutlich waren sie lediglich Ausdruck des gesteigerten Wohlstands. Dennoch hatte er sich gefragt, warum der Sicherheitsbeamte, der sich vor wenigen Minuten als Polizeidirektor Leon Buchwald vorgestellt hatte, keinen Streifenwagen benutzte.

„Zu auffällig. Wenn jemand sieht, wie Sie in einen Polizeiwagen steigen, gibts doofe Fragen. Draußen wimmelt es noch immer von Pressevertretern."

Die Presse war auch der Grund gewesen, warum Erik ihn zunächst heimlich vom HNF aus durch die Gänge des angrenzenden Berufskollegs und von dort über eine Verbindungsbrücke ins Forschungsgebäude des Fraunhofer Instituts an der Zukunftsmeile geführt hatte. Dort waren Erik und Hieronymus gemeinsam durch den Hinterausgang geflohen, wo Direktor Buchwald sie schließlich mit ausgestreckter Dienstmarke in Empfang genommen hatte.

Von der Rückbank aus blickte Hieronymus durch die abgedunkelten Scheiben nach draußen. Zu ihrer Rechten passierten sie eine gewaltige Sportarena. *Inselbadstadion – Home of Dolphins* war in goldener Schrift auf der Betonfassade des Stadions zu lesen. Darüber posierten ein aggressiv dreinblickender weißer Delfin und ein Athlet im American Football Outfit.

„Machen Sie sich keine Sorgen, Herr Dr. Hauptmann. Reine Vorsichtsmaßnahme. Sicherlich werden sich die Umstände sehr schnell aufklären. Bis dahin nehmen wir Sie mit aufs Revier. Da sind Sie sicher; wer weiß, vielleicht werden Sie noch wertvoll. Für unsere Ermittlungen, meine ich."

Wertvoll? Da war sich Hieronymus nicht so sicher. Er nahm sich vor, mit offenen Karten zu spielen. Hoffentlich kauften sie ihm seinen Gedächtnisverlust ab.

„Ist Ihnen denn in den vergangenen Tagen etwas aufgefallen? Irgendetwas, was mit dem Verschwinden Ihrer Kollegen zu tun haben könnte?"

Hieronymus wollte zu einer umfangreichen Situationsbeschreibung ansetzen. Sein Geist lechzte danach, sich seine

Qualen von der Seele reden zu können. Doch als Hieronymus den Mund öffnete, spürte er, wie Buchwald das Lenkrad herumriss und mit voller Wucht in die Eisen trat. Der Anschnallgurt drückte sich in Hieronymus Brust hinein und schnürte ihm die Luft ab. Mit einigen gekonnten Gegenlenkungen brachte der Polizeidirektor sein Gefährt zurück in die Balance.

Ein quietschgelber Zweisitzer, der lautlos und unbeschwert aus einer Einfahrt auf die Straße gerollt war, hatte ihnen die Vorfahrt abgeschnitten. Hieronymus Blick fiel auf eine futuristisch rotierende Kuppel auf dem Dach des Kleinwagens. Aus der Motorhaube ragten seitliche Fassungen hervor, die mit Kameras ausgestattet waren. Am Stoßfänger blitzten metallische Sensoren im Sonnenlicht auf. Am skurrilsten war jedoch die Szenerie, die sich im Fahrercockpit abspielte. Es war ein Cockpit, in dem kein Fahrer saß. Während sich das ferngesteuerte Auto in aller Seelenruhe in den Straßenverkehr einreihte, schien sich das Lenkrad wie von Geisterhand zu drehen.

„Verfluchter Mist! Immer diese unausgereiften Goggomobile."

Goggomobil – Hieronymus erinnerte sich. Das Design des gelben Gefährts war ganz offensichtlich an den kultigen Kleinstwagen aus der Nachkriegszeit angelehnt worden. Irgendetwas verband er mit diesem Auto. Adrenalin schoss durch Hieronymus Blutgefäße und aktivierte sein Gehirn. Zunächst konnte er es nicht greifen, doch dann löste das Wort eine Erinnerungskette in ihm aus, die sich klar und deutlich vor seinem inneren Auge abzuspielen begann …

Szene 16: August 1985 - Verwaltungszentrale Nixdorf Computer AG

Halbherzig klopfte Hieronymus an die massive Holztür. Es gab keinen Grund, nervös zu sein. Er war voll im Stoff, perfekt vorbereitet und der Kerl, dem er gleich gegenübertrat, kochte auch nur mit Wasser. Die abgedroschenen Phrasen, die durch Hieronymus Kopf liefen, hatten natürlich keinerlei Chance, seinen 140er Puls im Zaum zu halten. Er wusste, dass sich hinter dieser Tür sein zukünftiger Karriereverlauf entscheiden würde. Selbstverständlich kannte er die Geschichten, die man sich hinter vorgehaltener Hand über den alten Patriarchen Heinz Nixdorf erzählte. Letztens erst habe Nixdorf einen Elektriker im Vorbeigehen gefeuert, weil ihm seine langen Haare missfielen. Ironischerweise gehörte der arme Teufel gar nicht zum Inventar Nixdorfs, sondern war über einen externen Dienstleister angeheuert worden.

Fleißige Mitarbeiter förderte der Unternehmer mit allen Mitteln. Beschlich ihn jedoch das Gefühl, sein Personal brenne nicht aus vollem Herzen für seine Sache, dann hagelte es Entlassungen. Angeblich gab es so viele entlassene Nixdorfler auf dem lokalen Arbeitsmarkt, dass die Personalabteilung nicht drumherum kam, jemanden einzustellen, der die eigenen Ex-Mitarbeiter wieder einsammelte.

Hieronymus richtete noch einmal den breiten Knoten seiner gepunkteten Krawatte und zog die Cordhose stramm nach oben. Unsicher, ob sein Anklopfen erhört wurde, nahm Hieronymus all seinen Mut zusammen und hämmerte seine Faust noch einmal kräftig gegen die Tür.

„Herein!“

Hieronymus betrat die Türschwelle und erblickte den grauhaarigen Mann, der mit aufrechter Körperhaltung hinter einem überraschend unauffälligen Schreibtisch saß. Ohne den Kopf anzuheben, griff Nixdorf zielstrebig in eine lederne Terminmappe und zog einen Briefumschlag sowie einen gebundenen Stapel Papier heraus.

„Setzen Sie sich."

Mit freundlicher Stimme wies Nixdorf den jungen Ingenieur an, auf einem Stuhl am runden Besprechungstisch in der Mitte des Raumes Platz zu nehmen.

„Die Zukunft des Personal Computers – eine empirische Marktanalyse", las Nixdorf den Titel des Papierbündels vor, wobei er die Arbeit schwunghaft vor sich auf dem Tisch ablegte. Hieronymus war überrascht und auch etwas stolz. Seine Diplomarbeit hatte tatsächlich einen Weg auf den Schreibtisch des großen Heinz Nixdorf gefunden.

„Meinen Glückwunsch, Herr Hauptmann. Eine Arbeit mit Auszeichnung, wie ich hörte." Nixdorf klopfte anerkennend mit der Faust auf die Holztischplatte. „Nun ja, sie mögen vielleicht etwas überrascht über meine Einladung gewesen sein. Ich möchte ganz offen mit Ihnen sprechen." In Nixdorfs Gesichtsausdruck mischte sich plötzlich etwas Ernsthaftes. Versonnen strich er sich über seine Halbglatze. „Unsere Mitarbeiterzahlen haben sich in den letzten sieben Jahren in etwa verdoppelt. Wir sind also schneller gewachsen als die am schnellsten wachsende Computerfirma Japans. Doch nun mehren sich die Stimmen im Verwaltungsrat, die sich mit voller Macht auf den Markt der Personal Computer konzentrieren wollen. Wissen Sie, es ist eine große Verantwortung für den Standort und es ist eine marktwirtschaftliche Aufgabe, zu beweisen, dass unser Wachstum noch längst nicht am Zenit angekommen ist."

Nixdorf stand auf und schaute aus dem Fenster. Ein aufkommender Sturm fegte durch die Baumkronen der Zitterpappeln, die sich am Ufer der Pader in den Himmel streckten.

„Die ganze Kunst dabei ist es, herauszufinden, in welchem Markt wir bestehen können."

Unsicher, ob er den Geschäftsführer der Nixdorf Computer AG einfach weiterreden lassen sollte, oder ob bereits eine Einschätzung von ihm erwartet wurde, nickte Hieronymus stumm mit dem Kopf.

„Ehrlich gesagt habe ich bisher keine Zeit gefunden, mich intensiver mit Ihrer Arbeit auseinanderzusetzen. Der Grund für Ihre Einladung ist, dass ich mir eine differenzierte Meinung bilden möchte. Bevor ich hier also meine Ansichten kundtue, seien Sie so doch so freundlich und schießen einfach mal ungezwungen drauf los. Was haben Ihre Analysen ergeben? Hat der PC eine Zukunft? Wohin wird sich die Technologie entwickeln und welche Margen lassen sich in Zukunft erzielen?"

Eine undankbare Frage. Schließlich beschäftigte Hieronymus sich nunmehr seit über einem Jahr intensiv mit dem neuartigen Markt der Heimcomputer und hätte stundenlang über das Thema referieren können. Seitdem The Woz, wie Steve Wozniak in der Szene respektvoll genannt wurde, 1976 den Apple I vorgestellt hatte, waren die PC-Hersteller wie Pilze aus dem Boden geschossen. Spätestens als der Computer-Gigant IBM im August 1981 den 5150 auf den Markt brachte, war vielen Experten klar geworden, dass hier ein Umbruch im Gange war.

Nun hatte Hieronymus zweierlei Herausforderungen zu bewältigen. Zum einen musste er Heinz Nixdorf seine Erkenntnisse in kleinen, präzisen Häppchen vorstellen, und zum anderen musste er ihm klar machen, dass Nixdorfs aktuelle Strategie womöglich in eine Sackgasse führte. Konsequent hatte die Nixdorf Computer AG Ende der 60er-Jahre den Schritt zum Mini-Computer bestritten. Wobei Mini-Computer bedeutete, dass die Rechner von der Größe eines Saals auf die Maße eines oder mehrerer Schränke schrumpften. Zehn Jahre später war jedoch das Zeitalter der Mikro-Computer angebrochen, die als Personal Computer langsam, aber sicher ihren Weg in die heimischen Stuben der Mittelschicht fanden. Nixdorf bediente den PC-Markt bisher nur halbherzig. Vor allem zugekaufte Rechner des japanischen Unternehmens Matsushita verließen bislang in vergleichsweise geringer Stückzahl die Lagerhallen des ostwestfälischen IT-Konzerns.

Aber Hieronymus war für diese Herausforderung präpariert. Kurzerhand griff er in seinen Rucksack und breitete zwei Schaubilder auf dem Tisch aus, die er extra für diesen Termin erstellt hatte.

Die erste Abbildung nutzte Hieronymus, um Nixdorf anschaulich die Kostenentwicklung auf dem Computermarkt näherbringen zu können. Immer deutlicher hatte sich in den letzten Monaten herauskristallisiert, dass die Aufgaben, die Nixdorf-Computer der Baureihen 8850, 8860 und 8870 für teures Geld erledigten, durchaus mit einem weitaus billigeren PC gelöst werden konnten. IBM hatte es beispielsweise geschafft, den 5150 nicht nur in den guten Stuben der oberen Mittelschicht auszubreiten, sondern zunehmend auch an vielen Arbeitsplätzen der Bürowelt, was eine exorbitante Gefahr für den Kernmarkt der Nixdorf Computer AG darstellte. Hinzu kam, dass es einen Trend gab, der von den firmeneigenen Computersystemen wegführte. Stattdessen waren offenen Betriebssysteme der amerikanischen Softwarefirmen auf dem Vormarsch. Das brachte zweierlei Nachteile für Nixdorfs Produktportfolio mit sich. Zum einen war der Endkunde nun nicht mehr für immer und ewig an die Erzeugnisse eines einzigen Herstellers gebunden und zum anderen ließen sich solche Standardgeräte mit herstellerneutraler Technik in größeren Stückzahlen und damit billiger produzieren.

„Der PC wird also immer günstiger werden und mit sinkendem Preis eine gewaltige Nachfrageexplosion erleben", fuhr Hieronymus seinen Vortrag fort. „Ende letzten Jahres teilten sich Commodore, Apple, IBM und Hewlett Packard den deutschen Markt mit 43.300 ausgelieferten Geräten." Hieronymus deutete auf die zweite Grafik. „Gehen wir mal von 30 Millionen Haushalten in Deutschland aus, lässt sich erahnen, wohin die Reise geht. Herr Nixdorf, ich habe Ihnen hier verschiedene Szenarien aufgezeichnet. Fragen Sie mich nach meiner persönlichen Meinung, ist selbst das Extremszenario noch konservativ abgeschätzt. Ich prophezeie Ihnen, in zwanzig Jahren wird jeder einzelne deutsche Haushalt mindestens einen Computer in den eigenen vier Wänden stehen haben."

Nixdorf legte die Stirn in Falten. „Was macht Sie da so sicher? Nicht jedermann ist so fasziniert von digitaler Technik wie wir."

Hieronymus hatte mit dieser Antwort gerechnet und zog sein letztes Ass aus dem Ärmel. „Im Oktober 1969 begannen die Amerikaner damit, Großrechner von Universitäten und Forschungseinrichtungen mithilfe des Arpanet zu vernetzen. Sogenannte E-Mails ersetzen dort längst das lästige Briefeschreiben. Doch die Fachwelt spricht bereits von einer sich anbahnenden Globalisierung. Ein Trend der weltweiten Verflechtung, ausgelöst durch eine digitale Revolution. Im Januar letzten Jahres wurde das Arpanet-Protokoll weltweit durch ein einheitliches Protokoll ersetzt. Die Amerikaner nennen es Internet. Universitäten beginnen sich derzeit auf dem gesamten Globus zu vernetzen. Vor zwei Wochen erst ging das Domain Name System an den Start. Ab sofort bekommen Rechner damit auf der ganzen Welt eindeutige Namen zugewiesen, die sich IP-Adressen nennen." Hieronymus bemerkte, wie sich die Falten auf Nixdorfs Stirn mit jedem Satz tiefer in seine Haut gruben. „Hören Sie, im letzten Jahr habe ich viele Stunden mit meinen Professoren über dieses Thema diskutiert. Halten Sie mich für einen Träumer, aber ich denke, wir sind Zeitzeugen einer medialen Revolution, wie es sie seit der Erfindung des Buchdrucks nicht mehr gegeben hat. In Zukunft werden Informationen nicht mehr auf gedrucktem Papier durch die Welt geschickt. Der PC wird das Medium des Informationsaustauschs sein und das Internet wird zum Straßennetz der modernen Welt ..."

Nachdem Nixdorf dem jungen Diplom-Ingenieur weitere fünf Minuten geduldig zugehört hatte, in denen Hieronymus ihm die technischen Hürden im Falle eines ernsthaften Markteinstiegs näherbrachte, schob er die markante Brille auf seinem Nasenrücken empor und öffnete einen Briefumschlag, der vor ihm auf dem Tisch lag. Anschließend holte er einen zweifach gefalteten DIN A4 Zettel heraus. Ohne den Zettel auszubreiten, wedelte er mit dem gefalteten Papier in seiner rechten Hand. „Wissen Sie, was das hier ist?" Nixdorf schob die Antwort direkt hinterher. „Ein Angebot aus dem Silicon Valley. Einer der Marktführer für PCs will mit unserer Hilfe den europäischen Markt erobern. Ich möchte Sie etwas fragen, Herr Hauptmann. Was halten Sie davon?"

Hieronymus fiel im wahrsten Sinne des Wortes die Kinnlade herunter. Wollte Heinz Nixdorf hier gerade seine Meinung zur strategischen Unternehmensausrichtung hören? Hatte er ihn mit seinem Vortrag tatsächlich überzeugt? „Unglaublich! Das ist ein Segen Gottes …" Hieronymus stockte „Ich meine natürlich, das klingt nach einer potenziellen Kooperationsmöglichkeit, die den Markteintritt erleichtern könnte. Von wem kommt diese Offerte, wenn ich fragen darf?"

Die darauffolgende Antwort hätte für Hieronymus nicht enttäuschender ausfallen können und setzte seinem Höhenflug ein abruptes Ende.

„Herr Hauptmann, Sie scheinen einen fleißigen Charakter zu besitzen, das gefällt mir. Ich kann Ihren Ausführungen durchaus folgen. Verstehen Sie mich nicht falsch, auch ich glaube an einen großen Absatzmarkt und kenne die Entwicklungen, die sich rund um das Internet abzeichnen. Dennoch sagt mir mein Gespür, dass wir uns raushalten sollten. Die Angebotsseite wird in entsetzlicher Form überbesetzt sein. Wir haben unseren eigenen Markt. Der ist relativ gut bekannt, und dieser Markt wächst mit einer enormen Steigerungsrate. Wir sollten es den Amerikanern überlassen, sich die Köpfe einzuschlagen. Ich habe es schon einmal gesagt und bleibe dabei: Wir bei Nixdorf bauen keine Goggomobile. Wir produzieren Lastwagen, keine Mopeds. Wir konzentrieren uns mit Computerkassen auf Warenwirtschaftssysteme, wir bedienen die Geldinstitute dieser Welt mit Bankenautomation und wir werden auf dem Markt der digitalen Telefonsysteme weitere Wachstumsraten erzielen. Das ist unser Kerngeschäft, das schafft man nicht mit PCs."

Der durchdringende Blick von Nixdorf und die einsetzende Stille ließen Hieronymus nervös an seinem Ärmel zupfen. All die Vorbereitungen auf dieses Gespräch und all die Arbeit. Hieronymus sah, wie sein Karrieresprungbrett in Flammen aufging. Zu seiner Nervosität gesellte sich das Gefühl der Wut. Warum wollte der alte Mann vor ihm nicht sehen, was Hieronymus sah? Hatte er ihn nur eingeladen, weil er sich seine eigenen Thesen bestätigt haben wollte? Wieso konnte dieses legendäre Unternehmergenie, von dem alle Welt sprach, zu einem solchen Entschluss kommen?

Schließlich, nach einer Pause, die Hieronymus wie eine Ewigkeit vorkam, steckte Nixdorf den Brief zurück ins Kuvert und ging zurück zu seinem Schreibtisch.

„Der Brief kommt von Apple, unterzeichnet von Steve Jobs. Ich werde nächsten Monat unser Entwicklungszentrum in Santa Clara besuchen und habe mich dazu entschieden, dem Silicon Valley einen Besuch abzustatten. Microsoft will uns sein Betriebssystem MS-DOS verkaufen. Mal sehen, was die Jungs zu bieten haben."

Hieronymus nickte knapp und wollte sich gerade verabschieden, da schaute Nixdorf noch einmal in seine Richtung und ließ ein Lächeln auf seinen schmalen Lippen erkennen.

„Frau Jürgens wird Ihnen die Abflugzeiten zukommen lassen. Auf Dauer schlagen einem die staubigen Uni-Hörsäle auf die Bronchien."

Szene 17: Hieronymus – 12:15 Uhr

Im Klang des ältesten gussstählernen Kathedralgeläuts Europas läuteten die Glocken des Paderborner Doms die erste Viertelstunde nach Mittag ein und rissen Hieronymus aus seinen Gedanken. Inzwischen hatte Kommissar Buchwald das Gefährt über die Heiersstraße in die Altstadt gesteuert. Sie hatten die Begegnung mit dem kleinen autonomen Elektroauto unbeschadet überstanden. Dennoch fiel Hieronymus auf, wie verkrampft der Polizeidirektor noch immer das Lenkrad umklammerte. Vom Rücksitz aus konnte Hieronymus die angespannte Nackenmuskulatur erkennen, die sich unter dem enganliegenden weißen Hemd abzeichnete. Zu ihrer Linken passierten sie das weiß verputzte Gebäude des Paderborner Amtsgerichts mit seinen Säulen aus geglättetem Kalksandstein. Ein paar Meter weiter bogen sie im Schritttempo nach rechts in eine schmale Gasse ein.

Für den Bruchteil einer Sekunde trafen sich die Blicke der beiden Männer im Rückspiegel.

„Haben uns 'ne neue Zweigstelle am Kleinen Domplatz eingerichtet", brummte Buchwald und ließ den SUV auf einen Parkplatz zwischen Dom und Konrad-Martin-Haus rollen.

Hinter ihnen erstreckte sich die Fassade des östlichen Domanbaus, in dessen Innenhof sich das berühmte Drei-Hasen-Fenster befand. Hieronymus ließ seinen Blick über den Parkplatz schweifen. Vor ihnen lag die schmale Dompropsteigasse, die von hohen Laubbäumen umrandet wurde. Direkt daneben schloss sich eine steinerne Mauer an, die lediglich von einem schwarzen Zufahrtstor mit der Aufschrift Konrad-Martin-Haus unterbrochen wurde. Hieronymus kannte das Gebäude. In den 70er-Jahren erbaut, lag der ursprüngliche Zweck des Anwesens darin, dem Bischof von Paderborn eine neue Residenz zu schenken. Doch schon bei der Fertigstellung lehnte der damals neu gewählte Kardinal Degenhardt den Einzug in das Gebäude ab. Wie es schien, durfte sich nun die Polizei mit kirchlichem Segen im Konrad-Martin-Haus einrichten.

Durch das rechte Seitenfenster des SUVs fasste Hieronymus eine scheinbar ungenutzte U-Bahnstation ins Auge. *Am kleinen Domplatz*, stand unterhalb des blauen Schildes mit dem weißen U geschrieben. Treppenstufen führten von dort aus in die Tiefe.

Hieronymus schrak zusammen. Direktor Buchwald hatte das Auto verlassen und ihm anschließend energisch die Seitentür aufgerissen. „Herr Hauptmann, wir haben keine Zeit zu verlieren. Bitte folgen Sie mir." Mit schnellen Kopfbewegungen scannte Buchwald die Umgebung ab und deutete auf das Konrad-Martin-Haus. Als sie die U-Bahnstation passiert hatten, blieb der Polizeidirektor plötzlich stehen. Fragend schaute Hieronymus ihn an, doch Buchwald erwiderte seinen Blick mit versteinerter Miene.

Einen Sekundenbruchteil zu spät registrierte Hieronymus, dass die Augen von Leon Buchwald nicht ihn, sondern das Treppenhaus der U-Bahnstation fixiert hatten. Gerade in dem Moment, in dem Hieronymus zu einem Schulterblick ansetzen wollte, umklammerte eine riesige Hand kraftvoll von hinten seine Stirn und drückte Hieronymus Kopf in den Nacken. Dann wickelte sich ein schwarzes Band um seine Augen und ein hartes Stück Metall drückte gegen seine durchgestreckte Wirbelsäule.

„Ganz ruhig", zischte eine männliche Stimme hinter ihm. Im nächsten Moment bemerkte Hieronymus, wie sich der harte Gegenstand kurzzeitig von seiner Wirbelsäule löste und ein knackendes Geräusch auf einen dumpfen Schlag folgte.

„Aaah!“

Hieronymus vernahm den spitzen Aufschrei des Polizeidirektors. Anschließend hörte es sich so an, als würde der durchtrainierte Körper des Beamten keuchend zu Boden sacken.

„Vergeben Sie mir, Herr Direktor, aber es muss authentisch aussehen. Seien Sie sich gewiss, mein Herr weiß Ihre Taten zu schätzen.“

Mit diesen Worten bohrte sich der metallische Gegenstand erneut in Hieronymus Rücken hinein. Der heiße Atem des Unbekannten umhüllte sein linkes Ohr.

„Sorgen Sie sich nicht um ihn. Trösten Sie sich mit Matthäus 9, Vers 12. Da das Jesus hörte, sprach er zu ihnen: Nicht die Starken bedürfen des Arztes, sondern die Kranken. Herr Buchwald ist ein starker Mann.“

Während der Mann im Flüsterton die Bibel zitierte, vergaß Hieronymus vor Furcht zu atmen. Er bemerkte nur noch, wie sich der Unterarm des fremden Riesen an seine Kehle drückte, um ihn in die Richtung zu schleifen, aus der er soeben wie ein bösartiger Dämon emporgestiegen war. Dann ging es abwärts in die Tiefen der stillgelegten U-Bahnstation bis sämtliches Tageslicht verschwand.

Szene 18: Erik – 13:30 Uhr

„Wo ist Hauptmann?", fauchte Wirtschaftsminister Kurt Köhler ihn an.

Der Minister hatte Erik hinter eine der vertäfelten Säulen im Ratskeller gezerrt.

„Was fällt diesem arroganten …"

Köhler stockte im Satz ab und atmete tief durch.

„Verdammt noch mal, die Chinesen stellen schon Fragen."

Unterhalb der renovierten Deckenbögen aus dem 17. Jahrhundert war eine kleine Tafel mit einer weißen Tischdecke und feinsten Porzellantellern aufgebaut worden. Erik selbst hatte auf die Auswahl des Geschirrs bestanden, da er sich überlegt hatte, es könnte einen passenden Aufhänger bieten, über die alte Porzellantradition Chinas zu fachsimpeln. Er hatte gelesen, dass die Anfänge des Edelhandwerks bis in die Sung-Dynastie zurückreichten und damit weitaus älter waren als die ersten erfolgreichen Versuche auf europäischem Boden.

Insgesamt waren acht Plätze mit dem Porzellangeschirr gedeckt worden. Im Vergleich zur Museumsführung im HNF hatten sie den Kreis auf vier Vertreter der chinesischen Delegation und vier deutsche Würdenträger begrenzt, die sich nun gegenübersaßen. Wie besprochen, sollte die Projektpräsentation Pan Paniscus unterhalb des Rathauses in einem diskreten Rahmen stattfinden. Lediglich ein Platz war noch nicht eingenommen worden. Es war der Platz von Hieronymus Hauptmann.

„Herr Minister, soweit ich weiß, gab es einen dringenden Zwischenfall im Labor. Es wäre von Vorteil, wenn wir die Präsentation auf morgen verschieben könnten."

Erik wurde bewusst, dass er mit diesem Satz soeben den Wirtschaftsminister der Bundesrepublik Deutschland angelogen hatte. Kurt Köhler schnaubte verächtlich.

„Erzählen Sie das Dong und nicht mir."

Erik warf einen Blick hinter die Säule. Der Chefkoch des Hauses hielt den Ehrengästen eine Flasche badischen Spätburgunder hin. Dong Shaoqi lehnte ab und ließ sich stattdessen einen Schluck aus einer Karaffe mit lokalem Apfelsaft einschenken.

„Na gut." Erik atmete tief durch. „Ich regle das."

Langsam, aber mit aufrechter Körperhaltung ging er in Richtung des Tisches. Schräg gegenüber vom Staatspräsidenten der Volksrepublik China befand sich der freie Stuhl, auf dem eigentlich Hieronymus sitzen sollte. Dort blieb er stehen. Er umklammerte mit seinen Fingern den Stuhlrücken, räusperte sich und deutete eine kurze Verbeugung an.

„Herr Hauptmann richtet seine tiefste Entschuldigung aus. Leider ist ein Notfall dazwischengekommen."

Erik hielt es für das Beste, vage in seiner Begründung zu bleiben. Vermutlich war Dong Shaoqi ein Mann, der aus Anstand nicht weiter nachhaken würde.

Mit neutralem Gesichtsausdruck stellte der chinesische Staatschef sein Glas ab und musterte Erik. Währenddessen trat ein Mann mit Pferdeschwanz von hinten an den Präsidenten heran und flüsterte ihm einige Sekunden lang etwas ins Ohr. Erik erkannte eine lang gezogene Narbe auf der Schädeldecke des Mannes. Als er zurücktrat, nippte Dong erneut an seinem Glas.

„Ein fantastischer Apfelsaft."

Ein Lächeln umspielte seine schmalen Lippen. Erik rührte sich nicht.

„Männer wie Hauptmann sind sehr beschäftigt und leisten viel für das Gemeinwohl“, begann Dong Shaoqi in perfektem Englisch. „Wir müssen aufpassen, dass sie bei Kräften bleiben, nicht wahr? Die Gesundheit ist ein hohes Gut.“

Dong deutet auf den freien Stuhl.

„Setzen Sie sich doch. Es wäre zu schade, wenn die zubereitete Mahlzeit für Herrn Hauptmann verschwendet wird.“

Gehorsam zog Erik den Stuhl zurück und nahm Platz.

„Nun, der Herr Wirtschaftsminister und ich sind uns einig, dass unsere Nationen in den Bereichen der ökologischen Energiegewinnung, der Digitalwirtschaft und insbesondere der Künstlichen Intelligenz über ein großes Kooperationspotenzial verfügen. Ich habe es gern konkret. Sind Sie vertraut mit dem Projekt, das Herr Hauptmann uns vorstellen wollte?“

Dong Shaoqi deutete auf die Leinwand, auf der Professor Moreau planmäßig aus dem Labor zugeschaltet werden sollte.

„Ich bin wirklich sehr gespannt. Ein chinesisches Sprichwort sagt, einmal sehen ist besser, als hundertmal zu hören.“

„Ein Bild sagt mehr als tausend Worte“, pflichtete der Bundeskanzler ihm bei.

Erik schaute verzweifelt von der Leinwand auf den Teller. Er war an der Auswahl des Essens beteiligt gewesen. Es gab Ochsenbäckchen mit Balsamiko-Schalottenjus, Schmorgemüse und Rosmarinkartoffeln.

Szene 19: Stadtarchäologin Dr. Svenja Beck – 15:15 Uhr

„Überleg doch mal, Svenja. Die Bahn schickt 'ne Mail an die Denkmalbehörde und packt dich aus Versehen in CC? Ein Schelm, wer Böses dabei denkt. Für mich ist der Sachverhalt hier glasklar. Die wollen dich weichkochen wie Rinderzunge in Essiggemüse.“ Vincent Kupferkamp entsperrte sein Smartphone und öffnete den E-Mail-Account der Stadtarchäologie. Er öffnete den Posteingang und begann zu lesen:

„…Hiermit bittet die Bahn Regio AG die Denkmalbehörde der Stadt Paderborn vom Vorhaben der archäologischen Baubegleitung der Tiefbauarbeiten an der Nord-Süd Verbindung U3 abzusehen. Nach unabhängiger Prüfung durch den Sachverständigen Kleinhammer wird die Bahn Regio AG darüber hinaus das Fachamt für Landschafts- und Baukultur des LWL auffordern, ihre Entscheidung zu revidieren. Das Gutachten des Sachverständigen Kleinhammer hat eindeutig ergeben, dass bereits in den Jahren zwischen 2010 und 2014 umfangreiche archäologische Untersuchungen auf dem Gebiet der mittelalterlichen Siedlung Aspethera am Ükern sowie der Mühlenstraße stattgefunden haben. Eine archäologische Baubegleitung wird somit seitens des Sachverständigen Kleinhammer als unverhältnismäßig angesehen, da es sich um einen gesellschaftlich relevanten Netzausbau handelt …“

Vincent sah die Stadtarchäologin erwartungsvoll an. „Svenja, letzte Woche hat man uns die Grube am Kötterhagen zugeschüttet. Gestern wurdest du gleich zwei Mal in der NordWestBahn kontrolliert. Ich wiederhole, zwei Mal!

Und jetzt diese Mail. Glaub mir, die von der Bahn machen ernst. Ich halte es für angemessen, mein Schwesterchen anzurufen. Das hier ist ein Fall für die Polizei. Oder Tony, lass mich wenigstens mit Onkel Tony sprechen. Der kennt ein paar Dienstleister, die verdienen ihr Geld in der Sicherheitsbranche."

Dr. Svenja Beck konnte sich ein Schmunzeln nicht verkneifen. Eigentlich mochte Svenja den Teenager, der seit Januar ihr Archäologie-Team am Busdorfwall als Praktikant verstärkte. Schon damals, als achtjähriger Teilnehmer einer Stadtrallye für Grundschulen war Vincent ihr aufgefallen. Ein aufgeweckter, wissbegieriger Junge, der ständig versuchte, seine Mitschüler und Lehrer über die Sachsenkriege von Karl dem Großen und über die germanischen Gebräuche zu Zeiten der Varusschlacht zu belehren.

In diesen Situationen, in denen Vincent wild gestikulierend vor ihr stand, hatte sie jedoch das Gefühl, seinen jugendlichen Eifer dabei beobachten zu können, wie er aus Vincents Kopf herausquoll und sich in seinen herumwackelnden, feuerroten Locken Bahn brach. Der jugendliche Eifer war es auch, der nach Svenjas Einschätzung dafür verantwortlich war, dass Vincent sich hin und wieder so stark in ein Thema hineinsteigerte, dass dabei Theorien herauspurzelten, auf die ein gesunder Menschenverstand eben nur mit einem Schmunzeln reagieren konnte.

„Ich finde deine Fürsorge ja wirklich rührend, aber übertreib mal nicht. Für diesen Kampf bin ich bestens gewappnet."

Entschlossen bog die Stadtarchäologin von der Kasseler Straße Richtung Osten in eine Seitenstraße ab. Von hier ging die Straße in die Krumme Grube über, bevor sie am

Kötterhagen mündete, wo sie die Überreste einer zerstörten Ausgrabungsstätte retten mussten.

Ausgestattet mit Spaten, Spitzhacke, Schaufel, Kamera, einem Klemmbrett mit Zeichenpapier und allem, was das Archäologenherz begehrt, peilten Svenja und Vincent die Ausgrabung an, die sich im Keller eines modernen Banken-Komplexes befand. Erst letzte Woche hatten sie es komplett verwüstet vorgefunden. Wer auch immer sich dort Zutritt verschafft hatte, wählte sein Ziel mit Bedacht.

Die sorgfältig nach Epochenzugehörigkeit freigelegten Erdschichten waren durchpflügt worden. Flächendeckender, knochiger Bioabfall lag überall auf der Ausgrabungsfläche verstreut und an der Wand war in knallroter Farbe ein Zitat Mahatma Gandhis aufgesprayt worden. „*Aufrichtiger Widerspruch ist oft ein Zeichen des Fortschritts*“, stand dort geschrieben. Lächerlich und abstoßend, wie diese kleinkriminellen Vandalen die Worte des pazifistischen Unabhängigkeitskämpfers für die Zerstörung eines kulturellen Erbes misshandelten.

Warum die Täter das Zitat wählten, lag auf der Hand. Von einigen Kreisen wurde die Paderborner Stadtarchäologin öffentlich für das Ausbremsen des städtischen Fortschritts angeprangert. Mittlerweile reichte das hochmoderne Straßenbahnnetz zwar bis an die alten Stadtmauern heran, die unterirdischen Verbindungsstrecken von U-Bahnstationen wie Neuhäuser Tor mit Jesuitenmauer oder Maspernplatz mit Hauptbahnhof blieben jedoch bislang im Rohbau oder wurden gar halbfertig abgebrochen. Eine zentrale Haltestation inmitten der Altstadt konnte bisher trotz mehrmaliger Versuche nicht in Betrieb genommen werden. Mitverantwortlich dafür waren die Bedenkenträger des Denkmalschutzes, die zahlreiche historische Funde unterhalb der Altstadt Paderborns vermuteten und die Tiefbauarbeiten immer wieder aufs Neue stoppen ließen. Das Resultat waren einige Geisterbahnhöfe, die im historischen Stadtkern aus dem Boden schossen und deren einzige Aufgabe darin bestand, unbenutzte Phantomlinien miteinander zu verbinden.

Vor einem dieser Geisterbahnhöfe blieb Svenja plötzlich stehen. Die geplante Haltestation Gaukirchweg grenzte unmittelbar an die Einfahrt zum Hinterhof des Amtsgerichts.

„Vincent, es wird Zeit, dass ich dir jemanden vorstelle. Wir waren in der Schule dicke Freunde. Eine reizende Frau, die es zu was gebracht hat. Sie ist mittlerweile Direktorin von diesem hübschen Amtsgericht hier."

Svenja sah die Verwirrung in Vincents Gesicht, der seinen Kopf in eine leichte Schräglage brachte und seine Augenbrauen anhob.

„Jutta Schneider hieß bis vor Kurzem Kleinhammer mit Nachnamen. Sie hat sich vor zwei Monaten dazu entschieden, zu ihrem alten Mädchennamen zurückzukehren. Verstehst du?" Ein ungewohnt diabolisches Grinsen entwich Svenjas Mundwinkel. „Jutta wird uns helfen, diesem angeblichen Gutachter die Kompetenz abzusprechen. Komm mit."

Auf dem Weg zum Hintereingang des Gerichtsgebäudes passierten sie eine gut zwei mal drei Meter große Glasplatte, die waagerecht auf einem hüfthohen Mauerwerk auflag.

„Unglaublich, hier ist ja immer noch nichts passiert. Seit einem Jahr soll das Ding gereinigt werden."

Svenja deutete auf die verdreckte Glasscheibe, auf der sich eine braungrüne Masse abgesetzt hatte und somit den Blick in das über 400 Jahre alte Verlies des alten Oberlandesgerichts versperrte. Im 17. Jahrhundert mussten dort die Gefangenen des Bischofs in einem etwa siebeneinhalb Quadratmeter kleinen, dunklen Raum ausharren, der nur eine Latrine und einen Eisenring zum Anketten aufwies. Vorgänger von Svenja hatten acht dieser unterirdischen Arrestzellen auf dem Gebiet des heutigen Amtsgerichts ausgegraben und einige für die Öffentlichkeit sichtbar gemacht. Eine vergebliche Arbeit, wenn der Betrachter lediglich auf ein Biotop aus Algen, Moosen und Unkraut blicken konnte.

Ein lautes Poltern und Geklirre ließ Svenja hochschrecken. Vincents Neugier war mal wieder so groß gewesen, dass er beim Versuch, einen Blick ins Verlies zu werfen, den wenige Zentimeter aus dem Boden ragenden Gullydeckel übersehen hatte. Jetzt lag der pummelige Praktikant wie ein betrunkener Käfer hilflos inmitten einer Reihe geparkter Fahrräder und Elektro-Scooter.

„Nichts passiert! Alles heile geblieben."

Vincent betätigte die Klingel eines Fahrrads, welches er höchst unbeholfen umarmte. „Wenn Sie mir einmal aufhelfen könnten, gnädigste Frau?"

Aus dem Augenwinkel nahm Svenja wahr, wie Vincent ihr eine Hand ausstreckte. Doch sie ignorierte die hilfesuchende Geste und schritt verwundert auf den Gullydeckel zu. Sie kannte diesen Abflussdeckel nur zu gut, denn unter ihm verbarg sich keinesfalls eine Kanalisation. Es war der einzige Eingang ins Verlies und normalerweise völlig ebenerdig. Svenja nahm ihre Brille von der Nase und beugte sich nach vorn. Bei genauerer Betrachtung bemerkte sie, dass ein kleiner Stein zwischen den gusseisernen Bodenring und den Gullydeckel gerollt war, der die kreisrunde Platte leicht nach oben kippen ließ. Aber seit wann rollen Steine automatisch zwischen geschlossene Gullydeckel?

Szene 20: Hieronymus – 15:30 Uhr

Hieronymus blinzelte zwei Mal und schloss dann erneut die Augen. Angestrengt versuchte er seine Gedanken zu sortieren. Das letzte, woran er sich erinnern konnte, waren die dunklen Gänge eines U-Bahnschachts und die harte Mündung einer Waffe in seinem Rücken. Hieronymus Entführer hatte ihn durch die unterirdischen Gänge und schließlich über ein steiles Treppenhaus zurück an die Erdoberfläche getrieben. Ein Hauch von Tageslicht war danach kurzzeitig auf seine verbundenen Augen getroffen, bevor er gezwungen worden war, in ein schmales Loch hinabzusteigen. Unten angekommen hatte er die kräftigen Hände seines Peinigers an seinem Mund gespürt und anschließend einen beißenden Geruch wahrgenommen. Von da an konnte er sich an nichts erinnern.

Hieronymus versuchte seinen Kopf zu drehen. Es kam ihm vor, als habe er einen schlimmen Traum erlebt und sei in einem Albtraum erwacht. Er lag auf einer Mauer aus spitzem Stein. Langsam gewöhnten sich seine Augen an die Dunkelheit des rechteckigen Raumes. Er sah sich in eine dünne Decke eingewickelt. Die Augenbinde hatte sein Entführer ihm abgenommen und stattdessen als Knebel für seinen Mund verwendet. Wahrscheinlich war es die kühle Nässe, die dazu führte, dass Hieronymus linkes Nasenloch verschnupft war. Eine Banalität, die ihm aufgrund des Knebels in seinem Mund die Luft zum Atmen nahm.

Angestrengt versuchte er durch sein freies Nasenloch genug Sauerstoff einzusaugen. Der Geruch erinnerte ihn an den modrigen Keller seines großelterlichen Hofes im Delbrücker Land, in den er als kleiner Junge häufig zum Kartoffeln holen geschickt wurde.

Der Raum, in dem er sich befand, glich einem Gefängnis. Zu seiner Linken erkannte er schemenhaft ein rundes Mauerwerk mit einem Loch in der Mitte, in welches die Straftäter längst vergangener Tage vermutlich ihre Notdurft entrichteten. Ansonsten war nichts Menschliches in diesem altertümlichen Verlies zu erkennen. Alles um ihn herum bestand aus nacktem Stein; mit einer Ausnahme. Ein blasses Licht durchdrang die transparente Decke des Raumes. Der Lichteinfall war sehr trüb und ungleichmäßig, aber dennoch flächendeckend.

Die stärkste Lichtquelle entwich jedoch einer Ausbuchtung in der Wand, der Hieronymus gegenübersaß. Vermutlich war es das schmale Loch, durch welches der Entführer ihn hinuntergeschubst hatte. Gleichzeitig war es die einzige Öffnung, aus der er entkommen konnte.

Neben der Ausbuchtung in der Wand waren die Umrisse eines Schlüssels zu erkennen. Er hing an einem rostigen Nagel. Hieronymus Blick fiel auf den dicken Eisenring, der seinen rechten Knöchel umschloss und mithilfe einer Kette am Mauerwerk befestigt worden war. Die Größe des Schlüssels passte zum Schlüsselloch an seinem Knöchel, aber natürlich befand sich die Wand außerhalb seiner Reichweite.

Hieronymus atmete tief durch und richtete sich auf, um in eine Sitzposition zu kommen. Gab es hier irgendwo einen Gegenstand, der ihm behilflich sein konnte? Unterhalb des Schlüssels streckte eine handflächengroße Spinne ihre Beinchen aus dem Mauerwerk hervor und krabbelte pfeilschnell auf ihn zu. Reflexartig riss Hieronymus einen Fuß hoch und versuchte, das Vieh zu zertreten.

Im lautstarken Rasseln der Eisenkette bemerkte Hieronymus zunächst nicht, wie sich das Loch an der Decke der Ausbuchtung quietschend aufschob und das alte Verlies mit Licht flutete. Erst als ein Bündel roter Locken, gefolgt von einem runden, kopfüberhängenden Gesicht im Lichtkegel der Ausbuchtung auftauchte, ließ Hieronymus die Spinne in Ruhe und blickte in die neugierigen grünen Augen eines Teenagers.

Szene 21: Bruder Raphæl – 15:40 Uhr

Euphorisiert zog Bruder Raphael die Kapuze seiner Mönchskutte über den Kopf und tippte die Nummer in sein Handy, die ihm der Unbekannte vor ein paar Tagen an der Essensausgabe überreicht hatte. Er war froh, dass er endlich in angemessener Art und Weise handeln konnte. Der Herrgott hatte Bruder Raphael aufgeholfen, als er am Boden lag. Jetzt war es an der Zeit, seine Schuld zu begleichen.

„Ja?“, meldete sich die Stimme am anderen Ende der Leitung.

„Eure Eminenz, es ist vollbracht. Alle fünf Zielpersonen sind an einem sicheren Ort versteckt. Holmquist hat wie besprochen sein letztes Abendmahl abgehalten. “

Bruder Raphael spürte die Erregung des Mannes am anderen Ende der Leitung, der ihm als Sanctae Romanae Ecclesiae Cardinalis vorgestellt worden war und dessen

Stimme er bis vor Kurzem nur aus Predigten von der Kanzel kannte. Es war die Stimme des Oberhauptes der größten und reichsten Diözese Deutschlands; die Stimme des Erzbischofs von Paderborn im Rang eines Kardinals der Heiligen Römischen Kirche.

„Schon morgen in der Früh können wir es vollenden, eure Eminenz. Ich bin bereit, weitere Opfergaben zu bringen." Der Franziskanermönch sprach jetzt leiser, während er in die Krumme Grube abbog.

„Gut gemacht, mein Sohn", antwortete die väterliche Stimme. „Hast du die Mahlzeit für Herrn Hauptmann dabei? Heute Abend soll es ihm an nichts fehlen. Der Herr ist unser Hirte und genau wie du, mein Sohn, spielt Herr Dr. Hauptmann eine besondere Rolle in seinen Plänen. Jeder muss sein Opfer vollbringen, damit der Glaube zurückkehrt in die Herzen der Menschen."

Bruder Raphael warf einen flüchtigen Blick in seinen grauen Jutebeutel. Fünf dicke Scheiben von frischem Graubrot, ein gutes Stück Butter, eine halbe westfälische Mettwurst und ein scharfes Messer waren darin verstaut. „Ja, eure Eminenz. Alles so, wie mir aufgetragen wurde."

Zielstrebig betrat er den Hinterhof des Amtsgerichts. Hektische Stimmen drangen an sein Ohr. Erschrocken blickte er in Richtung der Mauer, hinter der sich das alte, freigelegte Verlies mit dem Gullydeckel befand. Es war der Ort, an dem er Hieronymus Hauptmann versteckt und in einen ruhigen Schlaf versetzt hatte. Die Stimmen bewegten sich.

„Hab keine Angst, mein Sohn, unser Werk geschieht im Willen der höchsten Autorität auf Erden. Es ist der Wille des Bischofs von Rom und der Wille Gottes, von dem wir getragen werden."

Die motivierenden Worte des Kardinals waren zu einem Hintergrundrauschen im Kopf des Franziskanermönchs verkommen. Blut schoss in sein Hirn. Nervös beschleunigte er seine Schritte. Im Schatten des Geisterbahnhofs Gaukirchweg bewegten sich drei Gestalten, die mit Spaten und allerhand Werkzeugen bepackt waren. Die auffällige Gruppe huschte die Treppenstufen hinunter in die Tiefe. Ein rothaariger Junge, eine dunkelhaarige Frau ... und Hauptmann! Wie konnte das sein? Bruder Raphael hatte seine Refugien mit äußerster Sorgfalt ausgewählt. Schnell und unauffällig verkürzte er die Distanz zur Gruppe. Eindeutig, es war die rundliche Silhouette seiner Geisel. Zorn stieg in ihm auf. Da war es wieder. Seine unkontrollierbaren emotionalen Schübe, die regelmäßig aus ihm herausbrachen. Ohne dass er es bemerkt hatte, tauschte Bruder Raphael sein Handy gegen das Messer im Jutebeutel aus. Dann rannte er los.

Szene 22: Hieronymus – 15:40 Uhr

„Weg hier", war das Einzige, was Hieronymus mantraartig wiederholte, seitdem die Dame ihm den Knebel aus dem Mund gezogen hatte.

„Keine Panik. Ich würde vorschlagen, wir verschieben unseren formaljuristischen Ausflug ins Amtsgericht bis auf weiteres. Ich kenne da ein Versteck, in dem wir den Fall Hauptmann in Ruhe aufrollen können."

Vincent hielt das Ausgrabungsgerät in der Linken und klimperte mit einem Schlüsselbund in der rechten Hand, während er voranschritt und die Treppen der Haltestation Gaukirchweg hinunterstampfte.

Die mobilen Absperrungen waren zur Seite geschoben worden. Hieronymus suchte den Blickkontakt mit der Dame, die seinen Blick mit sorgenvoller Miene erwiderte. Auf die Frau schien die Gesamtsituation einen wesentlich ernsthafteren Eindruck zu hinterlassen als auf ihren jungen Mitstreiter. Andererseits wirkte der Junge mit den roten Haaren aufgeweckt und vertrauenswürdig. Das Wichtigste war jetzt ohnehin erst einmal, Abstand zu gewinnen.

Der kleine U-Bahnhof, den sie betraten, sah aus, als wäre er von Metall- und Rohstoffdieben geplündert worden. Weder Anzeigetafeln noch Bahnhofsschilder waren zu sehen. Es gab keine Gleise und keine Wartebänke. Nichts deutete auf eine aktive Nutzung der Haltestelle hin.

Die Frau deutete auf ein leerstehendes Kioskgebäude. „Es tut mir ausdrücklich leid, dass hier niemals Leben eingekehrt ist, Herr Hauptmann. Ich vermute, wir beiden sind bei diesem Thema verschiedener Auffassung. Wissen Sie, mir bedeutet die Reise in vergangene Tage wesentlich mehr als eine kurze unterirdische Fahrt von der Westernstraße zum Maspernplatz.“

Kannte er diese Frau? Was wollte sie ihm damit sagen?

„Hier lang“, kommandierte der Junge, der nun in fast vollständiger Dunkelheit unterhalb von Hieronymus auf einen Bahnsteig ohne Gleise gesprungen war und der Dame eine Hand ausstreckte.

Plötzlich fuhr es Hieronymus mit einem Schlag eiskalt in die Glieder. Obwohl sich keiner der drei bewegte, hörten sie schnelle Schritte, die von den kahlen Betonwänden des Geisterbahnhofs widerhallten. Erschrocken starrten sie sich an. Hieronymus drehte sich um und erkannte in der Ferne die Umrisse eines Kapuzenumhangs. Wie ein Dämon aus der Finsternis schien der Kapuzenumhang die Treppenstufen hinunterzuschweben.

„Lauft!“, brüllte Hieronymus und sprang zu Vincent ins Gleisbett hinab, was ihm seine Beine mit einem krampfhaften Ziehen unter der Kniescheibe dankten. Die Frau ließ ihre Kamera, das Klemmbrett mit dem Zeichenpapier und die Spitzhacke klirrend zu Boden fallen. Von Todesangst getrieben liefen sie los. Immer weiter, bis die Schritte des geistlichen Monsters das Trio in die Dunkelheit des U-Bahnsystems hineintrieben.

Szene 23: Dr. Svenja Beck – 15:45 Uhr

Die Archäologin glaubte nicht an Schicksal. Erst recht nicht an göttliche Fügungen. Jedes Lebensereignis war ein Resultat aus eigenen Entscheidungen und zufälligen Gegebenheiten. Dennoch musste sie zugeben, dass die Situation, in der sie sich jetzt befand, keinem Wahrscheinlichkeitstest standgehalten hätte.

Gedanken, die Svenja in Sekundenbruchteilen durch den Kopf schossen, während sie rannte. Sie wusste, welches Ziel Vincent ansteuerte. Es konnte sich nur noch um wenige Meter handeln. Ihre Augen hatten sich mittlerweile an die Dunkelheit gewöhnt. Sie spürte die schnellen Schritte des Fremden wie ein dröhnendes Inferno im Nacken.

Alles in ihrem Körper war auf den Fluchtinstinkt fokussiert. Eine Tatsache, die nicht verhindern konnte, dass Svenja einen Schlafsack übersah, den irgendein anonymer Obdachloser hier unten auf dem Boden ausgebreitet hatte. Während ihr linkes Standbein den olivfarbenen Schlafsack auf dem Boden fixierte, verhedderte sich ihr rechter Fuß in der Öffnung und brachte Svenja aus dem Gleichgewicht.

Den Schmerz in ihren Handflächen, mit denen sie den Aufprall abdämpfte, spürte sie nicht. Einige Meter vor ihr erkannte sie schemenhaft, wie Vincent und Hauptmann das Gleisbett verließen. Dort musste der rettende Ausgang sein. Die Tür, die in den Keller der Kneipe Zum Krummen Ellenbogen führte. Strampelnd versuchte Svenja den lästigen Schlafsack abzuschütteln. Es waren wertvolle Sekunden, in denen die Stadtarchäologin mit ansehen musste, wie der Schatten in ihrem Rücken die Distanz zwischen ihnen verkürzt hatte. Es war der unheilvolle Schatten eines Geistlichen, dessen tief ins Gesicht gezogene Kapuze sämtliche Gesichtszüge verbarg. Erschrocken drehte Svenja sich auf den Rücken und starrte ihn an. Die braune, mit einem weißen Zingulum gegürtete Kutte verriet ihr, dass der Mann vor ihr dem Orden der Franziskaner angehörte.

„Pace e bene", murmelte Svenja mit trockener Kehle. Pace e bene; das bedeutete Frieden und Gutes. Franziskus selbst verwendete oft diesen Gruß und legte den Menschen damit nahe, sich im gemeinsamen Miteinander stets Heil und Frieden zu wünschen. Ein Wunsch, der vermutlich noch nie so ernst gemeint war wie in diesem Moment aus dem Mund der Archäologin.

Keine Antwort.

„Mein Name ist Svenja Beck. Ich bin Archäologin und erforsche die faszinierende Geschichte der Paderborner Kirche." Sie versuchte es höflich und beschwichtigend; so wie es ihre Art war. Nur ihre brüchige Stimme verriet ihre Nervosität.

„Ich bin gestolpert. Können Sie mir aufhelfen?"

Sie streckte ihm eine Hand entgegen, doch erhielt keine Antwort.

Svenja war es nicht gewohnt, mit dem Bösen umzugehen. Sie kannte sich aus mit dem Ausgraben, Interpretieren und Konservieren von uralten Gegenständen. Ihre tägliche Welt bestand aus verschütteten Geheimnissen, die ältere Kulturen für uns hinterlassen hatten. Womit sie sich jedoch nicht auskannte, war der Wahnsinn, der Menschen mit pathologischen Wutanfällen dazu bringen konnte, ein Messer mit voller Wucht in den Körper eines Unschuldigen zu rammen.

So, wie es Svenja geschah, die an sich herunterblickte und das ausströmende Blut dabei beobachten konnte, wie es den Schlafsack tränkte. Es passierte so schnell, dass sie keine Zeit mehr hatte, nach Hilfe zu schreien und nicht einmal bemerkte, wie die Wut mit einem Schlag aus den Gesichtszügen des Franziskanermönchs wich und in pures Entsetzen umschlug.

Szene 24: Hieronymus – 16:00 Uhr

Hieronymus hörte den Pulsschlag in seinen Ohren. Er befand sich inmitten eines steinigen Gewölbekellers. Eine Zimmertür war nirgendwo zu sehen. Die einzige sichtbare Fluchtmöglichkeit war eine schmale Wendeltreppe, dessen Stufen sich steil nach oben schlängelten.

Zumindest war es der einzige offensichtliche Ausgang. Hieronymus warf einen Blick über seine linke Schulter und beobachtete den offenen Kleiderschrank an der Wand. Eine dichte Reihe eingeschweißter Karnevalskostüme wurde energisch zur Seite geschoben. Anschließend quetschte sich der rothaarige Junge zwischen den Kostümen hindurch und stolperte in den Raum hinein. Mit weit aufgerissenen Augen starrte er Hieronymus an.

„S-svenja … ich glaub … sie …“

Vincent sprach nicht weiter. Stattdessen deutete er noch einmal auf den Kleiderschrank. In der Rückseite des Schranks befand sich ein Loch. Es war ein Loch, das wohl vor einiger Zeit notdürftig mit einer Metalltür und etwas gipsartiger Spachtelmasse verschlossen worden war. Vincent hatte vor wenigen Sekunden seinen Schlüssel benutzt, um die Tür von außen aufzuschließen und ihnen somit einen Fluchtweg aus dem dunklen U-Bahnschacht ermöglicht.

Hieronymus schluckte. Dann schob er den Jungen hastig beiseite und ging mit gebückter Körperhaltung unter der Kleiderstange hindurch. Leise drückte er die Metalltür auf. Die kalte Dunkelheit sprang ihm ins Gesicht. Was auch immer diese Gestalt antrieb, sie hatte es allein auf ihn abgesehen.

Also betrat er noch einmal das klapprige Eisenpodest, welches über einige eingepresste Gitterroststufen in den U-Bahnschacht hinunterführte. Ganz langsam setzte er einen Fuß vor den anderen. Hieronymus Beine fühlten sich schlapp und zittrig an.

„Hier bin ich! Was willst du von mir?“ Sein Ruf hallte von den feuchten Betonwänden durch den länglichen Schlund des unterirdischen Tunnels.

Als Antwort folgte Totenstille. Das Monster war verschwunden und es hatte die Archäologin mitgenommen. In seinem Rücken betätigte Vincent die Taschenlampenfunktion auf seinem Smartphone und schlich vorsichtig an Hieronymus vorbei.

„Oh mein Gott! Hier ist alles voller Blut.“

Vincents Stimme war jetzt viel höher und brüchiger als zuvor. Entsetzt deutete er auf einen Schlafsack, der sich vor ihren Füßen befand. Hieronymus blickte an sich herab. Er stand inmitten einer klebrigen Pfütze.

Vincent keuchte, bevor er panisch zurück zum Keller lief. „Wir müssen die Polizei rufen!“

„Halt!“, rief Hieronymus und folgte ihm. Als Hieronymus den Keller betrat, hatte Vincent bereits die Wendeltreppe erreicht und fuhr wütend herum.

„Halt? Was soll das heißen? Passt dir die Polizei etwa nicht in den Kram? Was wird hier gespielt?“

Die Lippen des Jungen bebten. Hieronymus antwortete nicht. Ihm kamen die Bilder des Polizeidirektors in den Sinn. Leon Buchwald hatte ihn an die Bestie ausgeliefert.

„Sie werden uns nicht helfen“, sprach Hieronymus seine Gedanken laut aus.

„Die Polizei wird uns nicht helfen?“ Vincents Stimme überschlug sich. „Ich wusste es. Ich hab Svenja noch heute Morgen gewarnt. Die Anzeichen waren glasklar. All die Drangsalierungen. Ihr wart es auch, die uns die Grube am Kötterhagen zugeschüttet habt. Sag mir, Herr Dr. Hauptmann“, Vincent spuckte den Namen förmlich aus. „Wann habt ihr profitorientierten, gefühllosen Banausen euch überlägt, dass Svenja aus dem Weg geräumt werden muss?“

Der Junge griff sich fassungslos in seine lockige Mähne. „Sie war euch seit Jahren ein Dorn im Auge. Ihre Beharrlichkeit, mit der sie eure Bauvorhaben behindert hat, um das kulturelle Erbe der Stadt zu retten. Damit konntet ihr nicht umgehen.“

Er ging die Treppenstufe hinab und kam wütend auf Hieronymus zu. Hieronymus versuchte sich zu wehren, doch seine Gedanken waren nicht schnell genug. Der Junge überschüttete ihn mit Anklagen, während sich ein dröhnendes Geräusch in seinem Kopf ausbreitete.

Selbst nicht im Stande, eine glaubhafte Erklärung für die Ereignisse der letzten Stunden zu liefern, suchte er nach einem Ventil für seine Verzweiflung. Ihm war schwindelig.

Oberhalb von ihnen vernahm Hieronymus plötzlich ein polterndes Stampfen und ein bedrohliches Quietschen der Holzstufen. Jemand kam die Wendeltreppe hinunter. Sein Kreislauf spielte verrückt. Er schloss die Augen. Taumelnd stolperte er mit dem Rücken gegen die Wand. Während er blinzelte, blickte er in das erschrockene Gesicht einer kugelrunden Gestalt mit Vollbart.

Verwirrt starrte der Mann auf die blutigen Fußabdrücke auf dem Boden. Er trug eine Lederschürze und verströmte diesen einprägsamen Geruch. Noch immer mit dem Rücken zur Wand, legte Hieronymus seinen Kopf in den Nacken und schaute nach oben an die Decke. Am Ende der Wendeltreppe erkannte er eine offene Luke. War das Dröhnen in seinem Kopf ein Streich seines angeschlagenen Gehirns, oder war es real? Er vernahm ein lautstarkes Stimmengewirr, das sich mit dem klirrenden Geräusch von Gläsern und dem grölenden Lachen einiger beseelter Gäste vermischte. Jetzt konnte er auch den Geruch zuordnen. Sie befanden sich im Keller einer Kneipe.

„Heilige Schweinescheiße", waren die letzten Worte, die Hieronymus aus dem Mund des bärtigen Kneipenwirts hörte, bevor ihm endgültig schwarz vor Augen wurde und er erschöpft zusammensackte.

Szene 25: Bruder Raphæl – 16:30 Uhr

„Die Geißel in deinem Geiste ist ein unnötiges Laster, mein Sohn. Richte ein Bußgebet an den Herrn als Zeichen deiner Beichte. Er wird dir die Sünde vergeben, denn deine Taten sind größer als das Schicksal der Frau."

Bruder Raphael kniete auf dem harten Holzboden inmitten seiner Klosterzelle. Seine Hände waren zum Gebet gefaltet und zittrig auf der Matratze seines Bettes abgelegt. Ehrfürchtig blickte der Franziskanermönch auf das Kruzifix an der Wand, während er den Worten des Kardinals lauschte, die aus dem Lautsprecher seines Mobiltelefons drangen. Wieder einmal waren die Sicherungen bei ihm durchgebrannt. Die Archäologin hatte seinen Zorn zu spüren bekommen. Er war gefangen im Körper eines Monsters.

„Eure Eminenz, sie nahmen einen verschlossenen Seitenausgang des unterirdischen Tunnelsystems. Wir befanden uns in unmittelbarer Nähe zum Gaukirchweg."

Nachdem Bruder Raphael in die erschrockenen Augen der Archäologin geblickt hatte, war er nicht im Stande gewesen, Hauptmann zu folgen.

„Gut. Und nun lass ab von deinem Zweifel und konzentriere dich auf deine Aufgabe. Ab jetzt darf uns kein Fehler mehr unterlaufen. Morgen zu dieser Zeit ist es vollbracht. Die abendländische Welt wird erkennen, dass der gottlose Pfad, auf dem sie sich befindet, in den Abgrund führt. Wir müssen der Menschheit die Augen öffnen, damit sie begreift, dass kein Heil in den technoreligiösen Vorstellungen der hyperkapitalistischen Frevler zu finden ist. Sie sind die Auswüchse des Satans, die vor keiner Manipulation und Sklaverei zurückschrecken. Die Menschen müssen ihren

Weg zurückfinden. Sie müssen zurück in den sicheren Schoß der heiligen katholischen Kirche."

Es dauerte einige Momente, bis sich die Atmung des Kardinals beruhigte. „Um das Schicksal von Hauptmann wird sich der Polizeidirektor kümmern." Mit diesen Worten legte der Kardinal auf.

Szene 26: Hieronymus – 16:50 Uhr

Ein schwankender Bison wandelte sich vor Hieronymus Augen in einen gesichtslosen Teufel im Mönchsgewand. Auf einem stämmigen Esel ritt die gehörnte Kreatur davon. Hieronymus blinzelte einige Male. Erst als sein Blick klarer wurde, erkannte er, dass er sich in einem niedrigen Raum befand, dessen Decke aus massiven Holzbalken bestand. Das gehörnte Wesen war lediglich das Ergebnis seiner Fantasie gewesen. Sein Verstand hatte vergeblich versucht, die fleckige Holzmaserung der Balken über ihm zu interpretieren.

Sein Kopf war auf einem Kissen abgestützt. Der restliche Körper lag flach auf einer ausgerollten Yogamatte. Über ihm befanden sich die Holzbalken und zu seiner Rechten ein riesiger Flachbildschirm mit weinrotem Metallrand. Seine linke Hand ertastete einen niedrigen Couchtisch, auf dem eine messingfarbene Tischlampe mit einem Schirm aus Leder platziert war. Der Lederschirm verwandelte das helle Licht der Glühbirne in eine warme Zimmerbeleuchtung. Hieronymus schloss erneut die Augen, um das schmerzhafte Pochen hinter seiner Stirn abzumildern.

Von der anderen Seite des Raumes drangen aus einem Radio die leisen, rauschenden Töne eines Cat Stevens Song zu ihm herüber. Hieronymus erkannte den Titel: Father and Son, ein Track auf dem 1970 veröffentlichten Album Tea for the Tillerman. Hieronymus dachte an seine Familie. Er spürte sie im Herzen, aber er konnte sich nicht an sie erinnern.

Plötzlich hörte er Stimmen. Es klang, als würden sie aus einem Nachbarraum kommen. Konzentriert versuchte er, einzelne Wortfetzen aufzufangen. „...der echte Hieronymus Hauptmann?...", vernahm er eine weibliche Stimme. Auch Vincent war offensichtlich noch anwesend. „...riesige Verschwörung ... Skandal ...", hörte er die einzelnen Worte des aufgebrachten Jungen. Im nächsten Moment war das Knatschen einer Tür zu hören und das Gespräch klarte sich auf.

Die Gruppe kam leise in das Zimmer geschlichen, in dem Hieronymus ausgestreckt auf dem Rücken lag. In der Hoffnung, mehr zu erfahren, entschloss er sich dazu, die Augen schnell wieder zuzukneifen und reglos liegen zu bleiben.

„Marie, nun wende dich doch einmal von deiner obsessiven Bewunderung ab und bringe deine unangebrachte Begeisterung für diesen Menschen hinter dich. Wir haben es hier mit Kriminellen zu tun", zischte Vincent die Frau an.

„Erzähl du mir nicht, kleines Brüderchen, wer oder was kriminell ist", schoss die Frau entschlossen zurück. „Wenn es nach dir geht, treibt es King Charles mit dem Kaiser von China und plant mit dem Paderborner Schützenverein einen Kreuzzug nach Jerusalem. Du mit deinen ständigen Verschwörungstheorien."

Vincent hatte lediglich als ein verächtliches Schnauben für seine Schwester übrig.

„Nach dem heutigen Tag weiß ich sowieso nicht mehr, was ich noch glauben soll." In die Stimmlage der Frau mischte sich jetzt ein Hauch enttäuschter Melancholie. „Hauptmann hat recht, wir können die Polizei nicht einschalten. Mein Chef, Polizeidirektor Buchwald, ich denke, er lässt sich erpressen. Keine Ahnung, wer bei diesem Spiel noch mit drinsteckt, aber wir sollten uns zumindest anhören, was Hauptmann zu sagen hat."

Da war sie also, die Erklärung dafür, warum Hieronymus von Buchwald an den Killer ausgeliefert worden war. Der Polizeidirektor wurde erpresst.

„Verdammt noch mal! Denkt hier auch mal einer an mich? Marie, da ist überall Blut in meinem Keller!"

Überrascht davon, eine dritte Stimme zu hören, schlug Hieronymus erschrocken die Augen auf. Schlagartig hatte er die Aufmerksamkeit der gesamten Gruppe.

„Aha, diesem Schwindler willst du Vertrauen?"

Vincent stemmte trotzig die Hände in seine Hüften. Der gewaltige, bärtige Mann an Vincents Seite brummte zustimmend. Das musste der Kneipenwirt sein. Hieronymus stellte sich die unnötige Frage, wie er mit seinem Körper die schmale Wendeltreppe im Keller benutzen konnte, ohne darin stecken zu bleiben.

Die junge Frau des Trios, die nicht verleugnen konnte, Vincents Schwester zu sein, klammerte sich aufgeregt am Sofa fest. Sie war von schlankerer Statur als ihr Bruder, jedoch mit ebenso roten Haaren und mit den gleichermaßen aufgeweckten Augen ausgestattet. Es waren Augen, die Hieronymus mit dem ehrfürchtigen Ausdruck eines Kindes anschauten, bei dem zum ersten Mal der Nikolaus zu Gast war.

„Herr Hauptmann, ich habe eine Frage an Sie: Welchen streng geheimen Codenamen verwendete Punica Granatum während der Entwicklungsphase des ersten iPhones?" Mit erwartungsvollem Blick starrte Marie auf Hieronymus herab, der sich langsam aufrichtete.

„Nana!", schob Marie eigenmächtig die korrekte Antwort hinterher. „Die Granatapfelsorte Nana Gracilissima ist in allen Belangen zierlicher als ihr großer Bruder. Quasi eine Mini-Version des handelsüblichen Granatapfels. Der Codename Nana spiegelte die anspruchsvolle Aufgabe wider, Vorgängertechnologien wie Telefonie, Radio, Videokamera und internetfähige Rechner in einem kleinen, kompakten Gerät zu vereinen."

Hieronymus ließ seinen Blick durch den Raum schweifen. Trotz der Vielzahl an Hightech-Geräten, die fast alle mit dem Symbol des aufplatzenden Granatapfels versehen waren, wirkte der Raum gemütlich. Die schrägen Wände verrieten ihm, dass er sich in der Dachgeschosswohnung oberhalb der Kneipe befinden musste.

„Nächster Test … Warum erscheint in jeder Werbung die Uhrzeit 20:25 Uhr auf dem iPhone-Display?"

Hieronymus wollte gerade seine Ahnungslosigkeit offenbaren, da plapperte Marie schon wieder drauflos.

„Na, weil um 20:25 Uhr am 9. April 2007 das erste iPhone vorgestellt wurde. Herr Hauptmann, Sie machen es mir wirklich nicht einfach. Letzte Chance! Warum wählten Sie den 9. April als Geburtsstunde des iPhones?"

Geburtsstunde? iPhone? Hieronymus betrachtete seine schwitzenden Hände und starrte auf seinen Ehering. Neben Marie verdrehte Vincent genervt die Augen. Scheinbar konnte seine Schwester sich die Gelegenheit nicht entgehen lassen, Hieronymus zu zeigen, wie gut sie sich im PG Universum auskannte.

„Ist ja gut. Wir haben es verstanden, Marie. Du bist selbst mit der Unterhosenfarbe des großen Hieronymus Hauptmann vertraut. Gewiss ist der Herr nun zutiefst stolz auf dich."

„Da wird doch der Storch inna Pfanne verrückt!" Der Kneipenwirt schlug mit der Faust gegen die Wand. „Wir haben hier echt andere Themen als eure verkappte Geschwisterliebe. Kann mir mal irgendeiner erklären, was genau hier vor sich geht?"

„Ich weiß es nicht", flüsterte Hieronymus schließlich in die aufgebrachte Diskussion hinein. „Ich weiß es wirklich nicht. Ich weiß nichts über dieses iPhones, noch weiß ich, was hier los ist. Ich weiß noch nicht einmal, wie meine Frau heißt."

„Alles klar, offensichtlich ist das hier nicht Hieronymus Hauptmann." Der bärtige Mann packte Hieronymus mit seinen Pranken unter den Achseln und hob ihn mit Leichtigkeit auf seine wackligen Füße. Dann fasste er ihn im Stile eines Türstehers an den Schultern und begann damit, ihn von oben bis unten abzutasten. Ein dünnes Lederetui, das in der innen liegenden Brusttasche von Hieronymus Anzugjacke verstaut war, erregte seine Aufmerksamkeit.

„Hier ist 'n Ausweis drin. Check doch mal, ob der echt ist."

Marie fing das Portemonnaie auf und zog eine Taschenlampe aus der Schublade des Esstisches. Langsam schwenkte sie den Personalausweis im violetten UV-Licht der Lampe hin und her. Dann legte sie den Ausweis auf dem Esstisch ab.

Hieronymus war also an der Entwicklung dieser iPhones beteiligt gewesen? Obwohl seine Erinnerungslücken in den

80er-Jahren einsetzten, waren Smartphones ihm keinesfalls fremd. Den Aufbau dieser kleinen Wunderwerke hätte er jedoch niemandem erklären können. Fast hoffte er, dass Maries Ausweiskontrolle ihn als jemand anderen entlarven würde. Die erdrückende Last, die ihm schon am Morgen in der riesigen Eingangshalle seines Firmengebäudes die Luft geraubt hatte, stieg erneut in ihm auf. Hieronymus suchte nach etwas Bodenständigem. Er musste sich beruhigen. Einen klaren Gedanken fassen. Sein Blick streifte einen Obstkorb, der mittig auf dem Tisch platziert worden war. Konzentriert betrachtete er die saftig grünen Äpfel. Ohne Vorwarnung schoss ein Ruck durch Hieronymus Hippocampus und setzte eine Erinnerung in ihm frei.

Szene 27: September 1985 – Jackling House, Woodside (Kalifornien)

Der Obstkorb aus geflochtenem Bambus stand auf einer runden Platte aus Kiefernholz. Verwundert schaute Hieronymus von der bunten Auswahl an Früchten zu dem Mann mit den dunklen, zur Seite gekämmten Haaren und dem geblümten Hemd herüber. Gekonnt balancierte jener ein kleines Tablett mit Getränken darauf, während er die Schiebetür seiner Terrasse zuschob. Die kalifornische Septembersonne ließ das Thermometer auch in den Abendstunden auf angenehme 25 Grad klettern. Das Wasser der Sprinkleranlagen reflektierte das Sonnenlicht und ließ die riesige Gartenanlage in saftig grünen Farben erstrahlen. Ein leichter Windzug flatterte durch die Blätter des Apfelbaums, der ihnen den notwendigen Schatten spendete.

Neben Hieronymus saß Heinz Nixdorf in einem unpassend niedrigen Sitzsack und zog ein Herrentaschentuch aus seiner Anzugjacke, um sich damit den Schweiß von der Stirn zu tupfen. Skeptisch starrte Nixdorf auf die nackten Füße seines Gastgebers, der das Tablett nun vor ihnen auf der Tischplatte neben dem Obstkorb abstellte. Es war eine Tischplatte ohne Tischbeine, die ebenerdig auf dem Rasen platziert worden war.

„Bitte sehr, meine Herren, kosten Sie von der Goldenen Milch. Es handelt sich um eine alte ayurvedische Tradition. Das Getränk gilt seit Jahrhunderten als heilend, anregend und reinigend. 20 Gramm Ingwer, ebenso viel von der Kurkumawurzel, einen halben Liter Pflanzenmilch, fünf schwarze Pfefferkörner, vier angedrückte Kardamom-Kapseln, eine Zimtstange und zwei Teelöffel flüssigen Honig." Mit diesen Worten nahm Steve Jobs im Schneidersitz vor ihnen auf einer rötlich-blauen Mandala-Decke Platz und steckte einen Strohhalm in sein Getränk.

Im Augenwinkel beobachtete Hieronymus, wie Nixdorf genervt seine Pupillen verdrehte. Insgeheim fragte er sich, ob Nixdorf wohl die Geschichten kannte, die davon erzählten, wie Steve Jobs sich in den 70er-Jahren unter Einfluss von LSD auf dem Hippie Trail durch Indien meditierte. Besser, er wusste es nicht. Hieronymus ahnte, wie anstrengend es für den Paderborner Unternehmer war, seine Ablehnung zu überspielen.

Mit einem freundlichen Lächeln entfaltete Nixdorf schließlich eine Kopie des Briefes, den er vor vier Wochen von Jobs erhalten hatte.

„Es geht Ihnen also um die Produktion und den Vertrieb des Macintosh auf dem europäischen Markt. Ehrlich gesagt,

Herr Jobs, bin ich stolz darauf, dass die Nixdorf Computer AG seit zwei Jahren eine zurückhaltende Stellung in der überlaufenen PC-Sparte einnimmt. Selbst IBM weht mittlerweile der kalte Wind des Preiswettbewerbs um die Nase. Mehr als 500 Unternehmen tummeln sich auf dem Markt, und wie ich hörte, ist Ihr 2000-Dollar-Rechner nicht gerade ein Verkaufsschlager."

Nixdorf packte direkt in die Wunde. Apple war die erste und einzige Firma, die einen Computer mit grafischer Benutzeroberfläche anbot. Das Betriebssystem des Macintosh war neuerdings auf die Bedienung mit einer Maus zugeschnitten und enthielt revolutionäre Konzepte wie den Papierkorb, mit dem das Löschen von Dateien wieder rückgängig gemacht werden konnte. Auch der digitale Schreibtisch und die Drag-and-drop-Funktion hatten Aufsehen erregt. Dennoch war die Kundschaft, die dazu bereit war, einen fast doppelt so hohen Preis wie bei der Konkurrenz zu zahlen, bisher recht spärlich gesät.

Die Mimik des Amerikaners zeigte keine Reaktion. Stoisch schlürfte er an seiner goldenen Milch. „Kennen Sie den Heuchler John Sculley? Der wollte auch immer über Zahlen reden."

Unangenehmes Schweigen durchzog die Terrasse des Jackling House in Woodside. Sie befanden sich im Garten einer Villa, die Mitte der 20er-Jahre im Auftrag des Kupfermagnaten Daniel Cowan Jackling errichtet worden war und seit etwa einem Jahr als Wohnsitz für den Apple-Gründer herhalten durfte.

Irritiert tauschten Hieronymus und Nixdorf flüchtige Blicke aus. John Sculley war der ehemalige Pepsi-Manager, den Jobs höchstpersönlich vor zwei Jahren zu Apple geholt hatte, als das Unternehmen einen erfahrenen CEO mit dem nötigen Pragmatismus benötigte.

„Es ist aus, Feierabend, Finito. Das Kapitel mit Apple ist für mich geschlossen. Hab letzte Woche hingeworfen. Ich will nicht unhöflich sein, Herr Nixdorf, aber wenn Sie mit mir über Apple reden wollen, sind Sie umsonst gekommen.“

Einem Dreijährigen wäre aufgefallen, dass Jobs’ gleichgültige Tonlage gespielt war. Tiefe Verbitterung sprach aus jeder Silbe des Computerpioniers.

Das darauffolgende Gespräch zwischen den beiden Unternehmerlegenden der Computerbranche glich einem Desaster. Offensichtlich funkten die beiden auf völlig unterschiedlichen Frequenzen, hatten gänzlich verschiedene Auffassungen über die Zukunft des PCs und überhaupt hatte Steve Jobs nicht mal mehr einen Arbeitgeber vorzuweisen. Hieronymus wusste, wie sehr Nixdorf ineffiziente Termine verabscheute. Er konnte es drehen und wenden, wie er wollte. Vor Hieronymus lag eine Perspektive der verpassten Chance. Eine Kooperation mit Apple war damit vollkommen ausgeschlossen.

Doch während die depressive Grundstimmung Hieronymus zu übermannen drohte, kam ihm ein seltsamer Gedanke. Vielleicht war es sogar ein Glücksfall, dass Jobs vor wenigen Tagen bei Apple in den Sack gehauen hatte. Er musste nur einen Weg finden, das Ganze in die richtigen Bahnen zu lenken. Also tat er etwas, das sonst völlig unüblich für ihn war. Er ging in die Offensive.

Energisch schwang er sich auf seine Beine, ging mit entschlossenem Schritt auf den Apfelbaum zu und riss an der dicksten Frucht, die er finden konnte. Dann drehte er sich um und streckte den Apfel in die Luft.

„Ich denke, wir alle glauben, dass Apple Anerkennung verdient. Anerkennung für die Pionierarbeit, die Sie auf dem Markt der Mikrorechner und Personal Computer geleistet haben.“ Hieronymus biss herzhaft in den Apfel hinein. „Ich glaube aber auch, dass der Apfel angeschlagen ist. Schon vor zwei Jahren hat IBM mit einfachen Zukaufteilen die Marktführerschaft übernommen. Doch was macht Apple in diesen Zeiten, in denen Innovationen erforderlich sind, um IBM - den alten, seelenlosen Konzern von der Ostküste - in die Schranken zu weisen? Sie setzen ihren kreativsten Kopf vor die Tür.“ Hieronymus deutet mit dem Zeigefinger auf den verblüfften Gastgeber. Auch in den Augen von Nixdorf war eine skeptische Verwunderung über den Auftritt seines Lehrlings zu erkennen.

„Ich sage euch, Apple hat einen deftigen Tritt in den Allerwertesten verdient.“ Mit voller Wucht warf Hieronymus den angebissenen Apfel gegen den Stamm des Apfelbaumes, woraufhin das Stück Obst in zwei Teile zerbrach und angematscht zu Boden fiel.

„Herr Nixdorf, ich möchte Sie um einen Gefallen bitten. Ziehen Sie einen Schlussstrich unter die zurückhaltende Unternehmenspolitik in der PC-Sparte. Holen Sie Mister Jobs nach Paderborn und lassen Sie uns gemeinsam den Apfel zerquetschen. Lassen Sie uns aktiv die Welt der Computer mitgestalten und an der digitalen Revolution teilhaben.“

Unbeeindruckt und in aller Seelenruhe faltete Nixdorf den Brief zusammen und steckte ihn zurück in seine Jackentasche. Offensichtlich war Nixdorf von Hieronymus kleiner Motivationseinlage nicht überzeugt worden. Natürlich war er das nicht. Hieronymus war zu weit gegangen. Mit seiner Forderung brachte er Nixdorf in eine unangenehme

Situation. Ängstlich blickte er hinüber zu Steve Jobs, der in den Obstkorb griff und einen Granatapfel herauszog. Gedankenverloren drehte er die Frucht in seiner Hand.

„Ja, das könnte funktionieren. Erschaffen wir eine Marke, die knalliger und aufregender ist als der gewöhnliche Apfel." Mit leuchtenden Augen warf Jobs den roten Granatapfel Hieronymus zu. „Wie wäre es mit Pomegranate?"

„Pomegranate? Zu sperrig. Das kann der Durchschnittsdeutsche nicht aussprechen.", brummte Nixdorf.

„Vollkommen richtig", versuchte Hieronymus zu vermitteln und umrundete aufgeregt die Tischplatte. „Aber die Idee ist genial. Wir benötigen ein Produkt, das amerikanische Lässigkeit mit deutscher Ingenieurskunst vereint. Also Marketing und Wissenschaft auf allerhöchstem Niveau."

Nachdenklich jonglierte er den Granatapfel von links nach rechts. Schließlich stoppte Hieronymus ab und rollte ihn über die Tischplatte zurück zu Steve Jobs.

„Mr. Jobs, Sie sind doch ein Mann vom Fach. Sie kennen sich mit Botanik aus. Wie lautet der lateinische Fachbegriff für diese exotische Köstlichkeit hier?"

Ein anerkennendes Grinsen umspielte die Lippen des kalifornischen Unternehmers. „Die alten Römer nannten ihn den punischen Apfel, da sie ihn aus der Levante bezogen, wo das Volk der Phönizier beheimatet war."

Jobs nahm ein scharfes Messer von der Tischplatte und vollführte einen chirurgischen Schnitt entlang der oberen Horizontalachse des Granatapfels.

„Der Granatapfel ist eine Frucht der Gattung Punica mit dem Artnamen Granatum. Granatus ist dabei das lateinische Wort für den Kern oder Samen."

Theatralisch klappte er den abgetrennten Bereich des Granatapfels wie einen Deckel auf und präsentierte ihnen die tiefroten, fruchtigen Samenkörner im Inneren.

Dann griff er erneut nach dem Messer, nahm einige senkrechte Schnitte vor und drückte die einzelnen Kammern des Granatapfels fachmännisch heraus.

„Zeigen wir der Welt die Schönheit des Inneren. Erschaffen wir ein Angebot, das sich von allen anderen abhebt. Stellen Sie sich ein saftig-rotes, transparentes Hartplastikgehäuse in der Optik des Granatapfels vor. Schlicht, aber ästhetisch. Genau das ist es, was dem Macintosh noch fehlt. Es fehlt die emotionale Bindung zwischen Mensch und Produkt. Bauen wir einen kompakten Personal Computer, den die Menschen lieben. Erschaffen wir den Punica Granatum!"

Als Jobs die Worte aussprach, erkannte Hieronymus die Erregung in den durchdringenden braunen Augen des Amerikaners. Hieronymus Fingerkuppen begannen zu kribbeln und er spürte eine aufgeregte Energie in sich aufsteigen. Punica Granatum – ein neuartiger PC, erschaffen von Steve Jobs und Heinz Nixdorf. Die Nachricht würde einschlagen wie eine Bombe. Erwartungsvoll ließ er seinen Blick zu Nixdorf wandern, doch der starrte nachdenklich auf den Apfelbaum, zu dessen Füßen die Überreste des halb abgebissenen und zerschmetterten Apfels lagen.

„Crush Apple", murmelte der knorrige Unternehmer leise vor sich hin. Dann schaute Nixdorf seinem Gesprächspartner direkt in die Augen und sprach mit fester Stimme. „Crush Apple! Das ist Ihre neue Mission, meine Herren."

Nach einer kurzen Pause, in der er vergeblich versuchte, sich aus dem Sitzsack hochzudrücken, fügte er hinzu, „...und danach attackieren wir IBM."

Szene 28: Hieronymus – 17:10 Uhr

Hieronymus glasige Augen wanderte vom Obstkorb zum Wasserglas in seiner rechten Hand. Sein Körper lechzte nach dem kalten, sprudelnden Wasser, welches Marie ihm vor einer Minute eingeschenkt hatte.

Marie, ihr Bruder Vincent, Hieronymus und der Kneipier namens Tony, bei dem es sich um den Großonkel der beiden streitsüchtigen Geschwister handelte, saßen sich am Wohnzimmertisch der Dachgeschosswohnung gegenüber.

„Ein originaler Personalausweis ist noch lange kein valides Beweismittel dafür, dass Sie der echte Hieronymus Hauptmann sind."

Vincent erhob sich aus seinem Stuhl.

„Aber nehmen wir mal an, ich würde Ihnen diese fundamentalen Erinnerungslücken abkaufen und würde Ihnen darüber hinaus einen Vertrauenskredit gewähren. Nehmen wir an, dass Sie nicht am Verschwinden von Dr. Svenja Beck beteiligt sind." Vincent hob seinen rechten Zeigefinger in die Luft, schaute in die Runde und heftete seinen Blick schließlich auf Hieronymus. „In diesem Fall denke ich, werden Sie von Ihren eigenen Leuten kaltgestellt."

Marie seufzte gequält, während Onkel Tony sich am Bart kratzte.

Nachdem Hieronymus seinen Gastgebern die Ereignisse des Tages bis ins letzte Detail geschildert und auch über seine Gedächtnislücken aufgeklärt hatte, war Vincent von einer Theorie zur nächsten übergegangen. Noch vor wenigen Minuten glaubte Vincent daran, dass es eine groß angelegte Hetzjagd auf die arme Stadtarchäologin gab, da sie dem städtebaulichen Fortschritt im Wege stand. Jetzt war er sich ganz sicher, dass Hieronymus Gedächtnis den profitgierigen Interessen seiner Kollegen aus dem PaderValley zum Opfer gefallen war.

Marie zog einen Laptop aus ihrer Arbeitstasche.

„Heute Morgen wurde eine Task Force einberufen. Buchwald hat uns von einer Gesellschaft namens Vis Vitalis erzählt. Sagt Ihnen das was?“

Hieronymus schüttelte mit dem Kopf.

„Ein Zusammenschluss aus konzernübergreifender High-Tech-Prominenz, die angeblich am ewigen Leben bastelt.“

Ein Leuchten trat in die Augen von Vincent. Ohne weitere Erklärungen seiner Schwester abzuwarten, legte er los.

„Na also, da haben wir es doch. Unsere Tatverdächtige ist die Vis Vitalis und das Gilgameschprojekt. Ihr französischer Neurologe hat Ihnen vermutlich eine tiefgreifende kognitive Stimulation verabreicht, Herr Hauptmann. Daraus resultieren die Aussetzer in Ihrem Gehirn: Gedächtnisverlust, Schwindelgefühl, Kreislaufzusammenbruch. Wirklich erstaunlich, mit welch pervertierten Mitteln bei euch gespielt wird.“

„Oh Mann, Vincent. War klar, dass du die Geschichten vom Gilgameschprojekt kennst. Aber wie erklärst du dir dann, dass der französische Gehirndoktor alias Prof. Jacques Moreau selbst zum Opfer der Entführungen wurde? Jacques Moreau, Jan Lennart Holmquist, Bernie Woods und Waltraud Faber sind allesamt spurlos verschwunden.“

Marie klappte ihren Laptop auf und öffnete eine Videodatei.

„Das darf den Raum hier nicht verlassen, aber ich hab heimlich die Originaldatei des Erpresservideos mitgehen lassen. Das Video kam heute Morgen ins E-Mail-Postfach von Leon geflattert. Erklär mir doch mal, wie das zu deiner Theorie passt, du kleiner Spezialexperte."

Marie betätigte die Wiedergabetaste und der schwarz abgehangene Raum mit der monströsen, teufelsartigen Kreatur erschien auf dem Bildschirm. Eine skurril verzerrte Stimme setzte ein und für Hieronymus war schnell klar, dass sie es mit einem Psychopathen reinsten Wassers zu tun haben mussten.

„Der König von Uruk, er wollte einst Unsterblichkeit erringen.
Doch dank göttlicher Prüfungen blieb sie ihm verwart.
Nun wird Enkidu der Stadt vier Jubiläumsopfer bringen,
Sodass mein Werk die blutige Wahrheit offenbart."

Mit einem triumphierenden Grinsen griff Vincent Marie über die Schulter und drückte auf Pause. „Kein Problem. Meine Schlussfolgerungen sind stichhaltig und präzise."

Er setzte sich nun wieder auf seinen Stuhl, beugte sich leicht nach vorn und blickte verschwörerisch in die Runde.

„Der Gilgamesch-Epos ist ein Sammelsurium an uralten literarischen Werken, die ins zweite Jahrtausend vor Christus zurückreichen. Sie handeln von Gilgamesch, dem König von Uruk."

Vincent machte eine Pause und senkte seine Stimme noch etwas weiter ab, sodass er beinahe flüsterte.

„Rainer Maria Rilke nannte es das Epos der Todesfurcht, denn Gilgamesch suchte vergeblich nach der Unsterblichkeit. Seine Bemühungen scheiterten an göttlichen Prüfungen und glaubt mir, unser Erpresser hat dasselbe mit der Vis Vitalis vor. Er will sie scheitern lassen. Dafür geht er über Leichen."

„Ja, aber der Erpresser ist offenbar ein Mönch mit Hörnern. Nichts deutet auf einen Kollegen von Herrn Hauptmann hin“, warf Marie ein.

„Ein Mönch mit Hörnern?“ Vincent schnaubte verächtlich. „Er tritt als Enkidu auf. Eine Sagengestalt mit vielen Namen. Er ist der Sprössling der Stille, Wildesel des Gebirges und Panther der Steppe. Er füllt im Epos eine Vielzahl an Rollen aus und wurde von der Göttin Aruru aus Lehm erschaffen, um Gilgamesch in Schach zu halten.“

„Passt doch“, erwiderte Marie. „Er ist der Gegenspieler zum Gilgameschprojekt.“

Vincent schüttelte erneut energisch mit dem Kopf. „Enkidu war nicht nur Gegenspieler, sondern auch Freund und Kampfgefährte Gilgameschs. Unser Erpresser spielt mit der Symbolik. Er gibt sich als Freund aus, der sich wendet.“

Hieronymus rieb sich nachdenklich die Schläfen. War er tatsächlich zum Opfer eines Kollegen geworden? Aber warum? Vincents Worte reichten ihm nicht. Das war alles andere als überzeugend. Auch Onkel Tony, der eine ganze Zeit lang geschwiegen hatte, grunzte nun ungeduldig vor sich hin.

„Stopp jetzt mal. Kinders, so geht das nicht. Ihr rollt das Pferd von hinten auf. Wir sollten uns erst einmal mit dem beschäftigen, was offensichtlich ist. Marie, entweder rufst du deine Kollegen an, oder ich übernehme das für dich. Zum Teufel noch mal, ich führe hier eine anständige Gastwirtschaft. Da haben blutige Schlafsäcke vor der Kellertür nichts zu suchen.“

Marie winkte ab. „Was mich viel mehr beunruhigt, sind die letzten beiden Verse des Gedichts. Enkidu will der Stadt zum Jubiläum vier Todesopfer bringen. Morgen feiert Paderborn den 100. Geburtstag von Heinz Nixdorf. Wenn wir unseren Psychopathen bis dahin nicht aufhalten, bleiben die blutigen Fußabdrücke im Keller wohl nicht die letzten."

„Warum eigentlich vier Todesopfer?", stellte Vincent fest. „Hauptmann, Prof. Moreau, Holmquist, Bernie Woods und Waltraud Faber …" Vincent zeigte fünf Finger in die Luft und schenkte Hieronymus einen skeptischen Blick. „Ich sage euch, mindestens einer von denen steckt mit drin."

„Wie auch immer", unterbrach Marie nach einigen Sekunden die Stille. „Das Video geht noch weiter."

Sie drückte auf Play.

Enkidu bekreuzigte sich. Dann schwenkte die Kamera auf einen Glaskasten. Ein geknebelter alter Mann krümmte sich auf dem Boden. Als Enkidu erneut ins Bild trat, sprach er weiter.

„Am Tag der Kreuzigung wurd' ein wahrer König geboren,

Und das Reich Gottes zum Königtum auf Erden erkoren.

Es wird erneut geschehen, es ist prophezeit,

Das Evangelium nach Markus schlägt den Takt der Zeit.

Und in der neunten Stunde rief Jesus mit lauter Stimme: Eloï, Eloï, lema sabachtani?"

Die Szenen aus dem Schlafzimmer von Leon Buchwald liefen über den Laptopbildschirm.

„Wie du siehst Leon, kenne ich dich besser, als du denkst. Meinen Beistand beziehe ich von der mächtigsten Instanz auf Erden. Denk immer daran, ich kenne dein Geheimnis."

Zum Abschluss flogen die privaten Fotoaufnahmen des kleinen Mädchens und der blonden Frau ins Bild.

„Die mächtigste Instanz auf Erden", wiederholte Vincent die Worte des Erpressers. „Damit ist hundertprozentig die milliardenschwere Datenkrake der vereinten Paderborner IT-Branche gemeint."

„Oder der Papst", warf Marie ein. „Oder unsere Regierungen. Für den Moment können wir jedenfalls niemandem trauen. Wir müssen besonnen handeln."

Marie streckte Hieronymus die Hand aus, um ihm seinen Ausweis und das Portemonnaie zurückzugeben.

„Wie es aussieht, sind Ihre Erinnerungen zum jetzigen Zeitpunkt unsere größte Hoffnung auf Wahrheit."

Sie ging zu einem Wandschrank, der wie eine Vitrine aussah, in dem alte Rechenmaschinen, knallige Monitore und eine sorgfältig sortierte Reihe an mobilen Endgeräten rötlich angestrahlt wurden. Unterhalb des Schranks zog sie einen Pappkarton hervor und stellte ihn auf den Tisch. Vergilbte Zeitungsartikel, Hochglanzprospekte und ausgedruckte Fotos, die sie beim Camping vor einem PG-Store zeigten, waren darin zu sehen.

„Dann wollen wir Ihrem Gedächtnis mal auf die Sprünge helfen."

Marie hielt Hieronymus eine Ausgabe des Manager Magazins aus dem Jahr 1999 unter die Nase: Punica Granatum löst sich vom Nixdorf-Konzern – Wie der iPod die Musikbranche revolutioniert

Darunter erkannte er sein Abbild. Mit verschränkten Armen posierte er neben Steve Jobs vor dem aufplatzenden, aus Bronze gefertigten Granatapfel in Übergröße, den er heute Morgen am Hauptsitz seines Konzerns bestaunt hatte.

Mit einem Seufzer steckte Hieronymus seinen Ausweis zurück in die Brieftasche. Als er das Lederetui zuklappen wollte, fiel sein Blick auf ein Passfoto. Es war das Bild eines Mädchens. Das Mädchen aus dem Erpresservideo.

Szene 29: Zita – 19:00 Uhr

Zita betätigte den Metallgriff des etwa zwei Meter hohen Retro-Kühlschranks mit der Aufschrift Coca Cola. Hinter der Kühlschranktür verbargen sich allerdings keine koffeinhaltigen Erfrischungsgetränke, sondern die wohl angesagteste Bar der Stadt. Es war die Eingangstür des Crushed Apple.

Zwei Theken von der Länge eines Linienbusses erstreckten sich auf beiden Seiten des lang gezogenen Tanzlokals. Die Wand hinter der rechten Theke war mit einer Reihe von Gemälden verziert, die in Anlehnung an Salvador Dalís Zerrinnende Zeit das Motiv der zerfließenden Uhren aufgriff. Im Unterschied zu Dalí stellte der Künstler jedoch keine Uhren, sondern zerfließende Äpfel dar, die spätestens auf dem zweiten Blick an das Firmenlogo des amerikanischen Apple-Konzerns erinnerten. Das Kunstwerk hinter der Theke zur linken Seite verzichtete dagegen von vornherein auf angedeutete Zweideutigkeiten. Zu sehen war ein Granatapfel, der mithilfe von eingelassenen LEDs rot erleuchtete und den gesamten Thekenbereich mit einem gemütlichen Licht flutete. Unterhalb des Granatapfels war ein abgebissener Apfel zu erkennen, der vom Gewicht des Granatapfels zerquetscht wurde und so zum Namensgeber des Crushed Apple avancierte. Für Zitas Geschmack war das alles einen Tick zu lokalpatriotisch. Sie musste jedoch zugeben, dass es dem kultigen Charakter der Bar keinen Abriss tat.

Im Anschluss an den Thekenbereich führten breite Treppenstufen auf eine mit Apfelbäumen bewaldete Tanzfläche. Verschnörkelte Stehtische, geschnitzt aus dem Holz lokaler

Apfelbäume, sowie der ausschließliche Gebrauch von passivem Licht, sorgten für ein originelles Ambiente. Gepaart mit einem diversen Publikum und exzellenten Cocktails, schaffte es dieses Lokal aus dem Paderborner Hafenviertel regelmäßig in die Auswahl der weltweit 50 angesagtesten Bars.

Zita hatte heute auf allzu aufreizende Kleidung verzichtet. Nach dem gestrigen Abend mit Carter McLoughlin war ihr schlichtweg nicht danach. Stattdessen hatte sie sich für einen lockeren, blattgrünen Hoody, weite Jeans, dunkle Sneaker und ein schwarzes Basecap entschieden. Kurzentschlossen stellte sie sich an einen der hinteren Stehtische nahe der Tanzfläche. Von hier aus hatte sie das gesamte Lokal im Blick.

Auf einem der Barhocker hatte sie bereits Ole von Oranien, den Investor und Leiter der Start-up Schmiede Oracle Ventures erfasst. Sein Team aus erfahrenen Investoren hatte sich den Ruf erarbeitet, eine Art Frühindikator für Trends und Entwicklungen in der IT-Branche zu sein.

Ihre Blicke trafen sich. Herabwürdigend musterte der Investor sie von oben bis unten, während er genüsslich an seinem Luminous Apple löffelte. Der im Dunkeln leuchtende Bratapfel war eines der Markenzeichen des Lokals. Zita wusste natürlich, womit sie den Blick von Ole verdient hatte. Nach ihrem letzten feuchtfröhlichen Treffen schrieb Zita in ihrem Blog nicht nur über seine neuesten Investitionspläne, sondern erwähnte in ein, zwei Nebensätzen auch den Grund für Oles auffällige Narbe am Ohr. Sie rührte von einem misslungenen chirurgischen Eingriff aus seiner Kindheit, welcher eigentlich das Ziel hatte, seine auffälligen Segelohren anzulegen. Vielleicht hatte sie sich den Blick aber auch damit verdient, dass sie im selben Artikel Oles Haartransplantation ausgeplaudert hatte. Beide Eingriffe fand Zita zwar nicht besonders ehrenrührig, doch der strenge Blick des Ole von Oranien verriet ihr, dass die Eitelkeit des erfolgreichen Investors das etwas anders beurteilte. Verlegen zog sie sich ihre Kappe etwas weiter ins Gesicht.

„Hey Zita! Hier ein Volcano Negroni, der erste geht aufs Haus." Eine junge Kellnerin zwinkerte Zita zu. „Wie immer mit einem besonders explosiven Trockeneisvulkan."

„Dank dir, Azra." Zita betrachtete zufrieden den überquellenden Nebel, der aus ihrem Cocktailglas hervorquoll. „Warte mal." Hastig winkte Zita die Bedienung zu sich heran. „Sag mal, läuft in eurem Laden zufällig jemand rum, der auf den Namen Fabrice hört?"

Azra zuckte mit den Achseln. „Fabrice? Kein Plan. Nie gehört." Über Azras Gesichtszüge zuckte ein freches Grinsen, bevor sie hinterherschob: „… Aber es wundert mich, dass es in dieser Stadt noch unbekannte Männer für dich zu entdecken gibt. Ein Date?"

„So ähnlich." Zita holte den Zettel aus ihrer Handtasche, den ihre Mitbewohnerin heute Morgen aus dem Briefkasten gezogen hatte, während Azra gut gelaunt mit ihrem Tablett in der Hand zum nächsten Tisch weiterzog.

Ein Mann namens Fabrice Ngoma hatte den Brief eingeworfen. Der Name hörte sich für Zitas Ohren afrikanisch an. Sie las sich den Brief noch einmal durch. In der Zwischenzeit stieg der Geräuschpegel in der Bar stetig an. Verschiedenste Gruppen junger Menschen füllten den Thekenbereich und auf der Tanzfläche begannen die ersten Gäste rhythmisch mit dem Kopf zu nicken. Auf den sozialen Medien hatte sie keinen Fabrice Ngoma finden können, der eine Verbindung nach Paderborn in seiner Bio stehen hatte. Zita blickte auf die Uhr. Maximal eine halbe Stunde würde sie hier noch an ihrem Cocktail schlürfen. Wenn ihr Informant bis dahin kein Lebenszeichen von sich gab, stand für sie der Rückzug aufs Sofa an.

Nach einer Weile beschloss sie, den unangenehmen Blicken von Ole aus dem Weg zu gehen. Unauffällig betrat Zita die Tanzfläche und versteckte sich hinter einer Traube Studentinnen. Die Apfelbäume raschelten monoton im Rhythmus des Basses und erstrahlten im künstlichen Licht der Gewächshaus-LEDs. Der Bass vibrierte dumpf in Zitas Brust.

In ihrem Rücken spürte sie, wie sich zwei Männer unangenehm ihrer Komfortzone annäherten. Sie fühlte ihre Blicke, roch das exzentrische Parfüm und sah in ihrem Augenwinkel die eng anliegenden Anzüge. Bloß keinen Blickkontakt, dachte sie und versuchte Abstand zu gewinnen. Ein Schritt nach vorn – Mist. Ole von Oranien stand nur wenige Meter entfernt, das Kinn gereckt, bereit, ihr die Leviten zu lesen. Das schmierige Grinsen der beiden Anzugträger hinter ihr verriet Zita, dass sie umzingelt war.

Gerade in dem Moment, als Ole seinen Mund öffnete, umklammerte eine dunkle Hand ihre schmalen Finger und zog sie zur Seite. Raus aus dem Trubel und ein paar Schritte weiter, bis sie sich hinter einem dekorativen Lorbeerstrauch wiederfanden.

„Sorry, aber das konnte ich mir nicht länger mit ansehen. Zita Palladino, stets auf der Flucht vor den mächtigen Männern dieser Welt, hm?“

Kannte sie die Stimme? Zitas Augen befanden auf Brusthöhe eines dunkelhäutigen, großgewachsenen Mannes.

Obwohl sein Shirt einen lockeren Schnitt besaß, waren die Umrisse seiner Muskulatur gut zu erkennen. Als sie nach oben blickte, schaute sie in ein markantes, fast schon angsteinflößendes Gesicht. Doch als der Mann Zitas Verunsicherung erkannte und zu lächeln begann, formten sich sympathische Lachfalten auf seinem Gesicht. Zita dachte an die harten Konturen eines Granitfelsens, die sich in eine warme Sanddüne verwandelten. Überrascht von ihren schnulzigen Gedanken, erwiderte Zita sein Lächeln.

Der Mann umklammerte noch immer ihre Hand. „Fabrice Ngoma“, stellte er sich vor. Synchron ließen sie ihre Blicke durch die Bar wandern. Niemand schien ihnen gefolgt zu sein.

„Ich dachte mir, echte Whistleblower treffen sich mit der Presse immer in schicken Bars und flüstern sich dann heimlich ihre topsecret Geheimnisse zu. Aber ich muss zugeben, dass die ganzen Leute hier ein bisschen nerven, oder? Was dagegen, wenn wir eine Runde an die frische Luft gehen?“

Zita musste lachen. Charmant, der Typ gefiel ihr. Die Neugier in Zita war entflammt. In dem Brief, den er ihr geschickt hatte, sprach er von Informationen, die ein Erdbeben auslösen würden. Ihre Finger kribbelten. Sie war zurück im Modus. Zurück im dreckigen Spiel der Enthüllungen.

„Na dann, auf geht's.“ Jetzt war sie es, die Fabrice an der Hand in Richtung Ausgang zog. Elegant schlängelte sie sich durch die Partygesellschaft und schenkte Ole im Vorbeigehen ein Augenzwinkern. Schließlich stieß sie die alte Kühlschranktür auf und warf Fabrice einen Schulterblick zu. „Dann schieß mal los, ich bin ganz Ohr. Was hat der Mann mit dem Erdbeben mir zu bieten?“

Szene 30: Zita – 19:30 Uhr

Die Krämerstraße führte entlang des Adam-und-Eva-Hauses auf die Hathumarstraße und von dort in das nächtliche Treiben am Paderquellgebiet. An warmen Frühlingsabenden wie heute platzte die boomende Metropole aus allen Nähten. Es war ein gesellschaftliches Miteinander außerhalb der eigenen vier Wände, wie es der durchschnittliche Ostwestfale bis vor einigen Jahren nur aus dem Sommerurlaub kannte.

„Also Fabrice, was führt dich zu mir? Ist es Rache? Wurdest du betrogen? Verarscht? Ich sag's dir direkt, unser Opfer muss bekannt sein, sonst interessiert es meine Leser nicht."

„Und ich sage dir, noch bevor der Hahn kräht, wirst du mich um meine Story anflehen und dich dafür entschuldigen, mich in den letzten Jahren so kaltherzig ignoriert zu haben."

Kaltherzig ignoriert? Zita hatte geahnt, dass sie den Mann schon einmal gesehen hatte. Aber warum konnte sie sich nicht erinnern? Optisch war er schließlich mindestens eindrucksvoll. Eigentlich sogar ganz hübsch.

„Sechs Semester im Bachelor of Science für Informatik? Programmierung und Programmiersprachen? Datenstrukturen und Algorithmen? Vertiefung Softwaretechnik? Zita, wir hatten fast jeden Kurs zusammen."

Zita errötete. „Jaja, klar. Stimmt." Sie hatte keinen blassen Schimmer.

„Egal." Fabrices Tonlage verriet, dass es ihm keineswegs gleichgültig war.

„Vor drei Tagen bekam ich einen anonymen Anruf. Es meldete sich eine seltsam verzerrte Stimme mit fernöstlichem Akzent. Ziemlich gruselig. Der Mann gab mir einen Link und ein Passwort zu einer verschlüsselten Cloud.“

„Und da hast du direkt mal reingeschaut?“ Ganz schön naiv, der Kleine.

„Ich hätte den Typen ja normalerweise sofort weggedrückt, aber der Mann hatte Informationen über mich. Er hat es irgendwie geschafft, mich neugierig zu machen.“

„Informationen?“

„Über Dinge, die in meiner Kindheit passiert sind.“

Zita biss sich auf die Zunge. Schon wieder hatte es Fabrice geschafft, ihr ein schlechtes Gewissen zu machen.

„Ok, schon gut, was hast du in dieser mysteriösen Cloud gefunden?“

„Zunächst war da nur ein Ordner mit dem Titel *Manipulation*. Aber sagt dir der Fall Félix Matumbaini etwas?“

„Nope.“

„Dachte ich mir. Félix Matumbaini war der Sohn eines kongolesischen Rebellenführers aus der Provinz Nord-Kivu. Einem Gebiet westlich des Großen Afrikanischen Grabens. Mutambainis politische Ansichten waren deutlich gemäßigter als die seines brutalen Vaters und er hatte eine Vision, die darin bestand, all die unzähligen zerstrittenen Separatistenbewegungen des Landes zu vereinen und mit vereinten Kräften dem korrupten Staatsapparat zu trotzen. Matumbaini vertrat dabei das zentrale Ziel, den Rohstoffabbau im Kongo zu revolutionieren und einen Großteil der Wertschöpfungskette in die Hände des kongolesischen Volkes zu überführen. Eine Idee, die so simpel wie explosiv ist. Weißt du, Zita, aktuell müssen Schürfer ihre Erze zu Preisen, die weit unter den Weltmarktkursen liegen, an ausländische Exporthändler verkaufen. Die Händler bekommen wiederum von lokalen Machthabern im Kongo ein Konzessionsrecht zugesprochen. Dieses System beschert den korrupten Politikern eine stattliche Konzessionsgebühr, mit der sie sich ihre mafiosen Strukturen aufbauen und ein Leben nach westlichen Maßstäben finanzieren. Die chinesischen und europäischen Zwischenhändler profitieren ebenfalls von günstigen Rohstoffpreisen und selbst der Endverbraucher vom iPhone kann sich über relativ günstige Preise freuen. Eine Win-Win-Situation für alle Beteiligten. Außer für die kongolesischen Bevölkerung, die noch immer zu Abertausenden in die moderne Sklaverei getrieben wird."

Zita und Fabrice hatten das Paderquellgebiet verlassen und passierten den Franz-Stock-Platz. Natürlich hatte Zita schon häufig davon gehört, dass die Abbaubedingungen von seltenen Erden stark kritisiert wurden. Aber worauf wollte Fabrice damit hinaus?

„Hörzu, das ist bestimmt alles ein riesiger, menschenverachtender Haufen an Skandalen, der dort abläuft. Nur, wie soll ich sagen, herosandzeros.com arbeitet in einer anderen Nische. Für die Leser auf meiner Seite ist der Kongo viel zu weit weg."

Fabrice schenkte Zita ein knappes Lächeln und setzte seine Geschichte fort. „Warte ab. Vor zwei Jahren ließ Félix Matumbaini sich schließlich als Präsidentschaftskandidat aufstellen. Umfragen ließen erahnen, dass ihm reale Chancen auf eine Mehrheit zugerechnet wurden. Er hatte es tatsächlich geschafft, breiten Teilen der Bevölkerung die Hoffnung auf einen Wandel zu vermitteln. Konkrete Pläne für den Aufbau einer verarbeitenden Industrie, die dem Volk einen Weg aus der Armut versprachen, wurden überall im Land verbreitet. Doch leider blieb der Wahlerfolg aus. Félix Matumbaini endete am Galgen und der alte Präsident Philémon Famba thront weiterhin mit seiner UDPS-Partei im Senat, von wo aus er seine Bevölkerung schikanieren kann. Die Gretchenfrage lautet also, was ist passiert? Warum wählte der Kongo seinen eigenen Henker?"

Zita zuckte mit den Achseln. „Kann ich mir schon denken. Gefälschte Wahlen? Eine bestochene Justiz? Bezahlte Milizen, die Angst und Schrecken verbreiteten? Das liegt doch auf der Hand."

Fabrice packte Zita bei den Schultern und schaute ihr tief in die Augen. Ihr kleiner Spaziergang hatte sie die Jesuitenmauer entlang über eine Brücke auf die Warburger Straße geführt. Ab hier begannen die Hochhäuser in den Himmel zu wachsen. Die helle Straßenlampe über ihnen reflektierte sich in Fabrice dunklen Augen. Was auch immer er ihr erklären wollte, es schien ihm ein wirklich ernsthaftes Anliegen zu sein.

Fabrice klopfte auf seine Laptoptasche. „Was ich dir zeigen will, geht weit darüber hinaus. Du musst es für mich veröffentlichen. Das Material ist so brisant, dass ich nicht weiß, wie die etablierte Presse damit umgehen würde."

„Vielleicht, weil die etablierte Presse keine Fake News verbreiten will?" Zita gab Fabrice einen Schubs, damit er weiterging. „Jetzt hör auf, mich auf die Folter zu spannen. Was genau lag da in der Cloud? Irgendwelche Geheimdienstakten oder was?"

Fabrice blickte sich um, als wolle er sichergehen, dass niemand lauschen konnte. „Na gut. Jan Lennart Holmquist ist maßgeblich für den Tod von Félix Matumbaini verantwortlich."

Zita verdrehte skeptisch die Augen.

„Wie du vielleicht weißt, haben afrikanische Staaten wie der Kongo eine extrem junge Bevölkerung. Das Smartphone ist dort für die Bewältigung des Alltags essenziell. Fast jeder Einkauf wird per SMS bezahlt, da die klassische Infrastruktur für einen gesicherten Geldtransfer fehlt. Außerdem ist das Internet für die meisten meiner Landsleute die einzige Tür zu Bildung und Information."

„Ok, ok. Jetzt komm zum Punkt."

„Der Key Player in dieser Geschichte heißt ALBA. Ein kleines Tochterunternehmen aus dem AskLeibniz Imperium. ALBA steht für AskLeibniz Big-Data Analysis und besteht aus einer Gruppe von Psychologen und Datenanalysten. Pünktlich zum Jahresbeginn 2023, also im Jahr der kongolesischen Parlamentswahlen, änderte AskLeibniz die Startseite ihrer Homepage. Jeder Kongolese, der in dieser Silvesternacht Leibniz befragen wollte, bekam das Angebot, für einen kleinen finanziellen Obolus an einem Persönlichkeitstest teilzunehmen. Sie sollten ganz easy ein paar Fragen ankreuzen, und angeblich alles für einen wissenschaftlichen Zweck. Gleichzeitig stimmte jeder Teilnehmer einem Zugriff auf seine Social-Media-Profile zu. ALBA gelang es damit, über 50% von Kongos wahlberechtigter Bevölkerung einer Persönlichkeitsstruktur zuzuordnen. Die Testfragen, das Suchverhalten auf der Homepage von AskLeibniz sowie ihre Social-Media Profile lieferten den Analysten über 5000 Datenpunkte zu jeder einzelnen Person. Anschließend wurden diese Daten mithilfe der Psychologen und cleveren Algorithmen ausgewertet. Am Ende konzentrierte sich das Unternehmen auf die Kategorie der Convincibles, also der Überzeugbaren. Es ging ihnen um die Menschen, dessen

Wahlverhalten leicht manipuliert werden konnte. Die Convincibles wurden schließlich mit zielgenauen Videoinhalten bombardiert, die Matumbaini diffamierten und Amtsinhaber Philémon Famba die notwendigen Stimmen verschafften."

„Und das funktioniert? Warum sollte AskLeibniz da mitmachen? Nur wegen ein paar Rohstoffpreisen?"

War Zita jetzt die Naive von beiden? Sie konnte sich nicht vorstellen, dass sie sich jemals durch irgendwelche dämlichen Videos im Internet beeinflussen lassen würde.

Mittlerweile waren sie zwischen zwei Hochhäusern in die schmale Straße Am Hilligenbusch abgebogen.

„Auf jeden Fall funktioniert es gut genug, um unsere demokratischen Prozesse durcheinanderzuwirbeln. Targeted Messaging heißt das Stichwort. Ein System wie ein Boomerang. Man schickt seine persönlichen Daten hinaus ins Online-Universum, dort werden sie analysiert und als Dank bekommt man Inhalte zugespielt, die einzig und allein auf dich zugeschnitten sind und dich für einen bestimmten Zweck manipulieren sollen. Ich glaube nicht, dass es Holmquist einzig und allein darum ging, die Rohstoffpreise für Kobalt, Kupfer und Coltan niedrig zu halten. Die Bevölkerung Kongos war für ALBA lediglich eine Gruppe von Mäusen im Testlabor. In den USA gab es daraufhin Treffen mit Kampagnenführern beider Lager; Republikaner wie Demokraten. Der Meistbietende erhält den Zuschlag. Swing States werden besonders ins Visier genommen."

Zitas Gehirn versuchte all die Informationen einzuordnen. Ihre Gedanken fuhren Achterbahn Wenn das wirklich stimmte, bot Fabrice ihr gerade einen Lottogewinn an. Also stellte sie die alles entscheidende Frage. „Fabrice, du hast mir immer noch nicht gesagt, was da in der Cloud lag. Hast du einen belastbaren Beweis? Das Ganze hört sich für mich erst einmal nach einer großen Verschwörungstheorie an."

„Einen Beweis? Hunderte Beweise. Im Ordner lagen zahlreiche E-Mails eines ehemaligen ALBA-Mitarbeiters, sämtliche Kalendereinträge der letzten fünf Jahre und eine Videoaufnahme, die Holmquist in einem arabischen Hotel mit einem Vertreter des Famba-Regimes zeigen. Die Rolle des Kongolesen besteht dabei im Wesentlichen darin, mit dem Kopf zu nicken. In dem Gespräch erfahren wir aber, wer der wahre Rädelsführer und Initiator der Idee ist. Er ist eindeutig im Video zu erkennen und der vielleicht mächtigste Mann der Welt. Es ist Chinas Präsident Dong Shaoqi."

Zita blieb stehen. Sie bemerkte, dass ihr Unbewusstes sie zu ihrer Wohnung navigiert hatte. Etwas, das sie normalerweise strikt vermied, wenn sie beruflich unterwegs war.

„Hab ich jetzt deine Aufmerksamkeit, Zita?" Fabrice verschränkte die Arme. Genugtuung lag in seinem Blick.

Sie schaute an der Fassade des gläsernen Hochhauses hinauf, dessen Balkone, Terrassen und Fassaden mit dichtem Grün bewachsen wahren. Ihre Wohnung, genauer gesagt: die ihrer Mitbewohnerin - denn ohne Adiras wohlhabenden Eltern hätte Zita sich eine Unterkunft in dieser Lage niemals leisten können – lag im obersten Stockwerk.

„Na gut. Auf einen Kaffee?"

TAG 2

09. April 2025

»Die menschliche Spezies kann, wenn sie es möchte,
über sich selbst hinauswachsen –
nicht nur sporadisch, ein Einzelner mal so,
ein anderer mal so, sondern als Ganzes, als Menschheit.
Wir brauchen einen Namen für diesen neuen Glauben.
Vielleicht passt *Transhumanismus* ganz gut.«

- Julian Huxley -
(1957)

Szene 31: Hieronymus – 7:30 Uhr

„Entspannen Sie sich, Herr Hauptmann. Solange Leon nach deren Pfeife tanzt, wird Ihrer Enkelin schon nichts passieren."

Marie goss heißes Wasser in die Tasse mit dem Kräutertee. Vor Hieronymus auf dem Teller lag ein frisch gebratenes Spiegelei. Der Geruch des Kräutertees löste ein Gefühl der Geborgenheit in Hieronymus aus.

„Zitronenmelisse mit Honig, so wie Sie es am liebsten mögen."

Dennoch schaffte es das wohlige Gefühl nicht, Hieronymus schlechtes Gewissen zu überlagern. Warum kannte Marie seinen Lieblingstee, während er sich selber nicht einmal an seine eigene Familie erinnern konnte? Über seine Verwandten ließ sich im Netz nicht viel finden. Hieronymus Hauptmann hatte es geschafft, sein Privatleben vor dem Zugriff der Öffentlichkeit zu schützen. Einige Artikel berichteten über den Tod seiner Ehefrau vor drei Jahren und von seiner hochschwangeren Tochter, die den Autounfall überlebt hatte. Seine Tochter hieß demnach Hannah, seine Enkelin hieß Amelie. Beide tauchten sie in dem Erpresservideo auf und beide waren sie in Gefahr.

Wie verrückt hatten sie gestern Abend alle erdenklichen Szenarien durchgespielt. Niemand konnte ihnen sagen, wo sich seine Tochter aktuell befand. Marie hatte lediglich herausgefunden, dass sie und Amelie vor etwa zwei Wochen zu einer Flugreise in Richtung Marrakesch aufgebrochen waren.

Nach einigen Stunden hatten Hieronymus dann erneut die stechenden Kopfschmerzen und die drückende Übelkeit übermannt. Gefolgt von einem weiteren Kreislaufkollaps. Erst neun Stunden später war er wieder aufgewacht.

Er nahm noch einmal das Bild von Amelie aus seiner Brieftasche und streichelte mit dem Daumen über das Gesicht des Mädchens. Doch da war nichts; keine Verbindung, keine Gefühle und auch keine Erinnerungen. Für Hieronymus fühlte es sich an, als sei er gefangen im Körper eines fremden Mannes. Wenn er tatsächlich Hieronymus Hauptmann war, dann musste er über einflussreiche Kontakte verfügen. Er musste einen Weg finden, das Heft in die Hand zu nehmen.

Nachdenklich nippte er an seinem Kräutertee. Sie brauchten einen Plan, der den blutrünstigen Kidnapper aufhielt, Hieronymus' Familie in Sicherheit brachte und im Idealfall sein Gedächtnis retten konnte. Hätten sie doch nur eines dieser iPhones in seiner Jackentasche gefunden und Zugriff auf seine Kontakte gehabt. Die einzige Person, die ihm aktuell in den Sinn kam, war Erik van der Vaal. Hieronymus brauchte ein Taxi. Er musste zurück zur Firmenzentrale. Seinem Assistenten würde er sich anvertrauen können.

„Bei den 24 Eiern der 12 Apostel! Rutscht mir doch alle den Buckel runter! Warum hab ich dem Rotzlöffel nur den Geheimgang gezeigt?"

Onkel Tonys Fluchtirade drang deutlich durch den hellhörigen Altbau des Krummen Ellenbogens bis in Maries Dachgeschosswohnung hinauf.

„Er wird sich schon bald beruhigen", kommentierte Vincent den Wutausbruch seines Großonkels. „Onkel Tony ist schon den ganzen Morgen am Putzen. Neben den Schuhabdrücken scheinen seine kostbaren Kostüme bedauerlicherweise ein paar Blutflecken abbekommen zu haben."

„Kostüme?“ Hieronymus schaute die beiden Geschwister fragend an.

„Sie wissen schon … der Kleiderschrank mit den Kostümen im Keller … Ihr musstet euch daran vorbeiquetschen, als ihr aus dem U-Bahnschacht gekommen seid. Ursprünglich sollte dort mal ein Sondereingang für Wartungsarbeiten entstehen.“

„Die Herren von der Bahn beabsichtigten, dieses Areal als Bürogebäude zu nutzen“, ergänzte Vincent. „Sie waren sich nahezu einig mit Onkel Tony und haben vorsichtshalber schon einmal den Durchbruch im Keller vorbereitet. Die Schurken konnten unmöglich ahnen, dass unser Großonkel plötzlich zu Wohlstand gelangen würde. Man sieht es ihm zwar nicht an, jedoch erhielt er einst von einem trinkfreudigen Stammgast Anteile an dessen Start-up, damit er seine ausstehenden Bierdeckel begleichen konnte. Dieses Start-up, das als Vermittlungsplattform für kurzzeitige Privatunterkünfte diente, erlebte kurz darauf einen enormen Erfolg. Sehr zum Missfallen der Hotelbranche. Die Anteile von Onkel Tony wurden jedoch schlagartig Millionen wert. Für kein Angebot der Welt wird er jetzt noch seine geliebte Kneipe an die Bahn verkaufen.“

„Jedenfalls lagert unser Großonkel ab und zu die Verkleidung vom Stadttheater unten im Keller“, unterbrach Marie ihren Bruder. „Er ist mittlerweile einer der wichtigsten Sponsoren der Paderborner Kulturszene und sammelt die Klamotten wie Trophäen.“

„Ein verzweifelter Versuch, seinem einfältigen Wesen einen Hauch von Kultivierung anzuflanschen“, erklärte Vincent. „Und wie man hört, hat er sich schon ein ganz exquisites Vokabular angeeignet.“

„Dreckige Walrossscheiße“, hörte Hieronymus den Kneipenwirt vor sich hin fluchen, bevor Vincent mit einem Mal die Lautstärke des Fernsehers aufdrehte. Hinter einer Nachrichtensprecherin erschien die Skyline Paderborns auf dem Bildschirm.

„Der Aktienkurs des Suchmaschinenanbieters AskLeibniz hat in den Morgenstunden knapp 9% an Wert verloren. Grund dafür ist ein Artikel, der gestern Nacht im Online-Szeneblog heroesandzeros.com veröffentlicht wurde. Darin erhebt eine anonyme Autorin Anschuldigungen gegenüber AL’s Firmenchef und Gründer Jan Lennart Holmquist. Konkret geht es um einen millionenfachen und vorsätzlichen Datenmissbrauch zu manipulativen Zwecken. In einer Videoaufnahme ist Holmquist gemeinsam mit Chinas Präsident Dong Shaoqi und einem Vertreter des kongolesischen Famba-Regimes zu sehen. Die Tonaufnahmen legen nahe, dass es sich um eine geheime Absprache zur aktiven Manipulation des Wahlverhaltens kongolesischer Wählerinnen und Wähler bei der Präsidentschaftswahl im Jahr 2023 handelt. Inwiefern rechtliche Schritte eingeleitet werden, ist zum jetzigen Zeitpunkt noch unklar. In einer ersten Stellungnahme aus der Pressestelle der AskLeibniz-Zentrale hieß es, man halte den Artikel für eine Verleumdungskampagne und man werde alles dafür tun, den Sachverhalt so schnell wie möglich aufzuklären. Jan Lennart Holmquist war indes für ein Statement nicht zu erreichen. Wir halten Sie auf dem Laufenden, sobald es neue Erkenntnisse in diesem Fall gibt.

Kommen wir nun zum Sport …“

„Heroesandzeros.com?“ Marie sackte ungläubig in ihrem Stuhl zusammen. „Das ist die Domain von Adira und dieser falschen Schlange, die letztes Jahr bei ihr eingezogen ist. Ich check das nicht. Das kann doch alles kein Zufall sein. So eine Nachricht, ausgerechnet jetzt, wo Holmquist entführt wurde?"

Sie holte einen kleinen Notizblock und einen angespitzten Bleistift aus ihrer Aktentasche hervor.

„Gehen wir den gestrigen Tag noch mal durch. Sie sind also morgens in ihrem Büro aufgewacht und konnten sich plötzlich an nichts mehr erinnern; ein harter Cut. Völliger Gedächtnisverlust über Nacht? Ich muss zugeben, in Kombination mit all den Vorkommnissen klingt das tatsächlich nicht gerade nach einer klassischen Demenz. Und von gestern fehlt Ihnen nichts? Keine Lücke? Was genau geschah, als Sie das Büro mit Ihrem Assistenten verlassen haben?"

Hieronymus stöhnte. „Na ja, da war dieser gläserne Aufzug mit dem Ausblick. Eine Schwebebahn, die in ein riesiges Gewerbegebiet führte."

Hieronymus versuchte, die Geschehnisse im Aufzug zu rekonstruieren. Da war diese unangenehme Situation mit der ängstlichen Frau. Anschließend ging es über eine breite Marmortreppe in die riesige Eingangshalle. Mittlerweile konnte er auch den Baum im Zentrum der Halle zuordnen. Er trug die roten Früchte des Granatapfels. Aber halt, da war noch etwas. „Alles verläuft nach Plan. Projekt Pan Paniscus hat die präklinische Phase erfolgreich abgeschlossen. Prof. Moreau konnte mir gestern Morgen noch einmal bestätigen, dass Elvis und Marie-Antoinette vollständig genesen sind." Hieronymus murmelte Eriks Worte leise vor sich hin und schob nach einer kurzen Pause hinterher, „... keinerlei senile Plaques, keine Verhaltensauffälligkeiten. Wir stehen vor einer Zeitenwende. Die Welt ist im Wandel."

„Was sagen Sie da? Wiederholen Sie das.“ Aufgeregt kritzelte Marie einige Stichpunkte in ihren Block.

„Pan Paniscus ist der wissenschaftliche Ausdruck für Bonobo-Primaten“, meldete sich Vincent zu Wort. „Für mich hört sich das stark nach Tierversuchen an Menschenaffen an.“ Vincent sah Hieronymus vorwurfsvoll an. „Womöglich waren Sie das erste menschliche Versuchsobjekt.“

Hieronymus lief es kalt den Rücken runter, während Marie beschwichtigend die Arme hob. „Oder Sie leiden tatsächlich an einer Krankheit. Das könnte die große Motivation erklären, mit der bei Ihnen an der Bekämpfung von Alzheimer, Krebs und was auch immer geforscht wird.“

„Wir drehen uns im Kreis.“ Hieronymus stand auf. „Wenn ich eine Antwort auf unsere Fragen haben will, dann muss ich meine Leute befreien. Irgendetwas sagt mir, dass Jacques Moreau der Schlüssel zu meinen Erinnerungen ist.“

Er durfte sich seinem Schicksal nicht kampflos beugen. Im schlechtesten Fall blieben ihm nur noch wenige Stunden, bis der Mönch sein tödliches Versprechen umsetzen würde. Er griff nach dem schwarzen Lederetui, das noch immer offen auf dem Tisch lag. Das Mädchen mit den braunen Locken grinste ihn an. Wo sollte er mit seiner Suche beginnen? Hieronymus war der CEO eines Weltkonzerns. Er verfügte über ein Arsenal an Möglichkeiten. Aber wem konnte er trauen? Welche Augen waren auf ihn gerichtet, sobald er die Straße betrat?

Ein schrilles Klingeln riss Hieronymus aus seinen Gedanken. Vorsichtig schob Marie die Gardinen ihres Küchenfensters zur Seite, um einen Blick auf die Straße zu erhaschen. „Oh Mann, was macht der denn hier? Leute, wir bekommen Besuch.“

Szene 32: Hieronymus – 7:45 Uhr

Dreimal hintereinander schrillte die Türklingel. Erst klingelte es in Maries Dachgeschosswohnung, dann unten in der Kneipe.

„Ist ja gut!", schallte Onkel Tonys Stimme herauf. „Dein verdammtes Portemonnaie liegt immer noch auf dem Tresen. Hab's nicht angerührt, du alter Alki!"

Marie war bereits zur Wendeltreppe gehechtet. „Stopp! Nicht aufmachen! Da steht ..." Sie brach ab, hielt sich die Hand vor den Mund. Doch es war zu spät. Onkel Tony hatte die Klinke schon heruntergedrückt und die Tür einen Spalt geöffnet.

„Selig sind die Vergesslichen, denn sie werden auch mit ihrer Dummheit fertig", murmelte er. „Oh, entschuldigen Sie. Guten Tach, junger Mann."

Hieronymus, der oben am Treppengeländer stand, konnte die Haustür nicht sehen. Aber er hörte die klare, ruhige Stimme des Gastes: „Wunderschönen guten Morgen. Leon Buchwald mein Name. Keine Sorge, ich möchte nur mit Ihrer Nichte sprechen. Es ist dringend."

Onkel Tony seufzte hörbar. „Und ich dachte schon, Sie wollen mich wegen Unordentlichkeit verhaften. Ich wische ja sonst immer direkt durch, sobald der letzte Gast geht, aber gestern ... Wasserschaden im Kell-" Er brach ab.

„Schon gut. Dürfte ich jetzt zu Marie? Es geht um einen dienstlichen Notfall."

Buchwalds Stimme klang nun schärfer. Marie tippte Hieronymus mit dem Finger auf die Schulter und deutete ihm lautlos an, sich nicht vom Fleck zu rühren. Anschließend schlich sie lautlos in die Küche.

„Ja, Herr Kommissar“, sagte Onkel Tony gedehnt. „Die jungen Leute heutzutage, wissen Sie, die frühstücken nicht mehr und gehen immer so spät ins Bett. Würde mich nicht wundern, wenn bei Marie erst zehn Minuten vor Dienstantritt der Wecker klingelt. Kann ich sonst noch irgendetwas für Sie tun? Ein Heißgetränk vielleicht? Wie heißt es so schön? Kaffee am Morgen hat Gold im Mund.“

Ein kaltes Metall drückte sich gegen Hieronymus’ Flanke. Erinnerungen an den Mönch in der U-Bahnstation schossen ihm durch den Kopf. Langsam drehte er sich zur Seite, bis er in Maries ernstes Gesicht blickte.

„Psst“, flüsterte sie kaum hörbar. „Sobald ich Buchwald abgelenkt habe, schleichen Sie sich mit Vincent in den Keller. Die hier nehmen Sie mit.“ Sie schob ihm eine schwarze Waffe zwischen Anzughose und Hemd. Walther P99, stand darauf in weißer Schrift geschrieben.

„Spielen Sie keine Spielchen mit mir!“ Buchwalds Stimme donnerte durch das Haus. „Ich zähle jetzt bis drei, und dann gehen Sie mir aus den Augen. Oder soll ich mir einen Durchsuchungsbefehl holen? Je länger ich darüber nachdenke, desto mehr bin ich der Meinung, dass wir uns den Wasserschaden in Ihrem Keller mal genauer ansehen sollten. Ich sag nur so viel: Die Stadtarchäologin ist seit gestern verschwunden. Es wurden Blutspuren im U-Bahnschacht neben Ihrem Keller gefunden. Und der letzte Mensch, der mit ihr gesehen wurde, ist Ihr Neffe Vincent Kupferkamp.“

Hieronymus, Marie und Vincent tauschten Blicke. Buchwald stand also nach wie vor mit dem Mönch in Kontakt.

Onkel Tony murmelte noch etwas von Missverständnissen, da war Marie schon auf dem Weg nach unten.

Hieronymus' Herz hämmerte in seiner Brust. Er war bewaffnet und auf der Flucht vor der Polizei. Die Situation war vollkommen absurd, doch er hatte keine Wahl.

Vincent deutete Hieronymus an, ihm zu folgen. Die alte Wendeltreppe führte vorbei an der Kneipe und weiter hinab in die Dunkelheit des Gewölbekellers. Mit einer Hand auf dem kalten Metallgeländer glitt Hieronymus fokussiert die Stufen hinab. Das laute Knarren einer verzogenen Holzstufe ließ ihn kurzzeitig erstarren, doch fast gleichzeitig stellte er fest, dass Marie clever genug gewesen war, die Tür vom Flur zur Kneipe hinter sich zu schließen.

Genau in dem Moment, als Hieronymus die untersten Treppenstufen erreicht hatte und Vincent das Kellerlicht anschaltete, erklangen die Stimmen über ihm im Flur.

„Meine Güte bist du gestresst. Vergiss doch mal den Keller Leon. Jetzt komm erst mal mit nach oben. Ich hab sowieso gerade den Wasserkocher an", versuchte Marie ihren Arbeitskollegen mit freundlicher Stimme abzulenken. Als nächstes hörte Hieronymus das grelle Piepen eines Rauchmelders. Dann folgten schnelle, polternde Schritte. Es waren Schritte auf der Treppe; Schritte, die sich nach oben entfernten.

Vincent riss den Kleiderschrank im Keller auf. Dahinter verbarg sich die Metalltür zum U-Bahnschacht. Doch statt sie zu öffnen, begann er hektisch die Kostüme durchzuwühlen.

„Hier, zieh das an", zischte Vincent und warf Hieronymus einen langen Mantel, eine alte Wollmütze und ein Paar löchrige Schuhe zu. Die Kleidung war abgenutzt und voller Flicken. Eine alte 80er-Jahre-Jeans und ein mottenzerfressenes T-Shirt mit der Aufschrift *Expo 2000* folgten.

Hieronymus starrte Vincent einen Moment ungläubig an, dann begriff er: Sie schlüpften in die Tarnung eines Obdachlosen.

Er streifte sich das T-Shirt über und zog sich die Mütze auf den Kopf. Alles Weitere konnte er sich später noch in den dunklen U-Bahnschächten anziehen. Jetzt mussten sie erst mal weg von hier.

Also verließen sie den Keller durch den Kleiderschrank, um das klapprige Eisenpodest hinunterzusteigen, welches Hieronymus eigentlich nie wieder betreten wollte. Sie flohen hinaus ins U-Bahn-Labyrinth – weg von Buchwald und weg von der Gefahr.

Szene 33: Hieronymus – 8:15 Uhr

„Alter! Trägt der Crop-Top?“

Hieronymus erhaschte einen Blick auf das Mädchen, das mit dem Finger auf ihn zeigte, umgeben von einer kichernden Gruppe Teenager.

„Ehrenlos“, fügte ein Junge mit krächzender Stimme hinzu, der sich eindeutig im Stimmbruch befand. Die Gruppe verschwand lachend in dem gewaltigen Kaufhaus, das er gestern Morgen schon aus seinem Büro beobachtet hatte.

AskLeibniz Center stand in glitzernden Buchstaben über dem Eingang. Hieronymus erinnerte es immer noch an das Harrods in London, nur eben ein paar Dimensionen größer.

„Ihr Shirt ist aber in der Tat sehr ansprechend.“

Hieronymus warf Vincent einen scharfen Blick zu. Das zu kurze T-Shirt aus Onkel Tonys Kostümfundus enthüllte mindestens zwei Fingerbreit seines wohlgenährten Bauches.

Es war die menschenunwürdige Lage eines Obdachlosen. Dass Hieronymus sich seit mindestens anderthalb Tagen nicht gewaschen hatte, passte wunderbar ins Gesamtbild.

Er zog sich die Wollmütze ein Stück tiefer ins Gesicht. In erster Linie mussten sie Abstand zum Krummen Ellenbogen gewinnen. Noch hatten sie keinen Plan, wo sie ihre Suche nach Prof. Moreau und den anderen Entführungsopfern beginnen sollten. Zurück in sein Büro zu schleichen, um seinen Assistenten zu kontaktieren, war nahezu ausgeschlossen. Der Polizeidirektor ließ seine Leute vermutlich schon unter falschem Vorwand vor dem PG Tower patrouillieren. Aktuell hatten sie nichts gegen Leon Buchwald in der Hand Außerdem galt es den Faktor Zeit zu berücksichtigen. Die Tatsache, dass er aus seinem Verlies entkommen konnte, war eine Provokation, die den Mönch möglicherweise zu einem beschleunigten Handeln animierte.

Seine Kopfhaut juckte unter der für diese Jahreszeit völlig unangebrachten Wollmütze. „Ich frage mich wirklich, ob wir mit dem Outfit noch mehr Aufmerksamkeit erregen als zuvor."

„Warte ab. Es gibt einen Ort, da werden wir inkognito sein", entgegnete Vincent, während sie am Theodorianum vorbei Richtung Rathausplatz abbogen. Vincent selbst hatte zwar keine Mütze auf dem Kopf, dafür aber einen ausgeleierten Kapuzenpulli gefunden, mit dem er seine rote Lockenpracht halbherzig verdecken konnte. Ausgelatschte Chucks und eine enge Nadelstreifenhose komplettierten sein Outfit. Zusätzlich hatte Vincent sich eine dicke Sonnenbrille auf die Nase gesetzt.

Hieronymus staunte über die Menschenmassen, die sich hier im Zentrum seiner Heimatstadt tummelten. Auf dem

Rathausplatz herrschte zu dieser Stunde bereits reges Treiben. Im Zentrum des Geschehens wuselten einige Tontechniker über eine Bühne. Auch ein Rednerpult wurde aufgebaut. An jeder Ecke waren die Worte *nixdorf 100* zu lesen. Es waren die Vorboten auf das Jubiläumsfest.

Besondere Aufmerksamkeit zog jedoch eine Straßenkünstlerin auf sich, umringt von gestikulierenden Zuschauern.

Unauffällig folgten Hieronymus und Vincent einem Menschenstrom, der sich an der Zuschauertraube der Straßenkünstlerin vorbeischlängelte. Mit gesenktem Blick versuchte Hieronymus, Gesprächsfetzen aufzuschnappen.

„Geschmacklos! Diese Alte gehört von der Straße gezerrt.“

„Ach sei still, du spießiger Boomer. Die Frau macht nur aufmerksam auf das, was falsch läuft in dieser Stadt. Hast du nicht gehört, was heute Morgen in den Nachrichten erzählt wurde? Wenn wir immer alles hinnehmen, machen die Drecksäcke mit uns, was sie wollen. Wenn hier irgendjemand weggezerrt werden sollte, dann Holmquist und seine verlogene, neoliberale Bande“, erwiderte eine aufgebrachte junge Frau, die durch ihren ausgefransten Do-it-yourself-Haarschnitt auffiel.

Zwischen den Schultern der debattierenden Masse erkannte Hieronymus eine alte Frau, die vor einer Staffelei auf dem Gehweg stand und präzise Pinselstriche vollführte. Zweifelsfrei war die Dame begabt, und dennoch war es ein gruseliger Anblick. Fettige, graue Haarsträhnen klebten an ihrer sichtbaren Kopfhaut. Ihre Haut war von tiefen Narben durchzogen und ihre lumpenhafte Kleidung war völlig zerfetzt. Vor ihren Füßen lag eine verblichene Plastiktüte, auf der ein Farbmalkasten stand. Ihr Kopf wippte rhythmisch vor und zurück, als ob ein Metronom in ihrem Inneren tickte. Vermutlich war es die Folge einer schweren psychischen Erkrankung.

Hieronymus streckte sich, um genauer betrachten zu können, was die Künstlerin soeben fertiggestellt hatte. Unter der Überschrift „Im Namen des Vaters“ war das Porträt eines Leichnams zu sehen. Es war ein Leichnam, der sich mit der linken Hand an seinem verstümmelten rechten Arm festklammerte.

Am Boden sammelte sich eine Blutlache. Der dunkle Hintergrund erinnerte an den Kerker einer Ruine. Doch es waren die Gesichtszüge des Toten, die Hieronymus erschütterten. Sie waren präzise, fast fotografisch – und eindeutig Jan Lennart Holmquist, der Mann, den er heute Morgen in den Nachrichten gesehen hatte. Er hatte das Gefühl, in das schmerzverzerrte Gesicht des Mannes zu schauen, den er heute Morgen bereits in den Nachrichten gesehen hatte – Jan Lennart Holmquist.

„Was hat das zu bedeuten?“, flüsterte Vincent.

Ein eiskalter Schauer lief Hieronymus über den Rücken, als er daran dachte, dass er selbst noch vor wenigen Stunden in einem ähnlich dunklen Verlies angekettet worden war. War Holmquist tot? Oder war dies nur das Werk einer verstörten Frau, die zufällig von Holmquist gelesen hatte?

Bevor Hieronymus etwas antworten konnte, erkannte er zwei Polizeibeamte in der Menschentraube. Mit ernstem Gesichtsausdruck teilten sie die Zuschauer und steuerten direkt auf ihn zu.

Szene 34: Marie – 8:30 Uhr

Eine umgekippte Kerze, eine nicht ausgeschaltete Herdplatte oder eine unachtsam weggeschnippte Zigarette – der Krumme Ellenbogen, mit seinem Gerüst aus alten Holzbalken und den vertäfelten Decken, konnte sich leicht in ein flammendes Inferno verwandeln. Natürlich hatte Marie im Rahmen ihres iTree, einem ganzheitlichen Smarthome System aus dem Hause Punica Granatum, auf einen Rauchmelder gesetzt, der im Brandfall einen Alarm auf ihrem iPhone auslösen konnte.

Doch vorhin hatte es nur ein paar schnelle Fingerbewegungen gebraucht, um den Testalarm im Wohnzimmer auszulösen. Damit hatte sie Leon Buchwald für wenige Sekunden aus dem Konzept gebracht und nach oben gelockt. Kurz darauf war es jedoch zu einem offenen Schlagabtausch zwischen den befreundeten Kollegen gekommen. Ehemals befreundet – so ehrlich musste Marie mit sich sein. Leon Buchwald hatte ihr absichtlich eine gekürzte Form des Erpresservideos mitgegeben, um seine Geheimnisse vor ihr zu schützen.

„Wo versteckst du ihn, Marie?“ Leons Augenbrauen waren bedrohlich zusammengezogen, während er auf den gedeckten Frühstückstisch zuging. Die angebissenen Brote lagen noch immer auf den Tellern, bedeckt von lauwarmem Rührei.

„Wo ich ihn verstecke? Sag du mir lieber, Herr Polizeidirektor, von welchem Geheimnis dein Freund im Video spricht! Was verschweigst du mir? Wer ist das Mädchen? Und seit wann lieferst du unschuldige Menschen an einen Killer aus?“

Marie hatte die Karten auf den Tisch gelegt. Buchwald hatte sie einige Sekunden angestarrt, bevor er ihr mit ausdrucksloser Stimme klarmachte, dass er sie wegen Befangenheit mit sofortiger Wirkung von der Task Force abziehen müsse.

„Es tut mir leid“, hatte er ohne jede Regung hinzugefügt. „Aber dein Bruder steht unter Mordverdacht. Wenn wir unten im U-Bahnschacht seine DNA-Spuren neben dem Blut der Stadtarchäologin finden, dann sieht es schlecht für ihn aus. Es wird einen Durchsuchungsbefehl geben. Bis dahin werde ich den Krummen Ellenbogen als potenziellen Zufluchtsort unter polizeiliche Beobachtung stellen.“

Ohne ein weiteres Wort war Buchwald auf dem Absatz umgedreht und die Treppe hinuntergestürmt. Arschloch! Marie schaute ihm durch das Küchenfenster hinterher. Erst als sie bemerkte, dass eine ihrer Fingerkuppen vom Nägelkauen blutete, kam sie langsam wieder zu sich.

Trotz aller Differenzen mit ihrem Bruder wusste Marie, dass Vincent klug genug war, gemeinsam mit Hieronymus Hauptmann unterzutauchen. Andererseits liebte die Nervensäge das Abenteuer. Marie stopfte sich ein Rühreibrot in den Mund. Sie war eingesperrt in ihrer eigenen Wohnung. Wie konnte sie jetzt noch helfen?

Sie klappte den Laptop auf und öffnete die Videodatei. Warum nicht das Erpresservideo ins Netz stellen und der Öffentlichkeit zeigen, was für ein Feigling an der Spitze der Paderborner Polizei saß? Leon hatte sich dazu entschieden, sein Geheimnis zu schützen und dafür die Entführungsopfer für vogelfrei erklärt. Das war Amtsmissbrauch. Doch wie würde der Erpresser reagieren, wenn sie das Video veröffentlichte? Würde das die Überlebenschancen der Opfer erhöhen oder ihr Todesurteil bedeuten?

Die angekündigten Morde der maskierten Gestalt würden ohne Zweifel enorme Aufmerksamkeit erregen. Doch war das nicht genau das Ziel des Täters? „Terrorismus ist eine Kommunikationsstrategie“, hörte sie ihren Seminarleiter sagen. „Der Terrorist erzwingt durch Gewalt die notwendige Aufmerksamkeit und besetzt im Anschluss das Denken der Menschen.“ Nein, sie musste einen anderen Weg finden.

Mit dem Artikel über Holmquist hatten die Täter es bereits geschafft, die wirtschaftliche Elite an den Pranger zu stellen. Adira und ihre Freundin fühlten sich vermutlich wie moralisch einwandfreie Investigativjournalisten und ahnten nicht, dass sie einem mörderischen Terroristen eine Plattform boten. Auf diesen Zug durfte Marie nicht aufspringen. Sie stand auf der Seite des Rechtsstaats. Ein erpressbarer Polizeidirektor würde das Vertrauen in die Sicherheitsbehörden zerstören. Außerdem wusste sie zu wenig über die Hintergründe des Videos.

Sie musste tun, was sie am besten konnte. Mit etwas Glück würden die Metadaten der Videodatei weitere Hinweise liefern.

Szene 35: Marie – 8:40 Uhr

Wer versteckt sich hinter deiner Maske, Enkidu? Welches Geheimnis verbirgst du vor uns?

Marie zwang sich, systematisch vorzugehen und öffnete per Rechtsklick die Eigenschaften der Videodatei. Sämtliche Details waren gesperrt. Ein einfacher Zugriff auf die Metadaten blieb ihr verwehrt. Alles andere hätte sie auch gewundert. Unbeeindruckt öffnete Marie ihr ExifTool –

eine Software, die sie eigentlich längst von ihrem privaten Rechner hätte löschen sollen. Zu oft hatte sie es in der Vergangenheit missbraucht, um ihre Ex-Freundin Adira auszuspionieren. Jede Spur von Privatsphäre hatte sie dabei ignoriert, nur um ihre eigene Eifersucht zu nähren.

Marie zog die Videodatei in das Bearbeitungsfeld des Tools. Sekunden später flimmerte ein weißer Quellcode auf schwarzem Hintergrund vor ihr auf. Routiniert scrollte sie durch die Daten: *File Name, Directory, Duration, Time Code Scale … File Creation Date.* Marie stoppte.

2025:04:07 11:52:38+01:00.

Interessant, das Video war erst vorgestern aufgenommen worden. Sie scrollte weiter nach unten. *Camera Model Name, Orientation, X Resolution, Y Resolution … GPS.* Ihre Augenbrauen schnellten in die Höhe.

Bingo!

Marie kritzelte die Koordinaten hastig in ihren Notizblock.

Latitude: 39° 55′ 26.22″ N
Longitude: 116° 22′ 43.45″ E

Ohne Zeit zu verlieren, öffnete sie ihren Browser und rief AskLeibniz auf. Sie tippte die Koordinaten in die Suchmaske der AL-Maps Anwendung, drückte auf Enter und hielt gespannt den Atem an. Die Koordinaten führten sie weit in den Osten.

Eine Standortnadel erschien über einem länglichen Platz, eingefasst in ein gitterartiges Straßennetz. Fremdartige Schriftzeichen dominierten die Karte. Neugierig zoomte Marie näher heran. Direkt oberhalb der Nadel tauchte ein Symbol mit einem Kreuz und der Beschriftung *Church of the Saviour* auf. Sie schob ihre Finger über das Touchpad, um herauszuzoomen. Am rechten Bildrand erschien ein innerstädtischer See mit einer Insel in der Mitte, daneben ein rechteckiger Fluss, der an einen Schlossgraben erinnerte.

Marie zoomte weiter. Der Platz wuchs, bis er die Ausmaße einer Kleinstadt anzunehmen schien. Die Verbotene Stadt. Die Koordinaten hatten sie nach Peking geführt – mitten ins historische Machtzentrum Chinas.

Ungläubig schüttelte sie den Kopf. Das Erpresservideo war also in einer Kirche aufgenommen worden. Einer christlichen Kirche, die sich inmitten der chinesischen Hauptstadt befand. Aufgeregt öffnete sie ein neues Browserfenster und suchte nach „Church of the Saviour Peking".

Bilder einer doppeltürmigen Fassade vor strahlend blauem Hintergrund erschienen. Gotische Elemente waren zu erkennen, die von chinesischen Pavillons mit geschwungenen Walmdächern eingerahmt wurden. Alles wirkte surreal, fast wie eine KI-generierte Fotomontage. Ein Wikipedia-Artikel bestätigte, was sie sah:

Erlöserkirche (Peking). Die katholische Kirche im Bezirk Xicheng war einst Bischofssitz und gehört heute zur Chinesischen Katholisch-Patriotischen Vereinigung (KPV).

Marie ließ ihren Mauszeiger über den Hyperlink zur KPV schweben. Ein Klappentext erschien:

„Die KPV ist eine offiziell von der kommunistischen Regierung anerkannte, aber nicht vom Vatikan legitimierte katholische Gemeinschaft."

Neugierig klickte sie den Artikel an. Was sie las, hinterließ mehr Fragen als Antworten. Der Konflikt zwischen Vatikan und der Kommunistischen Partei Chinas reichte Jahrzehnte zurück und betraf die Frage, wer das Recht hatte, Bischöfe zu ernennen; der Papst oder die Partei.

Marie rieb sich die Stirn. Steckte der chinesische Staat hinter dem Erpresservideo und nutzte die katholische Kirche als Deckmantel? Zu diesem Zeitpunkt konnte sie nichts ausschließen. Sicher war nur, dass das Video, die Entführungen und die jüngsten Artikel über die Machenschaften des Jan Lennart Holmquist miteinander verknüpft waren. Wenn sie mehr herausfinden wollte, musste sie über ihren Schatten springen. Sie musste eine Person befragen, mit der sie seit mehreren Wochen nicht mehr gesprochen hatte.

Zögernd griff sie nach ihrem iPhone. Ihre Finger schwebten über dem Bildschirm. Adira – neben ihrem Namen leuchtete noch immer ein rotes Herzchen. Sie holte tief Luft und tippte auf die Nummer.

Szene 36: Zita – 8:45 Uhr

Adiras Eltern hatten die luxuriöse Wohnung Am Hilligenbusch vor einigen Jahren als Geldanlage erworben und dafür einen siebenstelligen Preis bezahlt. Seitdem nutzte Adira die Unterkunft in bester Wohnlage zwischen Universität und Innenstadt als Studentenwohnung. Von ihrer heimlichen Mitbewohnerin hatte Adira ihren Eltern bislang nichts erzählt.

Schlaftrunken schlich Zita vom Flur in den Raum, der Wohnzimmer und Küche miteinander kombinierte. Eine kunstvolle Symbiose aus dunklem Marmor, warmen Elfenbeintönen und unzähligen grünen Topfpflanzen dominierten die Innenausstattung. Ein Panoramafenster sorgte für einen angemessenen Ausblick auf die Innenstadt. Sie schnappte sich ein Glas und hielt es unter den Wasserhahn der Spüle. Das linke Auge war halb geöffnet, das rechte hingegen noch fest geschlossen. Gestern Abend war es spät geworden. Bis tief in die Nacht hinein hatten Zita und Fabrice an dem Artikel gefeilscht. Der Blogbeitrag über die geheimen Geschäfte des A+ Promis Jan Lennart Holmquist sollte perfekt werden. Schließlich hatten die Anschuldigungen, die sie dort formulierten, ein gewaltiges Sprengstoffpotenzial. Vielleicht würden sogar einige renommierte Verlagshäuser oder Nachrichtensender auf ihren Blog aufmerksam werden.

Schlagartig zuckte Zita zusammen und schüttete sich dabei ein paar Spritzer des kalten Wassers ins Gesicht. Das unerwartete Brummen der Kaffeemaschine hatte sie aus ihren müden Gedanken gerissen. Ihre Mitbewohnerin stand grinsend daneben und hielt eine kleine weiße Tasse unter den Automaten.

„Adira! Was machst du denn hier? Schon mal auf die Uhr geguckt? Check mal deinen Biorhythmus."

Adira war für ihre Verhältnisse schon wieder viel zu früh auf den Beinen. Doch sie erwiderte nichts. Irgendetwas schien Adira zu stören. Mit einem provokanten Lächeln setzte sie sich an den Küchentisch und führte sich den Espresso an die Lippen.

Zita musterte ihre Freundin. Zwischen Adiras rechtem Ohr und ihren blau gesträhnten Haaren befand sich ein Tattoo. Es stellte eine kopflose Person im Anzug dar, hinter der sich eine angedeutete Weltkugel befand, die von einem Lorbeerkranz eingerahmt wurde. Es war das Erkennungszeichen der Hackerbewegung Anonymous. Früher war Adira aktiver Teil der Bewegung gewesen, hatte Protestaktionen organisiert und Netzwerke lahmgelegt. Doch all das hatte sich geändert, als sie vor fünf Jahren mit der Polizistin Marie Kupferkamp zusammenkam.

„War das gestern Abend tatsächlich Männerbesuch, Zita?“ Adiras Stimme war absichtlich beiläufig, doch ihre Mimik verriet das Interesse.

„Eifersüchtig?“, konterte Zita mit einem breiten Grinsen. „Keine Sorge, Schatz. Männer gehören bei mir halt hin und wieder zum Berufsrisiko. Wobei ich zugeben muss, der von gestern hatte was.“

Adira stand auf und ging erneut zur Kaffeemaschine. Das Mahlwerk begann abermals zu brummen.

Zita musste sich ein Lachen verkneifen. „Entspann dich, rein als Informant natürlich. Aber du hattest recht, das Treffen hat sich gelohnt. Er hat uns Videomaterial zugespielt. Darauf sieht man Holmquist …“

Zitas Worte wurden von der Türklingel unterbrochen. Adira spähte auf den kleinen Monitor neben der Küchentür.

„Ist er das? Dein mysteriöser Verehrer? Dann lass ihn mal rein, deinen Informanten.“

Wenig später betrat Fabrice den Raum, eine Tüte mit Brötchen in der Hand.

„Guten Morgen meine Damen. Und? Wie viele Klicks haben wir? Hunderttausend? Fünfhunderttausend? Eine Million?“

„Keine Ahnung“, antwortete Zita grinsend. „Bei 60.000 hätten wir einen neuen Rekord. Übrigens, darf ich vorstellen? Das ist meine reizende Mitbewohnerin Adira.“

Fabrice streckte Adira seine Hand aus. Adira erwiderte mit einem knappen Händedruck.

„Verstehe. Du hast also keine Ahnung, was abgeht. Kommt mit, schaltet die Nachrichten ein.“

Im Vorbeigehen schnappte Fabrice sich Zitas Hand und zog sie hinter sich her. Adira verdrehte die Augen, folgte den beiden allerdings ins Wohnzimmer.

Die Nachrichtensprecherin berichtete über das neueste Energieabkommen der Bundesrepublik mit dem südostafrikanischen Staat Namibia. Zita schaute mit einem fragenden Gesichtsausdruck zu ihrem Informanten. Doch Fabrice legte lediglich einen Arm um ihre Schulter und deutete mit einem energischen Kopfnicken auf den Fernseher.

„Neuigkeiten gibt es außerdem im Fall der Manipulationsvorwürfe, mit denen sich der Paderborner Suchmaschinenanbieter AskLeibniz seit gestern Nacht konfrontiert sieht. Kongos Staatspräsident Philémon Famba wies soeben sämtliche Anschuldigungen zurück. Es habe keine geheimen Absprachen oder gezielte Manipulationsversuche des Wahlverhaltens gegeben. Wenn, dann sei dies ohne das Wissen seiner Person erfolgt. Er liebe sein Volk und stehe fest hinter der demokratischen Verfassung seines Landes."

Noch bevor Zita das Ausmaß der Lawine bewusstwurde, die sie mit ihrem Artikel losgetreten hatte, begann etwas an ihrer Hüfte zu vibrieren. Fabrice zog ein Handy aus seiner Hosentasche. Eine unterdrückte Nummer war auf dem Display zu sehen.

„Das könnte er sein", murmelte Fabrice.

„Wer?", fragten Zita und Adira im Gleichklang.

„Unser Whistleblower", antwortete Fabrice knapp und drückte auf den grünen Hörer.

„Lautsprecher", raunte Adira.

Ein kurzer Moment der Stille. Dann drang ein leises Rascheln aus dem Smartphone. Ein Klackern. Die Geräusche einer Tastatur? Mausklicks?

„Herzlichen Glückwunsch“, erklang eine leise Stimme mit fernöstlichem Akzent. „Die Welt kennt jetzt die düstere Wahrheit des AskLeibniz Imperiums. In der Cloud findet ihr einen weiteren Ordner. Ihr habt eine Stunde, um ihn zu veröffentlichen. Verbreitet die Kunde von Todsünde Nummer zwei. Ich bin mir sicher, der Inhalt ist insbesondere für dich von äußerstem Interesse, mein lieber Fabrice. Wir haben nicht viel Zeit. Enttäuscht mich nicht.“

Die Verbindung brach ab. Der Whistleblower hatte die Leitung gekappt.

Fabrice nickte. „Ab jetzt müsst ihr selbst entscheiden, ob ihr weiter machen wollt.“ Zita erkannte plötzlich eine Ernsthaftigkeit in Fabrice dunklen Augen. Es sah so aus, als wüsste er mehr. Als wüsste er bereits, was auf sie zukam.

„Ihr werdet euch mächtige Feinde machen. Ab jetzt begeben wir uns auf einen schmalen Pfad zwischen Pulitzer Preis und Folterkeller.“

Zita hielt kurz inne, dann griff sie nach ihrem Laptop. Ihr Artikel hatte schon über sechs Millionen Aufrufe. Auf ihrer Website trat Zita grundsätzlich unter einem Pseudonym auf. Sie passte auf, dass die Öffentlichkeit nicht ihren echten Namen kannte. Dennoch wussten genügend Leute in der Szene Bescheid.

„Also schauen wir uns den zweiten Ordner an, oder nicht?“

Zita schaute rüber zu ihrer Mitbewohnerin. Doch statt zu antworten, schob sie Zita das aufleuchtende Display ihres Smartphones unter die Nase; ein eingehender Anruf.

„Zita, es wird ernst. Fahrt die Rollläden runter und verriegelt sämtliche Zugänge zum Gebäude. Geheimagentin Sommersprosse ist uns auf der Spur.“

Auf dem Display stand der Name Marie. Dahinter war das Symbol der Detektivin abgebildet, die eine Lupe in der Hand hielt.

Szene 37: Hieronymus – 8:45 Uhr

Die morgendlichen Sonnenstrahlen sorgten für eine angenehme Wärme auf der Haut. Weiße Pollenblüten segelten durch die Luft und landeten auf dem ruhigen Quellwasser der Pader. Ein Gehweg und eine Steinmauer trennten das Gewässer von einer aufsteigenden Grünfläche. Unmittelbar dahinter begann die Altstadt. Was für die New Yorker der Central Park war, war für die Paderborner das PQ. Hier trafen sich Rentner, Schüler, Eltern mit Kinderwagen, picknickende Pärchen, Banker und Studenten. Der Frühling trieb sie alle nach draußen. So war es schon immer gewesen.

Und doch war da diese ungewohnte Fülle an Menschen, die sich in der Altstadt tummelten. Menschen drängten sich durch die Straßen, während verglaste Hochhäuser am Rand der Altstadt wie stumme Beobachter auf sie hinabsahen.

„Es gibt einen Ort, da fallen wir nicht auf", hatte Vincent ihm gesagt.

In seinem Rücken vernahm Hieronymus das Zischen einer Getränkedose. Ohne hinzuschauen wusste er, dass sich der ältere Mann mit dem vernarbten Gesicht soeben die zweite Kanne des Tages aufgerissen hatte. Die Gruppe, dessen Nähe Vincent gesucht hatte, verfolgte den morgendlichen Auftrag, ihren Alkoholpegel auf Level zu bringen. Hieronymus und Vincent hatten sich unter jene gemischt, die vor den Augen der Öffentlichkeit verborgen blieben, da niemand genauer hinschauen wollte.

Tatsächlich hatte sich Hieronymus seit gestern nirgendwo so sicher gefühlt wie hier. Seit mehr als 24 Stunden befand er sich schon auf der Flucht. In der Innentasche seines Mantels drückte die Walther auf seinen Brustkorb. Projekt Pan Paniscus, ein chinesischer Staatsbesuch im HNF, das Erpresservideo, die Vis Vitalis GmbH, ein korrupter Polizeidirektor, ein blutrünstiger Mönch und eine drogenabhängige Straßenkünstlerin - was hatte das alles zu bedeuten? Wo ließen sich die Fäden zusammenführen? Und wo versteckte der Mönch seine Opfer? Es war Zeit, von der Rolle des Gejagten in die Rolle des Jägers zu wechseln. Sie brauchten nur einen Ansatzpunkt.

Wuff. Hieronymus hielt sich seine Hand schützend vor die Stirn, um seine Pupillen vor der aufgehenden Sonne zu schützen. Auf dem Gehweg knurrte ein etwa handtaschengroßer Hund den Mann mit dem Narbengesicht an. Während der streng riechende Kerl Andeutungen machte, seine geöffnete Bierdose über das weiße Fell des ängstlichen Vierbeiners zu schütten, gerieten seine Beine gefährlich ins Wanken. Erst im letzten Moment zog er die Dose zurück. Mit einem kehligen Lachen erfreute sich der Mann darüber, das zottelige Tier aufs Glatteis geführt zu haben. Der Hund wich misstrauisch zurück.

Hieronymus' Blick fiel auf einen glänzenden Gegenstand am Boden. Zentimeter um Zentimeter kickte der betrunkene Mann den Gegenstand in Richtung der knuffigen Kreuzung aus Labrador und Pudel. Skeptisch und doch von Neugier getrieben, näherte sich das Tier dem Gegenstand. Es war eine zusammengedrückte Spritze. Mit seiner sensiblen, knopfartigen Schnauze begann er an der spitzen Nadel zu schnüffeln.

Hieronymus sprang auf, schob den alkoholisierten Mann zur Seite und nahm den Hund auf den Arm. Im selben Moment ertönte ein grelles Pfeifen. Erschrocken wirbelte Hieronymus herum.

„Jo, was geht denn hier ab?“

Auf der Rasenfläche hinter Vincent war ein junger Mann aufgetaucht. Er kauerte in einer Hockposition. Sein Hintern pendelte knapp über der Grasnarbe.

„Hier hin Tyson! Komm her!“

Der Hund bellte zweimal, stieß sich an Hieronymus Armen ab und sprintete zwischen die Beine des sonderbaren Jünglings. Hätte Hieronymus das Outfit des jungen Mannes beschreiben sollen, wäre er wahrscheinlich irgendwo zwischen Bob Marley und einem amerikanischen Basketballspieler gelandet. Er trug eine weite Stoffhose, ein ärmelloses Shirt und eine Frisur, bei der das dichte Haar zu festen, ineinander verdrehten Strähnen geformt war. Die filzigen Haare schauten schulterlang unter einem bayrischen Seppl-Hut hervor und auch der hölzerne Gehstock in seiner Hand stand im Kontrast zu seinem sonstigen Outfit. Um seinen Hals hatte der Mann eine Goldkette gebunden, an der eine Stadtkarte befestigt war.

„Wir wollen doch nichts von Fremden annehmen“, sagte er und kraulte seinen Hund.

Der Mann mit dem Narbengesicht stützte sich an der Steinmauer ab, sammelte sich und baute sich vor Hieronymus auf. Mit einem glasigen Blick starrte er ihn an. Plötzlich öffnete der alte Mann seinen Mund und begann damit, wirre Wortfetzen vor sich hinzustottern. Ein fauliger

Geruch stieg Hieronymus in die Nase. Nach einer Weile wurden die Worte klarer.

„Kapitalistenschweine. Sie belagern unsere Stadt. Nehmen uns unsere Häuser. Nehmen uns unsere Frauen. Selbst unsere Köter nehmen sie uns! Schauen hämisch auf uns herab von den Türmen der Schande."

Hieronymus trat einen Schritt zurück. Der verwirrte Mann deutete mit seinem gelblichen Zeigefinger auf die Skyline der Stadt. Anschließend schwenkte er seinen Arm zittrig von einem der Hochhäuser hinab auf Hieronymus und schrie, so laut er konnte: „HIERONYMUS HAUPTMANN, Ausgeburt des Teufels!"

Ein Gemurmel brach unter den umliegenden Menschen aus. Augenpaare richteten sich auf Hieronymus und Vincent. Auf den Treppen, die von den Paderquellen hinauf in Richtung Abdinghofkirche führten, blieben zwei Polizistinnen abrupt stehen. Der junge Mann mit dem Hund sprang lautlos von der Mauer und zog Hieronymus am Ärmel.

„Hieronymus Hauptmann, ja? Hast du gehört, Tyson? Die beiden schulden uns jetzt 'ne fette Story. Kommt mit. Der Lotse bringt euch hier raus."

Szene 38: Zita – 8:50 Uhr

Adira hatte lange damit zu kämpfen gehabt, dass ihre Ex-Freundin Marie sie aus Eifersucht über Monate hinweg mit polizeilichen Spionagemethoden überwacht hatte. Zu einer Aussprache zwischen den beiden war es nie gekommen. Irgendwann war Adira zu dem Entschluss gelangt, Marie ganz einfach bei jeder Gelegenheit der Lächerlichkeit preiszugeben.

„Weggedrückt und blockiert. Geheimagentin Sommersprosse haben wir erst mal abgewimmelt."

Marie hatte es in den vergangenen 30 Minuten immer wieder probiert, doch Adira drückte Maries eingehende Anrufe konsequent weg.

„Also, ich fasse zusammen", schob Adira hinterher. „Wir haben eine Studie über Missstände in kongolesischen Kobaltminen, eine zweifelhafte Mail von Bernie Woods an den geschäftsführenden Vorstand von Punica Granatum, ein streng geheimes Sitzungsprotokoll eines Treffens zwischen PG und der deutschen Automobilindustrie sowie den Mitschnitt eines Telefonats zwischen Woods und Philémon Famba. Unser armer Bernie kommt da nicht gut bei weg."

Zita nickte. Sie hatten sich dafür entschieden, den Ordner mit dem Namen „Sklaverei" zu öffnen und anschließend gemeinsam zu entscheiden, ob sie die Informationen des Whistleblowers veröffentlichen sollten. Gedankenverloren ließ sie einige Wirbel in ihrem angespannten Nackenbereich knacken.

„Wie es aussieht, serviert der Mann uns Informationen in gut strukturierten Häppchen. Ein Ordner für jede Todsünde der Tech-Giganten. Zuerst Manipulation, jetzt Sklaverei. Er setzt uns unter Zeitdruck, damit er die nächste Bombe zünden kann, sobald die letzte ihre mediale Explosionskraft entfaltet hat. Er will das Heft des Handelns in der Hand halten, aber unter keinen Umständen erkannt werden."

Wie schon im Fall der Manipulationsvorwürfe gegen Jan Lennart Holmquist war die Beweislage, die der

Whistleblower für das menschenverachtende Handeln des US-amerikanischen Investmentmanagers Bernie Woods lieferte, erdrückend. Besonders die vertraulichen Dokumente ließen keine Zweifel. Wie zum Teufel kam ihr Informant beispielsweise an die Mail, in der Bernie Woods dem CEO von Punica Granatum, Hieronymus Hauptmann, ganz unverblümt die kriminellen Machenschaften seines Teams aus Wirtschaftslobbyisten darlegte? Zita überflog die Mail ein weiteres Mal.

Sehr verehrter Kollege,

die zu attackierenden Schlüsselpositionen befinden sich im Auswärtigen Amt, im Entwicklungsministerium und im Kanzleramt! Mein Team in Berlin wird in einer breit angelegten Offensivaktion vorgehen. Wir konnten die besten Juristen gewinnen. Entscheidend ist die richtige Mischung aus Zuckerbrot und Peitsche.

Die Unterstützung des Wirtschaftsministers haben wir uns bereits gesichert. Wir liefern der Politik die passenden Argumente. Das geplante Lieferkettengesetz muss kippen. Ich sage dir Hieronymus, es ist zwingend erforderlich, den handelnden Instanzen klarzumachen, dass die geforderte Sorgfaltspflicht in unseren globalen Lieferketten ein nicht umzusetzendes Laster für den Wirtschaftsstandort Deutschland darstellt.

Wir bieten den Akteuren finanzielle Aufmerksamkeiten. Sollten unsere Bemühungen nicht ausreichen, verfügen meine Männer über Wege und Mittel, die Daumenschraube enger anzuziehen. Der Verband der Automobilindustrie steht bereits fest hinter meinem Vorhaben. Ich hoffe sehr, wir können auch auf die Unterstützung aus deinem Hause zählen.

Viele Grüße aus New York & Keep in Touch
Bernie

In einem weiteren Dokument des Ordners befand sich das Protokoll einer Sitzung. Im Betreff war es als streng vertraulich gekennzeichnet. Den Stichpunkten zufolge hielt Bernie Woods im bayrischen Ingolstadt vor Vertretern der deutschen Automobil- und Hightech-Industrie einen Vortrag darüber, wie ein Nachfragekartell nach Seltenen Erden genutzt werden könne, um bessere Einkaufspreise für Kobalt und Coltan zu erzielen. Demzufolge bestünde ein 30-prozentiges Kosteneinsparpotenzial für Rohstoffe, die fast ausschließlich in den Handyakkus und Autobatterien der deutschen Konzerne landeten. Der Vorstoß eines Automobil-Vertreters, man möge öffentlichkeitswirksam mit privaten Beraterfirmen wie RCS Global zusammenarbeiten, die darauf spezialisiert seien, Menschenrechtsverstöße und Gesundheitsrisiken in den Lieferketten ihrer Kunden zu identifizieren, wurde von Woods hingegen als komplizierter Eingriff in die wirtschaftliche Eigenständigkeit der Rohstoffstaaten bezeichnet und auf die nächste Sitzung vertagt.

„Bestechung, Gewaltandrohungen und illegale Preisabsprachen“, sagte Adira. „Mit diesen Beweisen ist der Mann erledigt. Zita, egal ob die Dokumente juristisch Bestand haben. Glaub mir, der Typ hat es verdient, an den Pranger gestellt zu werden. Also, schwing deine geschwungene Feder und schreib den Artikel.“

Zita zögerte noch immer. Vermutlich hatte Adira recht. Spätestens die dritte Datei im Ordner bewies, dass Bernie Woods für den Profit seiner Investmentgesellschaft über Leichen ging. Es war eine Audiodatei. Genauer gesagt der Mitschnitt eines Telefonats zwischen Bernie Woods und dem kongolesischen Staatspräsidenten Philémon Famba. Sechs Minuten lang stritten sich die beiden Alphatiere in der Aufzeichnung zunächst darum, wie mit den aufflammenden Aufständen der Kleinbergbauarbeiter im Südosten des Landes umgegangen werden solle. Famba forderte von Woods, sich für eine bessere Bezahlung und sichere Arbeitsbedingungen einzusetzen, um die Unruhen im Zaum zu halten. Woods wiederum drohte mit Diversifizierung seiner Lieferanten, wenn die Preise im Kongo um mehr als fünf Prozent steigen würden. *„Russland, Kuba, die Philippinen und Marokko stehen in den Startlöchern. Monsieur Famba, entweder bekommen ihre Leute das in den Griff, oder wir müssen unser Kapital in kooperativere Staaten verlegen."* Am Ende des Gesprächs einigten sie sich darauf, dass Woods sich an der Finanzierung militanter Sondertruppen beteiligen müsse; zur Niederschlagung der Proteste.

Woods hatte es in der Tat verdient, an den Pranger gestellt zu werden. Doch warum veröffentlichte der Whistleblower nicht selbst? Hatte er berechtigte Angst vor einer mafiosen Wirtschaftselite?

„Fabrice, du musst doch eine Vermutung haben. Wer ist dieser Mann, der uns die Informationen durchsticht? Und warum gibt er sie ausgerechnet dir?"

Fabrice, der seit dem vierten Dokument im Ordner ungewohnt schweigsam geblieben war, starrte nachdenklich auf den Bildschirm. Zita bemerkte, dass eine Träne über seine Wange lief. Das vierte Dokument war eine Studie der Nichtregierungsorganisation World Vision. Darin wurden die schonungslosen Fakten über die grauenhafte Kinderarbeit in den Kobaltminen des Kongo offengelegt. Mehr als 22.000 Kinder allein in der Region Katanga stiegen täglich in die klaustrophobische Enge der selbstgegrabenen Schächte hinab. Manche mussten ihre Familien ernähren, andere wollten sich eine winzige Chance auf Bildung bewahren. Es war ein Alltag unter lebensgefährlichen Bedingungen. Ein falscher Handgriff an den winzigen Vorsprüngen im Gestein konnte den Tod bedeuten. Wie viele Schürfer kein Glück hatten und in der Tiefe der kongolesischen Erde starben, blieb ungeklärt. Die Umfragen zeigten jedoch, dass mehr als 70% der minderjährigen Arbeitskräfte aus den Kleinbergbau-Gemeinden direkt in den Kobaltminen schufteten und sich dabei bereits mehr als die Hälfte der Kinder Verletzungen zugezogen hatten. Ganz zu schweigen von der schlechten psychischen Verfassung und den depressiven Erscheinungen der befragten Kinder.

„Ich war dreizehn, als der Regen den trockenen Boden aufweichte und meine Familie verschluckte." Fabrice sprach mit gebrochener Stimme. „Die Mine sollte mein Sprungbrett in ein besseres Leben werden. Ich war ein Junge mit Plänen. Was hatten wir schon für eine Wahl?"

Fabrice musste kein weiteres Wort mehr sagen. In diesem Moment hatte Zita verstanden, warum der Whistleblower ausgerechnet Fabrice ausgewählt hatte. Sie stand auf, setzte sich auf seinen Schoß und drückte Fabrice so fest sie konnte. Vermutlich war es das Beste, in die Offensive zu gehen. Einfach weiterzumachen, bis die ganze Welt ihren Namen und das Schicksal von Fabrice Ngoma kannte. Geschützt von der Öffentlichkeit würden die geldgierigen Gangster es nicht wagen, ihr etwas anzutun. Und selbst wenn, war es ihr in diesem Augenblick egal. Sie hatten weniger als 45 Minuten Zeit, um den Artikel zu verfassen und der Weltöffentlichkeit zu präsentieren.

Szene 39: Bernie Woods – 8:59 Uhr

Nasse Kälte stieg selbst an den wärmsten Sommertagen des Jahres aus dem Boden dieses unwirklichen, leblosen Ortes empor. Bernie Woods fühlte es auf seiner Haut und roch es in der Luft. Die harten, spitzen Steine bohrten sich pausenlos in den Rücken des amerikanischen Investmentgurus. Angekettet lag er nun seit zwei, vielleicht drei Tagen zwischen dem zerbröckelten Mauerwerk aus uraltem Stein.

Irgendwann hatte Woods damit aufgehört, den stündlichen Glockenschlag des Doms zu zählen. Dafür waren sein Durst und auch der Schmerz in seinem Rücken zu groß geworden. Er befand sich am Rande des Wahnsinns. Er wollte schreien, doch er war zu schwach. Der bucklige Mann war gefangen in einer buckligen Landschaft aus alten Mauern, die meist nicht viel höher als einen halben Meter emporragten. Fesseln hinderten ihn daran, sich zu bewegen. Eine grelle Lampe, die an der niedrigen, glatten Betondecke angebracht worden war, strahlte unablässig auf sein Gesicht herab. Zu seiner Linken hingen schwarz-grau gemusterte Kachelfliesen wie in einer Museumsausstellung an der steinigen Wand.

Noch nie war er an einem Ort wie diesem gewesen. Das plötzliche Auftreten des Mönchs vor einigen Stunden hatten seine Theorie genährt, dass er sich im Untergrund eines uralten Kirchengebäudes befinden musste. Uralt und vom Zahn der Zeit in den Ruin getrieben - so wie die gesamte Idee der katholischen Kirche, mit der er vor vielen Jahren abgeschlossen hatte.

„*Tief unter der Erde verstummen die Schreie der Hilflosigkeit*“, hatte der Mönch ihm ins Ohr geflüstert. Das

Zeitgefühl war Bernie Woods komplett abhandengekommen, denn der rötliche Sand, der in diesem Moment bedrohlich auf seinen Körper herabrieselte, erinnerte ihn daran, dass Zeit eine relative Größe war. Sie wurde je nach Lebenssituation ganz unterschiedlich wahrgenommen.

„Täglich verstummen sie. Die Stimmen der Hilflosen und Versklavten, die in den Tiefen der Kobaltminen verschüttet werden. Die Stimmen derjenigen, die sich in den Überlebenskampf stürzen, um eure blinde Gier zu füttern. Ihr habt eine Welt der Begierde erschaffen, in denen es kein Gott und keine Menschlichkeit mehr gibt. In der nur das Wachstum und der Egoismus zählt. Ihr seid begierig und erlangt's nicht; ihr mordet und neidet und gewinnt nichts; ihr streitet und kämpft; doch ihr habt nichts, weil ihr nicht bittet."

Was der Geistliche im Mönchsgewand nicht wusste, war die Tatsache, dass Woods in seiner Kindheit mehr als einmal zu Gott gebetet und ihn angefleht hatte, er möge ihn und seine Familie aus dem Elend der New Yorker Bronx befreien. Letztendlich war es nicht Gott, sondern die harte Hand seines Vaters und das Gesetz der Straße gewesen, die ihn geformt hatten. Bis zur Vollendung seines achtzehnten Lebensjahres, als er die plattenbauartige Hochhauswohnung seiner Eltern verließ, um sich in Spielotheken und auf Bowlingbahnen die Zeit zu vertreiben. Niemals hatte ihm irgendjemand etwas geschenkt. Er war klein und er war unsportlich. Doch sein Verstand war dem seiner Mitmenschen weitaus überlegen. Und sein Verstand lechzte nach Anerkennung. Auf Gottes Hilfe konnte er nicht setzen. Für Woods zählte das Leistungsprinzip. Auf den Bowlingbahnen New Yorks kegelte er sich schließlich erfolgreich zum Lokalhelden und lernte einflussreiche Sponsoren aus der

Finanzwelt kennen. Geschickt suchte er sich die richtigen Freunde aus und ließ sie fallen, sobald er sie nicht mehr brauchte. Ohne Rücksicht auf Verlust katapultierte er sich an die Spitze der Wall Street.

Jetzt, im Angesicht des Todes, hatte er zum ersten Mal seit seiner Kindheit das Gefühl, zu Gott beten zu müssen. Er flehte um sein Leben, doch der Knebel in seinem Mund ließ lediglich unverständliche Laute zu, die der Mönch ignoriert hatte. Stattdessen hatte sich die Gestalt auf seinen zappelnden Körper gestellt, ein filigranes Messer herausgeholt und sich in Richtung Decke gestreckt, um ein winziges Loch in die schwarze Plane zu stechen, die unmittelbar über dem angeketteten Körper von Woods, an vier Seilzügen befestigt, von der Decke hing. Bedrohlich wölbte sich die Plane nach unten. Sie war gefüllt mit einem rötlichen Sand, der langsam, aber stetig auf den Körper des Investmentmanagers herabrieselte.

Mittlerweile hatte der Mönch ihn längst verlassen. Die schwarze Plane über ihm wirkte wie eine Sanduhr, die den Countdown seines Lebens herunterzählte. Irgendwo außerhalb seines Blickfelds musste sich so etwas wie eine Eieruhr befinden. Das schnelle Ticken drang unaufhörlich an sein Ohr.

Verzweifelt versuchte er seinen Kopf zu strecken, um den tödlichen Sand von seiner Unterlippe fernzuhalten. Es waren die letzten Versuche seines Körpers, sich gegen das unvermeidbare Schicksal zu wehren. Sein Kinn war bereits vollständig bedeckt. Der Sandhaufen türmte sich pyramidenförmig über seinem Körper auf und ließ die feinen Körner bedrohlich auf seinen geknebelten Mund herunterrollen.

Woods hatte den Schluckreflex bereits eingestellt, um den Sand von seiner Speiseröhre fernzuhalten. Der Restspeichel in seinem ohnehin ausgetrockneten Mund tränkte den Knebel, an dessen Seiten sich die Sandkörner unnachgiebig ihren Weg in die Mundöffnungen suchten. Er spürte den feinen Staub in seiner Lunge. In dem Tempo, in dem die tödliche Erde noch immer auf ihn herabrieselte, blieben ihm nur noch ein bis zwei Minuten.

Seine Augen fixierten das Loch in der Plane. War es nur Einbildung? Eine letzte Hoffnung, an die sich sein Verstand klammerte? Oder ließ der unnachgiebige Sandstrahl langsam nach?

Plötzlich wechselte das monotone Ticken der Eieruhr in ein lautes, aggressives Klingeln. Der Timer war abgelaufen und der Sandstrahl versiegte. Bernie Woods schloss erleichtert seine Augen. Was er dabei nicht hörte, war der klackende Mechanismus hinter ihm, der eine medizinballgroße Bowlingkugel auf eine Tischkegelbahn beförderte und mit zunehmender Geschwindigkeit auf seinen Kopf zurollen ließ. Zu laut waren in diesem Augenblick die neun Glockenschläge des Paderborner Doms gewesen, welche die heranrollende Gefahr übertönten.

„Und nun gehet hin in Frieden, denn der Herr, euer Gott ist gnädig und barmherzig und wird sein Angesicht nicht von euch wenden, wenn ihr euch zu ihm bekehrt", waren die letzten Worte, mit denen sich der Mönch bei Bernie Woods verabschiedet hatte. Komischerweise war es auch das Letzte, was Woods sich in Erinnerung rief, bevor eine überdimensionierte Bowlingkugel den Vorsitzenden des amerikanischen Investmentgiganten BlackWood Inc. von seinen Sünden erlöste und seine Schädelknochen zersplitterten.

Szene 40: Hieronymus – 9:30 Uhr

„Steile Performance, Tyson. Hier, gönn dir." Der Mann, der sich selbst der Lotse nannte, fingerte ein Leckerli aus seiner hinteren Hosentasche und warf es seinem zotteligen Begleiter zu.

Hieronymus fasste sich an die Beule, die sich oberhalb seiner linken Schläfe bildete. Eine halb volle Getränkedose hatte ihn getroffen, während sie unter wüsten Beleidigungen den Obdachlosen im Paderquellgebiet entkommen waren. Unter dem tapferen Gebell des Hundes hatte der Lotse sie durch ein Loch im Zaun zwischen Kinderspielplatz und dem Schulhof des Gymnasiums St. Michael aus der aufgebrachten Menschengruppe hinausmanövriert. Hieronymus konnte es nicht fassen, welche Aufregung seine bloße Anwesenheit bei den Menschen ausgelöst hatte.

„Also, dann schießt mal los. Warum hängen Hieronymus Hauptmann und der kleine Rotschopf vom Krummen Ellenbogen zusammen im PQ ab?" Sie überquerten den leeren Schulhof und steuerten die Eingangshalle des Gymnasiums an. „Lak, ich hab euch schon länger im Auge. Hab gesehen, wie ihr vorhin beim Rathaus vor den Bullen abgehauen seid. Versteh nicht, was die da wollten. Richtige Alman-Aktion. Ganz ehrlich, die sollen die durchgeknallte Crystal doch einfach ihre Bilder malen lassen."

„Ich glaube, Sie verwechseln hier jemanden", antwortete Hieronymus mit fester Stimme.

„Nein, Mann, ich kenn den Habibi." Der Lotse gab Vincent einen brüderlichen Faustschlag auf die Schulter. „Du hast mir mal den Schlüssel für den Eingang zur U-Bahn gegeben. Die Stadt verriegelt doch ständig die ganzen

Außeneingänge. Kein Plan, warum die das machen. Sollen doch froh sein, wenn sich die Junkies wie Ratten unter der Erde verkriechen."

Als Hieronymus die Glastür vom Schulhof zur Eingangshalle aufzog, hörten sie die Pausenglocke läuten.

„Okay, aber mal ehrlich. Was macht ihr beiden zwischen den Pennern im PQ? Ihr könnt mich nicht verarschen, ya. Hab euch da noch nie abhängen sehen. Dreht ihr `ne Undercover-Reportage, oder was?"

Tyson hatte die Aufmerksamkeit einer Gruppe Abiturientinnen auf sich gezogen.

„Kommt schon, da muss wenigstens 'ne kleine Story für mich abspringen. Ihr wisst ja, der Lotse organisiert die Stadtführungen der besonderen Art. Erzählt euch was über die Menschen und Orte im Underground. Wie wär's mit 'ner Kooperation oder so? Ihr filmt mich, ich liefere euch Content. Kostet auch nur 2 Scheinchen bei mir. Quasi geschenkt wegen Freundschaftspreis."

„Na gut, was weißt du über das Bild, das Crystal heute Morgen gemalt hat?", versuchte Hieronymus den Redeschwall des Lotsen zu unterbrechen, während er die Flügeltür des Schulgebäudes aufstieß und nach draußen trat. Sie erreichten einen Weg, der in Richtung Domplatz aufstieg.

„Wallah, jetzt kommen wir ins Gespräch." Der Lotse strich sich eine fransige Strähne aus dem Gesicht. „Ich erzähl dir ein Geheimnis über Crystal und du erzählst mir, was du und der Gangster mit der Nadelstreifenhose hier vorhabt." Der Lotse deutete bei dem Wort Gangster mit seinem Gehstock auf Vincent.

Auch wenn Hieronymus Gedächtnis versagte, war seine Menschenkenntnis nach wie vor in Takt. Natürlich konnten sie dem Lotsen nicht vertrauen. Dennoch war der Mann aktuell ihre naheliegendste Hoffnung, wenn es darum ging, einen Anhaltspunkt nach seinen entführten Kollegen zu finden. Der Lotse schien die Künstlerin Crystal zu kennen. Und die wiederum hatte einen verstümmelten Jan Lennart Holmquist auf ihre Leinwand gemalt. Das war die einzige Spur, der sie aktuell nachgehen konnten.

„Also gut, Deal. Was kannst du uns über Crystal verraten?“

„Wow, euch liegt echt was an der Alten. Aber so läuft das nicht. Alter vor Schönheit. Erst seid ihr dran, dann komm' ich.“

Hieronymus blickte rüber zu Vincent. Der sonst so redselige Teenager öffnete kurz seinen Mund und klappte ihn dann wortlos wieder zu. Hieronymus atmete tief durch.

„Wie du bereits gehört hast, heiße ich Hieronymus Hauptmann. Ich wurde gestern Morgen entführt, nachdem ich den chinesischen Staatspräsidenten im HNF empfangen habe. Vincent hier ist Praktikant bei der Stadtarchäologie.“

Sie folgten der kopfsteingepflasterten Michaelstraße hinauf in Richtung Ikenberg.

„Nachdem Vincent mich aus einem unterirdischen Verlies befreit hat, wurde seine Chefin von einem Mönch attackiert. Der Paderborner Polizeidirektor wird erpresst, deshalb vermeiden wir es, die Polizei als Kooperationspartner in Betracht zu ziehen. Der Täter hat vier weitere meiner Kollegen entführt und wird sie vermutlich in Kürze alle nacheinander abschlachten. Ich habe keine Ahnung warum, aber wir vermuten, es hängt mit einer Technologie zusammen, die wir entwickelt haben, um die Medizin zu revolutionieren. Irgendjemandem gefällt das wohl nicht.“

Der Lotse stieß einen anerkennenden Pfiff aus, während sie um die Ecke bogen.

„Nice. Labert der nur oder schwört er?“ Der Lotse richtete seine Worte jetzt an Vincent, doch der schwieg und warf Hieronymus einen verständnislosen Blick zu.

„Ich schwöre bei meinem Leben“, antwortete Hieronymus stattdessen. „Jan Lennart Holmquist ist einer meiner entführten Kollegen. Die Malerei der alten Frau auf dem Domplatz macht mir ehrlich gesagt Angst. Was, wenn sie Zeugin eines Mordes wurde, den sie in ihrem Bild verarbeitet hat?“

Tyson wedelte mit dem Schwanz und schaute sein Herrchen erwartungsvoll an. Der Lotse nickte seinem Hund zu.

„Na gut, ich glaube, da können wir euch ein bisschen auf die Sprünge helfen. Also heute Morgen, es war noch stockduster, aber der Lotse hält immer seine Augen auf. Ich kam gerade von meiner Führung Flüsterkneipen at Night.“ Der Lotse grinste sie an. „Der Name ballert, oder? Richtig genial. Jedenfalls kam ich gerade mit meinen Kunden aus einer alten Spelunke im Hafenviertel. Die ist zwar nicht angemeldet, aber dafür geben die dir den Mexikaner noch fürn Euro. Naja, auf einmal seh ich Crystal um den Dom schleichen. Zuerst hab ich mir nichts dabei gedacht, hatte aber zufällig den gleichen Weg vor mir. Auf dem Rathausplatz baut sie dann plötzlich die Staffelei auf und fängt das Pinseln an. Ich schwör euch, das hat die schon ewig nicht mehr gemacht. Die hat irgendwas Krasses gesehen.“

Hieronymus blieb plötzlich stehen und musste seinen Kopf in den Nacken legen, um das Bauwerk zu betrachten, das sie soeben erreicht hatten. In spätromanisch-gotischer Architektur türmte es sich vor ihnen in den Himmel. Er kannte das Bauwerk. Natürlich kannte er es. Sie standen am Fuße des Hohen Doms zu Paderborn.

Szene 41: Hieronymus – 9:45 Uhr

Der Lotse deutete nach links. Die Nordflanke des Doms wurde von einer frühmittelalterlichen Kaiserpfalz aus der Zeit Karls des Großen dominiert. Mit spektakulärer Lasertechnologie war der Ort, an dem der Frankenkönig einst die Kaiserkrönung mit Papst Leo III. arrangiert hatte, dreidimensional rekonstruiert worden. Die Lichter in gräulichen Monolithfarben wirkten wie ein Hologramm der Vergangenheit. Das Museumsgebäude dahinter sah hingegen so aus wie immer. Hieronymus erinnerte sich daran, dass es Ende der 70er-Jahre auf den Grundmauern einer zweiten, etwas jüngeren Pfalz entstanden war.

„Da vorne ist Crystal 'rumgeschlichen." Der Lotse zeigte auf eine Kapelle, die sich zwischen Kaiserpfalz und Dom befand.

„Die Kapelle des Heiligen Bartholomäus", warf Vincent ein. „Bischof Meinwerk ließ sie für Kaiser Heinrich II. erbauen."

Tyson tapste zielstrebig zu einem Schild vor der Kapelle und markierte dort sein Revier. Auf dem Schild stand in kunstvoll verschnörkelter Schrift das Wort MEINWERK.

Vincent begann mit seinen Fingern zu schnipsen. Irgendetwas schien ihm in den Kopf geschossen zu sein. „Vor ein paar Jahren hat die Stadt alle Bauwerke Meinwerks mit diesen Schildern gekennzeichnet. Hieronymus, erinnerst du dich an das Gedicht? Was hat der Typ im Video gesagt?"

Ein stechender Schmerz breitete sich hinter Hieronymus' Schläfen aus. Er versuchte, sich zu erinnern. Je mehr er sich konzentrierte, desto deutlicher antwortete sein Kopf mit Schmerz. Die Worte der Gestalt im Erpresservideo waren wirr gewesen.

„Der König von Uruk, er wollte einst Unsterblichkeit erringen.

Doch dank göttlicher Prüfungen blieb sie ihm verwart."

Weiter kam er nicht. Wie gingen die letzten beiden Verse? Irgendetwas mit Todesopfern …

„Nun wird Enkidu dem Jubiläumskind vier Todesopfer bringen.

Sodass mein Werk die blutige Wahrheit offenbart", ergänzte Vincent.

„Meinwerk, nicht mein Werk! Meinwerk wird uns die blutige Wahrheit offenbaren. Der Erpresser mag skrupellos sein, aber er hat einen Hang zu Symbolik und Dramaturgie. Ich wette, er opfert seine Zielpersonen auf den Altären von Bischof Meinwerk."

Der Lotse steckte sich eine selbstgedrehte Zigarette an. Hieronymus hielt die Theorie für weit hergeholt. Trotzdem wäre es unklug gewesen, den Jungen in seinem Gedankenkonstrukt auszubremsen. Jeder Ansatz konnte am Ende hilfreich sein.

„Und wo sollen diese Altäre sein?"

„Die Orte können vielfältigster Natur sein. Meinwerk wird hier in Paderborn nicht zufällig als zweiter Stadtgründer nach Karl dem Großen gefeiert. Anfang des 11. Jahrhunderts verhalf er dem Bistum Paderborn zu einer wahren Blütezeit. Sämtliche sakralen Bauwerke, die wir noch heute bestaunen können, gehen auf ihn zurück. Der Bischof entstammte einer Adelsfamilie, ging mit Kaiser Heinrich II. zur Schule und verfügte über ein stattliches Erbe, das er in prächtige Kirchen, Kapellen und Residenzen investierte." Ein Grinsen huschte über Vincents mollige Backen. „Kein Wunder, dass die katholische Kirche ihn seligsprach."

„Und du glaubst, der Mönch wählt ausschließlich Bauwerke von Meinwerk? Das würde ihn unnötig einschränken. Das wäre unklug", hielt Hieronymus dagegen.

„Mag sein. Aber vielleicht führen dich deine pragmatischen Denkmuster hier aufs Glatteis. Die Religion ist eine Welt der Symbolik. Männer der Kirche denken anders als du. Symbole sind in dieser Welt seit jeher ein wesentliches Mittel zur Kommunikation und Identitätsstiftung. Durch Symbole können Gläubige ihre spirituellen Überzeugungen und Praktiken ausdrücken. Der Mönch vollführt einen symbolischen Akt. Er will eine Renaissance einläuten. Prominente Menschen, die das neue Stadtbild Paderborns mit seinen Hochhäusern, seinem Hyperkapitalismus und der digitalen Aufmerksamkeitsökonomie verkörpern, werden auf den Altären der katholischen Kirche geopfert. Fast tausend Jahre lang haben Bischof Meinwerk und der Katholizismus das Stadtbild und die kulturelle Identität Paderborns geprägt. Bis zu dem Tage, an dem Heinz Nixdorf und seine unternehmerischen Nachfolger eine neue Zeitrechnung einläuteten. Verstehst du, hier ist jemand besessen von der Idee, das Rad der Geschichte zurückzudrehen. Koste es, was es wolle."

Während Hieronymus geduldig lauschte, öffnete er die Bronzetür der steinernen Bartholomäuskapelle. Sandfarbene, kunstvoll verzierte Säulen prägten den Innenraum. Die schneeweiß verputzten Wände gingen bogenförmig und nahtlos in die weiße Gewölbedecke über. Zahlreiche abgerundete Fenster tränkten den hohen Raum in helles Licht.

„Die Bartholomäuskapelle ist die älteste Hallenkirche nördlich der Alpen. Meinwerk hat sich damals von romanischen Bauten wie dem Langhaus des Sant'Ambrogio in Mailand inspirieren lassen und eigens eine Handvoll byzantinischer Bauleute nach Paderborn einreisen lassen."

Vincents Worte hallten angenehm durch den Raum. Die außergewöhnliche Architektur verlieh der Kapelle eine einzigartige Akustik. Doch so eindrucksvoll das Wissen von Vincent auch sein mochte, die Bartholomäuskapelle war völlig ungeeignet für einen Mord.

„Wenn wir Glück haben, ist dies der falsche Ort", schien Vincent seine Gedanken zu lesen. „Seit dem Mittelalter wird der biblische Apostel Bartholomäus in der kirchlichen Ikonografie meist mit Messer und abgezogener Haut dargestellt. Symbolik, Hieronymus. Für den Mönch dreht sich alles um die Symbolik."

Mit einer instinktiven Handbewegung vergewisserte sich Hieronymus, dass er seine Waffe noch immer bei sich trug. Sein Blick fiel auf einen hölzernen Flyerständer an der Wand.

LWL-Museum in der Kaiserpfalz – Programme und Führungen, stand auf einer der Querstreben geschrieben.

Er nahm den Prospekt mit dem Titel *Meinwerk – Zwischen Reich und Kirche* aus dem Regal und begann zu lesen. Kaum hatte er die ersten Zeilen überfolgen, löste eines der geschriebenen Worte etwas in ihm aus. Er sackte gegen die Wand, ließ den Flyer fallen und die Umgebung um ihn herum verschwamm zu einer dunklen Masse.

Vor seinem inneren Auge erschien ein schmaler Gang, flankiert von einer Mauer und einem Kalksteingebäude. Eine kehlige Männerstimme erklang: „Wir suchen einen Ort, unzugänglich für die Öffentlichkeit. Christlich und mystisch. Die halbe Welt wird dieses Bild sehen."

Die Vision veränderte sich. Das Bild des Gangs endete vor einem gusseisernen Tor, das mit zackigen Speerspitzen versehen war. Eine weibliche Hand öffnete das Tor, dahinter erschien eine Holztür. „Karl der Große missionierte hier", sprach die weibliche Stimme. „Im Namen der römischen Christenheit ließ er den hier ansässigen Heiden die Wahl. Entweder gaben sie das Glaubensbekenntnis ab, oder sie wählten den Tod durch das Schwert. Sein Handeln brachte Karl den Beinamen Sachsenschlächter. Der Volksmund benannte diese Marienkapelle im alten Domkloster hingegen nach seinem Stifter Gerold. Er war ein Schwager Karls des Großen."

Als sie die Holztür zur Kapelle aufgeschoben hatte, blickten sie in einen pechschwarzen Raum. Doch ehe Hieronymus einige Umrisse in der Dunkelheit erkennen konnte, fand seine Vision ein abruptes Ende.

Tyson leckte ihm durchs Gesicht. Vincent und der Lotse beäugten ihn skeptisch von oben herab.

„Wo ist die Geroldskapelle?", schoss es aus Hieronymus hervor.

„Direkt da vorne um die Ecke", antwortete der Lotse. „Da hab ich früher manchmal Shisha-Abend drin gemacht. Schön mit Kerzen und Matratze und so für die Ladies. Aber mittlerweile schließen die Brüder das Gitter immer ab."

Hieronymus sah, wie Vincent den Flyer vom Boden aufhob. „Wie konnte ich das übersehen?" Sein Gesicht hellte sich auf. „In fünf Tagen beginnt dort unsere erste Führung des Jahres. Bis dahin wird niemand die Kapelle betreten. Die Geroldskapelle wäre das perfekte Versteck für einen Mord."

Hieronymus ließ Vincents Worte auf sich wirken, während er auf das hölzerne Kreuz über dem Altar blickte. Die Worte des Erpressers hallten in seinem Kopf:

Am Tag der Kreuzigung wurd' ein wahrer König geboren,
Und das Reich Gottes zum Königtum auf Erden erkoren.
Es wird erneut geschehen, es ist prophezeit,
Das Evangelium nach Markus schlägt den Takt der Zeit.

Szene 42: Hieronymus – 10:00 Uhr

Hieronymus betrat als erster die pechschwarze Dunkelheit. Das Schloss am Tor war aufgebrochen und die Holztür lediglich angelehnt worden.

Ein Geruchscocktail aus feuchtem Keller, Eisen und etwas Ätzendem stieg ihm in die Nase. Sie befanden sich auf einem schmalen Vorsprung. Von hier aus konnten sie auf die mittelalterlichen Überreste der alten Kapelle hinabblicken.

„Dort unten befinden sich die Grundrisse der äußeren Apsis. Sie entstand zu Zeiten Bischof Baduras zwischen 815 und 862. Die innere Apsis geht auf Meinwerk ...", Vincent stockte. Seine Finger deuteten auf einen halbrunden Steinkreis, der mit jedem Wimpernschlag deutlicher aus der Dunkelheit hervortrat.

Sie waren dem Täter auf die Spur gekommen – jedoch zu spät.

Eine verstümmelte Leiche starrte sie mit aufgerissenen Augen an. Das trocknende Blut, das sich unterhalb des toten

Körpers ausgebreitete hatte, schimmerte dunkelrot im spärlichen Licht der angelehnten Tür. Alles war so, wie Crystal es gezeichnet hatte. Hieronymus schmeckte das eisenhaltige Blut jetzt förmlich auf seiner Zunge.

Er griff nach dem Geländer. Das Schwindelgefühl und der stechende Schmerz in seinem Kopf kehrten zurück.

Noch während der Lotse sein Handy herausgeholt hatte, um ein Foto des schrecklichen Anblicks zu machen, begannen sich die Gesichtszüge des Jan Lennart Holmquist vor Hieronymus Augen aufzulösen und eine Erinnerung hervorzurufen.

Szene 43: 27. Januar 2010 – Weltwirtschaftsforum Davos (Schweiz)

„Lassen sich mich stattdessen in aller Deutlichkeit sagen, Mesdames et Monsieurs, dass wir alle gemeinsam aus dieser Krise lernen müssen."

Mit bissigem Gesichtsausdruck und weit aufgerissenen Augen schwang der quirlige Mann aus dem Elysée-Palast seine fest zusammengedrückten Fingerkuppen wie ein Dirigent am Rednerpult auf und ab. Im Hintergrund verriet eine dunkelblaue Videoleinwand mit weißer Schrift den Anlass der Rede: *World Economic Forum 2010.*

Davos, ein verschneites Örtchen tief in den Schweizer Alpen, hatte sich im Laufe der letzten Jahrzehnte zum Inbegriff des Neoliberalismus entwickelt. In diesen Tagen, in denen sich die Mächtigen der Welt zum 40. Jahrestag des Welthandelsforums trafen, atmete die alpine Luft des kleinen Skiortes mal wieder den Geist des freien Marktes.

Jedoch verrieten die versteinerten Mienen der rund 2500 Vertreter aus Wirtschaft, Wissenschaft und Politik, dass sich die Welt des freien Marktes in turbulenten Zeiten befand. Beim Blick durch die Reihen der globalen Finanzelite konnte gar der Eindruck entstehen, es handele sich um die Trauerfeier einer gut betuchten Gesellschaft, die unisono mit schwarzen Designeranzügen auftrat.

Es war eine Trauerfeier, auf der ein charismatischer, französischer Staatspräsident namens Nicolas Sarkozy der Gesellschaft von der Kanzel aus seit einigen Minuten mächtig ins Gewissen redete.

„Sie wollen wissen, warum? Ich sage es Ihnen in aller Deutlichkeit. In den Augen der Welt sind vor allem wir verantwortlich für diese Krise. Und wir haben Verantwortung gegenüber einer Welt, die wir unseren Kindern überlassen. Ohne staatliche Intervention wäre alles implodiert, der totale Kollaps. Und das ist keine Frage von Liberalismus oder Sozialismus. Keine Frage von politischem Links oder Rechts. Es ist Fakt. Diese Krise ist nicht nur eine globale Krise. Diese Krise ist eine Krise der Globalisierung an sich."

Hieronymus schielte nach links. Sein Sitznachbar war Jack Ma, der Gründer des chinesischen Amazon-Pendants Alibaba. Gegen die Widerstände seiner Investoren hatte Ma während der Finanzkrise die Preise auf seiner Plattform um satte 60 % gesenkt. Bisher schien sich das keinesfalls negativ auf Alibabas Erträge auszuwirken. Ganz im Gegenteil, Jack Ma war auf dem besten Wege, in einer Liga mit den deutschen und amerikanischen Tech-Giganten zu spielen.

Sein Sitznachbar zur rechten Seite war ein weißer Mann, der konzentriert über seine runden Brillengläser lugte und sich dabei hin und wieder an seinem Dreitagebart kratzte.

Steve Jobs stach mit seinem Rollkragenpullover nicht nur dresscode-technisch aus der Masse hervor. Mit übereinandergeschlagenen Beinen scrollte er geistesabwesend auf seinem iPhone herum. Die sorgfältig ausgewählten Worte Sarkozys schienen Steve völlig kalt zu lassen.

Warum auch nicht? Punica Granatum war mit seiner Revolution auf dem Markt der mobilen Endgeräte vergleichsweise glimpflich davongekommen. Während einer Live-Präsentation in der PaderHalle hatte Steve am 09. April 2007 den Startschuss für das erste mobile Endgerät gezündet, das so wichtige Funktionen wie Telefonie, Internetzugang, Musikwiedergabe, Fotografie und Messaging in einem einzigen Gerät vereinte. Das Produkt bediente seitdem erfolgreich einen Markt, den es sich selbst geschaffen hatte. Mit einem Schlag hatte es das iPhone geschafft, das Leben der Menschen grundlegend zu verändern. Die Art und Weise der Kommunikation, der Arbeitswelt und sogar der Alltagsorganisation wurden durch die Entwicklung des ostwestfälischen Tech-Unternehmens völlig auf den Kopf gestellt. Der Bedarf nach diesem Gerät schien so mächtig zu sein, dass er selbst von den kolossalen Auswirkungen der anhaltenden Wirtschaftskrise kaum tangiert wurde.

„… Wir werden dem Hunger, der Armut und dem Elend in der Welt niemals ein Ende setzen, wenn wir nicht erfolgreich die Rohstoffpreise stabilisieren, die derzeit völlig erratisch auf und ab pendeln. Dieses Thema ist nicht nur etwas für Experten. Das geht uns alle an …“

Hieronymus beobachtete, wie Steve eine Nachricht auf seinem iPhone las und es anschließend in seiner Hosentasche verschwinden ließ. Zufrieden nickte er Hieronymus zu und deutete an, ihm zu folgen. Steve hatte genug gehört.

Die Worte Sarkozys verstummten, als die breite Glastür hinter Hieronymus ins Schloss fiel. Er folgte seinem Geschäftspartner vom Hauptsaal durchs Foyer und an der Garderobe vorbei nach draußen an die frische Luft.

„Was ist los? Hat Schwab das Treffen vorgezogen?"

Steve stieß ein spöttisches Schnaufen aus, wobei sich ein weißer Kondensnebel vor seinem Mund bildete.

„Schwab muss ohne uns auskommen", murmelte er verächtlich und überquerte die hell erleuchtete Hauptstraße, um einen dahinterliegenden Fußgängerweg anzusteuern. „Menschen, die augenscheinlich die Geschicke der Welt kontrollieren. Wir gehören einer elitären Gruppe an, bewundert und beneidet für ihre Macht und ihre Privilegien. Aber schau uns an: Wir alle führen Leben, die kaum eintöniger sein könnten. Getrieben von unseren eigenen Ansprüchen haben wir 90 Prozent unserer besten Jahre in Besprechungszimmern und Telefonkonferenzen verbracht. Den Blick auf Bildschirme geheftet. Die Gedanken auf das nächste Erfolgserlebnis ausgerichtet. Von Innovation zu Innovation gesprintet sind wir zu Dauerläufern geworden. Rastlose Dauerläufer, die vergessen haben, stehen zu bleiben, den Ausblick zu genießen und die Vielfalt des Lebens zu spüren."

Hieronymus spürte vor allem Kälte. Klare Bergluft, die sich in seine Lunge schlich und sich wie ein Schlag kaltes Wasser anfühlte. Seine Kiefermuskulatur entspannte sich. Die funkelnden Sterne über den Bergen schimmerten ruhig, während der Schnee eine glitzernde Decke über die Landschaft legte. Von den Wanderwegen, Zäunen, Straßenschildern und Bewässerungskanälen waren nur noch sanfte Andeutungen zu erkennen. Der weiße Schnee wirkte wie ein Weichzeichner.

Hieronymus beschleunigte seinen Schritt, um zu seinem amerikanischen Kollegen aufzuschließen. Sie betraten einen schmalen, steil aufsteigenden Pfad, der nur durch das verschneite Holzgeländer als Weg erkennbar war.

Auf den Gesichtszügen von Steve wirkte die Lichtreflexion des Schnees grell und geisterhaft. Er schaute in ein blasses Gesicht, das ausgemergelt und müde nach vorn starrte.

„Ich bin es satt. Satt, mir das dramatische Geschwafel über eine Finanzkrise anzuhören. Ich habe es satt, im Büro zu sitzen, Budgetanträge zu prüfen, dem Entwicklungsteam auf die Füße zu treten und Aktionären die Halbjahresergebnisse schönzurechnen."

Der trockene Pulverschnee knatschte unter ihren Füßen. Steve ließ seine Hand über das Holzgeländer streifen und formte den Schnee zu einem Ball.

„Die Inuit haben angeblich mehr als 400 Wörter für den Schnee. Vermutlich ist das nur eine Legende, um den Mythos eines fremden Volkes zu befeuern. Aber es ist interessant, wie sehr es auf die Perspektive ankommt, aus der wir die Welt betrachten. Grönländische Naturvölker haben eine andere Lebenswirklichkeit als wir. Für sie ist der Schnee Grundlage des Alltags."

„Ok, Steve, was willst du mir sagen? Willst du deinen Job als CEO hinschmeißen?"

Hieronymus Begleiter antwortete nicht und drückte sich stattdessen mühsam mit seinem rechten Bein einen Steinvorsprung hoch. Mit beiden Händen fixierte er sein Knie, damit es nicht umknickte.

„Rede mit mir, Steve."

„Ich will dir sagen …" Steve machte eine Pause, um durchzuschnaufen. „Ich will dir sagen, dass in Zeiten, in denen dein Körper dir die Vergänglichkeit vor Augen führt, die kleinen Krisen der Menschheit verblassen. Finanzkrisen kommen und gehen. Die Dinge treten in den Hintergrund. Alles, was dem Totgesagten in seinen letzten Tagen bleibt, ist der engste soziale Kreis. Familie, Freunde und die ganz privaten Erinnerungen an außergewöhnliche Erlebnisse. Ich will dir sagen, dass sich meine Perspektive verändert hat."

Fassungslos starrte Hieronymus die japsende, ausgelaugte Gestalt an, die sich nach einigen Metern Vorsprung umdrehte, um Hieronymus in die Augen zu schauen.

„Die Ärzte geben mir maximal ein halbes Jahr. Metastasen haben die Kontrolle über meinen Körper übernommen. Mein krankes System steuert mit voller Wucht auf einen Error zu. Der Bauchspeicheldrüsenkrebs rafft mich dahin. Hieronymus, wir sind hier, weil ich einen letzten Wunsch an dich habe."

Ohne eine Reaktion abzuwarten, drehte Steve sich um und verschwand hinter eine steile Felswand. Hieronymus Gedanken fuhren Achterbahn. Natürlich. Tief im Inneren hatte er geahnt, dass Steve ihm eines Tages diese Nachricht überbringen würde und hatte es dennoch konsequent verdrängt. Maximal ein halbes Jahr? Das war schlichtweg inakzeptabel. Er griff nach dem pulvrigen Schnee auf dem Geländer und drückte es so fest zusammen, dass flüssiges Wasser zwischen seinen Fingern hervorquoll.

„Und jetzt? Was machen wir jetzt?", brüllte Hieronymus, während er seinem Freund hinterherlief.

Hinter der Felswand befand sich eine kleine, hölzerne Blockhütte. Im flackernden Licht, das aus dem Fenster zu ihnen nach draußen drang, erkannte Hieronymus, wie tief die Augenhöhlen und wie ausgeprägt die Wangenknochen des Amerikaners waren. Seine schwachen Finger griffen nach dem geschnitzten Holzgriff der Eingangstür und stießen sie nach innen auf.

Alpine Gemütlichkeit strömte ihnen entgegen. Steve ging zielstrebig zum offenen Kamin, um seine Hände am Feuer aufzuwärmen. Dann begann er leise zu lachen. Es war ein Lachen, das in ein röchelndes Husten überging.

„Wie es weiter geht? Wie gesagt, die meisten Menschen konzentrieren sich auf ihr engstes Umfeld." Er streckte seine Arme aus, sodass seine Handflächen unmittelbar an der offenen Flamme verweilten. „Es gibt aber auch andere Menschen. Menschen wie uns. Sie denken groß. Sie sind besessen. Das Leben kann viel aufregender sein, wenn du eine Sache erkannt hast: Alles um dich herum, das du Leben nennst, wurde von Menschen gemacht, die auch nicht smarter sind als du. Du kannst das aber ändern, du kannst das beeinflussen und du kannst deine eigenen Dinge entwickeln, die dann auch für andere gut sein können. Wenn du das gelernt hast, wirst du nie mehr derselbe sein. Menschen wie wir greifen furchtlos ins Rad der Evolution. Wir greifen uns eine Speiche und geben dem Rad einen kräftigen Schwung." Steves rechter Arm zitterte, als er in der Luft nach einer imaginären Speiche griff.

Hieronymus lenkte seinen Blick auf das Geweih eines Rothirsches, das oberhalb des Kamins an der Wand angebracht worden war. Es tat weh, seinem Freund in die Augen zu schauen. Plötzlich schrak er zusammen. Ein kalter Windzug hatte die Tür aufgestoßen. Zwei Männer und eine Frau betraten die kleine Holzhütte.

Steve bat sie, an einem schnörkeligen Tisch aus Zirbenholz Platz zu nehmen. Hieronymus kannte die Gesichter: Bernie Woods, Waltraud Faber und Jan Lennart Holmquist.

„Die Geschichte des Menschen ist turbulent, doch spätestens seitdem das Zeitalter der Aufklärung eingeläutet wurde, kennen wir nur eine Richtung. Wir leben immer sicherer, wir leben immer gesünder und wir leben immer länger." Steve schritt hinüber zu einem alten Sekretär, der mit Knöpfen aus dem Horn eines Steinbocks verziert war. Er zog eine knarzende Schublade auf, aus der er einen Stapel Papier hervorholte.

„Nur ein Idiot kann ernsthaft behaupten, wir hätten das Ende der Fahnenstange schon erreicht. Denken Sie an Edward Jenner und den Pockenimpfstoff, Alexander Flemming und das Penicillin, Joseph Murray und die Organtransplantation. Die Medizin ist der Schlüssel zu nachhaltigem Fortschritt. Hieronymus, du wolltest wissen, was mein letzter Wunsch ist. Ich werde es dir verraten. Es ist an der Zeit, die Errungenschaften der Informationstechnologie mit der Medizin zu verheiraten."

Steve drückte jedem der Anwesenden einen dünnen Stapel zusammengetackerter DIN-A4-Zettel in die Hand. Es war ein Vertrag. In der oberen rechten Ecke war ein grünes Firmenlogo abgedruckt: Vis Vitalis.

„Lange genug haben Menschen vor dem Tod kapituliert. Es ist an der Zeit für eine neue Vision. Gemeinsam verfügen wir über ein unvorstellbar wertvolles Arsenal an Daten und eine Schatzkammer, prall gefüllt mit Finanzkapital. Unsere Waffe wird die künstliche Intelligenz - unser Sprengstoff das Know-how der besten Wissenschaftler dieses Planeten." Er wedelte energisch mit seinem Papierbündel in der Luft.

„Lasst uns gemeinsam das Leben der Menschheit revolutionieren. Ein allerletztes Mal."

Szene 44: Marie – 10:30 Uhr

Die Bosco Verticale, zwei Zwillingstürme, die seit 2014 im Mailänder Stadtteil Porta Nuova aus dem Boden wuchsen und nach den Plänen des italienischen Architekten Stefano Boeri erbaut worden waren, galten als Vorreiter der begrünten Hochhauskomplexe. Diesem architektonischen Trend durfte eine moderne Hightech-Metropole wie Paderborn, die den Anspruch hegte, Maßstäbe zu setzen, natürlich in nichts nachstehen. So boten die Hochhäuser am Rande der Paderborner Altstadt üppig bewaldete Balkon- und Terrassenflächen. Es waren grüne Typologien des vorstädtischen Wohnens, angepasst an die urbane Dichte der Stadt.

Allein der Gebäudekomplex, in dem Adiras Eltern eine Penthousewohnung erworben hatten, konnte mit mehr als 1.100 Bäumen und fast 2.500 kleineren Pflanzenarten auftrumpfen. Eine Tatsache, die Marie sich zunutze machte. Wenn Adira schon nicht auf ihre Anrufe reagierte und ihre Nachrichten blockierte, dann musste sie eben hartnäckiger werden.

Das grüne T-Shirt, das Marie über ihrer grauen Latzhose trug, sowie die farblich abgestimmte Kappe trugen das Emblem der *Himmelsgärtner*, einem lokalen Dienstleister für städtebauliche Gartenlösungen. Zwar hatte Leon veranlasst, den Krummen Ellenbogen vom Kamp aus beobachten zu lassen, doch im angrenzenden U-Bahnschacht war Marie auf keinen einzigen Kriminalbeamten gestoßen.

Aber warum nicht? Hatte Leon nur geblufft? Handelte ihr Kollege möglicherweise im Alleingang? Verschwieg er ihre Suspendierung vor dem Team, damit keine Aufmerksamkeit auf seine eigene Rolle in diesem Spiel fallen konnte? Mittlerweile fragte sie sich, ob der Streifenwagen vor der Kneipe überhaupt für ihre Überwachung bestimmt gewesen war – oder ob er dort nur routinemäßig abgestellt wurde, um sie einzuschüchtern. Marie nahm sich vor, Boris anzurufen, sobald sie zurück in ihrer Wohnung war. Sie hatte bereits zwei Anrufe in Abwesenheit auf ihrem Display und sie brauchte dringend Informationen darüber, was sich im Präsidium abspielte. Doch bevor sie das tat, diente der gute alte Kleiderschrank im Keller erst einmal als Fluchtweg hinaus in die Straßen von Paderborn.

Als Gärtnerin getarnt, hatte Marie die dunklen Bahntrassen unter der Erde betreten und unbemerkt die begrünten Hochhäuser Am Hilligenbusch erreicht. In ihrer Arbeitstasche befanden sich jedoch weder Gartenhandschuhe noch Heckenschere oder Unkrautstecher. Das Einzige, was sie benötigte, um sich ins WLAN ihrer Ex-Partnerin einzuwählen, war ihr privates Tablet. Gegen normale Cyberangriffe wie Phishing Mails, Trojaner oder Ad Hijacking war Adira als ehemaliges Mitglied von Anonymous natürlich immun. Cyber Security war ein Hobby, das Marie und Adira stets geteilt hatten. Allerdings war Adira ihr darin haushoch überlegen.

Wogegen sich Adira jedoch nicht schützen konnte, war der unfassbare Vertrauensbruch, den Marie heute nicht zum ersten Mal beging.

Marie wartete den richtigen Moment ab. Einer der Hochhausbewohner verließ das Gebäude durch die gläserne Eingangstür. Sie setzte ein charmantes Lächeln auf, grüßte freundlich – und ließ sich die Tür aufhalten. So, wie sie es in den letzten Wochen schon zu häufig getan hatte. Ihre krankhafte Eifersucht war der Grund für die schmerzhafte Trennung gewesen. Sie hatte es auch nach der Trennung nie geschafft, ihre Spionagetätigkeiten einzustellen. Und auch jetzt, da sie den Fahrstuhl nach oben betrat, war sie sich nicht sicher, ob die Nachricht, die sie Adira und Zita zukommen lassen wollte, nicht bloß ein weiterer Vorwand war.

Der Fahrstuhl stoppte mit einem zischenden Geräusch. Eine Etage unterhalb der Penthousewohnung lag ein für alle Bewohner zugänglicher Sky Garden, der fließend vom Innen- in den Außenbereich überging. Auf der Terrasse genoss ein junges Pärchen die Aussicht über die Stadt. Marie nahm wie gewohnt an einem kleinen Arbeitstisch hinter einer Yucca-Palme Platz. Eine Gärtnerin mit Laptop oder Tablet war hier kein ungewohntes Bild. Schließlich mussten die Messdaten des Bewässerungssystems gelegentlich überprüft und adjustiert werden.

In besseren Zeiten, als Adira und Marie sich noch vertrauten, hatten sie eine Remote-Desktop-Verbindung eingerichtet. Das war ein bestätigungsfreier Zugriff auf den Bildschirm des jeweils anderen. Dafür mussten sie sich lediglich im gleichen Netzwerk befinden. Romantik für Nerds eben.

Nach der Trennung hatte Adira sämtliche Passwörter ausgetauscht. Nur das WLAN-Passwort blieb identisch. Warum auch nicht? Wer würde ernsthaft erwarten, dass sich eine Ex-Partnerin an eine 30 Stockwerke hohe Wohnung heranschlich, nur um sich ins Netzwerk einzuwählen? Und so benötigte Marie nur wenige Sekunden, um sich auf Adiras Bildschirm zu schalten.

Wieder einmal war der Blog geöffnet - heroesandzeros.com. Offensichtlich arbeitete Adira an einem neuen

Artikel. Marie beobachtete, wie sie in Höchstgeschwindigkeit die Textblöcke von oben nach unten schob, ein Video ins Zentrum des Textes setzte, es wieder löschte und anstelle dessen ein grimmiges Porträt von Bernie Woods an der gleichen Stelle einfügte. Schließlich hob Adira die Überschrift farblich und textuell hervor: Das Sklaventum des Bernie Woods.

Marie hatte sich ihre Nachricht bereits im Kopf zurechtgelegt. Sie musste Adira klarmachen, dass sie mit ihren Artikeln einen gefährlichen Terroristen unterstütze. Sie musste ihr beibringen, dass Zita nicht der richtige Umgang für eine clevere Frau wie Adira war, die ihre Talente in dieser Stadt viel besser nutzen konnte. Sie musste Adira davon überzeugen, mit ihr zusammenzuarbeiten, um dem seltsamen Treiben der letzten Stunden ein Ende zu setzen. Doch kurz bevor Marie das Textprogramm auf Adiras Rechner öffnete, um ihre Nachricht dort einzufügen, siegte die Neugier.

War es Neugier oder Sehnsucht? War es Eifersucht?

Was auch immer es war – statt eine Pop-up-Nachricht auf Adiras Bildschirm zu schicken, öffnete Marie die Laptopkamera.

Das Gesicht der jungen Frau mit den grün-violetten Haaren starrte sie erschrocken an. Hinter Adira war die zierliche Figur von Zita zu erkennen, die ihre Arme verschränkt vor der Brust hielt und Adira einen fragenden Blick zuwarf.

Marie fluchte leise. Verdammt, wie konnte sie so dumm sein? Ihr Spionageangriff war schneller aufgeflogen, als sie bis drei zählen konnte.

Und dann, plötzlich, beugte sich eine dritte Person ins Bild. Es war ein dunkelhäutiger Mann, der mit zusammengekniffenen Augen neugierig in die Kamera sah.

Instinktiv drückte sie eine Tastenkombination, um einen Screenshot auszulösen. Doch dann musste sie hilflos mit ansehen, wie Adira mit wenigen Klicks das perfide Spiel beendete, das Marie über mehrere Wochen mit Adira getrieben hatte.

Das Kamerabild verdunkelte sich. Die Übertragung brach ab.

Marie vergrub ihr Gesicht in den Handflächen und hämmerte anschließend mit der Faust auf den Tisch. Scheiße. Diese verfluchte Neugier! Das Einzige, was sie jetzt wusste, war, dass es einen weiteren Akteur in diesem Fall gab – und damit noch mehr Fragezeichen.

Kurzentschlossen änderte sie ihren Plan. Boris! Er konnte ihr niemals einen Wunsch abschlagen, auch nicht, wenn sie offiziell suspendiert war. Sie griff nach ihrem iPhone und wählte seine Nummer.

„Boris? Sorry, mir ist gestern was dazwischengekommen. Du musst mir helfen … Nein, nein, mach dir keine Sorgen. Ich erklär dir später alles, aber vorher musst du 'ne Visage für mich checken. Schau mal, was du über ihn rausfinden kannst. Und bitte beeil dich! Wir haben keine Zeit."

Szene 45: Hieronymus – 10:30 Uhr

Ein anonymer Hinweis an die Polizei wäre vermutlich die effektivste Alternative gewesen, dem Treiben ein Ende zu setzen. Die Nachricht vom massakrierten Leichnam Jan Lennart Holmquists in der Geroldskapelle konnte selbst Buchwald nicht vertuschen. Trotzdem hielt Hieronymus etwas davon ab, die Polizei zu kontaktieren: Es waren die Fragen, die er sich nicht traute, laut auszusprechen.

Was in Gottes Namen war mit ihm in der Bartholomäuskapelle geschehen? Woher kamen die Bilder in seinem Kopf? Wer waren die Frau und der alte Mann in seiner Vision? Warum war er schon einmal an diesem Ort gewesen? Er brauchte Antworten, bevor er handeln konnte.

„Wir müssen Crystal finden. Vielleicht hat sie noch mehr gesehen.“

„Jo, Crystal zu finden sollte kein Problem sein.“ Der Lotse zuckte mit den Achseln, während er Tabakfasern in ein Papier eindrehte. „Die Alte verlässt so gut wie nie die Innenstadt."

Filterlos klemmte er sich die Zigarette zwischen die Lippen, entzündete sie und nahm einen tiefen Atemzug. Dann schlürfte er mit seinem Hund an Hieronymus vorbei und führte die Gruppe zum Westturm des Doms.

„Ich schätze aber die Tschakos haben Crystal nach ihrem Auftritt am Rathausplatz schon eingesackt. Die wollen in der Jubiläumswoche keinen Stress in der Stadt. Und selbst wenn nicht … bin gespannt, wie ihr die Dame zum Reden bringen wollt.“

Sie bogen nach links in Richtung Marktplatz. Hinter dem Diözesanmuseum hatte sich eine Menge versammelt. Das Gebäude, das seit den 70er-Jahren mit seinem klobigen, grauen Kastenstil den Blick auf den Dom verschandelte, war für Hieronymus kaum wiederzuerkennen. Glas dominierte nun die Außenfassade, ein kreuzförmiger Durchbruch im Erdgeschoss gab den Blick auf den Neptunbrunnen frei.

Am Brunnen stand eine wütende Menschentraube. Erst jetzt erkannte Hieronymus, dass der Neptun durch eine überlebensgroße Statue ersetzt worden war. Der steinerne Kopf ragte aus der Masse heraus; ernst und unbeweglich. Es war das Abbild von Heinz Nixdorf, der mit versteinerter Mimik auf den Dom schaute. Sie hatten ein Kultdenkmal für einen Mann erbaut, der Personenkult verabscheute.

Das blecherne Geräusch eines Megafons hallte zu ihnen herüber: „Crystal, du bist die Posaune des unterdrückten Volkes! Mit deiner Kunst sprichst du uns aus der Seele. Die Macht des PaderValleys hat ihren Zenit überschritten. Lasst uns gemeinsam unsere Stimmen erheben!"

Crystal? Schneller als gedacht hatten sie ein Lebenszeichen der alten Frau ausfindig gemacht. Und sie schien sich in Windeseile zu einer Ikone des Widerstands entwickelt zu haben.

Dem steinernen Nixdorf hatten sie eine weiße Mütze auf den Kopf gesetzt. Auf der Mütze stand in schwarzer Schrift *ANTIFA* geschrieben. Rote Plakate wurden in die Luft gestreckt:

GERECHTIGKEIT FÜR DEN KONGO
STOPPT DIE DATENKRAKEN
TOD DEN KONZERNEN
DATENREVOLUTION! JETZT!

„Schaut her. Schaut euch Crystals Kunstwerk an!" Der Redner stand auf dem Brunnenrand, das Megafon in der Hand, das Hemd offen, sein Sixpack zur Schau gestellt. „So wie die Sanduhr auf diesem Bild auf den fetten Wall-Street-Bonzen herabrieselt und seinen bourgeoisen Wanst erdrückt, so werden wir den parasitären Finanzstrom in unserem Land ersticken! Hoch lebe die reine Lehre der Menschlichkeit! Nieder mit der Hightech-Industrie! Wieder einmal zeigt uns der Kapitalismus sein wahres Gesicht. Es ist kurz vor 12! Die Sanduhr läuft ab! Die Zeit des Widerstands ist gekommen."

Tosender Applaus. Einige der Demonstranten betätigten ihre Drucklufttröten.

Hieronymus überblickte den Platz. Von Südosten, aus Richtung der Gaukirche St. Ulrich, rückte eine Polizeikolonne vor. Er zog seine Wollmütze tiefer ins Gesicht und näherte sich der Menge.

Zu Füßen des Redners stand eine Staffelei. Neben Vincent kokelte eine Frau an einem Pappschild herum, auf dem das Konterfei eines Mannes mit schwarz gelockter Perücke zu sehen war. Es war das gleiche Symbol, das auf der riesigen Drehscheibe des AskLeibniz-Centers rotierte.

Plötzlich, als habe er sich vor den heißen Flammen des Pappschilds erschreckt, begann Tyson zu bellen. Er sprang über einen Rucksack, rannte durch die Beine eines Demonstranten und verschwand. Der Lotse lachte, riss die Faust in die Höhe und folgte seinem Hund.

Aus dem Augenwinkel vernahm Hieronymus das Anrücken der Polizeimannschaft. Das brennende Schild hatte nicht nur den Hund, sondern auch den Einsatztrupp getriggert. Also entschied er sich für die Flucht nach vorn. Dem Lotsen hinterher. Vorbei an einem bärtigen Mann, auf dessen T-Shirt ein Strichmännchen abgebildet war, das ein Hakenkreuz in einen Mülleimer warf. Immer weiter drängelte er sich ins Getümmel hinein, bis er es schließlich sehen konnte. Das monotone Kopfnicken der Künstlerin.

Unterhalb des Redners stand Crystal vor der Staffelei, völlig versunken in ihr Werk. Ihre Hand führte den Pinsel mit erstaunlicher Präzision. Gedankenverloren vollendete sie die Gesichtszüge eines Mannes, der gefesselt in einer hell erleuchteten, buckligen Steinlandschaft auf dem Rücken lag. Auf seinem Bauch ein Berg aus Sand, dessen Körner trichterförmig von einer niedrigen Decke auf ihn herabrieselten. Sein Gesicht war zu einem schmerzverzerrten Schrei geformt.

Hieronymus kannte diese Züge. Sie waren Teil seiner Erinnerung. Der Mann war in der Hütte gewesen, als Steve Jobs die Vis Vitalis ins Leben rief. Es war unverkennbar die Physiognomie des Bernie Woods.

Aber welchen Schauplatz hatte Crystal für ihr Bild gewählt? Der steinige Hintergrund … Je stärker er sich konzentrierte, desto intensiver wurde der stechende Schmerz hinter seinen Augen. Vom dichten Gedränge hin und her geschoben, sah er nur noch, wie Vincent sich von hinten an ihm vorbeidrängelte. Gemeinsam mit dem Lotsen trat Vincent an die Künstlerin heran. Die dröhnenden Tröten und stumpfen Gesänge entwickelten sich zu einem leisen Rauschen. Sein Gleichgewichtssinn geriet ins Wanken. Schließlich klappten seine Augenlider zu. Er war schon einmal dort gewesen …

☙

Er starrte in die steinernen Augen einer Madonna. Das Jesuskind in ihren Armen streckte ihm die Hand entgegen. Oberhalb, im Tympanon, flankierten zwei Engel ein Kruzifix.

„Das Paradiesportal gilt als herausragendes Beispiel romanischer Bildhauerkunst in Deutschland.“

Da war sie wieder, die weibliche Stimme in seinem Ohr.

„Sehen Sie nur, meine Lieblingsfigur: die Heilige Katharina. Sie tritt den heidnischen Kaiser Maxentius nieder.

Pilger auf dem Weg nach Santiago de Compostela hielten hier an, um zu rasten."

Die Stimme der Frau trat immer näher an ihn heran.

„Aber diese Zeiten sind längst vorbei. Folgen Sie mir. Kilian und Liborius erwarten uns schon."

Wie von Geisterhand glitt Hieronymus durch eine der geschlossenen Holztüren des Paradiesportals hindurch. Die geschnitzten Bischofsfiguren der beiden Dompatrone - Liborius und Kilian - beobachteten ihn dabei.

Vor ihm eröffnete sich das mächtige Kirchenschiff. Er glitt vorbei an den massiven Säulenreihen und Gewölbedecken, die sich in schwindelerregender Höhe wie Himmelskuppeln über den Köpfen der Besucher ausbreiteten. Eine gewaltige Orgelanlage kletterte senkrecht an der Innenseite des Westturms entlang in Richtung Decke.

Nach einigen Metern tauchte vor ihnen im Boden ein eingelassenes Eisengitter auf. Es öffnete sich. Eine Treppe führte in die Tiefe. Hinab in eine Schwärze, die sich schlagartig in dumpfes Licht verwandelte. Vor ihm erstreckte sich eine geheimnisvolle Landschaft aus buckligem Gestein. Hieronymus hörte den Pulsschlag in seinen Ohren, während sein schwebender Körper einem Gerüst folgte, das auf Bodenhöhe durch ein Wirrwarr aus abgebrochenen Steinmauern führte. Sie bogen nach links, dann nach rechts. Schließlich blieben sie vor einer Wand mit grauen Kacheln an der Wand stehen.

„Unter uns liegen die originalen, mehr als eintausend Jahre alten Grundmauern der ersten Domanlagen Paderborns. Uralte Zeugnisse der Stadtgeschichte." Die Worte der Frau klangen leise und abgehackt. „Dort drüben der Abschnitt geht auf die Westerweiterung des Doms durch

Bischof Badurad zurück. Es sind Mauern aus dem Jahre 836. Das Jahr, in dem unter Badurads Regentschaft die Reliquien des Heiligen Liborius von Le Mans nach Paderborn überführt wurden."

Die unbekannte Frau trat an Hieronymus vorbei und ging auf die Bodenfliesen zu, die wie Ausstellungsstücke an der Wand angebracht worden waren. Die Frau war klein, blond und hatte einen festen Gang.

„Ich möchte vorschlagen, dass wir uns auf diese Ecke hier konzentrieren. Die Kacheln sind Originale aus dem frühen 11. Jahrhundert. Sie lagen auf dem Fundament des Domabschnitts, den Bischof Meinwerk zwischen 1009 und 1015 anordnete. Das ist wichtig."

„Das ist wichtig?" Seine eigene Stimme hallte durch den Raum.

„Wieso ist das wichtig?", bohrte er nach.

Als sich die Frau schließlich umdrehte, blickte er in ihr Gesicht. Trotz unverkennbarer Anzeichen des Alters lag der strahlende Ausdruck von kindlicher Faszination in den Augen der Frau, die er als Stadtarchäologin Dr. Svenja Beck kennengelernt hatte.

„Wegen des Musters, das der Alte haben will. Wir wählen vier Orte, denn das Kreuz hat vier Enden."

Sie wühlte in ihrem Rucksack und griff nach einem Buch. Es war eingepackt in einen schlichten, roten Einband und mit einer weißen Schrift versehen: *Vita Meinwerci episcopi Patherbrunnensis* stand darauf geschrieben.

Dann war die Frau verschwunden.

Hieronymus begann zu blinzeln. Eine kräftige Hand hatte ihn von hinten an der Schulter gepackt. Wie lange war er weggetreten? Er stand noch immer aufrecht, doch seine Beine zitterten. Jemand hatte ihn gestützt.

„Zugriff! Wir haben die Zielperson gefunden! Nehmt sie mit aufs Revier!“

Die Stimme war so klar, dass es keinen Zweifel geben konnte. Die Hand auf seiner Schulter war keine helfende Hand. Sie gehörte dem Mann, der ihn am gestrigen Morgen an das Monster im Mönchsgewand ausgeliefert hatte.

Szene 46: Zita – 10:45 Uhr

Unbeeindruckt von dem kleinen Spionageangriff auf ihren Rechner hatte Adira die Struktur des Artikels mit der Überschrift „*Das Sklaventum des Bernie Woods*“ fertiggestellt und hochgeladen. Was seitdem an Medienreaktionen auftauchte, erweckte den Eindruck, als hätte die halbe Welt gebannt auf ihren Artikel gewartet. Kaum war er fünf Minuten online, überschlugen sich die Nachrichtenagenturen mit Eilmeldungen. Weitere drei Minuten hatte es gedauert, bis Fabrices Handy klingelte.

„Ich gratuliere. Die Flamme der Gerechtigkeit ist entfacht. Nun lasst uns das lodernde Feuer nähren. Ein Flächenbrand soll über die Sünder hinwegfegen.“

Die Stimme mit dem chinesischen Akzent drang kratzend aus dem Lautsprecher seines Smartphones. Es war die Stimme des Whistleblowers.

„Hört mir jetzt gut zu. Wir müssen auf der Hut sein. Die Sicherheitsbehörden sind käuflich. Unter ihnen befinden sich Marionetten der Industrie. Schon in diesem Moment hält sich die Polizei in eurem Gebäude auf. Wir ändern unsere Strategie."

Ein Klacken unterbrach die Verbindung. Es folgte ein Rauschen. Dann war die Stimme wieder zu hören. Jedoch war der chinesische Akzent verschwunden. Plötzlich klang der Anrufer mechanisch, fast roboterhaft.

„Unsere Leitung ist nicht sicher. Kommt ins Stadtmuseum an den Paderquellen. Es ist Zeit, dass wir uns persönlich kennenlernen. Fragt nach dem Audio-Guide. Dort, wo die Weisheit dem Graubrot weicht, da liegt der Frevel verborgen. Beeilt euch. Der Gegner bringt seine Soldaten in Stellung."

Ein erneutes Klacken. Dann war die Leitung tot.

Zita und Fabrice nickten sich zu. Ohne ein weiteres Wort zu verlieren klappte Zita den Laptop zu, stopfte ihn in einen herumliegenden Beutel und warf ihn sich über die Schulter.

„Warte!"

Bevor sie den Knauf der Wohnungstür umdrehen konnte, griff Fabrice nach ihrem Arm.

„Hast du nicht zugehört? Die Polizei befindet sich hier im Gebäude."

„Ich kenne nur eine Polizistin, die dreist genug ist, sich in mein WLAN einzuwählen …"

Entschlossen schob sich Adira an Zita vorbei und betrat den Flur. Ihre Stimme hallte zwischen den Wänden wider: „Agentin Sommersprosse, du bist zu weit gegangen. Wo versteckst du dich, du kleine Kanalratte?"

Szene 47: Hieronymus – 10:55 Uhr

Leon Buchwald führte die Einsatztruppe persönlich an. Der durchtrainierte Polizeidirektor hatte Hieronymus rüde zur Seite gestoßen, ohne ihn zu erkennen. Stattdessen steuerte er, gefolgt von zwei Beamtinnen, zielstrebig auf Crystal zu und führte sie unter lautem Protest der Demonstranten zum Verhör ab.

„Und? Was hat Crystal euch gesagt? Hat sie Bernie Woods gesehen? Lebt er noch?"

Hieronymus und seine Begleiter versuchten Abstand zu gewinnen. Vincent schüttelte den Kopf. „Gesagt hat die Dame garnichts. Dazu ist die nicht im Stande. Sie hat nur immer wieder ihre Hand von der Stirn zur Brust geführt. Immer abwechselnd und ohne Unterbrechung. Die Worte, die aus ihrem Mund kamen, würde ich mal als 'Im Namen des Vaters und des Sohnes' interpretieren. Weiter ist sie nicht gekommen. Immer nur die gleichen Worte: 'Im Namen des Vaters und des Sohnes'."

„Jo, sorry, Alter", stimmte der Lotse zu, während sie die Stufen vom Marktplatz zum Dom hinabstiegen. „Tyson und ich konnten da auch nichts machen. Crystal war komplett durch, noch krasser als sonst."

Hieronymus führte sie zielsicher auf das Paradiesportal zu.

„Im Namen des Vaters und des Sohnes", murmelte Hieronymus. Die Archäologin hatte ihm den Ort, an dem Bernie Woods hingerichtet werden sollte, bereits gezeigt. Ihre Worte ließen keinen Zweifel: „Das Kreuz hat vier Enden."

„Was hast du gesagt?" Vincent blieb abrupt stehen.

„Nichts." Hatte er seine Gedanken laut ausgesprochen? Aber warum eigentlich nicht? Vincents Wissen konnte nützlich sein. „Also gut. Das Kreuz hat vier Enden. Eine der Polizistinnen hat das vorhin erwähnt“, log Hieronymus. „Und sie hat von einem Buch geredet. Vita Meinwerci epi…“

„…episcopi Patherbrunnensis“, ergänzte Vincent. „Die Vita Meinwerci!“ Vincents Augen blitzten auf. „Das Kreuzzeichen. Verdammt noch mal!“

Vincent breitete triumphierend die Arme aus.

„Symbolik! Ich hatte Recht. Es geht um Symbolik – und um Bischof Meinwerk. Im Namen des Vaters, des Sohnes und des Heiligen Geistes, Amen.“ Er bekreuzigte sich theatralisch. „Im Jahr 1165 verfasste ein anonymer Autor die Vita Meinwerci. Die Biografie des Bischofs Meinwerk von Paderborn.“

„Komm zum Punkt, Vincent.“

„Als nachgeborener Sohn eines angesehenen Adelsgeschlechts wurde Meinwerk an den Domschulen zu Halberstadt und Hildesheim erzogen. Dort war er als Mitschüler des späteren Kaisers Heinrich II. in guter Gesellschaft. Aufgrund seiner vornehmen Herkunft und seines Reichtums empfahl er sich für die Übernahme der relativ armen Paderborner Bischofskirche. Durch Güterschenkungen und eine energisch betriebene Erwerbspolitik schuf Meinwerk die Voraussetzung für die Entstehung des mächtigen Hochstifts zu Paderborn.“

Vincent schwenkte seine ausgestreckte Hand von links nach rechts, als wolle er seinen Zuhörern die Größe des Hochstifts demonstrieren.

„Vincent, ich bitte dich!“

„Schon gut. Also - Meinwerk unterstützte seine Könige und Kaiser bei ihren kriegerischen Unternehmungen und begleitete sowohl Heinrich II. als auch Konrad II. zur Kaiserkrönung nach Rom. Seine unermüdlichen Dienste für König und Reich wurden durch zahlreiche Schenkungen belohnt. Das wiederum entfachte bei Meinwerk eine rege Bautätigkeit. So erneuerte und erweiterte er den im Jahre 1000 abgebrannten Dom."

Vincent deutete auf die mächtige Kathedrale, streckte einen Zeigefinger in die Luft und stolzierte bedeutungsschwanger an Hieronymus und dem Lotsen vorbei.

„Und jetzt kommt's. Nachdem Meinwerk den Dom erneuert hatte, schmiedete er einen ehrgeizigen Plan. Ein Plan zur Errichtung weiterer, kreuzförmig um den Dom angeordneter Kirchenbauten."

Vincent blickte Hieronymus jetzt direkt in die Augen.

„Im Namen des Vaters - und des Sohnes - und des Heiligen Geistes - Amen. Vier Orte, die auf einen Mann zurückgehen, der die tausendjährige Dominanz der römisch-katholischen Kirche in Paderborn einläutete. Vier Orte, erschaffen durch einen ehrgeizigen Baumeister im Bischofsgewand. Im Norden die Geroldskapelle. Im Westen das Kloster Abdinghof, das Bischof Meinwerk zu seiner persönlichen Grablege bestimmte. Östlich des Dombezirks ließ er nach dem Vorbild der Jerusalemer Grabeskirche den Busdorfstift errichten." Vincent hielt inne. „Nur im Süden, da wird es knifflig. Sein Gesamtwerk konnte Meinwerk zu seinen Lebzeiten leider nie vollenden. Kurz nach der Weihe des Busdorfstifts stieg der selige Bischof in den Himmel auf."

Möglicherweise ein Grund, warum der Mönch sein zweites Opfer stattdessen in die Katakomben des Doms sperrte, schlussfolgerte Hieronymus. Er hatte keine Ahnung, woher die Bilder in seinem Kopf kamen. Trotzdem sagte ihm sein

Instinkt, dass er genau dort hingehen musste, wo seine Vision endete.

„Im Namen des Vaters. Und des Sohnes.“ Hieronymus machte eine Bewegung in der Luft. „Wenn man ein Kreuzzeichen macht, führt man die Hand für gewöhnlich nicht tiefer als zur Brust. Der Dom liegt auf einer Linie mit Abdinghof und Busdorf. Der letzte Punkt ist nicht südlich – er ist im Dom selbst.“

Noch bevor Widerworte entstehen konnten, war Hieronymus bereits zum Paradiesportal marschiert. Ob Vincent und der Lotse ihm folgten, war von jetzt an zweitrangig. Er wusste, wo er zu suchen hatte.

Doch sie folgten ihm.

„Unterhalb des Ostchors liegt die Krypta. Dort gibt es einen mit Mosaik geschmückten Vorraum zur Bischofsgruft, wo Meinwerks Grabplatte aufbewahrt wird“, sprudelte es aus Vincent heraus.

Hieronymus schüttelte den Kopf. „Zu öffentlich für einen Mord.“ Sein Blick glitt durch das Kirchenschiff. Der Dom war voller Touristen, doch zwischen ihnen stach ihre Gruppe mit den verfranzten Klamotten und dem hinterhertrottenden Hund deutlich hervor. Seine Augen erfassten das Gitter im Boden, das sie hinunter zur Ausgrabungsstätte des Doms führte. Es war schier unmöglich, unbemerkt dorthin zu gelangen.

„Vincent, denk an das Bild von Crystal. Die steinigen Mauern, die alten Kacheln im Hintergrund an der Wand. Du bist doch bei der Stadtarchäologie. Erinnert dich das nicht an etwas?“

„Du meinst doch nicht …? Du denkst, der Mönch hatte Zugang zur Ausgrabung? Selbst Svenja besaß keinen

Schlüssel dafür. Wir mussten stets beim Pförtner betteln, wenn wir dort hinunterwollten."

Hieronymus Augen wanderten zum Infopoint neben dem Paradiesportal. Dort saß ein kleiner, grauhaariger Priester mit spitzem Bart an einem antiken Schreibtisch.

Der Lotse folgte seinem Blick. Angriffslustig ließ er seine Fingerknöchel knacken und pfiff seinen Hund zu sich heran. „Ihr meint den kleinen Kobold, der mit seinen Klamotten den Swag aufdreht? Lasst mich das mal machen." Doch statt zum Infopoint zu gehen, marschierte der Lotse durch das Kirchenschiff nach vorn, bis er zwischen den Menschen verschwand.

Wenige Sekunden später ertönte ein schriller Sound aus den unzähligen Boxen, die den Dom beschallten.

„Yo" – klopf, klopf

„Attention please, meine kleinen Schäfchen."

Hunderte Augenpaare drehten sich in Richtung der Cathedra und fixierten das Rednerpult neben dem Altar.

„Glaub mir, Bruder, Gott ist mit mir, er sieht alles … Das, meine Damen und Herren, sind nicht nur die Zeilen des genialen Capital Bra aus seinem Song *Gott ist mein Zeuge*, sondern auch das Motto unserer heutigen Predigt."

Die Stimme des Lotsen hallte durch den Dom. Kaum jemand machte Anstalten, sich von der Stelle zu bewegen. Lediglich ein leises Tuscheln war zu vernehmen.

„Und heute ist Gott mit dem Lotsen."

In aller Seelenruhe nahm er seine Goldkette vom Hals, an der die Paderborner Stadtkarte hing. Genüsslich breitete er sie vor sich auf dem Altar aus, während er freihändig an einer Zigarette zog. Mit der heißen Asche drückte er vier Punkte auf die Karte.

„Lak, draußen wird Crystal hart abgefeiert." Der Lotse zeigte mit der linken Hand in Richtung Marktplatz. „Aber ich sag' euch ganz ehrlich, der Lotse weiß Bescheid. Der Lotse hat es mit seinen eigenen Augen gesehen. Die Bilder, die Crystal malt, sind fucking real. Hier bei uns in der Stadt läuft ein Irrer rum. Gott ist mein Zeuge. Vier Mal wird er zuschlagen."

Jetzt hielt der Lotse die Karte vor sich in die Höhe. Der Dom füllte sich mit unruhigem Getuschel. Smartphones wurden gezückt. Der Lotse steuerte auf die maximale Eskalation zu.

Doch als der Pförtner schließlich schäumend aus dem Infopoint stürmte, um ihn zu stoppen, hatte auch Hieronymus den Grund für seine Showeinlage verstanden. Der Lotse hatte ein Ablenkungsmanöver gestartet.

Während der Straßenjunge mit den Dreadlocks auf dem besten Wege war, auf den Plattformen der sozialen Medien viral zu gehen, bemerkte niemand den alten runden Mann mit der Wollmütze und den ebenso gut genährten Kapuzenpulliträger mit der Nadelstreifenhose, die sich unbehelligt an der Schlüsselzeile hinter dem Schreibtisch des Pförtners bedienten, um in den Katakomben des Doms zu verschwinden.

Szene 48: Marie – 11:00 Uhr

„Du bist so traurig."

Emotionslos starrte Adira auf Marie herab, während sie gelangweilt auf ihrem Kaugummi herumkaute. Ihre Haltung, ihre ganze Art – sie schrie Gleichgültigkeit. Alles an ihr machte Marie unmissverständlich klar, wie egal sie ihrer Ex-Partnerin geworden war.

„Sag mal ehrlich, wann hast du dich eigentlich dafür entschieden, 'ne Stalkerin zu werden? Würde mich mal interessieren. Rein neurologisch. Was ist da schiefgelaufen bei dir? Dabei hab ich dich noch gewarnt, Sommersprosse."

Früher hatte Adira *Sommersprosse* anders ausgesprochen. Liebevoller.

„Ich hab's dir klipp und klar gesagt. Noch so eine Nummer – und ich zeig dich an. Wie dumm bist du eigentlich?" Adira schüttelte den Kopf, als sei Marie nicht mehr als eine lästige Fußnote in ihrem Leben. „Ich hab genug Beweise. Das wars für dich. Dein Leben ist hiermit offiziell im Arsch. Wenn ich mit dir fertig bin, schmeißen die dich raus."

Marie regte sich nicht. Sie starrte nur in dieses Gesicht, das sie so gut kannte. Schöne, scharfe Züge, die sie früher sanft mit den Fingern nachgezeichnet hatte. In dem Moment, als Adira die Verbindung mit der Laptopkamera gekappt hatte, hätte Marie weglaufen können. Sie hatte den Screenshot mit dem unbekannten Mann, der sich in ihrer Wohnung befunden hatte, abgespeichert. Mehr Informationen konnte Marie sich hier und heute nicht mehr erhoffen. Ein Gespräch mit Adira war völlig zwecklos. Als ob Adira ihr nach allem, was passiert war, auch nur ein einziges Wort glauben würde.

Warum war sie dann noch hier? Warum saß sie immer noch an diesem schmalen Arbeitsplatz, hinter der Yucca-Palme?

Die Antwort lag tief in ihr vergraben, in einer dunklen Ecke, die sie nicht betreten wollte.

„Du irrst dich. In allem, was du sagst." Maries Stimme war leise, aber fest. „Ich spioniere dich nicht aus. Ich arbeite an einem Fall. Und Du musst dich entscheiden, auf welcher Seite du stehen willst. Wer war der Mann in eurer Wohnung? Wer gibt euch die Infos für eure Artikel?“

Ein Zucken bildete sich um Adiras Mundwinkel. Dann ein leises Lachen.

„Netter Versuch.“ Adiras Stimme blieb eiskalt. „Weißt du was? Ich sag dir, wer der Typ war. Er heißt Fabrice. Schau doch mal in meinen privaten Ordnern, ob du ein paar Fotos von uns findest. Darum gehts dir doch, oder? Ich scheiß dich zu mit meinen Daten, bis du vor Eifersucht zugrunde gehst.“

Die Worte trafen Marie mit voller Wucht.

„Ach ja.“ Adira ließ sich Zeit mit dem Nachsatz, als wollte sie ihn erst noch auf der Zunge zergehen lassen. „Und bevor ich's vergesse: Zita und ich sind jetzt offiziell ein Paar. Aber das hast du ja wahrscheinlich schon über meine Kamerabilder erfahren.“

Etwas in Marie zerbrach. Ihre Finger begannen zu zittern. Ihr Atem ging flacher, schneller. Ihr Brustkorb fühlte sich an, als würde er jeden Moment bersten. Und dann, noch bevor ihr Kopf realisierte, was ihr Körper tat, holte sie aus.

Ihr iPhone flog durch die Luft.

Es drehte sich, überschlug sich – dann traf es mit der eckigen Kante Adiras Stirn.

Erschrocken torkelte Adira nach hinten gegen eine Wand aus Bambushalmen. Unter der Schramme an ihrer Stirn bildete sich innerhalb von Millisekunden eine Beule. Adira griff nach dem iPhone auf dem Boden und verließ, ohne ein weiteres Wort zu verlieren, den Indoor-Garten.

Marie brauchte einen Moment, um zu begreifen, was geschah. Dann schoss sie hoch.

„Adira! Warte!“

Adira war bereits draußen. Sie steuerte geradewegs auf das brusthohe Geländer zu.

„Nicht werfen! Es tut mir leid! Jetzt übertreib doch nicht! Da unten könnten Leute langlaufen!“

Marie rannte. Ihr Herz hämmerte, ihre Kehle war trocken. Doch Adira streckte ihren Arm bereits über das Geländer, das iPhone in der offenen Handfläche.

Mit einer Hand bekam sie Adiras Unterarm zu fassen, doch Marie war zu schwach. Im Gerangel pressten sich ihre Wangen gegen das warme Gesicht ihrer Ex-Freundin.

Erst jetzt bemerkte sie, dass Adira schluchzte. In Zeitlupentempo öffnete Adira ihre Handfläche, um das iPhone 30 Stockwerke in die Tiefe fallen zu lassen.

Entgeistert nahm Marie etwas wahr, was sie auf eigenartige Weise glücklich machte. Sie bemerkte, wie Adira sich eine Träne verkniff.

Das Summen des iPhones unterbrach das Gefühlschaos, das sich in Maries Seele abspielte.

Reflexartig umklammerten Adiras Finger erneut das vibrierende Smartphone. Sie drehte es zu sich heran. Die Gesichtserkennung musste Marie dabei erwischt haben. Das Display entriegelte sich und offenbarte eine Nachricht, die sowohl Adira als auch Marie in ihren Positionen erstarren ließen.

Es war die erhoffte Antwort von Boris.

Szene 49: Hieronymus – 11:15 Uhr

Vincent knipste das Licht an. Vor ihnen schlängelte sich ein unterirdisches Gerüst durch ein Labyrinth mittelalterlicher Fundamente. Hieronymus setzte vorsichtig einen Fuß auf die wackelige Konstruktion. Eine senkrechte Stütze verband die Eisenkonstruktion mit der glatten Betondecke, die im Kontrast zur zerklüfteten, unebenen Bodenlandschaft stand. Die Decke war so niedrig, dass der Bommel seiner Mütze sie beinahe streifte. Erst jetzt bemerkte er die farbigen Markierungen an der Decke. Gelbe und orange Linien zeichneten die rekonstruierten Grundrisse der früheren Domanlagen nach.

Mit einem lauten Poltern folgte Vincent ihm auf das Riffelblech. Hieronymus griff instinktiv nach Maries Waffe im Hosenbund.

„Pass doch auf!“, zischte er Vincent an. „Er ist vielleicht noch hier.“

Gebückt und mit vorsichtigen Schritten folgten sie dem Gerüst, bis sie nach links um eine Mauer bogen.

„Hast du Crystals Bild noch vor Augen? Im Hintergrund war eine Wand mit alten Fliesen.“

Vincent nickte. „Schwarz-graue Kacheln, angeordnet wie ein Schachbrettmuster“, flüsterte er. „Genauer gesagt sind das Schiefer-Kalksteine aus dem alten Meinwerk Dom. Echte Bodenfliesen aus dem vorletzten Jahrtausend …“

Das letzte Wort blieb ihm im Hals stecken.

Vor ihnen lag das, was sie erwartet hatten – und was Vincent dennoch die Kehle zuschnürte.

Hieronymus' Vision hatte ihn erneut an den Tatort geführt. Damit war es offiziell: Der Mörder folgte einem perfiden Muster. Er tötete entlang der alten Bauwerke Bischof Meinwerks – in Form eines Kreuzes.

Eine aufgeschlitzte Plane hing Von der Decke. Darunter bedeckte ein rötlicher Sandhaufen eine Leiche. Hinter der Leiche hingen die Fliesen des alten Meinwerk-Doms als stille Zeitzeugen an der Wand. Genau, wie Crystal es aufgemalt hatte. Sie musste dem Täter gefolgt sein.

Vincent umrundete den Tatort und hob ein blaues Metallschild in die Luft.

„Bis ins Detail geplant“, murmelte er. „Der Mord sollte exakt auf dem Fundament des Meinwerk-Doms stattfinden.“

Ein anderes Detail, das auf Crystals Gemälde nicht zu sehen war, ließ Hieronymus den Magen zusammenkrampfen. Bernie Woods war nicht durch den Sandhaufen gestorben, sondern durch einen Stein neben seinem aufplatzten Schädel. Direkt daneben stand eine seltsame Konstruktion – eine schmale Kegelbahn, deren Ende genau auf den Kopf des Opfers ausgerichtet war.

Vincent stellte das Metallschild zurück an seinen Platz und betrachtete die blutüberströmte Stelle, an der einmal das Gesicht von Bernie Woods gewesen war.

„Markus Evangelium, Kapitel 15, Vers 22 bis 25“, murmelte er. „Und sie führten ihn an den Ort Golgota, was übersetzt heißt: Schädelstätte. Und sie gaben ihm Wein mit Myrrhe vermischt; aber er nahm ihn nicht. Und sie kreuzigten ihn und teilten seine Kleider, indem sie das Los darüber warfen, um zu sehen, was jeder bekommen würde. Es war die dritte Stunde, als sie ihn kreuzigten.“

Die dritte Stunde. Das Evangelium nach Markus schlägt den Takt der Zeit. Die Gestalt im Video hatte es angekündigt.

Mit Holmquist hatte der Mönch das letzte Abendmahl gefeiert. Mit Woods begann er die Kreuzigung – zur dritten Stunde. Und wenn die Theorie stimmte, dann wussten sie jetzt auch, wann alles enden würde.

Und in der neunten Stunde rief Jesus mit lauter Stimme: Eloï, Eloï, lema sabachtani? Mein Gott, mein Gott, warum hast du mich verlassen?

Hieronymus schaute auf seine Uhr. Die neunte Stunde des Tages war längst vorbei.

Sie hatten sich einer falschen Hoffnung hingegeben. Vermutlich waren alle vier Opfer längst tot. Wütend schlug er mit der flachen Hand gegen die Wand.

Eine rot-weiße Mini-Schranke, angebracht an der Tischkegelbahn, klapperte von der Erschütterung in ihrer Fassung. Darunter blinkte ein kleiner digitaler Timer, der bei 9:00 Uhr stehen geblieben war.

„Vincent, der Mechanismus wurde heute Morgen um 9 Uhr ausgelöst. Dann war Woods das letzte der vier Opfer."

Irgendetwas stimmte an ihrer Theorie noch nicht.

Sie befanden sich im Dom – das Zentrum des Kreuzes, der zweite Schritt im Zeichen. Wenn der Mörder wirklich so besessen von Symbolik war, übersahen sie etwas. Und auch Hieronymus' eigene Rolle ergab keinen Sinn. Was wäre mit ihm geschehen, wenn Vincent und die Archäologin ihn nicht gefunden hätten? Sicherlich hatte der Mönch nicht geplant, ihn am Leben zu lassen. Doch der Ort, an dem Hieronymus eingesperrt worden war, fügte sich nicht ins Kreuzmuster ein.

„Ehrlich gesagt glaube ich nicht, dass Woods das letzte Opfer war." widersprach Vincent und zog dabei anerkennend die Augenbrauen hoch. „Denn wie es scheint, ist unser Täter ein Mann vom Fach."

Er trat neben Hieronymus und ließ den Blick über den Timer schweifen.

„Im antiken Judentum folgte man einem zweifachen Zeitsystem aus Tag- und Nachteinheiten. Der Tag begann bei Sonnenaufgang, also gegen 6 Uhr morgens, und endete nach zwölf Stunden. Die dritte Stunde – der Moment der Kreuzigung – war also 9 Uhr unserer Zeitrechnung."

Ein plötzliches Ziehen in Hieronymus Kopf hinderte ihn daran, Vincents Ausführungen zu folgen.

Sein Blick war auf einen Stein am Rande des Sandhaufens gefallen. Es war der Stein, auf dem die Archäologin in seiner Vision gestanden hatte.

Er sah die Frau jetzt wieder klar und deutlich vor seinem inneren Auge. Die Vita Meinwerci in ihrer rechten Hand.

„Wohin verschlägt es uns als Nächstes", hatte er sie gefragt.

„Wir folgen den Spuren von Bischof Meinwerk", war ihre Antwort gewesen.

Aber da war noch etwas. Ein Halbsatz, den Hieronymus erst jetzt verstand.

„Zur Curia Abatis – dem Hof des Abtes."

Hieronymus' Magen zog sich zusammen, doch das Ziehen in seinem Kopf ließ nach.

„Vincent, wir müssen zum Abdinghof."

Vincent nickte. „Dann sollten wir uns beeilen. Markus 15, Vers 33: Als die sechste Stunde kam, brach eine Finsternis über das ganze Land herein."

Szene 50: Zita – 11:20 Uhr

Dort, wo die Weisheit dem Graubrot weicht, da liegt der Frevel verborgen.

Zita und Fabrice eilten die Stufen zum Franz-Stock-Platz hinab. Der Platz verband die Westernstraße mit dem Paderquellgebiet. Oberhalb der Paderquellen präsentierte sich die moderne Fassade des Stadtmuseums in Nachbarschaft zur Abdinghofkirche.

„Wo die Weisheit dem Graubrot weicht? Klingt wie Konfuzius. Oder gibt's im Museum 'ne Brotausstellung?"

Zita schmunzelte, ihre Finger umklammerten Fabrices Oberarm.

„Wie lange wohnst du schon in dieser Stadt? Graubrot – komm schon! Noch nie das Vergnügen gehabt, in ein frisches, saftiges Paderborner zu beißen?" Sie schloss die Augen und kaute genüsslich auf der Unterlippe herum. Die Paderborner liebten ihr Roggenmischbrot. Traf man beispielsweise einen Paderborner im Urlaub, dann konnte dieser es meistens kaum abwarten, endlich mal wieder „richtiges Brot" zu essen.

„Ich wette, das Graubrot ist ein Synonym für die Stadt", schlussfolgerte Zita. Die Erkenntnis, im Paderborner Stadtmuseum nach etwas zu suchen, was mit der Stadt zu tun hatte, war natürlich nicht besonders hilfreich.

Während Zita eine Polizeistreife bemerkte, die den prall gefüllten Hang des Paderquellgebiets durchkämmte, nahm Fabrice ihre Hand und lenkte sie zum Museumseingang.

Über dem Eingang des Stadtmuseums leuchtete der orange Schriftzug *Oracle Ventures*. Wie Ole von Oranien es geschafft hatte, sich im Obergeschoss des Museums ein

Start-up-Labor aufzubauen, war Stoff für die Gerüchteküche. Zita erinnerte sich an sein Gerede über „kulturelle Identität“ und eine Ausstellung über das „PaderValley“, dass er finanzieren wolle. Am Ende drehte sich alles ums Geld.

Kaum hatten sie die Drehtür passiert, da spürte Zita die Museumsatmosphäre bereits mit allen Sinnen. Museumsluft roch überall gleich. Um die Exponate zu schützen, wurde sie häufig von Oxidantien und Staubpartikeln befreit. Zita schmeckte den sterilen Geschmack auf der Zunge.

Eine junge Frau am Empfang legte wortlos zwei Audio-Guides auf den Tresen. Sie schenke ihnen weder eine Begrüßung noch einen Blickkontakt. Fabrice griff nach seinem Portemonnaie.

„Was kostet der Eintritt?“

„Frei.“ Die Frau biss in ein Schokocroissant. „Ich brauch nur eure Namen, um den Audio-Guide freizuschalten.“

„Felicitas Palladino“, sagte Zita und drehte das schlanke Metallgestell in der Hand. Es gab keine Kopfhörer, nur kleine Plättchen an den Enden.

„Knochenleitung“, erklärte die Frau knapp. „Die Transducer sitzen nicht im Ohr, sondern direkt davor.“

Zita setzte das leichte Gestell auf. Die Plättchen ruhten zwischen Kieferknochen und Schläfe.

„Der Schall wird direkt ans Innenohr geleitet.“

Ein leiser Gong in ihrem Kopf signalisierte Zita, dass sich der Audio-Guide eingeschaltet hatte. Fabrice tat es ihr gleich und setzte sich das Gerät auf den Kopf.

„Okay“, sagte die Frau. „Synchronisiert. Die Dauerausstellung beginnt dort vorne bei der Treppe.“

Sie deutete beiläufig auf eine Wendeltreppe, biss erneut ins Croissant und wandte sich ihrem Monitor zu.

Zita wollte gerade losgehen, da beugte sich Fabrice noch einmal über den Tresen.

„Dort, wo die Weisheit dem Graubrot weicht, da liegt der Frevel verborgen. Sagt Ihnen das etwas?“

Die Frau hörte auf zu kauen und starrte Fabrice entgeistert an.

„Ich krieg hier fünfzehn Euro die Stunde und darf nicht mal Podcast hören. Liborius wird euch den Rest erzählen.“

„Liborius?“

Zita hatte den Namen gerade ausgesprochen, da erklang eine männliche Stimme in ihrem Kopf.

„Herzlichen Willkommen im Stadtmuseum zu Paderborn. Wie schön, dass Sie meinen Namen bereits kennen. Ich bin LIBORIUS. Ein Learning Item Based On Robust, Intelligent and User-specific Speech-Models. Ein intelligentes Sprachmodell, entwickelt von OracleVentures. Heute stehe ich Ihnen als ganz persönlicher Museumsguide zu Diensten.“

Das Klangerlebnis war atemberaubend. Zita beobachtete, wie auch Fabrice gespannt der Stimme lauschte, die sich mitten in ihren Köpfen aufzuhalten schien.

„Mein Ziel ist es, ein individuelles Museumserlebnis für Sie zu schaffen – angepasst an Ihr Tempo und Ihre Interessen. Keine Sorge, ich plappere nichts weiter. Diskretion ist mein zweiter Vorname. Doch genug von mir – wie geht es Ihnen, Frau Palladino? Wollen wir uns duzen?“

„Nenn mich Zita.“ Sie folgte Fabrice zur Treppe. „Und sei nicht beleidigt, aber ich habe es eilig. Die Ausstellung interessiert mich nicht wirklich.“

„Danke für die Offenheit, Zita. Ich werde das berücksichtigen.“

Die Wendeltreppe schlängelte sich um einen acht Meter hohen Bilderturm. Stadtansichten längst vergangener Tage bildeten den Kern der Treppe. Hinter der Wendeltreppe erstreckte sich eine Fensterfront vom Boden bis hoch an die Decke der zweiten Etage. Sie spendete dem Eingangsbereich ein warmes Licht.

Zitas Gedanken kehrten zu den Worten des Whistleblowers zurück: Es ist Zeit, dass wir uns persönlich kennenlernen. Fragt nach dem Audio-Guide.

LIBORIUS war ein Produkt des Ole von Oranien. War er der Whistleblower?

Ein ungutes Gefühl breitete sich in ihr aus.

„Liborius." Sie sprach langsam. „Du sagst, du bist diskret?"

„Natürlich."

„Dann sag mir: Was bedeutet dieser Satz? Dort, wo die Weisheit dem Graubrot weicht, da liegt der Frevel verborgen."

Szene 51: Zita – 11:30 Uhr

Es dauerte einige Sekunden, bis LIBORIUS darauf eine Antwort fand.

„Weißt du, ein österreichischer Dichter sagte einmal: In die Vergangenheit zu schauen, heißt für die Zukunft zu bauen. Alles in diesem Museum hat das Potenzial zur Weisheit. Somit fällt es mir schwer, einen konkreten Anhaltspunkt für deine Aussage zu finden."

Na gut, geschickt herausgeredet, aber das half ihr nicht weiter.

Oben angekommen, vernahm Zita ein leises Stimmengewirr. Es waren Museumsbesucher, die den Anschein erweckten, Selbstgespräche zu führen. Sie folgte den Besuchern in einen offenen, abgedunkelten Seitenraum, der sich gegenüber der Treppe befand. Ein wuchtiger Tisch im Raumzentrum dominierte diesen Teil der Ausstellung. Weiße, modellhafte Gebäude waren auf dem Tisch platziert worden. An der Wand hing ein restaurierter Torbogen sowie alte Gemälde aus altehrwürdigen Häusern der Stadt und kleine Monitore mit einem Touchscreen.

„Nehmen wir einmal den Raum der Stadtentwicklung genauer unter die Lupe“, begann LIBORIUS seine Führung. „Wir befinden uns hier in einem lebendigen Gedächtnis, das die Geschichte der Stadt und ihrer Bewohner speichert. Paderborns Keimzelle ist die Pfalzburg, im späten 8. Jahrhundert von Karl dem Großen oberhalb der Pader errichtet …“

Fabrice hatte sich bereits an der Schwelle zum nächsten Raum positioniert und winkte Zita herbei.

„Als zweiter Gründer der Stadt kann mit Fug und Recht Bischof Meinwerk bezeichnet werden. Zu seinen Bauten zählen …“

„Liborius, stopp.“

Zita hatte genug gehört. Sie folgte Fabrice in einen Raum, der an einen Mix aus Ahnengalerie und Kostümverleih erinnerte. Preußische Militäruniformen, historische Waffen und mächtige Ölgemälde von Fürstbischöfen aus dem Hause von Fürstenberg prägten das Bild. Deckenhohe Glasvitrinen teilten den Raum in verwinkelte Ecken.

Fabrice deutete auf das Metallgestell auf seinem Kopf. „LIBORIUS sagt, dass es hier einen Zeitstrahl gibt, der die gesamte Ausstellung zusammenfasst. Vielleicht finden wir da einen Anhaltspunkt.“

Der Zeitstrahl war an einer weißen Wand im Zentrum der Ausstellung angebracht worden und erstreckte sich über mindestens fünf Meter in die Breite. Er teilte die Stadtgeschichte Paderborns in sechs Abschnitte ein. Wie ein Inhaltsverzeichnis wurden die wichtigsten Exponate der Ausstellung einem historischen Ereignis zugewiesen.

Dort, wo die Weisheit dem Graubrot weicht, da liegt der Frevel verborgen.

„LIBORIUS, was genau verstehen wir unter dem Begriff Frevel?“

„Im Mittelalter fasste die katholische Kirche darunter Sünden des Übermuts, der Gewalttaten oder des bösen Willens zusammen. Es bezeichnet die Schändung des Heiligen. Frevel konnte mit Züchtigung, Verstümmelung oder gar Hinrichtung bestraft werden. Übrigens: Wusstest du, dass unsere Stadtgeschichte eng mit der katholischen Kirche verknüpft ist?“

Wo liegt der Frevel verborgen? Fabrice hatte sich neben Zita gestellt. Unterbewusst hielt sie seine Hand und streichelte ihm nachdenklich mit dem Daumen über den Handrücken. Gemeinsam überflogen sie die Zeitmarkierungen:

Vorgeschichte / Römerzeit:

◊ Prähistorische Siedlungen an den Paderquellen

◊ 4 n. Chr.: Römerlager Anreppen

Sächsische Siedlung / Königsstadt / Bischofsstadt:

◊ 777: Erste Erwähnung Paderborns

- ◊ 799: Kaiser Karl der Große und Papst Leo III. in Paderborn
- ◊ 836: Überführung der Reliquien des Heiligen Liborius von Le Mans nach Paderborn
- ◊ 1016: Gründung des Abdinghofklosters durch Bischof Meinwerk

Hansestadt / Kaufmannsstadt:

- ◊ 1254: Erste Erwähnung als Hansestadt
- ◊ Mitte 14. Jhd.: Pestepidemien
- ◊ 1532: Wasserkunst an der Pader
- ◊ 1566: Protestantische Predigt in der Marktkirche

Ihr Blick blieb an einer alten Klappbalkenwaage aus dem 13. Jahrhundert hängen – ein Symbol der Kaufmannskunst. Die Dreiecksform erinnerte sie an Geheimbünde wie die Freimaurer. Aber ein Zusammenhang zu ihrem Rätsel? Wohl kaum.

Fürstbischöfliche Hauptstadt:

- ◊ 1604: Fürstbischof lässt protestantischen Bürgermeister hinrichten
- ◊ 1614: Gründung der Jesuitenuniversität
- ◊ 1622: Christian von Braunschweig raubt den Liboriusschrein
- ◊ 1736: Fürstbischof Clemens August feiert 900 Jahre Liborius
- ◊ 1781: Der Paderborner Kaffeelärm

Kaffeelärm? Kaffee zum Graubrot? Quatsch. Sie konzentrierte sich auf den nächsten Abschnitt.

Preußische Garnisonsstadt:

- ◊ 1802: Preußen marschieren in Paderborn ein
- ◊ 1803: Friedrich Wilhelm Sertürner entdeckt das Morphin

Interessant, das Morphium wurde also in Paderborn erfunden. Einen nützlichen Zusammenhang konnte Zita trotzdem nicht erkennen. Auch die weiteren Ereignisse bis 1945 hakte sie schnell als uninteressant ab. Stattdessen schwenkte sie ihren Blick nach rechts zum letzten Abschnitt und schon das erste Ereignis klang um einiges vielversprechender. Sie löste ihre Hand aus dem Griff von Fabrice und ging näher auf den Zeitstrahl zu.

Neuaufbau / Großstadt:

- ◊ 1968: Gründung der Nixdorf Computer AG
- ◊ 1972: Gründung der Gesamthochschule Paderborn
- ◊ 1975: Paderborn wird Großstadt
- ◊ 1998: Punica Granatum löst sich vom Nixdorf-Konzern
- ◊ 2007: Steve Jobs präsentiert das erste iPhone in der Paderhalle
- ◊ 2016: Beginn des Abzugs des seit 1945 stationierten Britischen Militärs und der Konversion der Kasernen

Fabrice schien an derselben Stelle hängen geblieben zu sein. Vorsichtig drückte er an einer Abbildung von Nixdorf herum, die dem Ereignis im Jahr 1968 zugeordnet war.

„Vielleicht kann man hier was aufklappen oder so. Los, schau mal, ob du einen Hinweis findest."

Zita strich mit dem Finger über die Wand. Nichts als normale Farbe. Die Abbildungen der Exponate waren auf kleinen Tafeln an die Wand geschraubt worden. Scheinbar hatte das Stadtmuseum das erste private iPhone von Steve Jobs geerbt. Zumindest war ein Foto von diesem Gerät symbolisch dem Ereignis im Jahr 2007 zugeordnet worden.

Dann nahm sie den letzten Eintrag unter die Lupe.

◊ Gegenwart: Paderborn ist Weltzentrum der Digitalisierung.

Als Exponat dazu diente ein Weltbestseller, von dem Zita im Radio gehört hatte. Es war eine Bibel der Transhumanisten, die den Fortschrittsgeist der Paderstadt auf die Spitze trieben.

„Homo Sentiens Paderbornensis – Menschliche Evolution in Zeiten der technologischen Singularität", las Zita den Titel des Buches vor.

Plötzlich meldete sich die Stimme in ihrem Kopf zurück.

„Sehr schön, du hast das Ende des Zeitstrahls erreicht. Ein bemerkenswertes Werk von Frau Dr. Faber. Ein Werk, das die Konfliktlinien des modernen Fortschritts wunderbar abbildet. Ich glaube, ich kann nun eine präzisere Antwort auf deine Eingangsfrage geben. Möchtest du sie hören?"

Zita zog erstaunt die Augenbrauen hoch. „Schieß los."

„Die Autorin beschreibt in ihrem Buch die Evolution des Homo sapiens. Sie behauptet, dass wir kurz davorstehen, eine neue Gattung zu werden. Sie beschreibt den *Homo Sentiens Paderbornensis*. Ein Wesen, das nicht mehr nach Wissen strebt, sondern nach Gefühl. Denn Wissen ist jederzeit abrufbar, gespeichert in den Datenbanken dieser Welt. *Sapiens* – der Weise. *Sentiens* – der Fühlende. *Paderbornensis* – das Graubrot."

Zita lachte ungläubig. „Der weise Mensch wird zum gefühligen Paderborner Graubrot?"

„Eine schöne Metapher, nicht wahr? Zufälligerweise arbeiten wir gerade daran, dieses Werk in einer neuen Ausstellung zu präsentieren. Wenn du mir folgen möchtest, zeige ich dir den Weg."

„Liborius, du bist genial!"

Aufgeregt klatschte Zita in die Hände, stellte sich auf ihre Zehenspitzen, gab Fabrice einen Kuss, von dem sie selbst überrascht war und griff erneut nach seiner Hand.

„Wir sind bereit. Wo liegt das Buch?"

LIBORIUS kicherte. „Schön langsam. Immer mit der Ruhe. Wir sind hier schließlich in einem Museum. Aber ich bin froh, dass ich zu guter Letzt doch noch deine Leidenschaft für unsere Stadtgeschichte wecken konnte. Wenn du nach links schaust, blickst du auf ein steinernes Epitaph aus dem Jahre 1597. Ein Stück weiter rechts findest du eine Nische, die in einen weiteren Raum führt. Ich darf jedoch erwähnen, dass diese Ausstellung noch nicht finalisiert ist und ich daher offiziell von einem Besuch abraten sollte. Wie wäre es stattdessen mit dem kleinen Museumslabor, welches wir zu pädagogischen Zwecken vor einigen Jahren eingerichtet haben?"

Während LIBORIUS seine Vorschläge unterbreitete, hatten Zita und Fabrice bereits die Nische hinter der Wand betreten. Dahinter versperrte eine geschlossene Tür den Weg zur Sonderausstellung. Als Zita gegen den Türknauf drückte, stieß sie den Zugang mit einem klackenden Geräusch auf. Sie betrat einen dunklen Raum.

„Warte kurz."

Fabrice löste seine Hand aus ihrem Griff und hielt sich das linke Ohr zu, als wolle er sich voll und ganz auf die Stimme in seinem Kopf konzentrieren. Er ging einen Schritt zurück.

Noch bevor Zita das Licht einschalten konnte, schwang die elektronische Tür hinter ihr zu. Auf das erneute Klacken folgte ein summendes Geräusch.

Stählerne Verschlussbolzen schoben sich von der Tür in die Wand.

Das System hatte sie voneinander abgeschnitten.

Szene 52: Zita – 11:35 Uhr

Im nächsten Moment flackerte die grelle Deckenbeleuchtung auf. Zita blinzelte, dann schrak sie zurück.

Keine Armlänge von ihr entfernt starrte sie in das leblose Gesicht einer Frau. Die Frau hielt einen Pinsel in der Hand, welcher auf eine Staffelei gerichtet war. Erst auf den zweiten Blick erkannte Zita, dass die Frau aus Computerchips und einer täuschend echten Silikonmaske bestand. Daneben stand ein Schild: *Künstliche Kunst – die Rolle der Maschine im kreativen Prozess.*

Der Text darunter lud den Museumsbesucher ein, im interaktiven Prozess mit der Roboterkünstlerin ein Gemälde zu erschaffen.

„Fabrice?"

Zita drehte sich um und hämmerte gegen die verschlossene Tür.

„Was geht hier vor sich? Liborius, mach auf!"

Sie erhielt keine Antwort. Insgesamt wirkte der fensterlose Raum wenig einladend. Einige aufgerissene Kartons, Werkzeugkoffer und Verpackungsmaterial lagen in den Ecken herum. Trotzdem ließ die halb fertige Ausstellung bereits erahnen, welche Botschaft einmal von ihr ausgehen sollte.

Ihr Blick wanderte weiter.

Hinter der Künstlerin befand sich ein weiteres Schild: *Virtuelle Realität – Immersive Zeitsprünge ins Reich der Toten.* Daneben stand eine braun geriffelte 50er-Jahre-Couch. Darauf saß die Figur eines nett aussehenden Opas, der den Besucher einlud, eine VR-Brille aufzusetzen. Es war eine Einladung, mit den Avataren seiner verstorbenen Ahnen zu reden.

Auch die dritte Station sollte zum Nachdenken anregen. Über einem Sandkasten schwebte das Hologramm einer farblich geclusterten DNA-Doppelhelix. Das Motto hieß: *Gene spielerisch gestalten.*

Am Ende des Raumes erhob sich ein Podest. Er war mit Engeln verziert. Darauf stand ein hell angeleuchteter Altar. Über ihm schwebte eine Kirchenglocke, die an dicken Kabeln von der Decke hing.

„Keine Sorge Zita, ich habe lediglich soeben die Aufgabe erhalten, dass der Frevel wie geplant das Licht der Öffentlichkeit erblicken soll. Dein Freund Fabrice Ngoma ist hierfür nach meinen Informationen nicht weiter von Relevanz. Unsere Aufgabe ist es, gemeinsam einen Artikel zu schreiben. Sobald das geschehen ist, wird sich die Tür öffnen."

„Liborius, hör mit diesem Unsinn. Wer hat dir diesen Auftrag erteilt? Du sagtest noch vor wenigen Minuten, dass du meinem individuellen Interesse dienen sollst. Also antworte mir und sag die Wahrheit. Welches Ziel verfolgst du? Was ist hier los?“

„Aber natürlich. Entschuldige, wenn ich einen unfreundlichen Eindruck erweckt habe. Wie gesagt, ich bin ein Learning Item Based On Robust, Intelligent and User-specific Speech-Models. Ich bin das projektübergreifende Resultat intelligenter Sprachmodelle und Learning Software der OracleVentures Familie. Ich werde sowohl aus privaten als auch aus öffentlichen Fördermitteln bezahlt und genieße das Privileg, in der endlosen Serverlandschaft von Punica Granatum wohnen zu dürfen. Meine neue Aufgabe ist nach wie vor kongruent zu meinem übergeordneten Ziel, dir ein außergewöhnliches und individuell einzigartiges Museumserlebnis zu bieten.“

„Ok, dann frage ich etwas direkter. Wer steuert dich in diesem Augenblick? Und warum konntest du diese Tür verriegeln? Ich will Ole von Oranien sprechen. Sofort.“

„Leider habe ich keinen Zugriff auf das Mobilfunknetz, jedoch habe ich für den heutigen Tag eine Zugangsberechtigung zum elektronischen Kontrollzentrum des Stadtmuseums erhalten, was deine Frage zur verriegelten Tür beantworten dürfte. Es ist meine Aufgabe, dir ein außergewöhnliches Museumserlebnis zu bieten.“

Zita atmete tiefe durch.

„Für mich wäre es ein außergewöhnliches Erlebnis, wenn du diese Tür öffnen würdest.“

„Vielen Dank für deinen Hinweis, Zita. Leider widerspricht dieses Vorgehen meiner Anweisung. Ich würde vorschlagen, wir fangen sogleich mit unserer Aufgabe an, den Frevel ans Licht zu bringen. Du findest das aufgeschlagene Buch *Homo Sentiens Paderbornensis* auf dem Altar am Ende des Raums. Bitte begib dich dorthin."

„Nein. Ich möchte diesen Museumsbesuch abbrechen. Liborius, öffne die Tür."

Die Sprachintelligenz benötigte einige Sekunden, seine Antwort auszuloten.

„Es tut mir leid. Unsere Aufgabe besitzt Priorität."

Ein Piepen ertönte. Plötzlich verstummte das leise Rauschen der Lüftungsanlage.

„Als kleine Motivationshilfe habe ich uns die Frischluftzufuhr gekappt, welche den notwendigen Sauerstoffgehalt für den menschlichen Organismus liefert. Bitte begib dich nun zum Altar."

Zita erstarrte.

Sie zog ihr iPhone aus der Tasche und suchte nach der Nummer des Stadtmuseums. Sie betrachtete die Nummer auf dem Display, überlegte kurz, dann steckte sie das Gerät zurück in ihre Hosentasche. Der Artikel! Es war ihre Chance.

„Sehr gut", hörte sie die Stimme in ihrem Kopf frohlocken, während sie zum Altar schritt.

„Ich denke, zunächst könnten dir ein paar Worte zum Hintergrund dieser Ausstellung behilflich sein. Der Herr von Oranien mag ein Geschäftsmann sein, doch er hat einen hohen moralischen Anspruch an sich und seine Start-ups. Die Folgen für zukünftige Generationen müssen seiner Ansicht nach stets mitbedacht werden, wenn es darum geht, neue Technologien voranzutreiben. Gemeinsam mit unserem Ausstellungsleiter hat er daher beschlossen, eine

Exposition ins Leben zu rufen, die zum Nachdenken anregen soll. Damit greifen sie eine alte Tradition des Stadtmuseums auf."

Zita stieg auf das Podest und las die Worte vor, die auf der Kirchenglocke eingelassen waren.

„Gott ist tot! Gott bleibt tot! Und wir haben ihn getötet! Wie trösten wir uns, die Mörder aller Mörder?"

LIBORIUS lachte zufrieden.

„Ja, das berühmte Zitat von Nietzsche. Diese Glocke sorgte schon 2017 für Aufsehen. Damals erwarb das Stadtmuseum sie vom dänischen Künstler Henrik Plenge Jakobsen und stellte sie unten im Garten am Kreuzgang auf. Viele haben den Spruch damals als gotteslästerlich, antichristlich und atheistisch kritisiert und einen Skandal daraus gemacht. Am Ende musste der Stadtrat entscheiden und hat dem Vorhaben zugestimmt. Jetzt ist sie Teil unserer neuen Schau. Sie passt hervorragend zu den Ideen, die Frau Dr. Faber in ihrem Buch propagiert."

Zita stieg aufs Podest und beugte sich über das aufgeschlagene Buch, das wie eine Bibel auf dem Altar thronte.

„Fabers Transhumanismus ist der nächste Schritt. Nietzsche hat Gott für tot erklärt, jetzt haben wir eine neue Religion gefunden. Einige im PaderValley werden nicht gerade begeistert von der Umsetzung dieser Ausstellung sein."

Das konnte sich Zita gut vorstellen. Die ganze Szenerie strotzte vor Ironie. Fabers eher wissenschaftliche Abhandlung, dargestellt als Substitut der Heiligen Schrift.

„GNR – Die drei ineinandergreifenden Revolutionen"

Sie begann zu lesen:

„Die erste Hälfte des 21. Jahrhunderts wird von drei ineinandergreifenden Revolutionen gekennzeichnet sein.

Genetik, Nanotechnik und Robotik. Sie werden eine neue Epoche einläuten. Es ist der Beginn der Singularität."

Ihre Finger strichen über die Seiten.

„Wir befinden uns heute in den Anfängen der Revolution *G*. Indem wir die Informationsprozesse des Lebens ergründen, lernen wir, unsere Biologie zu reprogrammieren. Krankheiten könnten ausgerottet, menschliche Fähigkeiten und Lebenserwartung drastisch gesteigert werden. Doch die Biologie, sobald wir all ihre Tricks durchschaut haben, wird nicht mit den Schöpfungen unserer Technik mithalten können."

Zita hielt inne. Sie fragte sich, was sie damit anfangen sollte. Das Buch war öffentlich zugänglich und taugte sicherlich nicht für einen Skandal.

„Weiter, immer weiter", drängte LIBORIUS.

Zita fuhr fort:

„Revolution *N* wird es uns ermöglichen, unsere Körper, unsere Gehirne und unsere Umwelt Molekül für Molekül umzugestalten und neu zu erfinden.

Die heftigsten Umwälzungen bringt jedoch Revolution *R* mit sich. Menschenartige Roboter, deren Intelligenz ein Abbild unserer eigenen ist – jedoch weitaus leistungsfähiger. *R* ist die bedeutendste Veränderung, denn Intelligenz ist die stärkste Kraft im Universum. Einmal entfesselt, ist sie durch nichts aufzuhalten."

„Ganz genau, was schützt uns vor den unberechenbaren Folgen der Künstlichen Intelligenz?", fasste LIBORIUS den letzten Satz zusammen und ignorierte dabei die Paradoxie, dass er Zita im gleichen Moment eingesperrt hatte. Ohnehin hatte Zita das Gefühl, immer tiefer einatmen zu müssen, um ihre Lungen mit Sauerstoff zu füllen.

„Aber das kann doch nicht alles sein", antwortete Zita. „Wenn ich einen Skandal aufdecken soll, brauche ich brisanteren Stoff."

„Dann hebe nun bitte das Buch hoch. Darunter befindet sich ein Schlüssel. Er passt in die Schublade am Boden des Altars."

Zita fand den kleinen silbernen Schlüssel und öffnete die Schublade. Darin befanden sich ein Umschlag und eine kleine Box.

„Wer hat das hier abgelegt?"

„Laut unseren Sicherheitskameras handelt es sich um einen etwa 1,90 m großen Mann in blauer Arbeitskleidung. Er trug eine Kappe und hat die Gegenstände erst heute Morgen dort platziert. Leider ist es mir nicht möglich, ihn näher zu identifizieren, da er seinen Namen nicht in unserem Audio-Guide System hinterlegt hat."

Zita breitete die Fundstücke auf einer Arbeitsfläche neben dem genetischen Sandkasten aus.

Zuletzt hatte der Whistleblower sie mit seinen Ankündigungen nicht enttäuscht. Zita war sich sicher, dass es auch dieser Informationsschatz in sich hatte. Sie war auf dem besten Wege, sich an die Weltspitze des investigativen Journalismus zu katapultieren.

Ihr Herz klopfte so laut, dass sie es in der Stille des Museums hören konnte.

Nun lasst uns das lodernde Feuer füttern. Ein Flächenbrand soll über die Sünder hinwegfegen.

Die Worte des Whistleblowers hallten wie eine süße Versprechung durch Zitas Kopf.

Szene 53: Zita – 11:40 Uhr

Auf dem verschlossenen Umschlag war mit fettem Edding das Wort FREVEL gekritzelt worden.

Neben dem Umschlag lag eine flache graue Box, die mit zwei Gefahrensymbolen markiert worden war. Beide Symbole wurden von einer roten Raute eingerahmt. Auf dem ersten Symbol war ein menschlicher Oberkörper mit einem hellen Stern auf der Brust dargestellt. Das andere Symbol zeigte einen kahlen Baum und einen verreckenden Fisch.

„Gesundheitsgefährdend und umweltschädlich“, antwortete LIBORIUS ihr auf die Frage, was die Symbole zu bedeuten hatten.

Zita entschied sie daraufhin zunächst für den Umschlag und riss ihn an der zugeklebten Seite auf. Neben einigen ausgedruckten DINA4-Zetteln fiel ein schwarzes Notizbuch heraus. Unstrukturiert breitete sie die Zettel auf der Arbeitsfläche aus. Es waren Geschäftsberichte, Strategiepapiere und immer wieder das Logo einer Firma - Vis Vitalis GmbH.

Sie nahm sich ein Strategiepapier heraus und überflog den Text. Wie es aussah, hatten sich hier mehrere prominente Persönlichkeiten einer gemeinsamen Vision verschrieben:

„Wir werden die Menschheit ins Zeitalter der Singularität führen …“

Schon wieder dieses Wort.

„Liborius, was kannst du mir über die Singularität erzählen?“

„Der Begriff Singularität findet in verschiedenen Fachdisziplinen Anwendung. In der Systemtheorie beschreibt er einen Punkt, an dem eine kleine Ursache eine große

Wirkung entfaltet. Ich vermute, du interessierst dich für dieses Vokabular im Zusammenhang mit dem Buch von Frau Dr. Faber.

In erster Linie meint die Autorin des Buches mit Singularität eine künftige Epoche, in der technologischer Fortschritt so schnell verläuft und seine Folgen so tiefgreifend sind, dass unser menschliches Leben unumkehrbar transformiert wird. Diese nicht allzu ferne Zeit sei weder Utopie noch Dystopie, sondern ein unausweichliches Zukunftsszenario. Das liegt am exponentiellen Wachstum der Technologie. Es fängt langsam und unmerklich an, bevor es dann mit unerwartetem Furor ausbricht."

„Und was genau soll dann passieren, wenn diese Singularität eintritt?"

„Die kognitive Kapazität des menschlichen Gehirns ist im Vergleich zum exponentiellen Fortschritt der Computertechnologie stark begrenzt. Nach Frau Dr. Fabers Prognose werden wir eines Tages unser Gedächtnis in hyperschnelle Computer hochladen können. Die Singularität ist das Endergebnis der GNR-Revolution."

Zita verzog skeptisch den Mund.

„Ich verstehe. Der Mensch spielt Gott. Ein Frevel an der Schöpfung des Allmächtigen", unterbrach Zita den Redefluss der KI. „Aber ehrlich gesagt, sehe ich den Skandal noch nicht. Das ist doch alles Zukunftsmusik."

Ihre anfängliche Euphorie schrumpfte dahin.

„Frau Dr. Faber würde dir darauf mit einer Geschichte antworten", entgegnete LIBORIUS. „Stell dir einen Teichbesitzer vor, der sich Sorgen um seine Fische macht. Er fürchtet, dass die Seerosen den gesamten Teich überwuchern könnten, doch über Monate hinweg bedecken die

Blätter nie mehr als ein Prozent der Wasseroberfläche. Beruhigt fährt er mit seiner Familie in den Urlaub. Als er nach wenigen Wochen zurückkehrt, ist der Teich vollständig zugewachsen – alle Fische sind erstickt."

Zitas Fingernägel trommelten ungeduldig auf die Arbeitsplatte. Ihr Blick fiel auf die abgeschaltete Lüftungsanlage.

„Was ist geschehen?" fuhr LIBORIUS fort. „Das Wachstum verlief exponentiell. Alle paar Tage fand eine Verdopplung der Seerosen statt. Irgendwann war ein Prozent erreicht und die letzten sieben Verdopplungen reichten aus, um den gesamten Teich zu überwuchern. Von einem auf zwei Prozent, von zwei auf vier, dann acht, sechzehn, zweiunddreißig, vierundsechzig – und schließlich über einhundert Prozent. Innerhalb weniger Tage war das Wasser erstickt. Die Frage ist nicht, *ob* die Singularität eintritt, sondern *wann*. Vielleicht wirst sogar du sie noch erleben und deine körperlichen sowie geistigen Fähigkeiten auf ein übermenschliches Level anheben. Denken wir nur an das CRISPR/CAS9-System, das derzeit die Gentechnik von Grund auf verändert. Oder bei aller Bescheidenheit, die Durchbrüche intelligenter Sprachassistenzsysteme. Auch Quantencomputer könnten schon bald die Marktreife erlangen. All das sind die Zutaten, von denen Frau Dr. Faber spricht, wenn sie ihre GNR-Revolution zusammenmixt."

Unbeeindruckt legte Zita den Zettel beiseite und schlug das schwarze Notizbuch auf.

Für einen reißerischen Artikel brauchten Sie etwas Konkreteres.

Mehrere Seiten des Notizbuches waren mit bunten Postits markiert worden. Auf der ersten Seite hatte jemand in geschwungener Handschrift ein Namensfeld ausgefüllt.

Nom de famille: Moreau
Prénom: Jacques

Darunter stand ein Zitat:

„Gott zu spielen ist die höchste Ausprägung der menschlichen Natur. Das Bestreben, uns selbst zu verbessern, unsere Umwelt zu beherrschen und unsere Kinder auf den bestmöglichen Weg zu schicken, sind grundlegende Triebkräfte der gesamten menschlichen Geschichte. Ohne die Bestrebungen, Gott zu spielen, würde die Welt, wie wir sie kennen, heute nicht existieren. Ein paar Millionen Menschen würden sich in Savannen und Wäldern als Jäger und Sammler durchschlagen, ohne Schrift, Geschichte, Mathematik oder einem Erkennen der komplexen Feinheiten ihres Universums oder ihres eigenen Innenlebens.“
– Ramez Naam

Langsam blätterte Zita durch die Anfangsseiten des Notizbuchs. Im Wesentlichen schaute sie dort auf zusammenhanglose Formeln und Stichpunkte. Also sprang sie zur ersten Markierung. Die Seite las sich wie ein Tagebucheintrag:

08. August 2023

- *Intravenöse Einführung von Nanobot Charge 23 erfolgreich*
- *Keine Verhaltensauffälligkeiten bei Laborratten festzustellen*
- *Überwindung der Blut-Hirn-Schranke führt nach wie vor zu tödlichem Verlauf*

Die Zahlen unterhalb der Notiz interpretierte Zita als Messdaten, mit denen sie nichts anfangen konnte und wechselte zur nächsten Markierung im Buch.

04. November 2024

Die Versuchsobjekte sind ausgewählt. Kick-off Präsentation für Projekt Pan Paniscus erfolgreich durchgeführt. Noch nie hat die Welt zwei so privilegierte Affen gesehen!

- *Marie-Antoinette (39, Bonobo-Weibchen) leidet an Alzheimer. MRT weist Beta-Amyloid-Plaques nach.*
- *Elvis (25, Bonobo-Männchen) hat beidseitige Tumorgeschwüre am Hoden. Behandlung steht unmittelbar bevor.*

Darunter war eine schematische Zeichnung eines winzigen Roboters mit rüsselartigem Greifarm zu sehen. Stichworte wie Ribosom, Aminosäurensequenz, Nanoröhre und Peptidbindung vervollständigten das Bild. Zita schlug die nächste Markierung auf.

24. Dezember 2024

Komplikation im Produktionslabor. Nanobot Charge 347 verhält sich expansiv.

- *Beobachtung: Nanobots im Selbstreplikationsbe-hälter sprangen von der Fütterungsmasse auf Laborratten über.*
- *Resultat: 18 Ratten bis auf das Skelett zersetzt. Abschaltung und vollständige Zerstörung der Charge 347.*
- *Hypothese: Nanobots haben gelernt, Hausfliegen als Transportmedium zu nutzen*
- *Fazit: Höhere Sauberkeitsstufe im Produktionslabor einleiten. Notfall-Abschaltung funktioniert zuverlässig / Selbstzerstörung der Nanobots auf Knopfdruck möglich.*

Echt clever, diese kleinen Monster! Unter diesem Eintrag standen keine wissenschaftlichen Messdaten oder Skizzen.

Anstelle dessen Lediglich zwei Worte: *FROHE WEIHNACHTEN!*

Es folgten mehrere Post-its, die dicht hintereinander geklebt worden waren. Scheinbar nahm das Projekt jetzt an Tempo auf.

17. Januar 2025

Heute waren wir Zeuge der ersten intravenösen Einführung von Nanobots bei einem Menschenaffen. Im Blutkreislauf von Elvis zirkuliert nun eine Armada an steuerbaren Nanos der Charge 451. pH-sensitive Rotoren aus Pyridinmolekülen funken zuverlässig biometrische Messdaten.

21. Januar 2025

Der Krebs ist besiegt! Charge 451 benötigte 7 Stunden und 53 Minuten für die Zerstörung und den Abtransport der Tumorzellen. Elvis befindet sich im künstlichen Koma.
Es war ein aufregender Tag für uns alle! Das Ziel für heute Abend: eine Flasche Château Cheval Blanc.

5. Februar 2025

Charge 512 weist unerklärliche Aktivitäten im Ruhemodus auf. Ab sofort werden alle Chargen in grauen, lichtundurchlässigen Kunststoffbehältern mit Vakuumfüllung aufbewahrt. Cecile und Jascha haben die Anweisung, sämtliche KI-Aktivitäten in Verbindung mit Nanobots bis auf weiteres zu stoppen.

11. Februar 2025

Viva la revolution! Es ist uns gelungen! Charge 860 überquerte heute um 17:31 Uhr schadlos die Blut-Hirn-Schranke. Alzheimer ist heilbar.

Marie-Antoinette kann es kaum abwarten. Wenn die Simulationen positiv verlaufen, geht Projekt Pan Paniscus schon nächste Woche auf die Zielgerade. Hieronymus hat sich als Zieltermin den 70. Geburtstag von Steve Jobs gewünscht. Ich denke, wir werden den Termin einhalten können!

24. Februar 2025

Positiver OP-Verlauf! Marie-Antoinette hat den Alzheimer besiegt! Nach der Reha wird Charge 860 mit der Reproduktion abgestorbener Nervenzellen beginnen. Aktuell überwiegt die Müdigkeit.

P.S. Happy Birthday Mister Jobs!

04. März 2025

Das Reverse Engineering des Bonobo-Gehirns macht täglich Fortschritte. Charge 860 erweist sich dabei als äußerst robust. Die Nanos funken weiterhin zuverlässig aus dem Oberstübchen der alten Dame. Marie-Antoinette II bewegt sich mittlerweile synchron zum Original. Der digitale Avatar hat heute sein eigenes Gehege bekommen. Mindestens 80% der Gehirnstruktur sind jetzt digital gespiegelt.

Ausblick:

- *Vollständige digitale Modellierung aller neurologischen Aktivitäten des Versuchsobjektes*
- *Visualisierung der Gedankenwelt*
- *Steuerung der lebendigen Marie-Antoinette über Software-Applikationen*

- *Gedankenübertragung zwischen Elvis und Marie-Antoinette*

17. März 2025

Marie-Antoinette I lässt sich seit letzter Woche weitgehend über den Avatar Marie-Antoinette II steuern.
Ach ja, das Montagsmeeting war heute äußerst interessant. Die Marktanalyse ist abgeschlossen. Projekt Pan Paniscus geht nun in die kommerzielle Phase über. China hat ein vielversprechendes Rating in den Bereichen Umsatz und politische Lage bekommen. Nächste Woche stimmen wir ab! Die Singularität naht!

Zita schlug das Notizbuch zu. Ein Schweißtropfen lief ihr über den Nasenrücken und tropfte von der Nasenspitze auf das geschlossene Notizbuch. War es nur Einbildung, oder hatte sich der Raum innerhalb der letzten Minuten extrem aufgeheizt? Sie streifte sich ihren rechten Sneaker vom Fuß und berührte mit dem großen Zeh den Laminatboden. Die Fußbodenheizung lief auf Hochtouren.

„LIBORIUS, schalte die Heizung aus."

„Es tut mir leid, aber meine Charakteranalyse kommt zu dem Ergebnis, dass du unter Druck zur Produktivitätssteigerung neigst. Können wir mit dem Schreiben des Artikels beginnen? Bei fachlichen Fragen stehe ich dir gerne zur Verfügung."

Zita setzte sich eine gedankliche Notiz, dass Ole von Oranien büßen musste, sobald sie hiermit fertig war.

Sie zog ihren Laptop aus dem Beutel hervor und klappte ihn auf. Also gut, sie hatte Beweise einer Singularitäts-Sekte vor sich auf dem Tisch liegen. Eine Gruppe weltbekannter

Unternehmer und Wissenschaftler, die kurz davor waren, Miniaturcomputer in die Blutbahn von Menschen zu injizieren.

Sie waren dabei, die Grenzen des Menschseins zu überschreiten. Sie hatten China als perfekten Absatzmarkt für eine Technologie ausgewählt, die Gedanken kontrollieren konnte. Sie produzierten Nanobots, die den Tod besiegten – oder alles Leben auslöschten.

Wenn diese kleinen Dinger auf Ratten überspringen konnten, um das Fleisch und Blut der Nagetiere als Reproduktionsmasse zu nutzen, dann … Zita nahm die graue Box mit den Gefahrensymbolen in die Hand und betrachtete sie vorsichtig zu allen Seiten.

Jetzt bin ich der Tod geworden, der Zerstörer der Welten, hatte Oppenheimer Jahre nach dem Abwurf von Little Boy und Fat Man auf Hiroshima und Nagasaki gesagt.

Diese Wissenschaftler von Vis Vitalis hatten eine neuartige Atombombe erschaffen, doch von dieser Atombombe sollte die Welt rechtzeitig erfahren. Sie öffnete ihr Schreibprogramm und begann zu tippen.

- FREVEL! DIE SKRUPELLOSEN GÖTTER DES PADER-VALLEY -

Szene 54: Fabrice – 11:45 Uhr

Im untersten Stockwerk des Stadtmuseums befand sich der mittelalterliche Kreuzgang des alten Abdinghofklosters.

Fabrice sah zu, wie sich das Wasser in seinen Handflächen sammelte und schlug es sich kräftig ins Gesicht. Ein bewährter Trick, wenn er versuchte, seine Nerven zu beruhigen.

Er drehte den Wasserhahn der Museumstoilette zu und vernahm ein leises Trommeln in der Ferne.

Seine Sinne waren geschärft. In gleichmäßigen Abständen kamen die Geräusche näher. Es waren Schritte! Gleichmäßige, dumpfe Schritte, die vom steinigen Tudorfer Pflaster durch den achthundert Jahre alten Kreuzgang halten und sich ihren Weg unter der Tür der Museumstoilette hindurch an Fabrice Trommelfell bahnten.

Fabrice hielt den Atem an. Er spürte, wie sich seine Muskeln anspannten. Die Schritte folgten dem kleinen Flur, der an den Nordflügel des Kreuzgangs angrenzte. Von hier aus konnte sich der Fremde für eine von zwei Türen entscheiden. Wählte er die Herren- oder die Damentoilette?

Fabrice vernahm das Knarzen einer Tür, doch als die Tür ins Schloss fiel, betrat niemand den Raum. Der Fremde hatte sich für die andere Toilette entschieden. Die Herrentoilette!

Fabrice befand sich auf dem WC, welches eigentlich für den weiblichen Teil der Schöpfung gedacht war. Noch einmal schloss er seine Augen, atmete tief durch und betrachtete sich anschließend im Spiegel.

Die braune Mönchskutte bedeckte seinen Oberkörper. Den weißen Zingulum hatte er straff um seine Taille geknotet. Das hölzerne Tau-Kreuz der Franziskaner prangte auf seiner Brust. Gestern hatte er seinen Habit, wie die Mönche ihre Kleidung nannten, in einer Plastiktüte hinter dem Spülbecken der Damentoilette versteckt. Bisher lief alles so, wie es ihm der Kardinal versprochen hatte.

Die kleine Italienerin würde ihre Beweise rechtzeitig erhalten, ohne dass jemand die Kirche mit den Veröffentlichungen in Verbindung brachte. Zita ahnte nicht, in welche

Gefahr sie sich begab. Die Wirtschaftselite war skrupellos. Fabrice schwor sich, für sie zu beten. Irgendetwas in ihren dunklen Augen, vielleicht war es auch ihr verschmitztes Lächeln, hatte ihn an Malaika erinnert. Seine erste große Liebe, die eines Tages einfach verschwunden war. Man erzählte sich, sie sei mit einem Entwicklungshelfer aus England fortgegangen. Die Zeit hatte seine Wunden geheilt. Vor vielen Jahren hatte er sich in die Hände des Allmächtigen begeben.

Während Fabrice sich seine schwarzen Lederhandschuhe über die Handgelenke zog, blickte er noch einmal in den Spiegel. Hinter ihm leuchtete der Grund für seinen Besuch auf der Damentoilette. Ein kreisrundes Fenster, das einem Bullauge auf hoher See glich. Dahinter verbarg sich jedoch kein Panoramablick auf die Weiten des blauen Ozeans, sondern die Sicht auf einen überdachten Vorbau mit Gartengeräten und allerhand Gerümpel, welches für die Arbeit im Klostergarten von Nutzen war.

Der Kardinal hatte alles penibel durchdacht, damit die Zeitschiene eingehalten werden konnte. Hinter dem Fenster hatte Fabrice unbemerkt seinen tödlichen Cocktail deponiert. Außerdem führte von dort eine Holztür direkt in die Kathedrale. Die Kathedrale der Abdinghofkirche war der Ort, an dem die Sünder für ihren Frevel büßen sollten.

Im Namen des Vaters und des Sohnes und des Heiligen Geistes.

Bruder Raphael bekreuzigte sich ein letztes Mal. Dann schritt er zur Tat.

Szene 55: Marie – 11:47 Uhr

„Kröger, Fachdezernat 15, was kann ich für Sie tun?“

Seit einigen Jahren stand die 0800/5677878 als kostenfreie Korruptionshotline des Landeskriminalamts NRW für konkrete Hinweise bereit. Es war das erste Mal in Maries Beamtenlaufbahn, dass sie die Nummer wählte und sie fragte sich jetzt, warum sie diesen Weg nicht schon gestern gegangen war. Eigentlich wäre sie sogar dazu verpflichtet gewesen.

Leon Buchwald als Abteilungsleiter der Paderborner Polizeibehörde unterstand auf Kreisebene lediglich dem Behördenleiter, also dem demokratisch gewählten Landrat von Paderborn. Doch diese Ebene reichte Marie nicht aus. Zu eng waren die Verstrickungen zwischen dem charismatischen Buchwald und seiner direkten Aufsichtsperson. Erst recht, da beide das gleiche Parteibuch in ihrem Schreibtisch liegen hatten.

Bei Fragen der Kriminalitätsbekämpfung liefen die 47 Kreispolizeibehörden des Landes NRW im LKA in Düsseldorf zusammen. Die Landespolizei unterstand wiederum der nordrhein-westfälischen Innenministerin. Und genau die wollte Marie sprechen.

„Guten Tag, Herr Kröger, Marie Kupferkamp hier. Kompetenzzentrum für Informationstechnische Überwachung, Personalnummer 34673. Ich habe einen leitenden Polizeibeamten zu melden. Es geht um Leben und Tod. Wir haben keine Zeit zu verlieren. Bitte verbinden Sie mich umgehend mit Ministerin Reuters.“

Stille. Danach ein unsicheres Räuspern.

„Äh, also … ich kann Sie nicht direkt ins Ministerium durchstellen. Wir nehmen hier nur die Beschwerden auf.

Wenn Sie mir den Sachverhalt schildern, kann ich ihn vielleicht priorisieren lassen. Um wen geht es?"

„Buchwald." Das Wort kam schärfer heraus, als sie wollte. „Leon Buchwald, Leiter der Kreispolizeibehörde Paderborn. Er behindert vorsätzlich die Ermittlungen zu einer Entführungsserie und unterstützt aktiv den Täter. Jan Lennart Holmquist, Bernie Woods, Waltraud Faber, Prof. Jacques Moreau und Hieronymus Hauptmann – sie alle sind verschwunden. Buchwald wird erpresst!"

Wieder Stille. Marie konnte hören, wie der Beamte am anderen Ende der Leitung schluckte.

„Holen Sie Ihren Vorgesetzten. Wir müssen die Notleitung ins Ministerium nutzen. Sofort!"

„Ähm, ja … eigentlich müssten Sie erst eine Anzeige nach §158 StPO stellen. Ich kann mit Ihnen den Fragenkatalog durchgehen und die Unterlagen dann weiterleiten …?"

Marie seufzte. Aus dem Augenwinkel nahm sie wahr, wie Adira sie noch immer eindringlich beobachtete. Ihre Arme waren vor der Brust verschränkt.

Die Nachricht von Boris war der Dosenöffner gewesen. Maries Kollege von der Personenidentifizierung hatte Fabrice als einen Franziskanermönch aus Paderborn identifiziert. Das hatte Adira ins Grübeln gebracht.

„Ein allerletztes Mal", hatte Adira ihr geantwortet, bevor sie Marie in ihre Wohnung ließ. „Du rufst jetzt deine Oberste Heeresleitung an, und ich höre mit. Danach verpisst du dich wieder."

Jetzt musste Marie einen effektiven Weg finden, Leon zu verpfeifen. Dass sie selbst gegen die Vorschriften verstoßen hatte und das Erpresservideo auf ihren privaten USB-Stick gezogen hatte, machte die Sache nicht leichter.

„Hören Sie, ich gebe Ihnen hier wirklich brisante Informationen. Wenn Sie es genau wissen wollen, habe ich Beweismaterial aus dem Büro mitgehen lassen. Ein Video, auf dem Kollege Buchwald erpresst wird. Wollen Sie wirklich die Schuld am Tod der bekanntesten Industriellen dieses Landes auf sich nehmen und mich mit einem Formular abspeisen?" Ihre Stimme wurde schärfer. „Entweder Sie wählen jetzt die verdammte Notleitung ins Innenministerium, oder ich geh an die Presse."

Am anderen Ende der Leitung fielen ein paar gedämpfte Flüche. Dann ertönte ein Freizeichen. Adira, die sich inzwischen einen Espresso zubereitete, würdigte Marie keines Blickes.

Schließlich wurde die Leitung wieder frei.

„Reuters."

Die gestresste Stimme der Innenministerin war das letzte, was Marie hörte. Zuerst zerbrach die Glasoberfläche einer Barista Kaffeewaage über ihrem Kopf - danach sackte Marie in sich zusammen.

Szene 56: Hieronymus – 11:50 Uhr

Hieronymus litt an einer Amnesie.

Eine Amnesie, die Visionen hervorrief.

Visionen, die an geheimnisvollen Orten endeten.

Orte, an denen Menschen hingerichtet wurden.

Menschen, die einer mächtigen Organisation angehörten.

Eine Organisation, die ihm möglicherweise die Antwort auf seine Fragen liefern konnte.

Wer war für seine erdrückende Situation verantwortlich? Wo lag der Ursprung seines Gedächtnisverlustes?

Hieronymus Gedanken drehten sich im Kreis. So wie der Minutenzeiger am mächtigen Westturm des Doms, der irgendwo zwischen zwanzig und Viertel vor zwölf gestanden hatte, als sie den Dom verlassen hatten.

Die Demonstration war fast aufgelöst, nur noch einige Streifenwagen parkten am östlichen Rand des Marktplatzes. In einen der Wagen hatten sie den armen Lotsen hineingezerrt, nachdem sie ihn rüde von der Kanzel heruntergezogen hatten.

Auch Hieronymus war mittlerweile felsenfest davon überzeugt, dass der Mönch ein blutiges Kreuz in die moderne Nixdorf-Metropole hineinritzen wollte.

Curia Abatis – Hof des Abtes. Hieronymus und Vincent hatten den Vorhof der doppeltürmigen Abdinghofkirche erreicht, die sich oberhalb der Paderquellen in den Himmel reckte.

„Der Name Abdinghof entstand erst im 13. Jahrhundert", nahm Vincent den Gesprächsfaden auf. Hieronymus hörte den nervösen Unterton. Vincent versuchte sich abzulenken.

„… ursprünglich ließ Meinwerk die Kirche auf das Patrozinium St. Peter und Paul weihen."

Als sie die schwere Eingangstür der Kathedrale erreicht hatten, blieb Hieronymus stehen. Er fasste Vincent bei den Schultern.

„Danke, Vincent, aber den letzten Schritt werde ich allein hinter mich bringen."

Vincents Mundwinkel zuckten, als wollten sie ihm widersprechen. Doch stattdessen nickte er nur.

Dieses Mal konnte Hieronymus dem Mönch zuvorkommen, denn *als die sechste Stunde kam, brach eine Finsternis über das ganze Land herein.* Die sechste Stunde bedeutete übersetzt 12 Uhr. Wenn ihre Theorie stimmte, blieben ihm nur noch wenige Minute.

„Versuche es zuerst in der Krypta. Die Gewölbe sind so massiv, dass sie 1945 den Luftminen standgehalten haben. Meinwerks Sarkophag soll sich dort unten befunden haben, in einer Nische der Westwand. Und pass auf dich auf, alter Mann."

Hieronymus lächelte und gab Vincent einen letzten Klaps auf die Schulter. Dann schob er die Tür des Portals nach innen auf. Seine Uhr zeigte 11:52 Uhr.

Im Vergleich zum Dom war die Kirche menschenleer. Das wuselige Grundrauschen, das einen auf den Straßen der Metropole begleitete, verstummte. Der sakrale Geruch nach Weihrauch und Vergangenem stieg ihm in die Nase. Sein Herz hämmerte gegen die Rippen.

Instinktiv löste er seine schwitzige Hand vom Griff der Eingangstür und umklammerte stattdessen den kühlen Stahl der Walther in seinem Hosenbund.

Vom Eingangsbereich aus überblickte er fast alles. Nur ein paar Dutzend Besucher streiften durch das Kirchenschiff. Der Ostchor hob sich durch mehrere Stufen vom Mittelschiff ab. Dahinter lag sein Ziel: die Krypta.

Vom Eingangsbereich aus hatte er fast alles im Blick. Nur ein paar Dutzend Besucher durchstreiften die Gänge der Basilika. Der Ostchor hob sich durch mehrere Stufen vom Mittelschiff ab. Darunter lag sein Ziel: die Krypta.

Hieronymus nahm den südlichen Seitengang, vorbei an bunten Bildern einer Schulklasse, auf denen Bibelzitate aufgeklebt worden waren. Ein Vers stach ihm ins Auge:

Du sollst dich nicht rächen noch Zorn bewahren gegen die Kinder deines Volks. Du sollst deinen Nächsten lieben wie dich selbst.

Übelkeit stieg in ihm auf. Die Kopfschmerzen wurden stärker, als er die Treppenstufen zur Krypta erreichte. Es war 11:54 Uhr!

Der schmale Gang bog sich um eine Ecke und endete vor einer geöffneten Tür.

Hieronymus blieb abrupt stehen.

Dort kniete er.

In der Dämmerung der uralten Hallenkrypta erkannte Hieronymus die Gestalt in der Mönchskutte. Es war ein Mann, versunken im Gebet, der vor einer Skulptur im flackernden Kerzenlicht kauerte.

Die Skulptur bildete einen kindlich ausschauenden Menschen im Bischofsgewand ab. Es war eine Jahrhunderte alte Abbildung des Bischofs Meinwerk.

Eine Schweißperle tropfte von Hieronymus Mittelfinger auf den Boden, während er nach seiner Waffe griff. Die Pistole zitterte in seiner Hand. War er wirklich bereit, ein Leben zu nehmen? Es war falsch, doch es war gerecht. Es war Selbstjustiz, doch es war seine Pflicht. Er musste es tun, denn es war seine einzige und letzte Chance.

Der Mönch regte sich nicht. Der Geistliche war im Gebet versunken.

Waren es seine Gefühle, die Hieronymus zögern ließen? Irgendetwas stimmte hier nicht. Warum war die Krypta überhaupt öffentlich zugänglich, wenn der Mönch einen Mord plante? Seine Gedanken rasten.

Langsam hob der Mönch den Kopf und drehte sich zu ihm um.

Es war nicht das Gesicht eines Mörders. Kein Monster. Nur ein alter Mann mit grauem Bart und Tränen in den Augen.

Mit heiserer Stimme flüsterte er:

„Mein schwacher Leib ist nicht fähig, ihn nicht aufhalten. Verzeihen Sie mir. Ich habe versagt. Seine Seele bleibt auf ewig im Dunkeln. Die Geister seiner Jugend haben ihn im Würgegriff."

Mit zittrigen Fingern deutete der alte Mann an Hieronymus' Schulter vorbei in die Richtung, aus der er gekommen war.

„Gehen Sie zum Südturm. Steigen Sie hoch hinauf. Und erlösen Sie Fabrice von seinen Dämonen."

Der Südturm! Ein stechender Schmerz schoss durch Hieronymus' Frontallappen hindurch.

Er taumelte rückwärts gegen die Türschwelle. Die Waffe glitt ihm aus der Hand.

Dann wurden die Schmerzen so groß, dass er seine Augen schließen musste …

Sein Körper schwebte über den Türmen der Abdinghofkirche. Wie ein Vogel blickte er auf die grünen Satteldächer hinab.

„Seit dem Mittelalter bewirtschafteten die Benediktiner das Kloster", hörte er die Stimme der Archäologin in seinem Ohr. „Bis 1803. Dann kamen die Preußen. Dann Napoleon."

Wie in Zeitlupe glitten sie durch die Luft und schwebten hinab in die Flucht, die sich zwischen den Türmen auftat.

„Abdinghof war zum Futtermagazin und zur Stallung für französische Militärpferde geworden. Das altehrwürdige Kloster verfiel und wurde erst um 1870 restauriert."

Sie schwebten hinab, glitten schwerelos in die Kathedrale hinein und fanden erst wieder festen Boden unter den Füßen, als sie am Geländer einer Empore standen. Tief unter ihnen reihten sich die Sitzbänke der Kirche aneinander.

„Ein dreischiffiger Saalbau im romanischen Stil“, murmelte die Stimme der Archäologin leise in seinem Kopf. „Ganz nach den Vorstellungen von Meinwerks Zeitgenossen, den deutsch-römischen Kaisern aus dem Geschlecht der Salier.“

Dr. Svenja Beck stand neben ihm.

„Gefällt Ihnen die Aussicht?“ flüsterte sie. „Wir befinden uns in der Kaiserloge. Sie ist der dritte Ort auf meiner Liste.“

Hieronymus riss die Augen auf. Kaiserloge! Die Wendeltreppe im Südturm. Es war 11:57 Uhr.

Szene 57: Zita – 11:57 Uhr

Hektisch stopfte Zita die Beweismaterialien in ihre Tasche. Der Artikel, den sie in der Kürze der Zeit zusammengeschustert hatte, war holprig, unvollständig und natürlich fehlten die Bilder. Aber egal, die Feinjustierung konnte warten. Jetzt ging es darum, die Bombe platzen zu lassen und aus diesem stickigen Raum zu verschwinden. LIBORIUS hatte keinen Zweifel aufkommen lassen. Erst wenn der Artikel online war, öffnete sich die elektronisch verriegelte Tür.

Ohne zu zögern klickte sie auf den Upload-Button und klappte den Laptop zu.

„Liborius, unser Date ist hiermit beendet. Ich will gehen."

„Einen Moment noch, wir haben die Aufgabe … Oh, wie schön, ich sehe, dass du deinen Artikel über den Frevel hochgeladen hast. Wie ich lese, geht es um einen großen Fortschritt auf dem Gebiet der Nanotechnologie – das passt wunderbar zu unserer Ausstellung. Möchtest du weitere Informationen dazu?"

„Nein"

Die Tür entriegelte sich mit einem leisen Klicken. Zita atmete tief durch und eilte hinaus. Als sie den Bereich des Zeitstrahls erreichte, blieb sie stehen. Fabrice war verschwunden.

Versuchte er, Hilfe zu holen? Oder hatte er absichtlich niemandem Bescheid gesagt, damit keine Aufmerksamkeit auf ihre Recherche fiel? Generell hatte sich das Museum spürbar geleert.

„Du möchtest deinen Besuch für heute beenden? Ich hoffe, ich konnte zu einem außergewöhnlichen und individuell einzigartigen Museumserlebnis beitragen. Wenn du magst, sehen wir uns schon bald …"

Zita riss sich das Metallgestell vom Kopf und warf es in einen Mülleimer. Im nächsten Moment vibrierte ihr Handy. Das musste er sein.

„Fabrice, wo steckst du?"

Doch es war nicht Fabrice. Stattdessen redete Adira ohne Begrüßung und mit einer ungewohnt zittrigen Stimmlage auf sie ein. Ihre Worte ergaben keinen Sinn.

„Adira, stopp! Ganz langsam. Du meinst Fabrice? Ein Mönch? Was redest du da? Ein Mörder? Hey, das ist nicht lustig."

Zita spürte ein Ziehen in der Magengrube. Nervös sah sie sich um, als könne hinter einer der Glasvitrinen jemand auf sie lauern.

„Marie hat mir die Bilder gezeigt. Ihr Kollege von der Personenidentifizierung hat einen Gesichtsabgleich gemacht. Fabrices Gesicht hat eine hundertprozentige Übereinstimmung mit einem Mann, der als Ordensbruder der Franziskaner registriert ist.“ Adira schluckte. „Zita, das ist mein Ernst. Hier geht gerade richtig was schief.“

„Und ich glaube deiner lieben Ex-Freundin kein Wort“, zischte Zita zurück.

„Hör mir zu!“ Adiras Stimme überschlug sich fast. „Marie hat mir ein Erpresservideo von dem Typen gezeigt. Ich habe mir die Metadaten selbst angeschaut. Das Video wurde in einer Kirche aufgenommen – mitten in Shanghai! Und der Informant mit dem chinesischen Akzent? Der ist wahrscheinlich ein Ordensbruder von Fabrice!“

Zita hörte, wie Adira am anderen Ende der Leitung unruhig auf und ab lief.

„Ich weiß es doch auch nicht“, fuhr sie mit etwas gefassterer Stimme fort. „Aber du musst dort weg. Sofort. Pass auf dich auf, okay?“

Ein Rascheln.

Zita drehte sich ruckartig um. Doch niemand war zu sehen.

Dann legte sie auf.

Szene 58: Dr. Waltraud Faber – 11:57 Uhr

Alles begann mit einer Wette.

Während Waltraud Faber angekettet und mit einem Knebel im Mund durch die Balustrade der Kaiserloge blickte, erinnerte sie sich an die Anfänge ihres größten Abenteuers. Am Rande einer Podiumsdiskussion im Jahre 2008 hatte sie Jan Lennart Holmquist getroffen und ihm sein eigenes Firmenlogo unter die Nase gehalten.

„Sie sind ein Hochstapler“, hatte sie gesagt. „Leibniz war ein Universalgelehrter. Ihre Suchmaschine ist es nicht. Ein Universalgelehrter trägt das gesamte Wissen seiner Zeit in sich – doch seine Genialität entfaltet sich erst, wenn er innerhalb von Millisekunden Brücken schlägt und Verbindungen schafft, die niemand sonst sieht.“

Holmquist hatte sie verwirrt angesehen, als hätte er ihre Worte nicht verstanden. Doch Waltraud hatte nicht aufgehört, ihn zu provozieren.

„AskLeibniz ist keine Intelligenz, sondern ein Lexikon. Es spuckt Fakten aus, ohne selbst nachzudenken.“

Sie erinnerte sich daran, wie Holmquist nach diesen Worten kommentarlos abdrehen wollte.

„Es gibt zwei Möglichkeiten, wie wir ihre Suchmaschine auf ein neues Level heben können. Entweder beginnt die Maschine selbstständig zu denken, oder wir koppeln das gesamte Wissen des Internets mit dem menschlichen Gehirn.“

Danach hatte der schwedische Unternehmer ihr einen spöttischen Blick geschenkt, seine Anzugsärmel zurechtgezupft und ihr herausfordernd die Hand hingehalten. In einer Kurzschlussreaktion waren sie eine Wette eingegangen.

Holmquist stellte Waltraud ein und gab ihr fünf Jahre Zeit, an ihrer Vision zu arbeiten.

2010, nach zwei ziemlich erfolglosen Jahren, kam der todkranke Steve Jobs auf sie zu und bot ihr eine Kooperation an. Es war der Wendepunkt. Mit seiner Unterstützung nahm das Projekt Fahrt auf. Die ersten Erfolge im Bereich der Künstlichen Intelligenz stellten sich ein. Unter dem Dach der Vis Vitalis genoss sie schier unendliche Freiheitsgrade.

Ihre Vision entwickelte sich weiter. Sie standen vor der Möglichkeit, einen Übermenschen zu erschaffen. Einen Homo Deus – einen gottesgleichen Menschen ohne Verfallsdatum und Wissensschranken. Sie taufte ihn Homo Sentiens Paderbornensis. Wenn sie die Gedankenwelt der Menschen digitalisieren und mit dem Internet verknüpfen konnten, dann gab es für den Menschen eine unendliche Vielfalt an Gefühlen, Erlebnissen und genialen Erfindungen zu entdecken. Plötzlich stand der Mensch im Begriff, eine neue Evolutionsstufe zu erklimmen.

Mit jeder Entdeckung rückte die Singularität näher. Der Tod war keine unausweichliche Grenze mehr. Während andere den Tod akzeptierten, weil Religionen sie dazu erzogen hatten, betrachtete Waltraud ihn als ein Problem, das es zu lösen galt.

Was war schon positiv daran, ihre geistigen Fähigkeiten, die Schärfe ihrer Sinne, ihre physische Geschmeidigkeit oder ihr sexuelles Verlangen einzubüßen?

Also begann sie damit, ihr eigenes Leben umzukrempeln. Sie musste ihren Alterungsprozess so gut wie möglich aufhalten, damit auch sie noch in den Genuss der neuen, unsterblichen Welt kommen konnte.

Als ihr Vater an einer Herzerkrankung starb, wusste sie, dass sie das gleiche Risiko in sich trug. Sie suchte einen Spezialisten in Vancouver auf, der ihr dabei half, ihren Cholesterinspiegel drastisch zu senken und Entzündungswerte auf ein Minimum zu reduzieren. Sie wurde zur Perfektionistin ihres eigenen Körpers.

Mit 45 hatte sie ein biologisches Alter von 47. Mit 53 war sie biologisch nur um ein einziges Jahr gealtert.

Sie fühlte sich vital, schluckte jeden Tag um die 230 Tabletten und bekam jede Woche ein halbes Dutzend intravenöse Behandlungen, die größtenteils aus direkt injizierten Nahrungsergänzungsmitteln bestanden, um so den Verdauungstrakt umgehen zu können.

Sie schwor sich, so lange durchzuhalten, bis die biotechnologische Revolution ihr den letzten Schritt ermöglichte. Bis die Nanobots des Projekt Pan Paniscus damit begannen, menschliches Gewebe zu verjüngen.

Dann würde neben das Designer-Baby der Designer-Babyboomer treten.

Eine Bewegung riss sie aus ihren Gedanken.

Die dunkle Gestalt war zurück und beugte sich über sie.

„Was du suchst, wirst du nicht finden“, flüsterte er ihr ins Ohr. „Denn als die Götter den Menschen erschufen, behielten sie die Unsterblichkeit für sich.“

Waltrauds Augenlider zuckten. Sie hatte die Worte schon einmal gehört. Es war ein Zitat aus dem Gilgamesch-Epos.

Dieser Wahnsinnige wollte den Fortschritt aufhalten. Er wollte die Göttlichkeit des Menschen verhindern. Er klammerte sich an die menschenfeindliche Logik seiner christlichen Religion.

Sie wollte schreien. Doch der Knebel erstickte ihren Laut zu einem dumpfen Gurgeln.

Mit aufgerissenen Augen musste sie ihrem Peiniger dabei zusehen, wie er die spitze Nadel einer Spritze in eine durchsichtige Flüssigkeit tauchte und den Kolben langsam aufzog. Anschließend beugte er sich über sie, funkelte sie mit seinen dunklen Augen an und bohrte die Nadelspitze genüsslich in ihre Wangenknochen.

Das Kribbeln dehnte sich zu einem Taubheitsgefühl aus. Langsam nahm der Mönch ihr den Knebel aus dem Mund, doch so sehr sie sich auch bemühte, sie konnte ihren Kiefer nicht bewegen.

Genüsslich klappte er ihre Kinnlade nach unten. Schweiß schoss aus all ihren Poren. Todesangst breitete sich in ihr aus, als der Mann nach einer kleinen Box griff. Waltraud kannte die länglichen Plastikschachteln, die jeweils eine Kammer pro Wochentag und Tageszeit besaßen.

Mit einem süffisanten Lächeln öffnete der Mönch die Pillendose und schüttete sie ansatzlos in den geöffneten Mund der Ingenieurin. Dann schob er ihre Kinnlade zurück nach oben und trat einen Schritt zurück, um ihr beim Sterben zuzusehen.

„Und nun gehet hin in Frieden, denn der Herr, euer Gott, ist gnädig und barmherzig …“

Waltraud sog ein letztes Mal die feuchte Kirchenluft durch ihre Nasenlöcher ein. Sämtliche Muskeln in ihrem Körper begannen zu zittern und zu verkrampfen.

Nein. Das konnte nicht ihr Ende sein.

Nicht so.

Nicht jetzt.

Szene 59: Hieronymus Hauptmann – 11:58 Uhr

Mit ausgestreckten Armen umklammerte Hieronymus den Griff seiner Waffe. Das Magazin war gefüllt, der Schlitten zurückgezogen, der Schlagbolzen bereit, auf den Patronenboden aufzuschlagen. Sein rechter Zeigefinger zitterte am Abzug. Vorsichtig setzte er einen Fuß vor den anderen, während er die schmale Wendeltreppe des Südturms hinaufstieg. Die glatten, abgewetzten Holzstufen verhinderten einen schnelleren Schritt.

Der Gang der Wendeltreppe war so schmal, dass der Stoff seines braunen Wollmantels die weiß verputzen Wände streifte. Die niedrige Decke zwang ihn dazu, den Kopf einzuziehen.

Stufe um Stufe arbeitete er sich nach oben in Richtung Kaiserloge, während sein Geist versuchte, sich abzulenken. Hatten hier oben tatsächlich deutsche Kaiser gesessen, die während der Messe über ihr Volk wachten? Oder war der Name nur eine Erfindung des Volksmunds?

Zweifel breiteten sich in ihm aus. Hieronymus dachte daran, wie es wäre, einfach umzudrehen. Doch als er das leise Wimmern und Röcheln einer Frau hörte, hatte er die Türschwelle bereits erreicht.

Die Gestalt in der Mönchskutte stand regungslos und mit gefalteten Händen über der angeketteten Frau. Ihr Körper zuckte unkontrolliert, aus ihrem Mund lief eine Mischung aus Speichel und Schaum. Ihr Zittern machte den Anschein, als würde sie auf einem elektrischen Stuhl sitzen.

Hieronymus ließ sich keine Zeit zum Zögern.

Er riss die Waffe hoch, fixierte Kimme und Korn, hielt das Ziel im Blick und drückte ab.

Der Schuss hallte durch die Kathedrale, doch der Mönch sackte nicht zusammen. Stattdessen ertönten Schreie.

Hieronymus hatte sein Ziel verfehlt.

Statt des Mönchs hatte er ein langes, schwarzes Seil getroffen, das von der Decke hing und eine der unzähligen goldenen Lampen hielt, welche das Kirchenschiff beleuchteten. Mit einem lauten Klirren schlug die Lampe auf eine der hölzernen Sitzbänke auf.

Für einen Moment stand Hieronymus wie paralysiert da. Er starrte auf die Waffe in seiner Hand, dann auf den Mönch, der sich nun langsam zu ihm umdrehte.

Zum ersten Mal starrte er in das Gesicht des Mannes, der ihn gestern durch einen verlassenen U-Bahnschacht getrieben und in ein Verlies unter der Erde gesperrt hatte. Das Gesicht unter der Kapuze war jünger, als er erwartet hatte und seine Haut war dunkler. Doch am bedrohlichsten war der Blick. Er war voller Wut.

Ohne zu zögern, streifte der Mönch die Kapuze vom Kopf und kam auf ihn zu.

Hieronymus versuchte, die Waffe nachzuladen, doch seine Finger waren zu langsam. Es war nicht eingeplant gewesen, sein Ziel zu verfehlen.

Er schaffte es nicht rechtzeitig.

Gewaltsam packte der Mönch Hieronymus am Handgelenk und riss ihm die Pistole aus der Hand. Die andere Hand legte sich wie ein Schraubstock um seine Kehle. Sein Kopf wurde gegen die Türzarge gedrückt, seine Lungen schrien nach Luft.

Hieronymus schloss die Augen.

Ein seltsames Gefühl der Ruhe überkam ihn.

Er fühlte sich wie eine Antilope in der Savanne, die sich dem Kreislauf der Natur hingab, während sich die Klauen des Löwen in ihren Hals bohrten.

Doch plötzlich ließ der Druck an seinem Hals nach.

Ein dumpfes Poltern ertönte. Jemand hatte den Mönch von hinten gepackt.

Hieronymus riss die Augen auf und sah, wie die dunkle Kutte rücklings die Treppe hinabstolperte.

Noch jemand war hier. Vincent!

Kurz darauf ertönte der erste Glockenschlag. Er vibrierte in seinen Knochen und durchdrang seinen Schädel. Zwölf Schläge lang stand Hieronymus bewegungslos auf der Stelle - nicht in der Lage, sich zu bewegen.

Als das letzte Dröhnen verhallte, war alles still.

Das Röcheln war verstummt.

Waltraud Faber lag reglos am Boden.

Ein plötzlicher, kalter Schauer lief ihm den Rücken hinab. Panisch wirbelte er herum, starrte die Wendeltreppe hinab.

„Vincent!"

Noch bevor er die erste Treppenstufe betreten hatte, hörte er drei aufeinander folgende Schüsse. Sofort war ihm klar, dass die Schüsse diesmal tödlich waren.

Und wie sehr der sonderbare Junge ihm in den letzten Stunden ans Herz gewachsen war.

Szene 60: Bruder Raphæl – 12:15 Uhr

Dunkle Wolken zogen über den Himmel der Stadt. Mal rissen sie auf, mal verdichteten sie sich. Sie waren so launisch, wie es das Aprilwetter von ihnen verlangte.

Die schweren, lauwarmen Regentropfen durchnässten die Baumwolle seiner Kutte. Doch Bruder Raphael bemerkte es nicht einmal. Die Geräusche des Windes, das Prasseln der Regentropfen auf dem gespannten Stoff der Sonnenschirme am Wegesrand, das intensive Zischen und Spritzen von Wasserpfützen, die irgendwo in der Ferne vom Druck der herüberrollenden Autoreifen aufgewühlt wurden. All die Laute drangen an sein Ohr, aber er nahm sie nicht wahr. Sein Kopf war von einem Strudel aus Schuldgefühlen und Panik erfüllt.

Erst als seine Beine nachgaben, hielt er inne. Irgendwo zwischen Marktkirche und Rosenstraße lehnte er sich gegen eine Hauswand, seine Finger glitten über die kalten Backsteine. Das Blut seines Mentors klebte an seinen Händen. Reglos beobachtete er, wie es sich im niederprasselnden Regen verflüssigte. Warum, fragte er sich, hatte Gott ihn auf diese Weise prüfen müssen?

„*Die Wege des Herrn sind unergründlich*“, waren die Worte, mit denen Bruder Gereon ihm vor etwa fünfzehn Jahren Mut zureden wollte, als er ihn völlig zugedröhnt auf den Straßen von Likasi aufgesammelt hatte. Bruder Gereon war zu jener Zeit auf das Schicksal des jungen Waisenkinds aufmerksam geworden und hatte Fabrice aus Mitleid eine Unterkunft im *Quartier Mission* angeboten. Der weiße Mann, der sich damals im Dienste des Franziskanerordens auf Entwicklungshilfe im Kongo befunden hatte, war wie ein Schutzengel für ihn gewesen. Bruder Gereon hatte ihm Obdach und eine theologische Schulbildung ermöglicht. Hartnäckig lenkte Bruder Gereon seinen Schützling in die richtigen Bahnen. Über die Jahre war er für Fabrice nicht nur zu seinem Mentor, er war zu einer Vaterfigur geworden.

Doch die Schatten der Vergangenheit hatten Fabrice nie ganz losgelassen. Depressionen und Wutausbrüche begleiteten ihn seit seinem dreizehnten Lebensjahr. Nur der Glaube gab ihm Halt. Die Symbolik der Heiligen Schrift, die Ikonografie sakraler Kunst – darin fand er Trost. Aber der Glaube allein konnte ihn nicht heilen.

Mit der Zeit hatte sich in ihm eine Überzeugung gefestigt. Der Kapitalismus war es, der seine Familie ins Verderben gestürzt hatte. Gierige Konzerne trieben Menschen in die Ausbeutung, ließen sie für Hungerlöhne in den engen, gefährlichen Gruben der Kobaltminen schuften – ohne Schutz und ohne eine Perspektive. Es waren die chinesischen und westlichen Konzerne, letztendlich aber auch die Endverbraucher der Hightech-Geräte, die von den armseligen Zuständen im Kongo und den günstigen Preisen für Kupfer, Kobalt und Coltan profitierten.

Als Bruder Gereon nach Deutschland zurückkehrte, hatte er eine Idee. Er wollte Fabrice eine Aufgabe geben, um ihn von seinem Trauma zu befreien. Gemeinsam wollten sie in Paderborn, dem Herzen des Konsumkapitalismus, auf die Ungerechtigkeit aufmerksam machen. Darauf, dass der ungebremste Marktmechanismus Millionen von Menschen in die moderne Sklaverei trieb.

Als Fabrice das Ordensgelübde abgelegt hatte, folgte er seinem Mentor unter dem Namen Raphael nach Paderborn. Es war Gereons Wahl gewesen. *Raphael – Gott heilt.*

Doch die Heilung blieb aus.

Predigten im Hochamt, Kunstaktionen auf den Straßen von Paderborn, Leserbriefe in der Zeitung und sogar kurze Sequenzen in Radiosendern. Bruder Raphael hatte versucht, neue Wege zu gehen, aber seine Aktionen verpufften im Nichts.

Das schrille Aufheulen von Polizeisirenen riss Fabrice aus seinen Gedanken und holten ihn in die Gegenwart zurück. Es schien von allen Seiten zu kommen. Blaulicht flackerte durch den Dunst des Regenschauers. Wo er auch hinschaute, stieg das markante Licht hinter den Häusern hervor. Die Straßen der Innenstadt füllten sich mit Polizisten.

Sie hatten die Leichen gefunden! Nach dem heutigen Tage würde niemand mehr wegsehen können.

Bruder Raphael hatte die Köpfe der techno-religiösen Sekte abgeschlagen und der Menschheit eine Offenbarung geliefert. Die Italienerin machte einen guten Job. Es war die Idee des Kardinals gewesen, die Stimme einer unabhängigen Bloggerin sprechen zu lassen und die Spur der Enthüllungen zu einem chinesischen Whistleblower zu legen. Der Polizei hatten sie eine Figur aus dem Gilgamesch-Epos präsentiert; einen Psychopathen im Gewand des Enkidu. Doch so, wie sich die Dinge entwickelt hatten, wusste Bruder Raphael, dass auch er im Fokus stehen würde. Am Ende des Tages würde er sich als Einzeltäter präsentieren müssen. Unter keinen Umständen durften seine Taten ein schlechtes Licht auf die katholische Kirche werfen.

Allerdings blieb noch eine letzte Aufgabe zu erledigen, bevor er sich stellte.

Eigentlich folgte er einem Todesrhythmus von drei Stunden, damit die Symbolik perfekt aufging. *Und in der neunten Stunde rief Jesus mit lauter Stimme: Eloï, Eloï, lema sabachtani?* Zur neunten Stunde gab Jesus seinen Geist auf. So berichteten es die Evangelien. Nach heutiger Zeitrechnung war Christus gegen 15 Uhr am Kreuze gestorben, um die Menschheit von ihren Sünden zu erlösen.

So lange konnte er nicht warten. Ihm war klar, dass der Polizeidirektor ab jetzt keine Chance mehr hatte, die Ermittlungen zu verzögern. Bruder Raphael musste sich beeilen, bevor die Sicherheitskräfte sein viertes und letztes Opfer entdeckten.

Kraftvoll stieß er sich von der Wand ab, warf das iPhone, welches ihm in den letzten Tagen ermöglicht hatte, den Kardinal zu kontaktieren, in einen Gully und steuerte auf den Rohbau des U-Bahnschachtes an der Jesuitenmauer an.

Szene 61: Leon Buchwald – 12:30 Uhr

„Señor Buchwald? Coronel Alvàrez lässt Ihnen ausrichten, dass wir das Zielobjekt gesichert haben."

Durchs Telefon drangen Möwengeschrei und das ferne Rauschen des Meeres.

„Die Jacht der Familie Lorenz-Hauptmann ist soeben in der Marina von Santa Eulària Ibiza eingelaufen. Die Guardia Civil stellt Personenschutz bereit, bis die Angelegenheit geklärt ist."

Leon Buchwald versank tief in seinem Bürostuhl und atmete erleichtert aus.

„Gracias Capitán!"

Er war zu unvorsichtig gewesen. Er hatte Marie unterschätzt und nicht damit gerechnet, dass sie die vollständige

Version des Erpresservideos auf seinem Rechner finden würde – mit den Aufnahmen von Hannah und Amelie.

Hannah war Leons heimliche Leidenschaft, seitdem er denken konnte.

Natürlich hatte es ihn tief getroffen, Marie aus den Ermittlungen herausziehen zu müssen. Sie war klug, keine Frage. Aber sie handelte oft impulsiv. Vielleicht hätte er ihr die Wahrheit sagen sollen, doch er wollte gegenüber dem Erpresser einen kooperativen Eindruck erwecken. Der Mann hatte es schließlich geschafft, auf Kameras in Leons Wohnung, auf die Bilddateien von Hannahs Handy und letztendlich sogar auf den Laptop zuzugreifen, den Hannah und ihr Mann mit in den Urlaub genommen hatten.

Leon wusste schlichtweg nicht, wie und wann er beobachtet wurde.

Für Leon war es schon riskant genug gewesen, Interpol einzuschalten. Der Anruf von Capitán Sánchez bewies ihm jedoch, dass es die richtige Entscheidung gewesen war. Dank des globalen Kommunikationssystems der Behörde war es ihnen gelungen, den Standort ausfindig zu machen, an dem Hannahs Familie im Urlaub verweilte. Sie gönnten sich eine Fahrt mit der Jacht ihres Mannes durchs Mittelmeer. Ein Urlaubserlebnis, das Leon ihr niemals hätte bieten können.

Bis zum Studium hatten Leon und Hannah alle Lebensabschnitte gemeinsam durchschritten. Vom Kindergarten bis zum Abitur. In der Oberstufe waren sie sogar kurzzeitig ein Paar gewesen. Der Kontakt brach nie ab, doch das Schicksal hatte für sie unterschiedliche Lebensentwürfe vorgesehen. Hannahs Ehemann, ein Baulöwe aus Hamburg-Blankenese, musste es ihr angetan haben, als sie an einer elitären Privathochschule promovierte.

Das Feuer zwischen Hannah und Leon war nie erloschen und dann gab es da noch etwas, was sie für immer verband: Amelie.

Sie hatte die gleichen blauen Augen wie Leon. Nur aus Liebe zu Hannah hatte er nie auf einen Vaterschaftstest bestanden.

Jetzt, da Hannah und Amelie in Sicherheit waren, konnte er in die Offensive gehen.

Alles, was er bisher herausgefunden hatte, deutete auf einen durchgeknallten Hacker hin. Einen Irren, der sich mal als Mönch verkleidete, mal als gehörnte Gestalt auftrat und über die Fähigkeit verfügte, jedes Endgerät zu manipulieren, das mit dem Symbol des aufplatzenden Granatapfels ausgestattet war.

Die Frage war nur, ob es sich um einen Einzeltäter handelte, oder ob er es mit einem mächtigeren Gegner zu tun hatte. Ausschließen konnte er nichts.

„Capitán Sánchez, bitte schärfen Sie Ihren Männern ein, dass sie die Frau und das Kind beschützen. Wir können niemandem vertrauen."

„Sí Señor!"

Noch bevor der spanische Polizeihauptkommissar auflegen konnte, beendete Leon das Gespräch. Mit schnellen Schritten verließ er das Büro und stieß die Tür des Verhörraums auf.

„Also, Herr Schröder …"

„Jo, kannst mich auch Lotse nennen. Machen hier alle in der Stadt."

„Also, Herr Schröder", wiederholte Leon seine Worte. „Jetzt zeigen Sie mir auf der Karte noch einmal, wo genau sich dieses Kreuz befinden soll."

Der Lotse tippte mit dem Zeigefinger in Richtung Domplatz. Die Asche seiner Zigarette, mit der er die Bauwerke Bischof Meinwerks kartografiert hatte, war noch immer zu sehen.

Leon musterte die Striche und Kreise. Vor wenigen Minuten hatte der Portier des Doms die Leiche von Bernie Woods gefunden. Die Aussagen des jungen Mannes, der sich selbst „der Lotse“ nannte, waren damit bestätigt worden.

„Herr Buchwald!“

Ein junger Kollege vom Innendienst hatte unangemeldet die Tür zum Verhörraum aufgeschlagen.

„Es gab Schüsse im Südturm der Abdinghofkirche! Ein Franziskanermönch wurde tödlich verletzt!“

Leon wirbelte herum.

„Ein Mönch? Gibt es weitere verletzte?“

Der Polizeibeamte nickte und schaute auf den Lotsen. Unsicher, ob er seine Ausführungen fortsetzen durfte.

„Wer?“ Leon packte ihn am Arm.

„Eine gefesselte Frau. Anfang 50. Sie starb vermutlich an inneren Blutungen und Organversagen.“

Leon überlegte kurz und schaute erneut auf die Karte. Dann hob er den Blick.

„Schickt alle verfügbaren Einheiten zum Busdorfstift. Wir starten eine großräumige Suchaktion.“

Szene 62: Erik – 12:45 Uhr

„Ob ich weiß, wo sich Hieronymus Hauptmann befindet? Das müssten Sie doch eigentlich wissen!“

Erik sprach mit eindringlicher Stimme ins Mikrofon seines Headsets. Seit einer halben Stunde herrschte Ausnahmezustand. Die halbe Belegschaft stürmte sein Büro und die Nachrichtensender überschlugen sich mit Sensationsmeldungen. Wie ein Wissenschaftskrimi las sich der letzte Blog, den Felicitas Palladino vor 45 Minuten online gestellt hatte. Illegale Tests an Bonobo-Affen, Wunderheilungen von Krebs und Alzheimer, digitalisierte Gehirne, Kontrolle der Gedankenwelt über einen Avatar. Die Vis Vitalis und das Projekt Pan Paniscus waren plötzlich in aller Munde.

„Verschwunden? Dann finden Sie ihn, verdammt noch mal. Das ist doch Ihr Job und nicht meiner. Die Demonstranten da draußen fordern seinen Kopf. Wer garantiert mir, dass sich Hieronymus nicht schon längst in Lebensgefahr befindet?“

Eigentlich hätte Direktor Buchwald schon gestern Morgen dafür sorgen sollen, dass Hieronymus in Sicherheit gebracht wird. Jetzt hatte er Erik gebeichtet, dass sein CEO und Freund spurlos verschwunden sei. Gerüchte machten längst die Runde. Im Flurfunk des PG-Towers sprach man bereits davon, dass die Leiche von Bernie Woods im Dom gefunden wurde.

Polternde Schritte im Flur kündigten den nächsten Störenfried an. Ohne anzuklopfen, flog die Tür auf. Erik wusste, dass er das Telefonat mit Buchwald sofort beenden musste.

„Woas wird hia gespuit?“, donnerte es mit schwerem österreichischem Akzent.

Josef „Sepp“ Zacherl, der massige Finanzchef des PG-Konzerns, stand mit knallrotem Gesicht im Türrahmen. Die Adern auf seiner Stirn pochten vor Wut, seine fleischigen Hände ballten sich zu Fäusten und seine Fingerknöchel waren weiß vor Anspannung.

„Seids ihr jetz komplett narrisch? Die Schinesen warten unten im Foyer. Die Brüda stö’n scho’ Fragen.“

Erik konnte ihn nicht ausstehen. In zahllosen Meetings hatte er erlebt, wie Zacherl lieber seine fette Faust auf den Tisch knallen ließ, als sich mit einer stichhaltigen Argumentation auseinandersetzen zu müssen.

„Herr Zacherl, ich bitte um Nachsicht. Wie es aussieht, ist Hieronymus zur Zielscheibe eines terroristischen Angriffs geworden. Ich sehe kurz nach, was die Regularien des Management-Boards in so einem Fall vorsehen.“

Erik klickte wahllos durch die Ordnerstruktur auf seinem Bildschirm. Dann zuckte er mit gespieltem Bedauern die Schultern.

„Es tut mir leid, Herr Zacherl. Den Vertretungsregularien zufolge haben Sie heute die Ehre, unseren fernöstlichen Staatsbesuch durch die heiligen Hallen zu führen.“

Zacherls Augen funkelten vor Zorn hinter seiner schmalen Brille. Seine schwere Atmung ließ den massigen Bauch auf und ab wogen.

„Obacht, Freundchen. Wenn da Oide nimmer auftaucht, weht hia a and’rer Wind für di. Dann geht’s mit deina Karriere wie unserm Aktienkurs seit heut’ früh.“

Zur Untermauerung seiner Drohung fegte er mit einer Pranke über das Regal. Ein Kugelpendel krachte scheppernd zu Boden.

„Immer schö’ bergab.“

Dann knallte er die Tür hinter sich zu und stapfte Richtung Aufzug.

Erik lehnte sich zurück. Das entspannende Klacken des Kugelpendels war verstummt, die Machtspielchen im Unternehmen hatten begonnen.

Erik musste dringend herausfinden, ob die Gerüchte stimmten. War im Dom tatsächlich eine Leiche gefunden worden?

Szene 63: Hieronymus – 12:45 Uhr

Ein schmaler Pfad verband den stark befahrenen Busdorfwall mit der östlichen Altstadt Paderborns. Zunächst wirkte der Pfad unscheinbar, doch schon nach wenigen Metern zog er den Fußgänger geradewegs in eine mittelalterliche Szenerie hinein. Treppenstufen führten hinab in den alten Pürting. Der rechteckige, romanische Kreuzgang des Busdorfstifts umschloss eine penibel gepflegte Rasenfläche, in deren Mitte ein Kruzifix stand.

„Pürting leitet sich vom lateinischen *Porticus* ab."

Vincent zog sich die durchnässte Kapuze vom Kopf und deutete auf die unzähligen Säulen, die in das Mauerwerk des Kreuzgangs eingelassen waren. „Und *Porticus* bedeutet so viel wie Säulengang."

Auch Hieronymus streifte sich seine Mütze vom Kopf. Inzwischen genoss er es, sich von Vincents Geschichten berieseln zu lassen Noch vor wenigen Minuten dachte er, er hätte seinen Begleiter verloren. Der Junge war ihm heimlich in die Abdinghofkirche gefolgt – und hatte Bruder Gereon dazu gebracht, ein allerletztes Gespräch mit seinem mörderischen Glaubensbruder zu suchen. Es hatte Bruder Gereon das Leben gekostet. Hieronymus hingegen war dem Tod in letzter Sekunde entkommen.

Die Tatwaffe hatte Bruder Raphael nach dem kaltblütigen Mord an seinem Mentor auf den Treppenstufen liegen lassen. Hieronymus hatte sie an sich genommen, entschlossen, seine letzte Chance zu nutzen.

Damit sie unauffällig an der Polizei vorbeischleichen konnten, hatte Vincent ihm einen Weg gezeigt, der sie von hinten an den Busdorfstift heranführte. In der Stadt wimmelte es mittlerweile von Streifenwagen. Die Präsenz der Polizei konnte auch dem Mönch nicht entgangen sein. Hieronymus musste davon ausgehen, dass er sich diesmal keine drei Stunden Zeit ließ, bis er sein nächstes Opfer tötete.

Vincent verlangsamte seinen Schritt, lehnte sich am Mauerwerk des Kreuzgangs an und streckte seinen roten Lockenkopf zwischen zwei Säulen hindurch. Von hier aus konnten sie einen Blick auf die Kathedrale des Busdorfstifts werfen.

„Siehst du die beiden Rundtürme? Um 1033 schickte Bischof Meinwerk eine Gesandtschaft nach Jerusalem. Ihr Auftrag war es, die Maße der Grabeskirche aufzunehmen."

Als gläubiger Katholik kannte Hieronymus die berühmte Grabeskirche in der Altstadt Jerusalems. Am Ort der Kreuzigung Jesu Christi erbaut, zählte sie seit jeher zu den wichtigsten Heiligtümern im Christentum.

„Kurz vor seinem Tod weihte Bischof Meinwerk die Kirche im Beisein von Kaiser Konrad II. auf die Apostel Petrus und Andreas."

„Beeindruckend", murmelte Hieronymus. „Aber wo würdest du dein Opfer verstecken? Welche geheimen Kammern hat der Busdorf zu bieten?"

Vincent hob abwehrend die Hände.

„Meinwerk wurde nach seinem Tod 1036 in der Kapelle des Klosters Abdinghof bestattet. Als das Kloster 1810 aufgelöst wurde, überführte man seinen Sarkophag in die Busdorfkirche. Im Hohen Chor befinden sich noch heute einige seiner Reliquien …“

Weiter kam er nicht.

Zwei kräftige Arme packten Hieronymus von hinten an den Handgelenken. Ehe er begriffen hatte, was mit ihm geschah, waren seine Hände auf dem Rücken fixiert und seine Waffe aus dem Hosenbund entfernt worden.

„Chef, wir haben hier einen Mann, Mitte 60, bewaffnet mit einer Walther P99. Polizeiliches Fabrikat. Außerdem einen Teenager.“

Ein Klacken und ein rauschendes Geräusch waren aus dem Headset des Polizeibeamten zu hören. Erst jetzt sah Hieronymus, dass der Mann einen schwarzen Helm mit heruntergeklapptem Visier trug. Seine schwarze Uniform war mit einer dicken Weste versehen.

„Verstanden.“

Der Mann zog Hieronymus so hart an den Armen, dass seine Schultern schmerzten.

„Mitkommen!“ Er deutete auf Vincent. „Du auch.“

Schweigend folgten sie dem Beamten durch den Säulengang, bis sie einen kleinen Vorplatz zwischen Vincenz-Krankenhaus und Busdorfkirche erreichten.

Dort standen mehrere abgedunkelte Bullis. Männer mit Maschinengewehren sicherten die Absperrungen. Vermummte SEK-Beamte huschten durch den Regen und umstellten die Kathedrale.

Ein Mann mit Funkgerät stieg aus einem der Bullis und musterte sie.

„Abtasten“, befahl er.

Noch bevor der Beamte Hieronymus losließ, ertönte eine Stimme aus dem Wageninneren.

„Nein. Die übernehm ich. Schickt sie rein.“

Hieronymus kannte die Stimme.

Hinter einer Wand aus Monitoren trat Polizeidirektor Leon Buchwald hervor, drehte zwei Sitze in ihre Richtung und deutete ihnen an, Platz zu nehmen. Dann schlug er die Seitentür des Bullis zu.

„Gott sei Dank, ihr seid in Sicherheit.“

Die Anspannung, die gestern noch in Buchwalds Gesicht lag, war größtenteils verschwunden.

„Es wird Sie freuen zu hören, dass Gleiches für die Familie Ihrer Tochter gilt. Hannah und Amelie befinden sich bereits auf dem Heimflug.“

Seine Tochter … Hieronymus versuchte, sich zu freuen, doch das aufrechte Gefühl der Erleichterung blieb aus. Er spürte keine Bindung.

Dann begann Buchwald zu erzählen. Er erzählte von der Angst, die er um Hannah hatte, als das Erpresservideo in seinem Mail-Postfach auftauchte. Von der Entscheidung, Vincents Schwester aus dem Ermittlungsteam abzuziehen und von den heimlichen Telefonaten mit Interpol über eine abhörsichere Leitung.

„Es tut mir leid, dass Sie auf diese Weise von mir und Hannah erfahren müssen. Zu Beginn hatte ich die Befürchtung, Sie würden mich erkennen. Als Kind war ich häufig bei Ihnen zu Besuch.“

Hieronymus schloss für einen kurzen Moment die Augen und versuchte sich zu erinnern.

„Ich hoffe, Sie können mir verzeihen, dass ich Sie an den Franziskanermönch ausgeliefert habe. Mein Erpresser hat mir versichert, dass Ihnen nichts geschehen würde. Als ich heute Morgen am Krummen Ellenbogen ankam, war ich ehrlich gesagt erleichtert, dass Sie nicht mehr dort waren. Ich hatte den Auftrag, Sie erneut zu finden."

Buchwalds Blick wanderte aus dem Fenster. Das SEK hatte die Eingänge der Busdorfkirche vollständig umstellt.

„Wenn das hier vorbei ist, werde ich mich für einige Dinge verantworten müssen", fuhr er leise fort. „Ich habe das alles nur getan, um das Leben Ihrer Tochter zu schützen. Das müssen Sie mir glauben."

Der Adrenalinspiegel in Hieronymus Körper flachte ab. Die Schmerzen hinter seinen Schläfen wurden so stark, dass er den Worten des Polizeidirektors nicht länger folgen konnte.

Ein Franziskanermönch, Vincents Schwester, der Krumme Ellenbogen … Er konnte sich an die Ereignisse von heute Morgen nur noch bruchstückhaft erinnern.

Aus einem Lautsprecher im Bulli drang eine hektische Durchsage.

„An alle Einheiten. Zielperson befindet sich nicht in der Busdorfkirche. Ich wiederhole, Professor Moreau konnte nicht identifiziert werden. Ich erwarte Befehle."

Busdorfkirche …

Wie aus dem Nichts, kurz bevor ihn die Bewusstlosigkeit übermannte, schoss ihm eine Erinnerung durch den Kopf.

Szene 64: 12. September 2023 – Worldwide Developers Conference (PaderHalle)

Das rote Licht kam von allen Seiten. Hieronymus stand allein auf einer Bühne. Er fühlte sich klein.

18.600 Augenpaare ruhten auf ihm. Neun Sitzplatzebenen, die sich wie ein Amphitheater um die Bühne wanden, schauten auf ihn herab. Der Raum war ein einziger, geschlossener Kosmos – eine nahtlose Kuppel, die aus einem einzigen, zusammenhängenden Bildschirm bestand. Der weltweit erste 16K-LED-Display war ein technisches Meisterwerk, übertroffen nur von der strahlenden Außenfassade der Eventhalle.

Mit einem Durchmesser von 157 Metern und einer Außenfläche von elf Fußballfeldern durfte sich die PaderHalle seit einigen Tagen als größtes kugelförmiges Gebäude der Welt feiern lassen. Am heutigen Abend ließen mehr als 57 Millionen LEDs die neue Halle am Maspernplatz im Bildnis eines majestätisch rotierenden Granatapfels erstrahlen. Von innen wie von außen.

Vor den heimischen Monitoren wartete ein Millionenpublikum darauf, die bevorstehende Show zu bewerten. Dreizehn Jahre als CEO von *Punica Granatum* hatten ihn gegen Lampenfieber abgehärtet. Doch das Gewicht der Erwartungen lastete schwer. Der Vergleich mit seinem Vorgänger war unvermeidlich.

Steve Jobs hatte es verstanden, die Luft bei seinen Präsentationen elektrisch aufzuladen und die Punischen Jünger auf dem ganzen Globus in Ekstase zu versetzen. Mit jeder neuen iPhone-Generation war er zum Hohepriester der Technologie avanciert. Und Hieronymus? Er wusste, dass der eigentliche Zauber längst verblasst war. Mit einer etwas besseren Kamera und ein paar Stunden mehr Akkulaufzeit würde er heute niemanden umhauen.

Aber vielleicht, so hoffte er, würde die Show es tun. Er setzte auf den Ablenkungscharakter der neuen PaderHalle und hoffte darauf, dass dieses gigantische Opernhaus der Moderne so viel Aufmerksamkeit auf sich ziehen würde, dass es vom eigentlichen Inhalt ablenken konnte.

Ein tiefer, basshaltiger Ton vibrierte durch den Saal. Die LED-Wände verwandelten die PaderHalle in einen glühenden Kessel. Das rote Licht flackerte, verdunkelte sich. Dann richtete ein Lichtkegel den Fokus auf den Protagonisten des heutigen Abends.

Hieronymus atmete aus und setzte sein strahlendstes Lächeln auf.

„Hallo und herzlich willkommen in der PaderHalle."

Applaus brandete auf.

„Fantastisch! Wir alle haben auf diesen Abend hingefiebert. Es ist mir eine große Ehre, euch in dieser nagelneuen Halle zu begrüßen – und euch mitzunehmen auf eine Reise in die Zukunft der Smartphone-Technologie."

Erneuter Applaus. Jetzt bloß keine langen Erklärungen. Keine überflüssigen Worte. Jeder Satz musste sitzen. Punktgenau, einprägsam – so handlich und ästhetisch, wie es die Nutzer der PG-Produkte von ihrer Marke gewohnt waren.

„Seit dem allerersten iPhone geht es uns um das perfekte Zusammenspiel aus Leistung, Eleganz und intuitiver Bedienung. Technologie, die den Alltag verändert. Und heute? Heute heben wir das, was ihr liebt, auf ein völlig neues Level."

Der Lichtkegel wanderte. Ein gleißender Strahl schoss von der Decke herab, zerriss die Dunkelheit und katapultierte das Publikum mitten in die Illusion.

Plötzlich steckten sie alle im Inneren eines iPhones.

Eine Orgelmelodie setzte ein und eine junge, weibliche Stimme legte einen erstaunlich harmonischen Rappgesang darüber. Von einer rasanten Kameraführung gesteuert, flog das Publikum an den Platinen und Linsen der iPhone-Kameras vorbei. Sie wurden aus dem Gehäuse hinausgezogen – und dann erschien es: Auf dem riesigen Bildschirm der PaderHalle enthüllte sich das Design des neuen *iPhone Cross*.

Gemeinsam schwebten sie über die glänzend matte, nahtlose Oberfläche des neuen Geräts. Jeder Winkel war gestochen scharf. Jede Linie transportierte den gewohnt minimalistischen Stil. Unterhalb des weinroten Gehäuses schoben sich weitere Geräte ins Bild. Jedes iPhone hatte eine andere Farbe.

Die Ameisenperspektive folgte den Geräten, als würden sie gemeinsam auf Treppenstufen in die Dunkelheit hinabsteigen. Plötzlich türmte sich ein weiteres iPhone frontal vor ihnen auf und versperrte den Weg. Gemeinsam flogen sie in die Schwärze des Displays hinein. Der Saal verdunkelte sich und der Lichtkegel fiel abermals auf Hieronymus herab.

„Ich verspreche euch, das *iPhone Cross* wird absolut genial! Hier ist Isabella mit weiteren Infos."

Die PaderHalle verwandelte sich in ein endloses Panorama. Die LED-Technologie entführte das Publikum in die andalusische Trockenlandschaft rund um den Flusslauf des Guadalhorce. Tiefe, steinerne Schluchten. Es war ein Bild wie aus einem Western.

Ein warmer Windhauch wurde dem Publikum ins Gesicht geblasen. Ein Raunen ging durch die Menge.

In schwindelerregender Höhe zog sich ein schmaler Wanderweg an einer Felswand entlang. Dort oben, ausgestattet mit einem blauen Schutzhelm, Wanderschuhen und einem *iPhone Cross* in der Hand, lächelte Isabella ihnen zu.

„Hi Leute, ich bin Isabella – und ich zeige euch das fortschrittlichste Kamerasystem, das je in einem Smartphone verbaut wurde. Kommt mit und folgt mir über den Caminito del Rey. Hier oben kann man spektakuläre Aufnahmen machen."

Sie aktivierte die Kamera.

Eine ferne Landschaftsaufnahme der Sierra von Málaga füllte den Raum. Jeder Felsen war gestochen scharf. Die zerklüfteten Wände, die in der Mitte einen Canyon formten, hoben sich in unglaublicher Präzision vom Horizont ab. Davor erstreckten sich dichte Pinienwälder. Selbst die einzelnen Schindeln eines zerfallenen Bauernhauses waren deutlich zwischen den Bäumen zu erkennen.

Dann wechselte Isabella in den Videomodus.

Sie betrat eine Hängebrücke, die den Canyon überquerte. Ihre Kameraführung schwenkte vom fernen Stausee an den monströsen Felswänden vorbei, die Isabella von beiden Seiten einkesselten. Schließlich flog das Kamerabild in die Tiefe und fokussierte innerhalb von Millisekunden den azurblauen Fluss, der sich mindestens einhundert Meter unter ihren Füßen seinen Weg durchs Gestein fraß.

Ein erschrockener Aufschrei war im Publikum zu hören und auch Hieronymus spürte, wie seine Füße kribbelten. Diese Aufnahmen waren … Wahnsinn.

„Früher war es fast unmöglich, solche Naturwunder mit einem Smartphone einzufangen." Isabella lächelte. „Das neue *iPhone Cross* macht es möglich."

Sie steckte das Gerät in die Hosentasche und tauschte es durch ein *iPhone Cross Max* mit 120 Millimeter Brennweitenobjektiv aus. Der Bildschirm wechselte.

Ein ausgewachsener Gänsegeier stieß sich mit ausgestrecktem Gefieder vom Gipfel der Klippen ab. Das Bild zoomte heran. Es wirkte so echt und nah, dass einige im Publikum ihre Hände nach dem Vogel ausstreckten. Selbst das Sonnenlicht, das sich in seinem grüngelben Schnabel spiegelte, war deutlich zu erkennen.

„Wow." Isabella atmete aus. „Ich bin beeindruckt. Aber mir wird hier oben langsam mulmig. Zurück nach Paderborn. Zurück zu Hieronymus."

Der Geier verwandelte sich in eine weiße Taube mit einem Olivenzweig. Die gesamte Kuppel glich jetzt einem friedlichen Himmelszelt. Leises Vogelgezwitscher war zu hören. Flauschige Wolken zogen langsam über ihre Köpfe hinweg.

Im vorderen Bereich der Halle, dort wo Hieronymus noch immer auf der Bühne stand, leuchteten nacheinander die Symbole der Weltreligionen auf.

Ganz links einige geschwungene, schwarze Linien. Sie bildeten das Om-Zeichen als Symbol des Hinduismus und des transzendenten Urklangs, aus dessen Vibration nach hinduistischem Verständnis das gesamte Universum entstand.

Direkt daneben erschien das Dharmachakra. Ein Rad mit acht Speichen als Bildnis des von Buddha verkündeten Edlen Achtfachen Pfads zur Befreiung.

Außerdem war oberhalb von Hieronymus der siebenarmige Leuchter des Judentums und der Halbmond des Islam zu erkennen.

Seit der elften iPhone-Version hatten die religiösen Symbole nacheinander als Namenspatron gedient. Religiöse Symbole, eingebettet in die weltoffene Punica Granatum-Philosophie. Es war eine gewagte Entscheidung. Aber eine bewusste.

Hieronymus blickte in die Menge. In der ersten Reihe, einen Krückstock umklammernd, saß Heinz Nixdorf.

Und dann kam ihm eine spontane Idee.

„Die 15. Generation widme ich einem Mann, ohne den wir heute nicht hier wären.“

Ein Raunen ging durch die Menge.

„Sein Name steht für Innovation, Mut und Weitsicht. Und heute, mit fast einem Jahrhundert Lebenserfahrung, ist ihm ein Thema wichtiger als alles andere. Frieden!“

Tatsächlich wären der Wirtschaftsstandort und die Innovationskraft der Bundesrepublik nicht ohne das Fundament möglich gewesen, das Nixdorf geschaffen hatte. Die Erfindung von Computern für mittelständische Unternehmen als Motor der Wirtschaftswunderjahre. Die Entscheidung, Steve Jobs in sein Unternehmen zu integrieren. Die ständige Überzeugungsarbeit, die er innerhalb der Gesellschaft und der Politik leistete, um genügend Risikokapital nach Ostwestfalen zu locken und staatlich finanzierte Forschungsprojekte nach amerikanischem Vorbild für das PaderValley zu generieren. Heinz Nixdorf war es auch, der es geschafft hatte, eine Vision zu skizzieren, in der die traditionelle deutsche Automobilindustrie mit der ostwestfälischen Digitalwirtschaft kooperierte, um neue Maßstäbe zu setzen. Heinz Nixdorf war die Blaupause dafür, was der menschliche Tatendrang erschaffen konnte.

„Der Weltfrieden ist zu seiner größten Herzensangelegenheit geworden. Lasst uns diesen Appell ernst nehmen.

Heute ist er unter uns und kann stolz darauf sein, dass sein Friedensprojekt ein weiteres Mitglied bekommt. Einen riesigen Applaus für Heinz Nixdorf und für unser neues Smartphone – das *iPhone Cross*!“

Stehende Ovationen. Ein Kruzifix komplettierte das Quintett an religiösen Symbolen auf der Kuppelwand.

Hieronymus hielt sein eigenes iPhone in die Höhe. Auf dem Sperrbildschirm war ein Hintergrundbild zu sehen, das auf die riesige Wand der Halle projiziert wurde. Das Hintergrundbild war kein einfaches Kreuz, wie man es vermutet hätte, wenn man die Präsentationen der letzten Jahre verfolgt hatte.

Diesmal hatten sie sich gemeinsam mit der Paderborner Stadtarchäologin ein kleines Rätsel für ihre Kunden überlegt. Eine Art Schnitzeljagd, von der sich Heinz Nixdorf ein wenig Aufmerksamkeit für seine geliebte Heimatstadt erhoffte. Hieronymus war schnell einverstanden gewesen, da es im besten Fall die Aufmerksamkeit der Punischen Jünger auf den sozialen Medien hervorrufen würde.

Zu sehen war ein Bild aus der Paderborner Innenstadt. Ein sogenannter Hidden Place - die Geroldskapelle.

Nach wenigen Sekunden wechselte das Hintergrundbild. Es erschien die Ausgrabungsstätte unter dem Dom.

Etwas später war die Kaiserloge der Abdinghofkirche zu sehen …

Und dann ein mit Kerzen ausgeleuchteter Gewölbekeller: Der Keller vom *Hardehauser Hof, Am Busdorf 11.*

Zusammen ergaben die Bilder ein Kreuz im Stadtbild Paderborns. Aber das Rätsel würden Nixdorfs Punische Jünger schnell genug selbst auflösen.

Szene 65: Bruder Raphæl – 12:55 Uhr

Der *Hardehauser Hof* war seit jeher eine erstklassige Wohnadresse. Seit fast drei Jahrhunderten hatten hier christliche Würdenträger, Adelige, Bankiersfamilien, Ehrenbürger und angesehene Handwerker residiert. Das 1734 erbaute Herrenhaus, nordöstlich der Busdorfkirche gelegen, war in den 2010er-Jahren kernsaniert worden und bot nun elf barrierefreie Wohneinheiten für gut betuchte Senioren – eine Exklusivität, für die Paderborns wohlhabende Bürgerschaft bereitwillig etwas tiefer in die Tasche griff.

Als die Ordensleitung der Franziskaner vor einigen Monaten zugesagt hatte, die seelsorgerische Betreuung der Bewohner zu übernehmen, war Bruder Raphael alles andere als begeistert gewesen. Es gab Seelen, die den Segen Gottes weitaus nötiger hatten. Doch inzwischen hatte er verstanden, dass Gottes unsichtbare Hand ihn genau hierhergeführt hatte.

Denn der *Hardehauser Hof* war der perfekte Ort für den letzten Akt seiner Mission.

Bruder Raphael betrat die Stiftsgasse. Ein schmaler Pfad führte ihn nördlich des Hofgeländes entlang, außerhalb des Sichtfeldes der Busdorfkirche und der angrenzenden Straßen. Nur ein niedriger Zaun und eine Hecke trennten die Gasse vom Anwesen des Hofes.

Er besaß einen Schlüssel für das Haupttor, doch dort wimmelte es von Einsatzkräften. Ein Risiko, das er nicht eingehen konnte.

Zielstrebig griff er nach den nassen Stäben des Zauns und katapultierte sich kraftvoll ins Gestrüpp der Hecke. Keuchend rollte er zu Boden und sah sich um. Er befand sich zwischen der Abfallsammelstelle und der alten Remise.

Die Remise, ein ehemaliges Wirtschaftsgebäude für Geräte und Pferdekutschen, beherbergte seit den Sanierungsarbeiten zwei weitere Wohneinheiten. Als Bruder Raphael sich aufrichtete und die Haustür ansteuerte, interessierte er sich jedoch nicht für die Wohnungen. Es waren die Treppenstufen in einen Gewölbekeller aus dem 16. Jahrhundert, die er ein letztes Mal hinabstieg, um sein Werk zu vollenden.

Ein Team der Stadtarchäologie hatte den Keller vor einigen Jahren unter die Lupe genommen. Davon zeugte eine kleine Vitrine mit Fundstücken sowie eine Infotafel, die von einem schwachen Bodenstrahler angeleuchtet wurde. Ansonsten wurde die Beleuchtung des Kellers von flackernden Öllampen und Kerzen aus Wachs dominiert, die in den Ausbuchtungen der alten Gesteinswände standen. Ihr unstetes Licht tauchte den Raum in eine mystische, fast okkulte Atmosphäre.

Okkult wie die Maske mit den spitzen Ohren, den geschwungenen Hörnern und den geflochtenen Bartzöpfen, die auf dem Boden vor einer schwarz abgehangenen Wand lag.

Bruder Raphael machte sich keine Illusionen. Er hatte keine Zeit zu verlieren. Die Suchtrupps der Polizei waren ihm auf den Fersen. Doch bevor sie ihn fanden, musste er sicherstellen, dass die Welt ihn als einen Einzeltäter brandmarkte. Die Maske auf dem Boden war eine bewusste Spur. Ein letzter Beweis für seine Verbindung zum Erpresservideo. Die Institution der römisch-katholischen Kirche musste unbefleckt bleiben. Das hatte der Kardinal ihm eingebläut. Es war nicht wichtig, was die Menschheit auf Erden von ihm dachte, denn sein Lohn war die Anerkennung Gottes im Himmel.

Eine väterliche Anerkennung, die ihm seine Jugend verwehrt hatte.

Er entknotete sein Zingulum, ließ das Gewand von den Schultern gleiten und tränkte den schweren Stoff mit dem Öl der Lampen. Dann nahm er eine Kerze, führte die Flamme an den Saum und sah zu, wie sich das Feuer ausbreitete.

Vorsichtig schritt er in die hinterste Ecke des Kellers auf ein viereckiges Mauerwerk zu. Im grellen Licht der Flamme sah er das ausgemergelte Gesicht des geknebelten Professors auf dem Boden in einer Kiste aus Plexiglas liegen.

Doch er ignorierte es für den Moment.

Mit einer Hand hielt er den brennenden Stoff über das tiefe Loch im Zentrum des Mauerwerks. Bruder Raphael beobachtete, wie die Identität seines irdischen Lebens in Flammen aufging.

Als die Hitze an seinem ausgestreckten Arm unerträglich wurde, öffnete er schließlich seine Hand. Die brennende Kutte fiel in die Tiefe – in jenes dunkle Loch, das einst als Kloake des Herrenhauses gedient hatte.

Jetzt gab es nur noch eine Sache zu tun.

Er wandte sich dem Gefangenen zu.

„Es tut mir leid, Professor“, sagte er leise. „Aber Ihr habt das Buch Exodus nicht verstanden.“

Professor Moreau lag geknebelt auf dem Boden einer Plexiglaskiste, 2x2 Meter groß und etwa einen Meter hoch. Die Form der Kiste erinnerte an die Sicherheitsboxen, in denen der Professor und sein Team die Nanobots aufbewahrten. Sein ausgemergeltes Gesicht presste sich von innen gegen das transparente Material.

In der oberen Ecke der Kiste hing ein schwarzer Würfel. Ein aggressives Summen erfüllte die Luft.

Bruder Raphael kniete sich hin.

„Wir alle müssen die Folgen unseres Handelns akzeptieren“, sprach er andächtig. „Wie der alttestamentarische Gott habt auch Ihr eine Plage über uns gebracht. Selbstreplizierende Nanobots – Parasiten, die über das Leben und Denken der Menschen entscheiden. Die zehn Plagen Gottes befreiten das Volk Israels aus der Versklavung, doch eure Technologie, in den Händen eurer Sekte, führt uns geradewegs in die Sklaverei hinein.“

Er griff nach einem Holzstab, der am Rand der alten Kloake lehnte.

„Exodus, Kapitel 8, Vers 12: Darauf sprach der Herr zu Mose: Sag zu Aaron: Streck deinen Stab aus und schlag damit auf die Erde in den Staub! In ganz Ägypten sollen daraus Stechmücken werden.“

Mit einer fließenden Bewegung rammte er den Stab gegen einen Hebel an der Außenseite der Kiste.

Ein Klicken.

Die schwarze Box sprang auf.

Mit einem sirrenden Geräusch schoss ein dichter Schwarm Malariamücken hervor. In Sekunden war die Kiste erfüllt von einem dunklen, wabernden Schatten. Moreaus Konturen verschwammen hinter der lebenden Wolke. Ein heiseres Röcheln. Dann war nur noch das Summen zu hören.

Bruder Raphael lächelte zufrieden und lehnte sich gegen das Mauerwerk der Kloake.

„Und nun gehet hin in Frieden, denn der Herr, euer Gott ist gnädig und barmherzig und wird sein Angesicht nicht von euch wenden, wenn ihr euch zu ihm bekehrt.“

Noch bevor er den Satz zu Ende gesprochen hatte, spürte er einen kräftigen Stoß von der Seite. Entsetzt stellte er fest, wie sein massiger Körper über die Mauer stolperte.

Ein letzter reflexartiger Überlebensinstinkt setzte ein. Es war wie damals in den Tiefen des Kamatanda-Hügels. Fabrice versuchte, sich an den gemauerten Steinen der Kloake festzuklammern, doch seine Finger fanden keinen festen Halt.

Mit aufgerissenen Augen fiel er in die Tiefe.

Das Gewand auf dem Boden brannte noch immer. Als er darauf zuraste, erinnerten ihn die Farben der Flammen an ein altes Gemälde von Peter Paul Rubens ... *Das Fegefeuer.*

Es empfing ihn mit einem knochenzersplitternden Knall.

Szene 66: Zita – 13:05 Uhr

Zita stand keuchend vor der Kloake. Ihr Atem ging stoßweise - sichtbar in der klammen Luft. Das Echo ihres eigenen Herzschlags dröhnte in ihren Ohren. Ihre Augen waren gefüllt mit einem brennenden Gemisch aus Wut, Enttäuschung und tiefer Trauer.

Fabrice.

Sie hatte ihn nur flüchtig gekannt und dennoch hatte er etwas in ihr ausgelöst. Das Gefühl, welches sie in seiner Nähe gespürt hatte, war so unglaublich aufregend und intensiv gewesen. Die letzten Stunden waren wie im Flug vergangen. Im Höhenflug. Doch Fabrice hatte alles zerstört.

Spätestens als er den Hebel betätigte und die Insektenplage entfesselte, hatte er ihr das Herz herausgerissen.

Dabei hatte sie bis zur letzten Sekunde an ihn geglaubt. Selbst als sie das Stadtmuseum um kurz nach 12 verlassen hatte und Fabrice im Gewand eines Franziskaners aus der Abdinghofkirche treten sah, klammerte sie sich an den Gedanken, dass es eine rationale Erklärung für sein Handeln gab. Fabrice war kein Monster. Das konnte man in seinen dunklen Augen sehen.

Sie war ihm gefolgt, durch die engen Straßen, hinab in den U-Bahnschacht. Hatte sich die Hose aufgerissen, als sie über den Zaun auf das Hofgelände sprang. Von dort aus musste sie mit ansehen, wie uniformierte Einsatzkräfte das Herrenhaus des Hardehauser Hofes stürmten. Doch anstatt der Polizei einen Hinweis zu geben, schlich sie weiter. Sie war Fabrice in die Remise gefolgt. Den nassen Fußspuren hinterher, immer tiefer in den Keller.

Sie hatte sich eingeredet, er würde sich mit dem Mönchskostüm nur tarnen, um Beweise zu sammeln. Um jene zu belasten, die eine Verantwortung für den Tod seiner Eltern trugen. Doch hier unten, im flackernden Licht der Kerzen, zerbrach die Illusion.

Zita schrak zusammen. Ein Geräusch ließ sie herumfahren. Der alte Mann in der Kiste lebte noch. Krampfhaft wälzte er sich hin und her, trat gegen die Plexiglasscheibe, versuchte, den hysterischen Insektenschwarm von seinem Körper zu schütteln.

Sie musste hier weg. Hilfe holen.

Von draußen drangen trommelnde Schritte durch das Mauerwerk des Kellers. Hektisches Geschrei, schwere Stiefel, die über den Hof donnerten. Sie war nicht allein. Die Polizei war nah.

Ein letzter Blick zur Kloake. Niemand hatte gesehen, was geschehen war. Niemand wusste, dass sie Fabrice gestoßen hatte. Vielleicht würde man es für Selbstmord halten.

Zita machte einen Schritt zurück – und erstarrte.
Sie schaute in die Mündung einer Waffe.

»Stephen Hawking sagte vor Kurzem dem *Focus,* die Intelligenz von Computern werde die menschliche innerhalb der nächsten Jahrzehnte übersteigen. Er äußerte die Meinung, dass wir „dringend direkte *Verbindungen mit dem Gehirn* entwickeln müssen, damit Computer die menschliche Intelligenz erweitern können, anstatt ihr gegenüberzustehen.“ Hawking kann beruhigt sein: Die von ihm empfohlenen Entwicklungen sind im vollen Gange.«

- Raymond Kurzweil -

(2005)

TAG 3

10. April 2025

Szene 67: Hieronymus – 9:30 Uhr

Tau bedeckte das glitzernde Gras der Wiese. Die morgendliche Sommersonne hatte es sich zum Auftrag gemacht, das frische Grün zu trocknen.

Nichts, worüber sich der zottelige Galloway-Bulle Gedanken machen musste. Seelenruhig stand er auf der Weide und kürzte das frische Grün, um anschließend gemächlich darauf herumzukauen. Hieronymus beobachtete das Tier – sein stoischer Gleichmut, das pure Verweilen im Moment. Eine Fähigkeit, die das mächtige Vieh von einem Großteil der Menschheit unterschied.

Für Hieronymus selbst war das Hier und Jetzt die unerträglichste aller Zeitzonen. Die Gegenwart war eine feindliche Landschaft, aus der es zu fliehen galt. Die einen taten es, indem sie in Erinnerungen schwelgten. Andere versanken in Fantasiewelten, um sich vor der Leere des Moments zu schützen. Und wer keine positiven Pläne für die Zukunft machte, lief Gefahr, in eine Depression zu stürzen.

Menschen, die mit einem hohen inneren Reichtum ausgestattet waren, konnten sich hingegen stundenlang mit ihren eigenen Gedanken und Fantasien beschäftigen, ohne von der traurigen Gegenwart eingeholt zu werden.

Oberhalb von Hieronymus Kopf setzte sich eine zwitschernde Amsel auf den jungen Ast eines Apfelbaums. Hieronymus seufzte, sank etwas tiefer in den Gartensessel hinein und schloss die Augen. Ihm selbst fiel es schwer, seinen Geist in Sicherheit zu bringen. Seine eigene innere Welt war vollkommen ausgebrannt. Selbst die vergangenen Tage waren mittlerweile zu Fragmenten in seinem Bewusstsein verkommen.

Der Nebel in seinem Kopf formte sich zu einer düsteren Moorlandschaft. Ein Kinderchor begann zu singen – helle, mädchenhafte Stimmen, die sich aus dem Sumpf erhoben. Die Kinder standen bis zu den Knien im schwarzen Schlamm, ihre Lippen formten dieselben Worte, den immer gleichen Vers. Der Gesang wurde lauter, drängender, schneller – bis er in einen schrillen Schrei überging. Ein Schrei, der sich wie ein glühendes Messer durch Hieronymus' Verstand bohrte.

„Opa!"

Die Stimme riss ihn aus der Starre. Er zuckte zusammen, riss die Augen auf.

Er befand sich im Garten seines Landdomizils.

„Opa, Opa, Opa!"

Ein kleines Mädchen stand zu seinen Füßen und trommelte mit ihren winzigen Händen auf seinen Knien herum.

„Opa, komm mit. Du bist im Fernsehen!"

Hieronymus blinzelte verwirrt. Dann traf ihn ein plötzlicher Schlag gegen den Kopf. Ein stechender Schmerz durchzog seine Schädeldecke. Als er sich zur Seite drehte, sah er einen grünen Apfel über den Boden rollen. Das Kind brach in schallendes Gelächter aus.

„Mama, der Baum hat Opa angegriffen!"

Während er sich den Hinterkopf rieb, trat eine blonde Frau aus dem Schatten des Apfelbaums und hob das Kind auf den Arm.

„Wirklich?" Ihre Stimme klang belustigt. „Gut, dass Opa so stark ist."

Die Frau drehte sich zu Hieronymus um. „Kommst du Papa? Dr. Semmelroth ist gleich da. Er will mit dir über die Ergebnisse sprechen."

Szene 68: Hieronymus – 09:55 Uhr

Die Fernsehecke des Wohnzimmers strahlte Gemütlichkeit aus.

Neben einem Bücherregal, in dem eine Dorfchronik zwischen einer unsortierten Sammlung aus Belletristik und Sachbüchern steckte, stand ein wuchtiges Ledersofa. Darüber hing ein handgewebter Wandteppich, auf dem das alte Hofgelände abgebildet war – so, wie es um 1950 ausgesehen hatte. Hieronymus kannte das Motiv gut. Seine Eltern hatten hier noch als Bauern geschuftet. Ihm selbst blieben nur wenige Kindheitserinnerungen, doch sie waren nicht völlig verblasst. Vor seinem inneren Auge sah er einen knatternden Fendt Dieselross und die pulsierenden Schläuche einer alten Westfalia-Melkmaschine.

Hieronymus Blick fiel auf ein Element im Raum, welches sich von der rustikalen Umgebung abhob. Es war der eingeschaltete 86-Zoll Flachbildfernseher, der auf einer alten, dunklen Kommode platziert worden war.

„Setz dich, Papa. Dr. Semmelroth hat sich die Ergebnisse aus dem Krankenhaus besorgt. Wir finden schon raus, was mit dir los ist."

Besorgt strich sie ihm über den Kopf, während er stumm auf den Bildschirm des Fernsehers starrte.

„Gehen wir nun live nach Düsseldorf, wo das nordrhein-westfälische Innenministerium in diesen Minuten eine Pressekonferenz abhält."

Auf dem Bildschirm war ein Nachrichtensprecher zu sehen. Dann wurde ein Konferenzraum eingeblendet. Zwei Männer und eine Frau saßen auf einem Podium. Im

Hintergrund war das dreigeteilte Landeswappen Nordrhein-Westfalens zu sehen.

Plötzlich unterbrach einer der Männer auf dem Podium das Gemurmel der Pressevertreter im Raum. Es war ein bulliger Mann mit Vollbart, der sich Mühe geben musste, seinen rheinischen Akzent im Zaum zu halten, während er ins Mikrofon sprach.

„Meine Damen und Herren, willkommen zu dieser spontan einberufenen Pressekonferenz. Leider müssen wir die Berichte bestätigen: Zwischen 6 Uhr morgens und 13 Uhr mittags kam es gestern in Paderborn zu einem schweren Verbrechen. Drei Menschen wurden getötet. Die Opfer sind Jan-Lennart Holmquist, Bernie Woods und Dr. Waltraud Faber."

Ein aufgeregtes Murmeln ging durch die Reihen der Journalisten. Der Pressesprecher wartete einen Moment, bevor er weitersprach.

„Unser tiefstes Mitgefühl gilt den Anjehörigen."

Die Frau zur rechten Seite des Pressesprechers nickte ernst, während der dunkelhaarige Mann zu seiner Linken mit ruhiger Miene in die Menge blickte.

„Zwei weitere Entführungsopfer befinden sich jedoch auf dem Wech der Besserung. Hieronymus Hauptmann ist gestern Abend aus dem St. Vincenz Krankenhaus entlassen worden und erholt sich aktuell im Kreise seiner Familie."

Ein erleichtertes Raunen.

„Auch Professor Jacques Moreau befindet sich mittlerweile in einem stabilen Zustand und wird stationär betreut. Wir warten nun auf ihre Fragen an Frau Innenministerin Reuters und Herrn Polizeidirektor Buchwald. Bitte nehmen Sie Rücksicht darauf, dass wir aus ermittlungstaktischen Gründen nicht auf all Ihre Fragen antworten können. Vielen Dank!"

Ein Journalist von der Deutschen Presse-Agentur meldete sich zu Wort.

„Herr Buchwald, es heißt, der Mörder habe nach seinen Taten nahe der Busdorfkirche Suizid begangen. Können Sie das bestätigen? Und gab es Verbindungen zur katholischen Kirche? Handelte es sich tatsächlich um einen Franziskanermönch? Können Sie in diesem Fall ausschließen, dass weitere Akteure der katholischen Kirche in die Mordserie involviert waren?"

Hieronymus' Blick wanderte durch das Wohnzimmer. Amelie ließ ein Feuerwehrauto über einen Spielteppich rollen.

„Ich kann bestätigen, dass der Leichnam des mutmaßlichen Täters an einem der Tatorte sichergestellt wurde. Ich bitte Sie jedoch um Verständnis, dass ich mich zum aktuellen Zeitpunkt nicht zu laufenden Ermittlungsverfahren äußern werde", gab Polizeidirektor Buchwald sein Statement ab.

„Bezüglich der Nachfrage zur Beteiligung der katholischen Kirche kann ich auf die Pressemitteilung des Erzbistums Paderborn verweisen, die heute Morgen veröffentlicht wurde und sich eindeutig von den Taten distanziert", ergänzte der Pressesprecher. „Als nächstes darf ich die Dame in der zweiten Reihe bitten, ihre Frage zu stellen."

„Meine Frage richtet sich an die Frau Innenministerin. Vielleicht sind Sie in der Lage, einmal das größere Bild zu zeichnen. Welche politische Dimension hat dieser Fall? Gibt es Verbindungen zu den Enthüllungen der Tech-Bloggerin Felicitas Palladino? Ihre Recherchen deuten darauf hin, dass der Täter nicht allein gehandelt haben kann. Zudem kursieren Gerüchte über chinesische Investoren, die sich massiv in die angeschlagenen Aktienunternehmen AskLeibniz und Punica Granatum einkaufen wollen. Wird die Bundesregierung eingreifen, um diese systemrelevanten Unternehmen zu stützen? Vielen Dank."

Die Innenministerin räusperte sich.

„Nun ja, das waren jetzt mehrere Fragen auf einmal. Zunächst einmal möchte ich festhalten, dass wir mit den Gedanken bei den Angehörigen der Opfer sind. Wir sind Zeugen eines abscheulichen Terroranschlags geworden und werden nicht ruhen, bis wir die Hintergründe vollständig aufgedeckt haben. Zum jetzigen Zeitpunkt gibt es keine Hinweise auf organisierte Kriminalität. Frau Palladino befindet sich in Untersuchungshaft und ..."

Die Wohnzimmertür flog auf.

Ein grauhaariger Mann mit Medizinkoffer und einem Stapel Papiere stürmte herein.

„Hieronymus, Gott sei Dank! Du bist wohlauf. Als ich davon gehört hab, bin ich sofort ins Vincenz und hab mit der Neurologie gesprochen."

Er legte die Unterlagen auf den Beistelltisch der Couch und nahm Hieronymus in den Arm. Es war ein befremdliches Gefühl. Eindringlich musterte ihn der Mediziner, bevor er sich in einen Sessel gegenüber der Couch fallen ließ. Hieronymus hatte Schwierigkeiten damit, seinem Blick standzuhalten.

„Ich kenne diesen Gesichtsausdruck."

Der Mann zog eine Brille aus seiner Brusttasche und klemmte sie sich auf den schmalen Nasenflügel. Dann nahm er sich den Stapel mit den Zetteln vor und begann darin zu blättern.

„Du hast Schwierigkeiten, mich einzuordnen, richtig? Hieronymus, ich bin dein Hausarzt. Weißt du das?“

Hieronymus zuckte mit den Achseln.

„Vielleicht beruhigt es dich, dass die gestrigen Untersuchungen weitestgehend ergebnislos geblieben sind. Die ADL-Skalentests konnten bei dir zwar gewaltige Gedächtnislücken feststellen, jedoch keine demenztypischen Einschränkungen von Alltagsaufgaben. Im MRT haben die Kollegen weder eine Tumorbildung noch eine Reduzierung des Gehirnvolumens gefunden. Es konnten keinerlei Amyloid-Ablagerungen nachgewiesen werden. Weder im Bereich des Hippocampus noch an der Großhirnrinde.“

Der Hausarzt schaute von seinen Unterlagen auf.

„Hieronymus, das sind gute Nachrichten. Aber wir müssen herausfinden, was los ist. Vielleicht eine traumatische Amnesie?“

Hieronymus schwieg. Sein Blick blieb auf dem Fernseher haften. Im TV wurden die Bilder der Todesopfer eingeblendet.

„Professor Moreau könnte helfen“, fuhr der Arzt fort. „Er ist eine Koryphäe auf dem Gebiet der Demenzforschung. Ihr kennt euch, oder?“

Nach einer Pause, in der beide stumm den Berichten des Nachrichtensprechers lauschten, öffnete Dr. Semmelroth erneut den Mund.

„Hieronymus, darf ich dich etwas fragen? Versteh mich nicht falsch, aber …“ Der Arzt trommelte mit den Fingern auf die Sessellehne. Dann sprach er das aus, woran auch Hieronymus in den letzten Minuten pausenlos gedacht hatte.

„Diese Berichte über die Vis Vitalis … könnte es sein, dass das etwas mit deiner Amnesie zu tun hat?“

Und als Dr. Semmelroth die Worte *Vis Vitalis* laut ausgesprochen hatte, passierte es erneut. Eine Erinnerung schoss schlagartig durch seinen Kopf.

Szene 69: 17. März 2025 – Truppenübungsplatz Senne

Hätten die Betonwände der alten Lagerbaracken sprechen können, sie hätten viel Leid zu beklagen gehabt. Der erste Mensch, der im Kriegsgefangenenlager Staumühle starb, war der Franzose Charles Meriaux – im Oktober 1915, mitten im Ersten Weltkrieg.

Auf den Ersten Weltkrieg folgte der Zweite und das Schicksal des Lagers wiederholte sich. Wieder wurde Staumühle zum Schauplatz des Todes, diesmal als Seuchenlazarett. Zwischen 1941 und 1945 erreichte die Zahl der Opfer einen fünfstelligen Bereich.

Doch jedes Leid hat einmal ein Ende. Und so ging auch der Zweite Weltkrieg bald vorüber. Auf SS-Truppen folgte die Befreiung durch die US-Armee. Inhaftiert waren fortan keine sowjetischen Soldaten mehr, sondern Nazis aller NS-Organisationen bis hin zu Wachmannschaften berüchtigter Konzentrationslager. Sie sollten zur Rechenschaft gezogen werden. Staumühle entwickelte sich zum größten Civil Internment Camp auf deutschem Boden mit bis zu 12.000 Kriegsverbrechern.

Später übertrugen die Alliierten das Lager der Justizverwaltung NRW. Eine Jugendstrafanstalt entstand. Was sich darüber hinaus in der Senne abspielte, blieb Sache des Militärs. Zumindest fast …

Hieronymus ließ die JVA hinter sich, blinkte links und hielt nach wenigen Metern an.

Vor ihm versperrte eine rot-weiß gestreifte Schranke den Weg. Die Schranke wirkte wie ein schmaler Damm, der sich tapfer gegen die stetige Ausbreitung der Paderborner Metropolregion stemmte. Spätestens an dieser Absperrung endete das urbane Ballungsgebiet, welches sich seit der digitalen Revolution unaufhaltsam ins Paderborner Land gefressen hatte. Hinter dieser Absperrung warteten auf Hieronymus weder Straßenlärm noch Häuserblocks. Hinter dieser Absperrung wartete kilometerweite, unberührte Naturlandschaft.

Es war eine unberührte, jedoch streng überwachte Natur. Hier, am Rande der Senne, verlor man vor lauter Zäunen und Warnschildern schnell den Überblick. Ein gelbes Warndreieck mit einer explodierenden Mine war auf einem der Schilder zu sehen. Darunter stand eine klare Anweisung:

MILITARY SECURITY ZONE
WARNING!
DO NOT STRAY OFF THE ROAD
DO NOT TOUCH ANY MILITARY DEBRIS
IT MAY EXPLODE AND KILL YOU
– THE COMMANDER

Vor knapp zehn Jahren hatte die British Army damit begonnen, die Senne schrittweise zu verlassen. Jedoch nutzte die NATO einige Bereiche des 116 Quadratkilometer großen

Truppenübungsplatzes nach wie vor für militärische Zwecke.

Hieronymus zog sein Portemonnaie aus dem Handschuhfach und ließ die Fensterscheibe herunter. Eine in Camouflage gekleidete Gestalt trat an das Auto heran. Nach einem prüfenden Blick auf den Ausweis fuhr die Schranke hoch.

Von hier an nahm er die Alte Bielefelder Poststraße, die den Truppenübungsplatz diagonal durchquerte. Während die Straße zur linken Seite von einem dichten Nadelwald abgegrenzt wurde, erstreckte sich zur rechten Seite ein langer Zaun mit spiralförmigem Stacheldraht. Hinter dem Zaun reihten sich schlichte Lagerbaracken schachbrettartig aneinander.

Auch wenn es sich nur um einen Übungsplatz handelte, fühlte Hieronymus sich zu Beginn dieser Strecke jedes Mal in einen Kriegsschauplatz hineinversetzt. Nicht, dass er jemals einen echten Kriegsschauplatz gesehen hätte. Was das anging, hatten Mitteleuropäer seiner Generation bisher ein privilegiertes Leben geführt. Ganz im Gegensatz zu den mehr als 800 Flüchtlingen, die hier um das Jahr 2015 untergebracht worden waren. Kein besonders passender Ort für diese Menschen, dachte er und schaltete in den vierten Gang.

Am liebsten fuhr er diese Strecke im Spätsommer, denn dann präsentierte sich die Sennelandschaft, die hinter dem Nadelwald begann, in einem grellen Violett. Zu verdanken hatten sie den Erhalt der alten westfälischen Heidelandschaft den ehrenamtlichen Helfern der Biologischen Station und deren tausendköpfiger Armee aus Heidschnucken.

In der Ferne, im Licht der untergehenden Sonne, erkannte Hieronymus einige der zotteligen, grauen Paarhufer. Ohne deren dauernden Verbiss, mit dem sie das Heidekraut vor Überalterung schützten und die Heidelandschaft von aufkommenden Bäumen und Sträuchern freihielten, wäre hier längst die Verwaldung eingetreten.

Nach wenigen Kilometern näherte Hieronymus sich schließlich einer Kreuzung. Das erkannte er an den zwei kleinen Gebäuden, die mit jedem gefahrenen Meter deutlichere Strukturen annahmen.

Auf der einen Straßenseite stand ein längliches Fachwerkhaus mit einem roten Dach und einem kleinen Türmchen aus Holz, das von einem eisernen Fähnchen gekrönt wurde. Es war ein altes Bahnhofsgebäude, an dem noch nie ein Zug gehalten hatte. In der umliegenden Landschaft waren noch nicht einmal Spuren von Gleisen zu erkennen.

Das funktionslose Schicksal des Heidebahnhofs traf auch auf das zweite Gebäude an der Kreuzung zu. Es war eine sechseckige Windmühle, in der noch nie ein Korn gemahlen wurde.

In einem Areal, in der es kaum Orientierungspunkte gab, dienten Gebäudeattrappen dieser Art als Landmarken.

Im Schritttempo bog Hieronymus nach rechts in Richtung der Mühle ab. Die alte Winning-Mühle, 1896 als Signalstation erbaut, hatte im August 1975 eine Renovierungskur erfahren, nachdem sich das englische Königshaus für einen Besuch in der Senne angekündigt hatte. Gleichwohl wussten nur ein paar Dutzend eingeweihter Personen, was sich heutzutage unterhalb der Mühle befand.

Mit einem knirschenden Geräusch rollte Hieronymus seinen SUV auf eine geschotterte Parkfläche und gesellte seinen Wagen neben eine abgedunkelte Limousine. Ein Schild wies den Weg, der vom Parkplatz zur Mühle führte: *Biologische Station Kreis Paderborn–Senne*

Darüber war ein goldener Vogel abgebildet. Hieronymus wusste, dass es sich bei dem Schild um eine Nebelkerze handelte. Es sollte neugierige Passanten in die Irre führen. Der gemeinnützige Verein kümmerte sich zwar um die Heidelandschaft, die sich rund um die Mühle befand, jedoch hatten sie nichts mit dem zu tun, was sich unterhalb der Mühle befand.

Er folgte dem Schotterweg und nahm die spiralförmige Betontreppe in die Tiefe. Unten angekommen, legte er den Daumen auf einen Scanner. Mit einem summenden Geräusch öffnete sich eine massive Stahltür.

Auf einem Marmorblock im Eingangsbereich prangte in grüner Schrift das Logo der Vis Vitalis. Rundherum waren Etiketten von Fördereinrichtungen angebracht worden: Das Bundesministerium für Bildung und Forschung (BMBF), die Deutsche Krebshilfe, BlackWood Inc., die Alzheimer Forschung Initiative e.V. und viele mehr.

Hieronymus ließ den Eingangsbereich hinter sich. Ein schlauchförmiger Flur umkreiste einen modern eingerichteten Konferenzsaal. An den Außenwänden des Flurs waren dicke Glasscheiben eingelassen worden. Tiergehege mit tropischen Pflanzen und Gewässern waren dort zu sehen.

Hieronymus betrat den Konferenzsaal. Die anderen warteten schon auf ihn. Es war zu einem Ritual geworden, dass sie sich Montagabends hier unten trafen. Direkt vor Ort. Dort, wo sie an einer besseren Zukunft für die Menschheit forschten.

„Wunderbar, wir sind vollständig!“ Bernie Woods winkte ihn herein, aufgeregter als sonst.

„Fünfzehn Jahre sind vergangen, seit Steve Jobs uns in Davos zusammengetrommelt hat“, begann er. „Fünfzehn

Jahre harter Arbeit, fünfzehn Jahre Optimismus, fünfzehn Jahre Verlustgeschäft." Er schlug mit der Faust auf den Tisch.

„Merkt euch diesen Tag. Heute tragen wir unsere Vision hinaus in die Welt. Wir haben dem Krebs den Kampf angesagt. Wir haben Alzheimer herausgefordert. Jetzt zwingen wir diese Krankheiten zur weltweiten Kapitulation. Jede Stunde, die wir warten, kostet Menschenleben. Wir müssen unser Produkt auf den Markt bringen!"

Bernie Woods, Jan-Lennart Holmquist und Hieronymus wechselten sich wöchentlich mit der Moderation der Montagsrunde ab. So blieb die Agenda stets ausgewogen und repräsentierte gleichmäßig die Interessen der drei Aufsichtsräte. Auch Dr. Waltraud Faber und Prof. Jacques Moreau waren als leitende Wissenschaftler zu ständigen Mitgliedern dieser Runde avanciert.

„Danke für die pathetischen Worte, Bernie." Hieronymus grinste und schlug dem Investmentmanager auf die Schulter. „Aber wie geht es weiter? Prof. Moreau, wie viele Tests brauchen wir noch, bevor die Nanobots Marktreife erlangen? Welche Risiken müssen wir kommunizieren?"

Der grauhaarige Neurowissenschaftler räusperte sich. „Bevor wir darüber sprechen, möchten wir Ihnen etwas zeigen. In der letzten Woche konnten wir einen weiteren Durchbruch verzeichnen."

Waltraud Faber betätigte einen Schalter. Die abgedunkelten Scheiben des Konferenzsaals klarten auf und gaben den Blick auf das Tiergehege frei. Ein Bonobo-Weibchen saß auf dem Boden und rührte sich nicht.

Prof. Moreau öffnete eine Simulationssoftware. Auf der Leinwand des Konferenzsaals baute sich ein comicartiger

Nachbau des Geheges auf. Als nächstes schob der Professor ein Eingabefeld ins Blickfeld und tippte einen Befehl ein:

>pick up banana

Der Affe auf dem Bildschirm hob eine Banane auf.

„Hieronymus, nicht auf die Leinwand schauen."

Er blickte zum echten Gehege – Das Bonobo-Weibchen namens Marie-Antoinette hatte tatsächlich die Banane aufgehoben.

>peel banana

Sie pellte die Schale ab.

>eat banana

Sie steckte sich das Stück Obst in den Mund.

Eine Gänsehaut lief Hieronymus den Rücken hinunter.

„Was zum Teufel …?" Er fuhr auf. „Wie empfängt sie die Signale? Hat sie Schmerzen? Hört sofort auf!"

Faber lächelte kalt. „Das ist der Beginn der Singularität. Der Beweis, dass wir mithilfe von Nanobot Charge 860 ein Primatenhirn spiegeln können. Die digitale Welt verschmilzt mit der körperlichen. Menschen werden schon bald Gedanken austauschen, fremde Sinneseindrücke wahrnehmen und in neue Welten eintauchen."

„Keine Angst, Hieronymus", schaltete Holmquist sich ein. Er hatte offensichtlich erkannt, wie schockiert Hieronymus über die neuste Entwicklung war. Hatte Holmquist bereits davon gewusst?

„Es ist nicht geplant, dass wir unsere Spezies zu ferngesteuerten Robotern machen. Die Schnittstelle von Software in Richtung menschliches Gehirn soll nur in Notfällen aktiviert werden. Wir wollen keine Gliedmaßen steuern. Es geht lediglich darum, Heilungsprozesse einzuleiten. Aber dafür müssen wir im ersten Schritt Daten aus dem Körper des Menschen auslesen und sammeln, sodass unsere KI in der Lage ist, Krankheiten frühzeitig zu erkennen."

Holmquist ruckelte sich seine rahmenlose Brille auf der Nase zurecht. „Dafür ist es wichtig, dass die Rechte und die Kontrolle der gesammelten Daten bei Vis Vitalis verbleiben. Nur so können wir sicherstellen, dass kein Unfug mit dieser Technologie getrieben wird. Und nur so können wir unsere Dienstleistung gewinnbringend verkaufen. Hieronymus, sei vernünftig. Ab einem bestimmten Punkt muss unsere Firma sich kommerziell tragen. Ansonsten liegt es bald nicht mehr in unserer Hand, die Technologie für das Richtige einzusetzen."

Hieronymus stand auf und wischte sich mit den Händen durchs Gesicht. Seine Wangen fühlten sich kalt an.

„Keine Organisation der Welt sollte über eine solche Macht verfügen. Eine Handvoll Menschen, die über die Gedankenwelt von Individuen herrscht. Das geht zu weit."

„Es ist beschlossen", sagte Woods. „Wir starten in China. Mein Team hat eine Marktanalyse durchgeführt. Die Kommunistische Partei dürfte ein äußerst großes Interesse an unserem Produkt haben. Außerdem ersparen wir uns dort das übliche Geplänkel über die Ethik. Als Preismodell werden wir eine Lizenzgebühr auf Stückzahlbasis vorschlagen. China bringt uns die Anschubfinanzierung. Ich hatte wirklich gehofft, du würdest den Weg gemeinsam mit uns gehen. Aus Respekt vor unserer gemeinsamen Vision werden wir dir Bedenkzeit einräumen. Nächsten Montag erwarten wir deine Entscheidung."

Hieronymus starrte fassungslos in die Runde. Sie lächelten ihn an. Sie hatten sich abgesprochen. Lediglich Prof. Moreau wich seinem Blick aus.

Wütend warf Hieronymus seinen Stuhl zu Boden und stürmte aus dem Saal.

Sie hatten offensichtlich geahnt, wie er reagieren würde und sich gegen ihn verschworen.

Schwer atmend stützte er sich am Geländer des verglasten Tiergeheges ab. Einige Sekunden lang starrte er Marie-Antoinette in die Augen. Die Sanftmütigkeit des Alters war darin zu erkennen.

„Seid ihr schon durch?" Erik kam aus einem Seitengang auf ihn zugestürmt. „Ich habe dir Stichpunkte für die Podiumsdiskussion aufgeschrieben. Die Bundesdatenschutzbeauftragte und der langhaarige Philosoph sind auch zu Gast. Das wird kein leichtes Spiel für dich, aber ich denke, es reicht, wenn du dir das morgen im Flugzeug anschaust …"

„Scheiß drauf", fuhr Hieronymus dazwischen.

Mit zitternder Hand deutete er auf die inzwischen wieder abgedunkelten Scheiben des Konferenzsaals.

„Diese gottlose Bande gehört ans Kreuz geschlagen!"

Szene 70: Hieronymus – 10:00 Uhr

„Hieronymus? Alles klar bei dir?"

Dr. Semmelroth gab ihm einen leichten Klaps auf die Backe. Langsam kehrte der Fokus in Hieronymus' glasige Augen zurück, doch die Gedanken wirbelten weiterhin durch seinen Kopf: Das Krankenhaus, in dem sie die neurologischen Untersuchungen mit ihm gemacht hatten. Professor Moreau, der zeitgleich mit ihm eingeliefert worden war und sich im Koma befunden hatte. Die Berichte über die Vis Vitalis. Und dann war da noch Erik van der Vaal! Alles fügte sich zusammen.

„Diese gottlose Bande gehört ans Kreuz geschlagen“, murmelte Hieronymus. Sein Herz raste.

„Wie bitte? Was meinst du damit?“

Niemand hatte Hieronymus während seiner Karriere als CEO von Punica Granatum so nah begleitet wie Erik van der Vaal. Er war der Einzige gewesen, den Hieronymus trotz seiner Amnesie sofort wiedererkannt hatte. Wahrscheinlich, weil er in den letzten Jahren mehr Zeit mit ihm verbracht hatte als mit seiner eigenen Familie.

Erik war absolut loyal. Ein Mann, der für Hieronymus durchs Feuer ging. Der alles getan hatte, um seinen Willen zu erfüllen.

Und er hatte Zugriff auf alle Interna, die in den Artikeln dieser Tech-Bloggerin aufgetaucht waren.

Konnte das sein? Hatte Erik hinter all dem gesteckt? War er es, der die gottlose Bande ans Kreuz schlug? Hatte Hieronymus ihn möglicherweise selbst damit beauftragt?

Seine Finger krallten sich in die Armlehnen. Er erinnerte sich an die vergangene Nacht im Krankenhaus, an das sterile Einzelzimmer auf der Privatstation. Er erinnerte sich an den Aufenthaltsraum mit der Kaffeemaschine und dem stets gefüllten Kühlschrank. Dort hatte er auf seine Entlassung gewartet, als sie Professor Moreau vom OP-Saal durch den Flur geschoben hatten.

Ein grauenhafter Anblick.

Das Gesicht des alten Mannes war aufgedunsen gewesen, übersät mit roten Insektenstichen.

Für den Moment war sein Verdacht nur ein Gefühl. Eine vage Vermutung. Doch wenn ihn dieses Gefühl nicht täuschte, dann war der Professor noch immer in Gefahr. Und wenn der Professor in Gefahr war, dann waren es auch die Antworten, die er sich von ihm versprach. Antworten auf seinen Gedächtnisverlust. Antworten auf den Verlust seiner eigenen Biografie.

„Dr. Semmelroth, wir müssen noch einmal ins Krankenhaus. Sofort!"

Szene 71: Vincent – 10:30 Uhr

Pfeifend betrat Vincent das Vincenz-Krankenhaus.

Er war verabredet. Zu 10:30 Uhr in der Lobby.

Aufgeregt suchte er sich einen Platz, von dem aus er die drei Fahrstühle im Blick hatte. In der Hand hielt er einen Blumenstrauß.

Er setzte sich und konzentrierte sich auf die Türen der Aufzüge. Zuerst verließ ein älterer Herr den Lift. Mühsam setzte er einen Fuß vor den anderen und hielt sich dabei an einem fahrbaren Infusionsständer fest. Noch bevor sich die Türen wieder schließen konnten, rauschte ein Junge im Rollstuhl heran. Eine Ordensschwester trat hinzu, legte sanft eine Hand auf seine Schulter und half ihm in den Lift.

Die *St. Vincenz-Krankenhaus GmbH* war nach wie vor der größte Anbieter von Krankenhausleistungen in der Region. Bereits im März 1841 waren die ersten Barmherzigen Schwestern aus Straßburg nach Paderborn gekommen und hatten im damaligen Landeshospital die Betreuung der Kranken übernommen. Die Ordensschwestern hatten im Laufe der vergangenen 150 Jahre viel Gutes für die Gesellschaft getan. Sichtbares wie Unsichtbares. Ganz im Sinne ihres Schutzpatrons, dem Hl. Vincenz von Paul, der mit seinem Leitsatz *Liebe sei Tat* als Begründer der neuzeitlichen Caritas galt.

Vincent schüttelte seine Gedanken ab und richtete seinen Fokus zurück auf die Fahrstühle. Sekunden später öffnete sich eine andere Fahrstuhltür und eine Frau stieg aus. Ihr linker Arm steckte in einer Schlaufe. In ihrer rechten Ellenbeuge war der Eingang für einen Katheter gelegt worden. Sie sah blass aus, aber wach und klar.

Als sie ihn erkannte, begann sie zu strahlen und kam auf ihn zu.

„Vincent!“

„Svenja! Ich habe dir nach guter gesellschaftlicher Gepflogenheit ein paar Blumen mitgebracht.“

Stolz streckte er ihr das ungewöhnliche Gebinde entgegen: Grün- und Lilatöne, eine Mischung aus Salbei, Minze und Braunwurzgewächsen. „Exakt die Sorten, die man als Grabbeigabe in der israelischen Höhle gefunden hat.“

Der archäologische Fund in der israelischen Raqefet-Höhle hatte vor ein paar Jahren Aufsehen erregt, da er bewies, dass Menschen schon in der Steinzeit vor rund 12.700 Jahren ihre Gräber mit Blumen schmückten.

Erwartungsvoll grinste er sie an. Erst als Svenja eine Augenbraue hob, dämmerte ihm, dass er die Symbolik nicht ganz zu Ende gedacht hatte.

„Grabbeigaben? Du hast dich nicht verändert.“

Sie stieß ein amüsiertes Stöhnen aus und ließ sich neben ihm auf eine der Plastikschalen fallen. Dann begann sie zu erzählen. Sie schilderte ihm, wie sie nach dem Stich des Franziskanermönchs das Bewusstsein verlor, und davon, wie sie erst in einer Klosterzelle wieder zu sich gekommen war.

„Ich war angekettet. An einen Schreibtisch."

Vincent verzog das Gesicht.

„Der Mönch hat meine Wunden versorgt und mir Antibiotika gegeben. Aber die Stunden dort … Ich weiß nicht, ob ich jemals wieder ein Kreuz ansehen kann, ohne an dieses Zimmer zu denken."

Ihr Blick wurde kurz leer, dann schüttelte sie den Kopf.

„Erst nach über einem Tag stürmte die Polizei ins Kloster. Sie hatten wohl einen Durchsuchungsbefehl und suchten nach Beweisen. Mich haben sie direkt ins Krankenhaus gebracht. Die Schwester meinte, ich hätte Glück gehabt. Der Stich hat nur um wenige Zentimeter meine rechte Herzkammer verfehlt."

Mit schmerzhaft verzerrtem Gesicht deutete Svenja auf die Einstichstelle.

„Na ja, man hat mir gesagt, ich brauche keine Angst mehr zu haben. Die Polizei hat den Irren mittlerweile eingebuchtet."

„Ja … so in etwa."

Vincent musterte sie. „Das Wichtigste ist, dass du wieder auf den Beinen bist. Während du deinen Klosteraufenthalt genossen hast, ist hier draußen einiges passiert. Ich habe das Gefühl, dass sich in dieser Stadt bald vieles ändern wird."

Er wollte ihr gerade von den Geschehnissen der letzten zwei Tage berichten, als er eine bekannte Gestalt am Infoschalter entdeckte.

Hieronymus Hauptmann.

Er gestikulierte aufgeregt mit der Dame hinter der Glasscheibe. Vincent hob bereits die Hand zum Gruß, ließ sie dann aber langsam wieder sinken.

Nach dem Suizid von Bruder Raphael hatte sich die Lage zwar beruhigt – aber das bedeutete nicht, dass alle Fragen geklärt waren.

Nein. Dieser Fall war noch längst nicht abgeschlossen. Und so entschloss sich Vincent dazu, abzuwarten, bis Hieronymus im Treppenhaus verschwunden war.

Dann folgte er ihm unauffällig.

Szene 72: Erik – 10:33 Uhr

Es fühlt sich an wie ein dunkler Schatten, der sich mit kräftigen Tentakeln um das Herz eines Kindes klammert und es nie wieder loslässt. Nimmt ein Kind die Bann-Botschaft „sei nicht“ für sich an, so wird es permanent versucht sein, gegen seine eingebaute Unzulänglichkeit anzuarbeiten. Da es tief in sich seine eigene Daseinsberechtigung infrage stellt, könnte es einen Ausweg darin suchen, Everybody‘s Darling zu werden und seiner eigenen Minderwertigkeit durch Überkompensation zu begegnen. Eine häufige Variante ist der Perfektionismus. Die eigene Null-Fehler-Toleranz. Wer so geprägt ist, erfüllte seine Aufgaben nicht nur – er übererfüllt sie. Manchmal nur in bestimmten Bereichen, beispielsweise auf der Arbeit, was sehr häufig ist.

Das freundliche Lächeln seiner Therapeutin erschien vor Eriks innerem Auge, während er ein Taschentuch zückte, um einen Krümel schwarzer Erde von einer weißen Schleife zu entfernen. Die Schleife hielt den Blumenstrauß in seiner linken Hand zusammen.

Seine blitzsauberen Schuhe trugen ihn zielstrebig durch die Station für Privatpatienten im vierten Stock des

Vincenz-Krankenhauses. Als er den Türgriff des Einzelzimmers am Ende des Flurs umklammerte, achtete er darauf, dass seine Finger exakt in der Mitte des Griffs positioniert waren. Mit einer sanften Bewegung öffnete er die Tür, denn er wollte keine Aufmerksamkeit erregen.

Er schlich zur Fensterbank und legte den Strauß vorsichtig darauf ab.

Der Mann im Krankenbett lag reglos unter einer weißen Decke. Nur sein rot geschwollenes Gesicht ragte hervor. Auf einem Monitor neben seinem Bett zuckte ein niedriger Pulsschlag gleichmäßig auf und ab. Eine intravenös verabreichte Infusion sorgte dafür, dass der Flüssigkeits- und Elektrolythaushalt des ohnmächtigen Professors reguliert wurde.

Erik zog eine dünne Spritze aus dem dichten Blumenstrauß hervor. Langsam rollte er das durchsichtige Gift zwischen seinen Fingern.

Folgte er einem moralischen Kompass? Oder waren es die Dämonen seiner Kindheit, die ihm diesen Weg diktierten? Dämonen, die nach Anerkennung lechzten. Erik wusste, dass er ein Getriebener war. Doch auch Getriebene konnten Prinzipien haben.

Was waren ein paar Todesopfer im Vergleich zu dem technologischen Monster, das die Vis Vitalis erschaffen hatte? Der Upload des menschlichen Bewusstseins in eine Cloud. Kontrolle über Gedankenwelten. Eine Technologie in den Händen eines Konzerns, der mit Diktaturen kooperierte. Darüber hinaus die unkontrollierbare Gefahr der Nanobots. Selbstreplizierende Maschinen, die nur durch exponentielle Vermehrung in der Lage waren, etwas Sinnvolles im menschlichen Körper zu bewirken. So hatte es Moreau selbst gesagt. Doch was, wenn sie sich wie Krebsgeschwüre unkontrolliert vermehrten? Was, wenn sie außer Kontrolle gerieten? 130 Replikationszyklen genügten – dreieinhalb Stunden bis zur vollständigen Vernichtung der physischen Welt.

Erik blickte auf den leblosen Körper des französischen Neurowissenschaftlers herab. Lediglich seine flache Atmung zeugte davon, dass er die biblische Plage überlebt hatte, mit der Bruder Raphael ihn töten wollte. Die Art und Weise, mit welcher der Mönch vorgegangen war, hatte für Erik keine Bedeutung gehabt. Mit seinen Anweisungen im Gewand des Kardinals hatte er lediglich Bruder Raphaels Fabel für Symbolik bedient.

Erik und der dunkelhäutige Franziskanermönch hatten sich vor wenigen Wochen auf einer Ausstellung zur afrikanischen Kirchengeschichte im Diözesanmuseum getroffen. Zwei verwandte Seelen, die beide von ihrer traumatischen Kindheit auf dem afrikanischen Kontinent geprägt worden waren. Bruder Raphael, ein Überlebender der Kobaltminen im Kongo, getrieben vom Hass auf die Industriekraken, die seine Familie vernichtet hatten. Und Erik, der als Waisenkind in Südafrika aufwuchs.

Genauer gesagt bei einer vollkommen verblendeten Frau, die den burischen Volksteil Südafrikas durch eine kräftige Injektion aus dem Blute des deutschen Herrenvolkes stärken wollte. Denn als die Apartheid in den 1980ern ins Wanken geriet, hatte die Frau das Gefühl gehabt, handeln zu müssen. Sie hatte fieberhaft nach einem weißen Kind gesucht – und schließlich Erik gefunden. Ein Hamburger Junge, blond wie ein Engel, der seine leiblichen Eltern bei einem tragischen Bootsunglück verloren hatte.

Doch die Frau – er hatte irgendwann aufgehört, sie Mutter zu nennen – trug keine Liebe in sich. Nur Zurückweisung und Grausamkeit.

Lange Zeit hatte er den braven, burischen Jungen gespielt. Er wollte die Anerkennung seiner Mutter.

Erst als Erik sich im Erwachsenenalter auf die Spurensuche nach seiner wahren Identität ins ferne Hamburg begeben hatte, reifte in ihm die Kraft, sich von der Frau abzukapseln und ein neues Leben zu beginnen. Ein Leben, in dem ein Mann ihn förderte und wertschätzte, wie es niemals jemand zuvor getan hatte.

Es war ein Mann, der für die meisten Menschen auf diesem Planeten die Eleganz und die Innovationskraft der Marke mit dem aufplatzenden Granatapfel verkörperte und der für Erik im Laufe der Jahre zu einer Vaterfigur geworden war.

Hieronymus Hauptmann.

Und als auch Hieronymus nach einem denkwürdigen Termin unter der Winning-Mühle endlich zu der Erkenntnis gekommen war, dass man die gottlose Bande ans Kreuz schlagen müsse, hatte Erik sich an den Mönch zurückerinnert.

Ans Kreuz schlagen! Bruder Raphael wurde sein Mann. Mithilfe KI-gesteuerter Stimmensimulation hatte er den Mönch davon überzeugt, dass die Führungsriege der Vis Vitalis sterben musste. Bruder Raphael wurde zu seinem Soldaten. Ein Bruder im Geiste. Ein Mann, der wie Erik einen Dämon in sich trug …

Szene 73: Hieronymus – 10:36 Uhr

Hieronymus öffnete die Tür und trat lautlos ein.

„Erik."

Er sprach leise und kontrolliert. Emotionen versuchte er seiner Aussprache fernzuhalten. Seine Intuition sagte ihm, dass ein langsames Abtasten die beste Alternative war. Menschen hatten häufig das Bedürfnis, die unangenehme Stille im Raum auszufüllen – und in solchen Momenten verrieten sie oft mehr, als sie sollten.

„Hieronymus! Du bist wieder auf den Beinen."

Erik lächelte, doch seine Augen schauten durch ihn hindurch. Nach einem kurzen Moment des Schweigens ging Hieronymus zur Fensterbank hinüber, nahm den Blumenstrauß und stellte ihn in eine leere Vase.

Im Augenwinkel nahm er wahr, wie Erik sich zum Krankenbett drehte und eine Hand in der Tasche seiner Anzughose verschwinden ließ.

„Sieht so aus, als wäre der Professor der letzte Überlebende eurer Montagsrunde."

„Ja." Hieronymus ließ sich Zeit mit seiner Antwort. „Der Professor und ich."

„Es ist traurig." Eriks Stimme klang fast beiläufig. „Was wird jetzt geschehen? Ich meine, mit Projekt Pan Paniscus und allem?"

Hieronymus schwieg.

„Für die Familien tut es mir besonders leid."

„Ja, mir auch." Hieronymus blickte Erik direkt an. „Hannah und Amelie waren heute Morgen bei mir. Angeblich waren auch sie in Gefahr. Unvorstellbar."

Erik schüttelte energisch den Kopf. „Der Mönch hatte es auf die Pläne der Vis Vitalis abgesehen. Er wollte die Menschheit vor KI-gesteuerten Nanobots retten – keine Kinder töten.“

„Dann müssen wir alles daransetzen, das Vermächtnis der Vis Vitalis zu bewahren. Jetzt liegt es an uns, die Technologie auf den Weg zu bringen.“

Hieronymus beobachtete, wie das Gesicht seines Assistenten an Farbe verlor und bohrte nach.

„Holmquist, Faber, Woods … Sie sollen nicht umsonst gestorben sein. Vielleicht hast du recht, Erik. Vielleicht wollte das Schwein einfach nur den Fortschritt aufhalten. Doch stattdessen hat er Märtyrer erschaffen. Märtyrer, die noch in tausend Jahren für ihren Beitrag zur Verschmelzung von Medizin und Informationstechnologie gefeiert werden.“

Erik fingerte nervös in seiner rechten Hosentasche herum. Sein Gesicht starrte aufs Krankenbett.

„Hieronymus, sei vernünftig.“ Ein leichtes Stottern lag in seiner Stimme. „Du stehst unter dem Schock der vergangenen Tage. Das, was du sagst … das war doch nie deine Meinung.“

Hieronymus ließ ihn nicht aus den Augen. „Wer auch immer an diesem Terrorakt beteiligt war …“ Er stockte und strich mit den Fingern über die Blätter der weißen Lilien im Blumenstrauß. „Wer auch immer mich in diesem Verlies umbringen wollte … er hat sein Ziel verfehlt.“

Erik erstarrte.

„Sobald Professor Moreau auf den Beinen ist, stellen wir ein neues Team auf. Ab sofort arbeiten wir 24/7 daran, die Nanobots auf den Markt zu bringen.“

Eriks Mund öffnete sich einen Spalt. Er rang nach Worten. Dann rieb er sich fahrig über das Gesicht. „Hieronymus, verdammt noch mal – nein!“

Zum ersten Mal sah Hieronymus ihm direkt in die Augen. Erik war nicht nur blass – er wirkte … erschüttert.

„Wer auch immer an diesem Akt beteiligt war?“ Erik schüttelte ungläubig den Kopf. „Hieronymus, du verstehst nicht … Wer auch immer beteiligt war, hat seine Seele geopfert, um die Menschheit zu retten!“

Ein eisiger Schauer lief Hieronymus über den Rücken. Die Zeichen verdichteten sich.

„Niemand wollte dich umbringen.“ Eriks Stimme wurde immer brüchiger. „Mit deiner Entführung solltest du aus der Schusslinie der Verdächtigungen genommen werden! Wie hätte es denn ausgesehen, wenn die gesamte Führungsriege verschwindet – außer dir?“

Hieronymus’ Herz raste. Sein eigener Assistent?

„Und zur Sicherheit hat man mir meine Erinnerungen genommen?“ Er trat auf Erik zu, packte ihn am Kragen. „Ihr habt mir 40 Jahre aus dem Gedächtnis gelöscht! Warum, Erik?“

Tränen quollen aus den Augen des blonden Hünen. Tränen der Wut? Tränen der Verzweiflung? Tränen eines Jungen, der wieder einmal jemanden enttäuscht hatte?

„Ich schwöre, es ging immer nur darum, deine Visionen und deinen Willen zu erfüllen!“ Erik keuchte. „Immer, wenn du das Vertrauen in einen Mitarbeiter verloren hast, dann habe ich dafür gesorgt, dass er verschwindet. Wenn ein Journalist unangenehme Fragen stellte, habe ich ihn diskreditiert.“ Seine trockenen Lippen bebten. „Warum musstest du hier auftauchen, Hieronymus?“

Beschwörend umklammerte Erik mit beiden Händen Hieronymus Kopf. „Denk doch mal nach! Die einzigen Menschen, die in der Lage sind, deine Erinnerungen zu manipulieren, sind diese raffgierigen Bastarde der Vis Vitalis! Nicht ich! Damit hab ich nichts zu tun."

Erik löste sich aus seinem Griff und zückte die tödliche Spritze. Entsetzt musste Hieronymus mit ansehen, wie Erik die Schutzhaube der Injektionsnadel abriss und die Nadelspitze ohne Vorwarnung in den Infusionsbeutel rammte.

„Erik! Stopp!" Hieronymus brüllte und packte seinen alten Freund an den Schultern. Es geschah nur einen Sekundenbruchteil, bevor Erik die Nadelspitze durchdrücken konnte. Es war nur der Hauch einer Sekunde, der das Gift von der Blutbahn des Neurowissenschaftlers trennte.

Hieronymus schleuderte den überraschten Hünen kraftvoll zur Seite und presste Eriks Arme waagerecht gegen die weiße Krankenhauswand. Wehrlos und schwer atmend stand er dort. So wie das Abbild des gekreuzigten Jesus Christus, der an einem hölzernen Kruzifix über ihm an der Wand hing, um die Sünden der Menschheit in einem Akt der Barmherzigkeit auf sich zu nehmen.

Ganz ruhig stand er da. Die Spritze noch immer in seiner rechten Hand.

Dort, wo die Nadelspitze im Infusionsbeutel gesteckt hatte, tropfte die Flüssigkeit des Behälters langsam zu Boden.

Hieronymus spürte in seinen Fingern, wie die Sehnen in Eriks rechtem Arm zu zucken begannen. Unter größter Anstrengung und mit zusammengebissenen Zähnen versuchte Erik, die Spritze in Richtung seiner eigenen Halsschlagader zu führen.

Hieronymus war zu schwach.

Zentimeter für Zentimeter bewegte sich die Nadelspitze auf sein Ziel zu.

„Du willst meine Anerkennung?“, schrie Hieronymus ihn an. „Dann sei kein Feigling. Stell dich deinen Taten und klär mich auf!“

Gerade als die Nadelspitze die erste Hautschicht an Eriks Hals durchbohrte, knallte die Tür des Krankenhauszimmers auf.

„Polizei! Nicht bewegen!“

Eine Polizistin stürmte ins Zimmer, die Waffe im Anschlag.

Hinter ihr trat ein kleiner, rothaariger Lockenkopf mit erhobenem Smartphone in den Raum.

„Ich hab’s im Kasten.“ Vincents Stimme triefte vor Triumph. „Hab alles aufgenommen. Der blonde Typ hier – der hat sie alle auf dem Gewissen.“

Ein weiterer uniformierter Mann drängte sich an Hieronymus vorbei. Die Handschellen klickten.

„Erik van der Vaal, aufgrund des dringenden Tatverdachts zur Anstiftung der Morde an Jan-Lennart Holmquist, Bernie Woods und Waltraud Faber, sowie dem versuchten Mord an Jacques Moreau, nehme ich Sie hiermit fest. Sie haben das Recht, zu schweigen und das Recht, einen Anwalt hinzuzuziehen.“

Während die Beamten Erik abführten, trat Vincent zu Hieronymus und bekreuzigte sich.

„Im Namen des Vaters und des Sohnes und des Heiligen Geistes, Amen.“ Er zwinkerte ihm zu. „Am Ende kann man dich doch einfach nicht alleine lassen.“

Szene 74: Marie – 16:45 Uhr

„Frau Palladino, bitte schildern Sie uns den Tatvorgang am Vormittag des 9. April. Konnten Sie das Telefonat zwischen Fabrice Ngoma und seinem Informanten, das in der Wohnung ihrer Freundin stattgefunden hat, aktiv verfolgen? Welche Schlüsse haben Sie daraus gezogen? War Ihnen zu diesem Zeitpunkt bereits bekannt, dass es zu Mordanschlägen in der Innenstadt gekommen war?“

Leon Buchwald stützte sich mit aufgespreizten Fingern auf der dünnen Tischplatte des Verhörraums ab. Mit ernster Miene schaute er auf die beiden Betreiberinnen der Online-Plattform herab. Sie tauschten einen kurzen Blick aus, dann schüttelte Zita energisch mit dem Kopf.

„Wie gesagt, Fabrice war auch an diesem Tag nicht als Killer-Mönch oder so etwas zu erkennen. Wir wussten von nichts und sind lediglich unserer journalistischen Pflicht nachgegangen.“

Zitas Stimme klang fest, doch der Name *Fabrice* schnürte ihr sichtlich die Kehle zu. Bevor sie weitersprechen konnte, starrte sie ein paar Sekunden mit leerem Blick an die Decke.

„Es muss gegen Viertel vor elf gewesen sein. Wir hatten gerade den zweiten Artikel hochgeladen. Er schlug ein wie eine Bombe.“

„Die Leute interessieren sich eben dafür, wenn im Kongo die Arbeiter wie Sklaven durch die Kobaltminen gejagt werden“, sprang Adira ihrer Freundin zur Seite.

Zita räusperte sich und versuchte ihrem trockenen Mund mit einem Schluck Wasser nachzukommen.

„Der Mann, mit dem Fabrice telefonierte, hatte einen fernöstlichen Akzent. Viel mehr kann ich Ihnen dazu nicht sagen.“

Marie beobachtete, wie Adira unterhalb des Tisches Zitas Hand streichelte.

„Sie wollen wissen, welche Schlüsse wir aus dem Telefonat gezogen haben?“ Adira übernahm jetzt vollständig das Reden. „Ich wette, der Whistleblower war ein Mitarbeiter von PG. Glauben Sie mir, mit dem elendigen Kreislauf aus Kränkungen und Verrat haben wir in unserem Business fast täglich zu tun. Sie glauben ja nicht, wie eitel die Menschen in dieser Branche sein können. Der Mann wollte sich für irgendeine entgangene Beförderung oder so was Ähnliches rächen und hat alles ausgeplaudert, was er finden konnte. Also an Ihrer Stelle würde ich die Personalabteilung von Punica Granatum befragen und die Mitarbeiterliste auf links drehen. Entweder war der Mann verdammt nah an der Geschäftsführung dran, oder ein Genie darin, Mailverläufe und Telefonleitungen anzuzapfen.“

Leon musterte Adira scharf. Dann nickte er Marie zu. Sie wusste, dass er mit dieser Aussage zufrieden war. Die Aussage passte exakt zum Geständnis, das Erik van der Vaal vor wenigen Minuten im Nebenzimmer abgegeben hatte.

Van der Vaal hatte zugegeben, die Polizei mit falschen Fährten in die Irre geführt zu haben. Der Verdacht sollte auf chinesische Akteure fallen, die angeblich der deutschen Konkurrenz schaden wollten. Aber nicht nur das. Van der Vaal hatte sich in den letzten Wochen als chinesischer Whistleblower ausgegeben, als Paderborner Kardinal – und als okkulte Gestalt in einem Erpresservideo. Zudem hatte er die künstliche Sprachintelligenz des Stadtmuseums über einen Serverzugang von PG manipuliert.

Auch wenn Adira es nicht wissen konnte. Sie lag mit ihrer Theorie erschreckend nah an der Realität. Der Täter war ein Mann mit unmittelbarer Nähe zur Geschäftsführung. Lediglich beim Motiv lag sie daneben. Der Assistent von Hieronymus Hauptmann handelte nicht aus Rache. Nach eigener Aussage waren es rein ideologische Gründe gewesen, die ihn zu seiner Tat bewegt hatten. *Im Namen des Humanismus und im Auftrag der Menschheit*, wie er selbst sagte.

Doch Vincents Handyaufnahmen aus dem Krankenhaus ließen erahnen, dass noch etwas anderes dahintersteckte. Es war das Gegenteil von Rache. Es war eine krankhafte Loyalität zu Hieronymus Hauptmann, die ihn angetrieben hatte.

Marie dachte nach. Eine Sache konnte sie sich immer noch nicht erklären. Warum litt Hieronymus an dieser merkwürdigen Amnesie?

„Herr Polizeidirektor, da ist noch etwas." Adiras Stimme klang süffisant. „Der Whistleblower warnte uns, vorsichtig zu sein. Er sagte, die Sicherheitsbehörden seien käuflich und nur Marionetten der IT-Industrie."

Sie ließ die Worte im Raum schweben.

„Ich meine ja nur. Der Mann hat sich bei allen Informationen als belastbare Quelle erwiesen."

Leon zog eine Augenbraue hoch.

„Der Whistleblower mag einen exquisiten Zugang zu Firmeninterna gehabt haben. Aber ich kann Ihnen versichern, dass er keine Ahnung vom Innenleben der Polizei hat."

„Na ja", Adira lehnte sich vor. „Er sagte uns am Telefon, dass die Polizei bereits im Haus sei. Kurze Zeit später hatten wir Besuch."

Marie fühlte Adiras Blick. Was hatte sie vor? Wollte sie eine späte Rache?

Unbewusst trennte Marie mit ihren Zähnen ein Stück Fingernagel von ihrem Daumen.

„Sie hatten Besuch? Was meinen Sie damit?“

„Ich wollte euch nur warnen“, ging Marie voreilig dazwischen. Ihre Stimme war lauter als beabsichtigt. „Und das war wohl auch berechtigt, oder? Euer 'liebenswürdiger' Fabrice war ein Serienkiller.“

Leon seufzte.

„Richtig. Dazu wäre ich ohnehin noch gekommen. Ihr gemeinsamer Anruf bei der Innenministerin …“

Er sprach langsam und vorsichtig.

Marie fiel auf, wie komplex die Situation geworden war. Sie hatte mitbekommen, dass genau in diesem Moment ein Untersuchungsausschuss darüber tagte, welche Konsequenzen der Polizeidirektor für seinen Alleingang, mit dem er Hieronymus Familie schützen wollte, zu befürchten hatte. Möglicherweise war dieses Verhör Leons letzte Amtshandlung.

Jedes gesprochene Wort in diesem Raum konnte Konsequenzen haben. Jeder in diesem Raum hatte etwas zu verlieren. Die vier Wände dieses Zimmers vergaßen nicht, denn alles wurde aufgezeichnet.

„Meine Kollegin Marie Kupferkamp war nicht dienstlich bei Ihnen.“ Leons Ton war schneidend. „Ihre Botschaft geschah auf privatem Wege und ist nicht Teil dieses Verhörs. Dennoch werden wir prüfen, wie der Mann am Telefon so gut über den Aufenthaltsort meiner Kollegin informiert sein konnte. Es deutet zum jetzigen Zeitpunkt einiges darauf hin, dass er einen priorisierten Zugriff auf sämtliche Endgeräte aus dem Hause Punica Granatum besaß und darüber den Aufenthaltsstandort tracken konnte.“

Adira musterte Marie kühl.

„Sie glauben also, Marie wollte uns einfach nur warnen?"

Eine Frage, auf die Marie keine Antwort hatte.

Diesen Moment musste Adira herbeigesehnt haben. Sie konnte Maries Karriere zerstören.

Aber sie tat es nicht.

Die Qualen in Maries Augen waren wohl genug für Adiras verletztes Herz.

„Ja", sagte Adira schließlich. „So muss es gewesen sein. Sie klingelte, ich bat sie herein. Dann riefen wir im Innenministerium an."

Leon nickte.

„Gut. Eine letzte Frage." Sein Blick fiel auf Marie. „Warum habt ihr aufgelegt, nachdem ihr zur Innenministerin durchgestellt worden seid?"

Sie hatte aufgelegt, weil Adira in diesem Moment ihre ganze aufgestaute Wut an ihr ausgelassen hatte. Sie hatte aufgelegt, weil Adira sie von hinten mit einer Kaffeewaage niedergestreckt hatte.

Marie erinnerte sich an ihre Ausbildung. An spieltheoretische Szenarien, die sich während eines Verhörs entwickeln konnten

Rational gesehen, musste sie Adira schützen, damit diese nicht doch noch auf die Idee kam, über Maries eifersüchtige Spionageattacken auszupacken. Rational gesehen, war die Ausgangslage klar.

Aber Liebe war nicht rational.

Maries Blick wanderte von Adira rüber auf das unverschämt hübsche Gesicht ihrer italienischen Partnerin. Unterm Tisch hielten sie noch immer Händchen.

Ein Strom heißer Lava schoss durch Maries Venen hindurch. Wie ein wilder Feuersturm wühlte die Eifersucht ihr

Innenleben auf. Sie schloss die Augen und atmete tief durch. Der Sturm schrumpfte zu einer blassen Flamme. Erschöpft ließ sie sich mit dem Rücken gegen die Wand fallen.

„Mein Handyakku war leer."

Leon sah sie lange an. Dann seufzte er.

Es war eine Lüge. Aber es war eine Lüge, mit der alle beteiligten leben konnten.

Maries Herz hatte sich in diesem seelenlosen Zimmer der Polizeidirektion dazu entschlossen, Frieden zu schließen. Nicht aus spieltheoretischer Vernunft, sondern aus dem einfachen Grund, dass die menschliche Seele eine instabile Flamme war, die an ihrem eigenen Rauch ersticken konnte, wenn sie zu lang vom frischen Wind der Außenwelt abgeschnitten wurde. Adira hatte ein neues Leben ohne Marie begonnen. Nun war es auch für Marie an der Zeit, loszulassen.

„Gut. Wir machen jetzt eine Pause."

Als Leon ihr zuzwinkerte, hoffte Marie, dass der Untersuchungsausschuss glimpflich mit ihm ins Gericht gehen würde. Er hätte von Anfang an ehrlich zu ihr sein sollen, doch wer wusste besser als Marie, wie unvernünftig die Taten eines Liebenden sein konnten.

»Wir müssen nämlich bedenken, dass die Verschmelzung der kognitiven Fähigkeit des Menschen mit der Rechenleistung der Maschine die Spezies Homo Sapiens grundlegend verändern würde. Wir kommen also nicht umhin, uns die Frage nach der letztendlichen Bedeutung, das heißt nach der Richtung dessen zu stellen, was vor unseren Augen geschieht. Wenn all dies für diejenigen, die sich im *transhumanistischen Projekt* wiedererkennen, kein Grund zur Besorgnis ist, so kann nicht dasselbe für diejenigen gesagt werden, die sich dem *neo-humanistischen Projekt* verschrieben haben [...].

Die Kirche wird eine solche Haltung, deren tragische Folgen wir schon zu oft erlebt haben, nie akzeptieren können.«

- Papst Franziskus -

(2023)

EINE WOCHE SPÄTER …

Ostersonntag, 20. April 2025

Szene 75: Hieronymus – 12:30

Mit einem summenden Geräusch glitt die massive Stahltür nach innen. Hieronymus strich sich mit der Hand über die Halbglatze. Seine Kiefermuskulatur schmerzte vor Anspannung. Würde Jacques Moreau ihm helfen, oder ging er der Spinne ins Netz? Nur Gott hatte eine Antwort darauf. Doch er würde sie Hieronymus schon bald präsentieren.

„Guten Morgen, Herr Hauptmann!“ Eine Frau im weißen Kittel streckte ihm die Hand entgegen. „Der Professor hat mich gebeten, Sie abzuholen. Sie kennen ihn ja. Keine 24 Stunden aus dem Krankenhaus und schon steckt er wieder mit seinen Nasenhaaren im Rasterkraftmikroskop.“

Ihr Lächeln war authentisch. Sie mochte Ende 20, maximal Anfang 30 sein. Hieronymus erkannte sie nicht. Im Gegensatz zu dem Raum, in dem er sich befand. Der Eingangsbereich des unterirdischen Labors, der zu beiden Seiten in einen schlauchförmigen Flur mündete, war ihm bereits in einer seiner Visionen begegnet.

Sie umrundeten den Konferenzsaal. Hinter einer Glaswand lag ein ausgewachsener Schimpanse an einen Baumstamm gelehnt und spielte gedankenverloren mit einem Stock. Immer wieder tauchte er das Holz in einen kleinen Wasserfall und unterbrach so das sanfte Plätschern des Wassers.

Am Ende des Flurs bogen sie in einen Seitenarm des Labors ab.

„Wir sind wirklich froh, dass Sie zurück sind. Letzte Woche stand alles still. Jascha und ich mussten die Replikation im Notbetrieb laufen lassen.“

Hieronymus nickte. Sie klang ehrlich erleichtert.

Durch ein weiteres Fenster sah er eine Person in einem sterilen Reinraumanzug. Dahinter lag ein kleines Äffchen auf einer Liege, das ihn mit großen Augen anstarrte.

„Peppi hat sich mit Polio-Viren infiziert.“

Der Gesichtsausdruck der Frau wurde schlagartig ernst.

„Ein Ranger hat sie im Tai-Nationalpark aufgelesen. Bei Menschen erfolgt die Ansteckung meist durch die Aufnahme von Fäkalien in verseuchtem Trinkwasser. In Pakistan und Afghanistan ist die Krankheit noch immer endemisch. Auch in Teilen der Sub-Sahara taucht sie immer wieder auf. Der Professor glaubt, das könnte ein Markt für uns sein.“

Hieronymus sagte nichts.

„Folgen Sie mir. Professor Moreau ist in der Assembly Area.“

Die Frau hielt ihren Daumen an einen Sensor, die Drehtür entriegelte sich. Der Raum dahinter wurde von bläulichem Licht durchflutet. Die Luft war klar und kühl. Nur das Summen der Maschinen durchbrach die Stille. Eingelassen in die gegenüberliegende Glaswand, bildeten die Maschinen eine Produktionslinie: Eine rotierende Scheibe sog in einer Vakuumkammer eine Beschichtungsmasse an. Als der metallische Greifarm das Werkstück in eine Art Mikrowelle führte, zog es Hieronymus hinter den Schläfen. Plasma-Etching, schoss es ihm durch den Kopf. Es erzeugte die Helix-Struktur.

Am Ende des Raumes passierte die Linie eine Abtrennung und führte in einen weiteren verglasten Abschnitt hinein. Die glatten Wände der Glaskammer reflektierten das blaue Licht der Decke. Auf dem makellos weißen Boden war kein einziges Staubkorn zu erkennen. Ein Mann, der mit dem Rücken zu ihnen stand, lugte durch eine schwarze

Apparatur und drehte an einem Einstellrad. Diagramme und Statistiken flimmerten über mehrere Displays.

Auf einem der Monitore wurde ein hochauflösendes Bild gezeigt, das von der schwarzen Apparatur erzeugt wurde. Eine nanoskopisch feine Nadel tastete mithilfe einer Blattfeder eine Oberfläche ab und generierte dank der atomaren Kräfte eine Visualisierung im Nanometerbereich. Es handelte sich um ein Rasterkraftmikroskop. Hieronymus spürte eine unerklärliche Vertrautheit zu diesem Raum.

Seine Kopfschmerzen wurden stärker.

Plötzlich schallte eine blecherne Stimme durch den Raum. Der Mann, der das Mikroskop bedient hatte, drehte sich um. Er sprach durch ein Headset zu ihnen. Es war der Mann, auf dessen Anruf Hieronymus die ganze Woche hingefiebert hatte!

Professor Jacques Moreau war erst gestern aus dem Krankenhaus entlassen worden und hatte Hieronymus vor knapp zwei Stunden hierher bestellt. An den Ort, an dem Hieronymus den Ursprung seines Gedächtnisverlustes vermutete.

„Très bien!“

Das breite Lächeln auf dem faltendurchzogenen Gesicht des Professors drückte die gezwirbelten Schnauzbartspitzen nach oben in Richtung seiner buschigen weißen Augenbrauen.

„Ein großes Kompliment an Madame Cecile! Die Charge ist einwandfrei.“

Er führte Zeigefinger und Daumen zusammen und küsste sie wie ein Patissier, dem eine perfekte Tarte Tatin gelungen war.

„DNA-Origami auf allerhöchstem Niveau. Ich sage dir, Hieronymus, mit diesem Team können wir Geschichte schreiben.“

Kurze Zeit später hatte Moreau seinen Ganzkörperanzug abgelegt und einen Kittel übergeworfen.

„Cecile, meine Liebe. Würdest du Herrn Hauptmann und mir ein wenig Zweisamkeit gönnen? Wir haben ein paar Dinge zu besprechen, nehme ich an."

Er klopfte der jungen Frau auf die Schulter und verschwand in seinem Büro. Hieronymus folgte ihm. Das Büro war weniger steril als der Laborbereich und glich eher dem Besprechungszimmer eines Hausarztes. Zimmerpflanzen und ein warmes Licht sorgten für eine beruhigende Atmosphäre. Anstelle eines Schulskeletts auf Rädern stand hier jedoch ein überdimensionales Kunststoffmodell eines Kohlenstoffmoleküls in der Ecke. Statt eines Pollenflugkalenders hing die Aufnahme eines Spindelneurons an der Wand.

Hinter dem Schreibtisch erkannte Hieronymus ein Gemälde, auf dem Steve Jobs abgebildet war. Darauf hielt Steve eine Rede vor einer Gruppe Studenten. *In Memoriam* stand über dem Bild geschrieben. Unterhalb des Bildes waren zwei Zitate abgedruckt: "*About a year ago I was diagnosed with cancer*" und "*Stay hungry! Stay foolish!*"

Moreau deutete auf einen Stuhl.

„Wie geht es dir heute?"

War das eine Floskel? Eine Höflichkeitsfrage? Oder kannte Moreau sein Geheimnis? Bislang hatte Hieronymus nur im Kreise der Familie über seine Amnesie gesprochen. Die Öffentlichkeit war noch immer ahnungslos. In der vergangenen Woche hatte er sämtliche Presseanfragen abgelehnt und die Machtspielchen, die sich in Paderborns IT-Industrie zugetragen hatten, aus sicherer Distanz beobachtet.

„Danke der Nachfrage. Wie geht es Ihnen denn, Herr Professor?"

Moreau blinzelte hinter seinen Brillengläsern. Dann schmunzelte er.

„Schlechten Menschen geht's immer gut."

Hieronymus lehnte sich vor.

„Herr Professor, Sie wissen sicherlich, dass Sie dem Tod nur knapp entronnen sind? Ich war im Krankenhaus, als Erik Sie besuchte."

„Ja, dein Assistent war mir schon immer eine Spur zu nervös."

Moreau winkte ab und entsperrte seinen Rechner. Der knallig rote Rahmen des Monitors spiegelte sich in seinen Brillengläsern.

„Aber halten wir uns nicht mit unangenehmen Kleinigkeiten auf."

Hieronymus klimperte nervös mit seinen Fingern auf der Schreibtischplatte und konnte sich schließlich nicht mehr zurückhalten: „Sie sagten, wir hätten einiges zu besprechen. Ich will nicht unhöflich sein, aber ich glaube, Sie sind mir ein paar Antworten schuldig."

Moreau lächelte ihn an.

„Die Antworten musst du dir schon selbst geben, Hieronymus. Aber es ist ein gutes Zeichen, dass du mich siezt."

Mit einem paternalistischen Augenzwinkern drehte Moreau seinen Monitor in den Raum hinein, sodass Hieronymus auf den Bildschirm blicken konnte.

„Unser Experiment lief nicht unter idealen Randbedingungen ab. Leider hatte Erik keinen Sinn für sportliche Fairness. Ganz im Gegensatz zu dir, mein Freund."

Hieronymus schüttelte mit dem Kopf.

„Was soll das heißen? Welches Experiment? Das ergibt keinen Sinn."

„Aber natürlich, es macht alles einen Sinn. Nur lass es mich erklären. Wenn wir Informationen abspeichern und wieder abrufen, dann sind ganz unterschiedliche Gedächtnisbereiche in unserem Kopf aktiv. Erlebnisse, Wissensinhalte oder Erfahrungen können dabei unbewusst oder bewusst hervorgerufen werden. Das *prozedurale Gedächtnis* hilft uns dabei, dass wir uns an einmal gelernte Bewegungsabläufe automatisch erinnern und sie immer wieder abrufen können. Fahrrad fahren müssen wir zum Beispiel nur einmal erlernen und können dann ohne nachzudenken immer wieder darauf zurückgreifen."

Hieronymus fasste sich entgeistert an den Kopf und stand auf. Erik hatte recht gehabt. Die Monster der Vis Vitalis hatten sein Gedächtnis zerstört.

„Das *prozedurale Gedächtnis* war jedoch nicht unsere Zielregion. Es ist der Bereich, der selbst im weit fortgeschrittenen Demenzstadium zumeist noch akzeptabel funktioniert."

Professor Moreau lachte leise und fuhr dann fort.

„Im *semantischen Gedächtnis* werden hingegen alle Informationen abgespeichert, die wir im Laufe unseres Lebens erworben haben. Dazu zählen Fremdsprachen und Wissensinhalte. Auch dieser Bereich sollte so gut wie möglich intakt bleiben. Du hast dich vielleicht an der ein oder anderen Stelle gewundert, welche Dinge dein Gedächtnis dir servieren konnte, ohne dass du sie mit deinem eigenen Leben in Verbindung bringen konntest."

Botanisches Wissen über den Granatapfelbaum, die Herkunft des Wortes Demut, der Verwendungszweck eines iPhones, die nanotechnische Produktionslinie im Raum nebenan … All die Wissensinhalte, die Hieronymus in den letzten Tagen verzweifeln ließen, da er den Ursprung seiner Gedanken nicht kannte.

„Dann gibt es noch das *perzeptuelle Gedächtnis*. Es hilft uns, Personen wiederzuerkennen, die wir lange nicht mehr gesehen haben. Obwohl sie sich äußerlich verändert haben, mit einer neuen Frisur oder einer anderen Haarfarbe auftreten, werden wir uns trotzdem an sie erinnern. Denn unser Gedächtnis verfügt über die Fähigkeit, die einmal gelernten Muster wieder abzurufen und zu ergänzen. Verstehst du jetzt, warum es ein gutes Zeichen ist, dass du mich siezt? Es zeigt mir, dass unser Eingriff in dieser Gehirnregion erfolgreich war. Ich bin ein Fremder für dich, stimmt's?"

Nicht in der Lage, eine Antwort zu geben, schob Hieronymus seinen Stuhl wütend zur Seite und begann damit, im Zimmer auf und abzulaufen. Er wollte den Mann beschimpfen. Er wollte das gezwirbelte Schnauzbartgesicht auf den Schreibtisch drücken.

Wenn er das Versuchskaninchen war, aus welchem Grund erzählte dieser verrückte Professor ihm dann alles?

Unbeeindruckt von Hieronymus aufgewühlter Gemütslage fuhr Moreau seinen Vortrag fort.

„Unsere Hauptaufmerksamkeit galt dem *episodischen Gedächtnis*, denn es bewahrt unsere autobiografischen Erlebnisse auf. Es sind gute wie schlechte Erinnerungen, die meist als bewusste Informationen abgespeichert werden. Es hätte uns nichts genutzt, wenn du verlernt hättest zu laufen oder Fahrrad zu fahren. Du solltest fühlen, was es heißt, seine Biografie zu verlieren, orientierungslos durch die Gegend zu wandeln und seine Mitmenschen zu vergessen. So wie ein demenzkranker Patient im beginnenden Endstadium."

Bevor Hieronymus ihn anschreien konnte, hob Professor Moreau seine Hand in die Luft und deutete ihm an, zuzuhören.

„Im Vergleich zur Festplatte eines Computers speichert unser Gehirn nicht nur Nullen und Einsen ab. Bei jeder Informationsverarbeitung verändert sich die Verknüpfung der Nervenzellen im Gehirn. Dieses neuronale Netz ist bei jedem Menschen unterschiedlich aufgebaut. Das menschliche Gehirn ist individuell und einzigartig. Wenn wir uns etwas merken, dann ändert sich unser Gehirn physiologisch. Es war nicht einfach, den Code zu knacken. Doch innerhalb kürzester Zeit hat unsere KI im Duett mit unseren fleißigen Nanobots gelernt, die Verschaltungen zu interpretieren und auszulesen."

Moreau öffnete eine Videodatei auf dem Rechner.

„Keine Angst. Dein Langzeitgedächtnis ist auf unseren Festplatten gesichert und kann jederzeit wiederhergestellt werden. Doch bevor wir mit dem Eingriff beginnen, muss ich mich vergewissern, dass du deine Meinung nicht geändert hast."

Moreau drückte auf Play.

Eine Kamera war auf das Glasgehege von Marie-Antoinette gerichtet. Ein wohlgenährter Mann mit Halbglatze trat ins Bild.

Szene 76: Hieronymus – 13:00

In aller Seelenruhe zog sich der Mann auf dem Bildschirm seine Anzugjacke zurecht. Seine Mimik glich der eines professionellen Nachrichtensprechers. Dann sprach er in die Kamera.

„Meine lieben Mitmenschen, sehr verehrtes Zukunfts-Ich. Heute ist der 7. April 2025. Mein Name ist Hieronymus Hauptmann. Sie kennen mich vermutlich in meiner Rolle als CEO des Punica Granatum Konzerns. Aber ich bin auch Mitbegründer einer Organisation namens Vis Vitalis.“

Sein Ebenbild wirkte gefestigt, agil und zielstrebig.

„Ich möchte Ihnen von einem Artikel erzählen, der vor 25 Jahren im Silicon Valley erschien – zu einer Zeit, als Punica Granatum sich aus dem Schoße des Nixdorf-Konzerns erhob, als wir den iPod auf den Markt brachten und erstmals auf den Titelseiten des Manager Magazins erschienen. Damals war starke künstliche Intelligenz noch ein fernes Funkeln am Horizont.“

Hieronymus zog ein Stück Papier aus der Innentasche seiner Anzugjacke.

„Im April 2000 sorgte ein Artikel des US-amerikanischen Softwareentwicklers Bill Joy im Wired Magazin für weltweite Aufmerksamkeit. Laut der New York Times wurde dieser Kommentar in über 10.000 Artikeln diskutiert – mehr als jede andere technologische Äußerung der Geschichte.“

Er hielt das Papier in die Kamera: *Warum die Zukunft uns nicht braucht*. Dann ruckelte er seine Brille zurecht und begann zu lesen.

„Die wichtigsten Technologien des 21. Jahrhunderts – Roboter, Gentechnik und Nanotechnologie – drohen, den Menschen zu einer vom Aussterben bedrohten Art zu machen. Wir schlittern ohne Plan, unkontrolliert und ohne zu bremsen in ein neues Jahrhundert hinein. Die einzige realistische Alternative, die ich sehe, ist Verzicht. Wir müssen die Entwicklung bestimmter Techniken, die zu gefährlich sind, begrenzen, indem wir den Erwerb bestimmten Wissens schlichtweg vermeiden."

Hieronymus blickte auf, steckte den Artikel zurück in seine Tasche und sah direkt in die Kamera.

„In den letzten Tagen musste ich oft an diesen Artikel denken. Denn Bill Joy stellte damals eine Frage, die heute dringlicher ist denn je."

Er trat zur Seite und gab den Blick auf Marie-Antoinette frei.

„Bestaunen Sie mit mir den ersten Menschenaffen, der die Alzheimerkrankheit besiegt hat. Nanobots aus dem Labor der Vis Vitalis zirkulieren in ihrem Körper. Sie sind so klein, dass sie die Blut-Hirn-Schranke der guten alten Marie-Antoinette überwunden haben. Schädliche Protein-Plaques konnten entfernt werden. Es ist ein Meilenstein in der Geschichte der Menschheit.

Schon bald wird die Nanotechnologie die physische Welt nach unseren Wünschen formen. Die Probleme des Industriezeitalters werden gelöst, verbleibende Umweltbelastungen bereinigt. Nanogefertigte Brennstoff- und Solarzellen werden uns mit sauberer Energie versorgen. Nanobots werden in unseren physischen Körpern Krankheitserreger zerstören, DNS reparieren und die Alterung umkehren. Die bedeutendste Errungenschaft wird jedoch die Verschmelzung von biologischer und künstlicher Intelligenz sein. Der Menschheitsbegriff wird sich radikal erweitern."

Hieronymus holte ein iPhone aus seiner Hosentasche, entsperrte es und öffnete eine App.

„Marie-Antoinette, pflücke ein Mahagoniblatt."

Die Schimpansin trottete zu einem Baum, zog sich an einem Ast empor und riss ein längliches grünes Blatt ab.

Hieronymus seufzte und wandte sich wieder der Kamera zu.

„Technik war schon immer ein zweischneidiges Schwert. Sie hat unsere Lebenserwartung erhöht und uns von körperlich belastenden Arbeiten befreit. Aber sie hat auch neue Gefahren geschaffen. Die Nanotechnik – tausendfach stärker, schneller und intelligenter als biologische Systeme – hat das Potenzial, neue Existenzbedrohungen mit sich zu bringen. Nehmen wir die Gefahr der Selbstreplikation. Nanobots sind kleine gefräßige Organismen, die außer Kontrolle geraten und sich wie Krebszellen auf der ganzen Erde verbreiten könnten."

Er hob einen Zeigefinger.

„Ich habe in den letzten Tagen viele Stunden darüber nachgedacht, diskutiert und mich mit meinen eigenen Kollegen angelegt. Die Vermehrung der Nanobots ist und bleibt eine Bedrohung. Jedoch ist sie technischer Natur und damit lösbar. Unser Team hat bereits ein nanotechnisches Immunsystem entwickelt, das bösartige Bots bei einer Konzentration von eins zu eintausend Billionen entdeckt und vernichtet. Es basiert auf starker KI, doch im Prinzip funktioniert es wie das biologische Immunsystem, das die Antikörperfabrik anwirft, sobald auch nur ein einziges fremdes Protein im Körper entdeckt wird."

Hieronymus lehnte sich mit dem Rücken am Aluminiumgriff an, der das Glasgehege von außen umkreiste. Er verschränkte die Arme vor der Brust, führte einen Zeigefinger an seine Lippen und schien einen Moment nachzudenken.

„Die KI kann uns schützen, doch wenn die Biotechnologie mit der künstlichen Intelligenz verschmilzt, entstehen neue Fragen. Es geht um den Faktor Mensch. Wer steuert die Nanobots in unseren Körpern? Wem berichten sie? Werden Regierungen, Extremistengruppen oder findige Einzelpersonen diese Technologie kontrollieren? Werden sie die Nahrungsmittelversorgung eines ganzen Volkes in Zukunft mit Billionen von getarnten Nanobots versehen, um sie in die Körper der Menschen zu schleusen? Werden die Nanobots als molekulare Spione agieren, die Gedanken und Handlungen der Menschen beobachten, sie beeinflussen oder sogar steuern können? Wenn in unseren Körpern und Gehirnen Software am Werk ist, so erhält die Privatsphäre und der demokratische Diskurs einen neuen Stellenwert."

In der Zwischenzeit hatte Hieronymus seine Anzugjacke beiseitegelegt und krempelte nun seine Hemdsärmel hoch.

„Die vergangenen Monate waren unfassbar aufregend. Unsere Grundlagenforschung ist nahezu abgeschlossen. Die Mehrheit im Aufsichtsrat der Vis Vitalis hat sich dafür ausgesprochen, das Produkt auf den Markt zu bringen. Globale Interessenten sind bereit, viel Geld zu investieren und menschliche Testpersonen zu engagieren, um den nächsten Schritt zu gehen. Doch für diesen Schritt bedarf es der Einstimmigkeit im Aufsichtsrat. Ich stand vor einer Entscheidung: Sollte ich das Projekt veröffentlichen und damit die Büchse der Pandora öffnen? Oder mich für einen weltweiten Forschungsstopp einsetzen? Ich steckte in einem Dilemma. Dann stieß ich auf Max Mores proaktionäres Prinzip – eine Abwägung zwischen den Gefahren von Handlung und Untätigkeit."

Hieronymus verschwand kurzzeitig aus dem Bild und kam dann mit einem Pappkarton zurück. Er griff hinein und ließ einen Haufen Reiskörner durch seine Hand rieseln.

„Denken Sie beispielsweise an die Entwicklung von Golden Rice, einer genmanipulierten Sorte, die mehr Beta-Carotin enthält als herkömmlicher Reis. Hundert Millionen Menschen in Afrika und Asien leiden an Vitamin-A-Mangel. Eine halbe Million Kinder erblindet jährlich daran. Beta-Carotin ist eine Vitamin-A-Vorstufe. Etwa 300g Golden Rice würden genügen, um ein Kind zu versorgen. Sind nun alle genmanipulierten Organismen harmlos? Nein. Aber sollte man deshalb den Nutzen der Gentechnik ablehnen? Es würde zu unnötigem Leid führen."

Er stellte den Karton zur Seite.

„Wie gesagt, ich habe lange überlegt, wollte alles hinwerfen. Doch ich bin zu einer Entscheidung gekommen: Es braucht verantwortungsbewusste Visionäre, die für Fortschritt im Sinne der Menschheit kämpfen. Wir werden weitermachen. Man könnte entgegnen, dass wir bisher ohne Nanotechnologie ausgekommen sind. Doch denken Sie an all die Tragödien, die sich täglich ereignen, weil wir Krankheiten wie Krebs und Alzheimer nicht besiegen können. Das ist kein gottgewollter Zustand, den wir akzeptieren müssen. Wir brauchen Lösungen – und zwar so schnell wie möglich."

Hieronymus räusperte sich.

„Letzte Nacht sprach ich mit Professor Jacques Moreau, einem der führenden Neurowissenschaftler. Gemeinsam mit unserem Team hat er das Wunder vollbracht, das Sie hinter mir sehen. Ich konnte ihn überzeugen: Unser Produkt wird vorerst nicht an einem fremden Menschen getestet. Stattdessen werde ich selbst die erste Testperson sein. Noch heute werde ich mich in den Zustand eines Alzheimerpatienten versetzen lassen, eine Woche lang mit den

Symptomen leben und anschließend eine Rekonstruktion meines Gedächtnisses über mich ergehen lassen."

Er zog einen Vertrag aus seiner Tasche und hielt ihn in die Kamera.

„Sollte ich bei diesem Versuch ums Leben kommen oder an einem unzurechnungsfähigen Geisteszustand erkranken, wird dieses Video veröffentlicht und einen Diskurs auslösen. Dafür sorgt eine Sicherheitskopie, die meinem Nachlassverwalter vorliegt. Sollte dieses Selbstexperiment jedoch erfolgreich verlaufen, werden wir so schnell wie möglich auf den Markt drängen und Millionen von Menschen von ihrem Leid erlösen."

Hieronymus nickte noch einmal in die Kamera, dann färbte sich der Bildschirm schwarz und das Video war beendet.

„Also mein lieber Freund, hier hast du die Antwort auf deine Amnesie."

Professor Moreau nahm sich die Brille von seiner Nase und schaute Hieronymus erwartungsvoll an.

„Bleibst du bei deiner Meinung? Deine Kollegen im Aufsichtsrat sind tot. Es ist jetzt allein deine Entscheidung, wie wir weiter machen. Ich nehme an, du kannst es kaum abwarten, dass ich dich von deinen Gedächtnislücken befreie. Doch wenn es funktioniert - und es wird funktionieren - bist du dann auch bereit, der Menschheit das Geschenk zu machen, das ihr zusteht? Vertraust du den Menschen, dass sie die Technologie für das Gute nutzen und nicht als Waffe? Wirst du den schnellstmöglichen Weg wählen und einen Vertrag mit Dong Shaoqi unterzeichnen?"

Szene 77: Hieronymus – 13:30

Schübe stechender Kopfschmerzen hatten Hieronymus in den letzten Tagen immer wieder heimgesucht. Die Erkenntnis seiner ungewöhnlichen Demenz und die schwindenden Erinnerungen an seine Liebsten waren eine unerträgliche Last. Um sich abzulenken, hatte er versucht, das Weltgeschehen der vergangenen 40 Jahre aufzuarbeiten und aktuelle Nachrichten zu verfolgen. Auch die Veröffentlichungen der Tech-Bloggerin Felicitas Palladino hatte Hieronymus aufmerksam studiert.

Noch immer stand er vor Moreaus Schreibtisch und dachte über die Fragen nach, die der Professor ihm gestellt hatte.

„Wissen Sie, Monsieur Moreau, wenn ich mir die Nachrichten ansehe, dann habe ich das Gefühl, wir leben in unruhigen Zeiten. Die Menschen sind nervös. Die Rede ist von militärischer Aufrüstung, von einer sich anbahnenden ökologischen Katastrophe - und von disruptiven Technologien, die aus den Schmieden der Paderborner IT-Industrie auf uns zu rauschen."

Hieronymus schaute auf den Professor herab. Der alte Mann verzog keine Miene.

„Der Museumsdirektor Pomeroy hat vor einigen Tagen ein paar kluge Dinge gesagt. Er meinte, wir Menschen beherrschen diesen Planeten nicht aus dem Grund, dass wir als Individuen besonders schlau oder überlegen seien, sondern weil wir besser kooperieren können als alle anderen Wesen auf der Erde. Das ist unser Erfolgsgeheimnis. Ich glaube, wenn wir das vergessen, dann sind wir dem Untergang geweiht."

Die Augenlider unter den dichten Augenbrauen des Professors begannen nervös zu zucken. Offensichtlich hatte er mit einer klaren Zustimmung auf seine Fragen gerechnet.

„Wir werden das Video veröffentlichen. Keine Deals mit undemokratischen Ländern. Wir finden einen anderen Weg."

Moreau schnaubte verächtlich. Hieronymus spürte, wie schwer es Jacques Moreau plötzlich fiel, ihm in die Augen zu schauen. Konnte Hieronymus ihm vertrauen? Milliarden von Nanobots rasten durch seinen Körper und nur der Professor kannte die Bedienungsanleitung dafür. Der Mann wirkte zwar nicht wie ein Krimineller, doch was Hieronymus Angst machte, war die Liebe des Professors zu seinem Lebenswerk.

Hieronymus ging um den Schreibtisch herum und legte ihm beruhigend die Hand auf die Schulter.

„Mach dir keine Sorgen. Wir veröffentlich das Video, aber es wird uns nicht zu Fall bringen. Je länger ich darüber nachdenke, glaube ich sogar, dass es nie einen anderen Zweck hatte, als uns in die Schlagzeilen zu katapultieren. Bisher bin ich noch nicht an die Öffentlichkeit getreten. Die Welt wartet gespannt auf meine Geschichte. Mit diesem Video starten wir den größten Marketing-Coup des Jahrhunderts."

Moreau betrachtete einige Sekunden das Porträt von Steve Jobs. Dann drehte er sich um und schlug entschlossen auf den Tisch. „Gut, dann wollen wir mal." Anschließend nahm er seine Brille vom Schreibtisch und humpelte langsam in Richtung Labor.

„Dann wollen wir mal: was?"

Professor Moreau tippte sich mit seinem Zeigefinger gegen die Stirn.

„Dein Oberstübchen aufräumen."

Szene 78: Hieronymus – 14:15

Hieronymus spürte eine harte Liege in seinem Rücken. Er war von einem Magnetfeld umgeben. Seine Arme und Beine waren fixiert. 21 Elektroden, deren Schläuche an einem grauen Kasten angeschlossen waren, zierten seinen Kopf. Schaute er zwischen seinen Füßen hindurch, konnte Hieronymus eine Szenerie sehen, die ihn an die NASA-Schaltzentrale während der Mondlandung erinnerte. Nur in Farbe und mit flacheren Bildschirmen.

Auf einem erhöhten Podest rollte Moreau mit seinem Bürostuhl zwischen den Arbeitsplätzen hin und her, um die letzten präoperativen Einstellungen vorzunehmen. Cecile folgten den Anweisungen des Professors und bedienten gleichzeitig ein Dutzend vernetzter Hochleistungsrechner. Als Hieronymus schließlich spürte, wie sein Nacken versteifte, legte er den Kopf wieder ab und starrte an die weiße Decke der Röhre.

„Alles klar bei dir? Liegst du bequem?“ Der gezwirbelte Schnauzbart von Professor Moreau lugte durch das Fenster der Maschine. „Du hast doch keine Angst, oder?“

„Keine Angst“, erwiderte Hieronymus. „Vielleicht ein bisschen Demut.“

Der Professor grinste. „Demut – so ein schönes deutsches Wort.“ Dann trat Cecile mit einer Beatmungsmaske an ihn heran.

„Stell dir vor, dein Geist ist ein schöner bunter Papillon, den wir nun aus seinem Kokon schlüpfen lassen. Raus in die endlose Welt der freien Gedanken. Wie gefällt dir das?“

„Wie ein Schmetterling?“

„Oui, oui, wie ein Schmetterling.“

Hieronymus schloss die Augen und fragte sich, wo er jetzt wäre, wenn er Heinz Nixdorf niemals dazu überredet hätte, sich mit Steve Jobs in einem kalifornischen Garten unter einem Apfelbaum zu treffen.

Dann setzte Cecile ihm die Maske auf und er fiel in einen tiefen Schlaf.

EPILOG

03. Juni 2025

Zita – Schützenstraße, Hamburg-Altona

Die bisher verheerendste Pandemie des 21. Jahrhunderts hatte auch vor den Publikumsrängen deutscher TV-Shows keinen Halt gemacht. Einige Formate, darunter das des legendären Südtiroler Moderators Magnus Kranz, verzichteten selbst nach dem Ende der Abstandsregelungen auf ihre Zuschauer. „Die Gespräche haben seitdem eine viel größere Dichte erreicht“, hatte Kranz im März 2022 verkünden lassen.

Wenn also das Who's Who der deutschen Mediendemokratie in einem gemütlichen Fernsehstudio des Hamburger Stadtteils Altona zusammenkam, blieben die Ränge leer. In einem kleinen Stuhlkreis diskutierte die prominente Gesellschaft über die Lage der Nation - ohne Anklatscher und ohne begeisterte Zuschauer. Ganz unter sich.

Zumindest bis jetzt. Denn heute waren zwei Zuhörerinnen live dazugeschaltet, ohne dass irgendjemand aus der Runde etwas davon geahnt hätte. Lediglich eine Person im Gebäude war eingeweiht. Es war der Maskenbildner im Backstage-Bereich, der eine winzige Abhörwanze am Hemdskragen des ältesten Gastes der heutigen Sendung angebracht hatte.

Zita hatte Matteo, dem talentierten Make-up Artist, der dreimal pro Woche die glatt gekämmten Haare des unverschämt gutaussehenden Talkmasters im Backstage herrichtete, in einem Hamburger Nachtklub abgefangen. Nach einer scheinbar zufälligen Begegnung im Molotow, einigen Gin Tonics und ebenso vielen zweideutigen Versprechungen hatte sie ihn überzeugt. Sie erinnerte ihn an ihre gemeinsamen sizilianischen Wurzeln – und quetschte einen zwielichtigen Gefallen aus ihm heraus.

„Nice, die Tonqualität ist besser, als ich dachte.“

Adira drehte die Lautstärke ihres Laptops auf Maximum. Sie saßen in einem geparkten T9 eine Straße weiter auf einem Seitenstreifen im Bahrenfelder Steindamm. Der Kofferraum war zu einer improvisierten Abhörzentrale umgebaut worden. Sie bestand aus einem aufklappbaren Tisch, einem Laptop und einem Bluetooth-Kopfhörer, den sie sich zu zweit teilten.

„Herr Kranz, wissen Sie eigentlich, dass Sie mich noch nie ohne das Beisein von Herrn Leuterfurth eingeladen haben?“, vernahmen sie durch ihre Kopfhörer. Das Kichern der Frau war deutlich zu hören. „Trauen Sie mir einen Auftritt ohne ministeriale Unterstützung etwa nicht zu?“

„Aber Frau Beuys, das verbitte ich mir!“ Jetzt war es die unverwechselbare Stimme des Moderators. Sie klang etwas weiter entfernt. Zita beugte sich näher an den Laptop heran, als ob das ihre Chance erhöhen könnte, die gesprochenen Worte aus dem Fernsehstudio zu verstehen.

„Sie sehen das völlig falsch, Frau Beuys. Sie sind das Gewissen der Nation. Ich allein hätte dieser rheinischen Frohnatur unseres Gesundheitsministers doch gar nichts entgegenzusetzen.“

Ein schallendes Gelächter.

„Na, na, ich muss doch bitten. Spaß auf Kosten des Ministers wird grundsätzlich mit dem Galgen gesühnt“, konterte Leuterfurth.

Erneutes Gelächter. Zita lehnte sich entspannt zurück. Der schwierigste Teil ihres Plans hatte funktioniert. Solange die Wanze unbemerkt blieb und der Hinweis, den sie erhalten hatten, zutraf, würden sie noch heute Abend den nächsten großen Coup landen.

Ihre Zielperson hielt sich im Small Talk bisher vornehm zurück. Im Gegensatz zu den anderen Gästen befand sich der Mann allerdings auch in einer ungewohnten Umgebung. Nach Zitas Einschätzung hatte der ältere Herr, den sie verwanzt hatten, mit der Medienbranche bisher nicht allzu viel am Hut gehabt.

Das schrille Quietschen eines Stuhlbeins verriet ihnen, dass die Gäste Platz genommen hatten.

„Wunderbar, die Stimmung ist gut. Ich denke, wir sollten starten."

Aus dem Hintergrund zählte eine Frau den Countdown herunter. „5, 4, 3, …" Nach einer kurzen Pause setzte die Stimme des Moderators ein.

„Einen schönen guten Abend in die Runde und natürlich an Sie zu Hause vor den Bildschirmen. Ich freue mich sehr, dass sie dabei sind. Herzlich willkommen zu unserer Sendung, die heute eine ganz besondere zu werden verspricht. Eine Sendung, in der wir gleich zu Beginn einen Mann begrüßen dürfen, auf den eine Jahrhundert-, wenn nicht gar eine Jahrtausendaufgabe zukommen wird. Ein Mann, über den der UN-Generalsekretär dieser Tage sagte, er müsse eine Schlüsselrolle in der globalen Koordination der Nanotechnologischen Richtlinienvereinbarung einnehmen. Er pflegt beste Kontakte zu medizinischen Experten auf der ganzen Welt. Er hat einige Jahre in Harvard unterrichtet und bekleidet seit Dezember 2021 das Amt des Bundesgesundheitsministers. Während der Corona-Pandemie galt er als Mahner der Nation. Heute sind wir gespannt, wie er zu den jüngsten Entwicklungen auf dem Gebiet der Nanobottechnologie steht. Herzlich willkommen, Prof. Dr. Dr. Karl Leuterfurth."

„Guten Abend“

„Guten Abend, Herr Leuterfurth. Und wenn ich sage, es kommt uns allen heute Abend ein bisschen vor wie in einem Dé-jà-vu, dann geht mein Blick rüber zu dieser Frau, die bereits während der Corona-Pandemie so gut wie kaum jemand anderes das Für und Wider der Lockdown-Maßnahmen einordnete. Im Gegensatz zu damals, als uns ein fremdartiges Virus vor große Herausforderungen stellte, sind die winzigen Organismen, die heute auf uns zu kommen, eindeutig menschengemacht. Sie bringen unfassbare Chancen und möglicherweise ebenso große Risiken mit sich. Wer könnte uns also bei diesem Diskurs so charmant und kenntnisreich unterstützen wie unser heutiger Gast? Sie ist die Vorsitzende der deutschen Ethikkommission. Sie ist ausgewiesene Expertin auf dem Gebiet der Medizinethik und ihre Worte finden Gehör in den allerhöchsten Kreisen der Politik. Herzlich willkommen, Alena Beuys.“

Zisch. Zita zuckte zusammen. Adira hatte eine Cola-Dose aufgerissen.

„So, und bevor wir zu unserem dritten Gast kommen, haben wir einen kleinen Einspieler vorbereitet.“

Die Stimme von Kranz ertönte jetzt in einem anderen Klang. Eine epische Hintergrundmusik setzte ein.: „Wir schreiben den 9. April 2025. Es ist der 100. Geburtstag des Computerpioniers Heinz Nixdorf. Was eigentlich Anlass zur Freude bieten sollte, wird zu einem Albtraum. An historischen Orten der Paderborner Altstadt werden drei prominente Vertreter der Wirtschaftswelt auf brutale Weise ermordet: Jan-Lennart Holmquist, Bernie Woods und Waltraud Faber. Ein vierter Mann entkommt nur knapp. Zeitgleich dringen Informationen über zum Teil menschenverachtende Geschäftspraktiken der deutschen IT-Industrie an die Öffentlichkeit. Die Enthüllungsplattform unterfüttert ihre Behauptungen mit Beweismaterial und veröffentlicht schließlich einen brisanten Bericht zum sogenannten Projekt Pan Paniscus."

Auf der Rückbank des alten VW-Bullis erntete Zita von ihrer Partnerin ein anerkennendes Augenzwinkern. Wurden ihre Artikel in der Vergangenheit noch als Tratsch abgestempelt, betitelte Magnus Kranz ihre Domain jetzt schon als Enthüllungsplattform.

„Schnell wird klar, dass die Morde und die plötzlichen Enthüllungen miteinander verwoben sind. Alles dreht sich um eine elitäre Forschungsgruppe namens Vis Vitalis. Ein Konglomerat, bestehend aus den reichsten und mächtigsten Männern der westlichen Welt, hatte es tatsächlich geschafft, mithilfe von molekularen Robotern die Gedankenwelt eines Bonobo-Affen auszulesen, zu interpretieren und letztendlich sogar ihr Verhalten zu steuern. Nicht unerwähnt sollte bleiben, dass es ihnen dabei auch gelungen war, Krankheiten wie Krebs und Alzheimer im Körper der Primaten zu bekämpfen, ohne nennenswerte Nebenwirkungen zu verursachen."

Kranz machte eine künstlerische Pause.

„Nur wenige Tage später kam es dann zum größten medialen Beben unserer Generation. Die Vis Vitalis unter Leitung von Hieronymus Hauptmann startete eine Transparenzoffensive. Hauptmann bestätigte alle Gerüchte – und setzte noch einen drauf. Er schockte die Weltöffentlichkeit, indem er Videomaterial präsentierte, mit dem er bewies, dass er sich selbst zur ersten menschlichen Testperson dieser neuen Technologie auserwählt hatte. Die Spiegelung der eigenen

Gedankenwelt auf Hochleistungsrechner. Die physikalische Umgestaltung des menschlichen Gehirns auf Knopfdruck. Plötzlich scheint nichts mehr unmöglich zu sein."

Die Hintergrundmusik verstummte. Der Moderator räusperte sich.

„Begrüßen wir also einen Gast, der all das möglich gemacht hat. In der Wahrnehmung der Öffentlichkeit bewegt er sich aktuell irgendwo zwischen Gott und Teufel. Am besagten 9. April dieses Jahres entkam er dem Tod in allerletzter Sekunde. Heute tritt er erstmals gesund und erholt in einem Fernsehstudio auf, um über seine bahnbrechenden Erfolge zu sprechen. Aber auch über die traumatischen Erlebnisse, die ihn, eingesperrt in einem düsteren Gewölbekeller nahe der Paderborner Busdorfkirche, ereilten. Herzlich willkommen, Professor Jacques Moreau."

„Bonjour."

„Aua!" Die ersten Worte des Professors hämmerten so laut in Zitas Ohr, dass sie Angst um ihr Trommelfell bekam. Adira drehte die Lautstärke runter.

„Guten Abend, Herr Moreau. Im Alter von – und ich darf es ausnahmsweise einmal verraten – 74 Jahren gelang Ihnen ein Durchbruch, den Wissenschaftsexperten erst für die zweite Hälfte dieses Jahrhunderts erwartet hatten. Sie haben einen Weg gefunden, die großen Krankheiten unserer Zeit lokal zu attackieren, ohne den restlichen Körper in Mitleidenschaft zu ziehen. Sie haben eine ernsthafte Therapie gegen die Alzheimer-Krankheit gefunden und ihre Erfindung verspricht noch viel mehr. Daher zuallererst eine persönliche Frage an Sie: Wie geht es Ihnen heute? Das mediale Echo auf ihre Person war gewaltig. Wie gehen Sie mit dem Erfolg um?"

„Wissen Sie, Herr Kranz, damit beschäftige ich mich nicht wirklich. Erfolg ist ein scheues Reh."

Kranz lachte laut auf.

„Wunderbar! Herr Moreau startet mit einem Zitat von Franz Beckenbauer. Unsere Sympathien haben Sie schon mal."

Zita beobachtete, wie Adira genervt ihre Augen verdrehte. Zita hingegen war durchaus gespannt darauf, was Moreau der Welt zu erzählen hatte. Auch wenn sie wusste, dass die Wahrheit darüber, wie es mit Moreau und seiner Technologie weiterging, nicht in dieser Sendung verhandelt wurde. Entscheidend war, was der Professor nach der Sendung vorhatte. Und noch entscheidender war, dass die Wanze an seinem Hemdkragen hielt.

„Nun haben sich die Berichte seit dem 9. April quasi täglich überschlagen", nahm Kranz das Wort erneut auf. „Ein Aspekt, den wir näher beleuchten sollten, ist die Finanzierung eines strategischen Forschungslabors mit nicht-öffentlichen Fördermitteln – also aus Steuergeldern. Eine Top-Juristin, die ich sehr schätze und die wir hier auch schon häufiger in der Sendung zu Gast hatte, schrieb dazu in der FAZ einen bemerkenswerten Leitartikel. Ich zitiere:

Fast wie in einem James-Bond-Film muss man sich die Kulisse unterhalb einer Gebäudeattrappe inmitten der militärisch genutzten Heidelandschaft auf dem Truppenübungsplatz Senne vorstellen. Explosionssichere, fünf Meter dicke Stahlkonstruktionen schützen ein milliardenschweres Labor vor inneren und äußeren Gefahren. Wer hier hinein will, braucht den richtigen Fingerabdruck. Vergleichbar ist dieses Unterfangen nur mit Los Alamos und dem Manhattan-Projekt, bei dem 150.000 Menschen während des Zweiten

Weltkriegs an der Atombombe forschten. Doch diesmal ist es nicht die menschliche, sondern die künstliche Intelligenz, die sich anschickt, den Lauf der Geschichte zu verändern.

Herr Leuterfurth, Sie sind Bundesgesundheitsminister. Seit wann wussten Sie von diesem Geheimlabor? Wurden Sie regelmäßig über den Fortschritt des Projekts informiert?"

Während die Diskussion in die nächste Runde ging, entsperrte Zita ihr Smartphone, öffnete einen Chat und tippte: „Good job :)“ Matteo antwortete mit einem Zwinkersmiley.

Sie hörte der Sendung nur noch halbherzig zu und versuchte sich ein wenig zu entspannen. Die Tonverbindung hielt stabil. Adira kontrollierte auf ihrem Laptop, ob die Aufnahme ordnungsgemäß mitschnitt. Zwar waren die gesprochenen Worte der Sendung völlig zweitrangig, doch es war eine gute Generalprobe für das, was noch kam.

Mit zunehmender Dauer begannen Zitas Füße zu kribbeln und ihr Kopf drehte sich immer häufiger in alle Himmelsrichtungen, um das Treiben draußen auf der Straße nach Auffälligkeiten abzuchecken. Im Studio verschärfte sich indes die Konfrontationslinie zwischen dem Gesundheitsminister und Professor Moreau.

„Ich rate ausdrücklich zu mehr Regulierung. Wir müssen mit diesen disruptiven Technologien vorsichtig umgehen. Schritt für Schritt, sonst geraten wir ins Stolpern“, mahnte Leuterfurth.

„Uns fehlt es doch nicht an Blockaden, sondern am Mut zur Innovation!“ widersprach Moreau. „Schauen Sie sich nur um, was aktuell passiert. In den USA verzögert die FDA-Freigabe medizinische Techniken um fünf bis zehn

Jahre. Mit jedem Jahr nimmt die USA eine Millionen Tote in Kauf, da sich Behandlungen für Herzkrankheiten verzögern. Und über die Bürokratie in Deutschland kann ich Ihnen auch die ein oder andere Anekdote erzählen."

Der Moderator lenkte die Diskussion um: „Frau Beuys hat jetzt einige Minuten geduldig zugehört und rutscht schon ganz nervös auf ihrem Stuhl hin und her. Was denken Sie, wenn Sie das hören?"

„Für mich kristallisieren sich hier zwei entscheidende Fragen heraus: Wer kann sich diese Technologie leisten? Und wem gehören die Daten?" Sie warf einen durchdringenden Blick in die Runde. „Herr Moreau sprach von der Vernetzung von Nanobots mit künstlicher Intelligenz. Das ist in meinen Augen nicht bloß die Fortsetzung einer stetigen Miniaturisierung. Wenn Software mit unseren Körpern verschmilzt, betreten wir eine neue Dimension. Wenn die Bots permanent Informationen aus unserem Körper an einen Computer senden, dann wird die KI schnell lernen, was zu tun ist, um den menschlichen Organismus in Takt zu halten. Die Aussicht darauf, ständig mithilfe schlauer Algorithmen geheilt zu werden, und zwar noch bevor wir überhaupt bemerken, dass wir krank sind, wird zu verlockend sein, um darauf zu verzichten. Doch wenn die Technologie zu teuer bleibt, dann droht eine biologische Kastenbildung. Hier kommen wir in ein ethisches Dilemma. Während sich die Superreichen bislang kaum mehr als Statussymbole kaufen konnten, könnten sie schon bald in der Lage sein, sich das Leben selbst zu kaufen. Wenn wir nicht aufpassen, besitzen die wohlhabendsten fünf Prozent in zwanzig Jahren womöglich nicht nur den Großteil des weltweiten Reichtums, sondern auch den Großteil der Schönheit, Kreativität und Gesundheit auf der Welt."

„Ist das nicht genau die Utopie, welche die verstorbene Frau Dr. Faber in ihrem Homo Sentiens Paderbornensis beschrieben hat?“, warf Kranz ein. „Eine neue Kaste von Menschen, die sich auf eine höhere Evolutionsstufe erhebt?“

Leuterfurth widersprach: „"Deutschland ist ein Sozialstaat. Wenn diese Technologie bereit ist, wird sie jedem zugänglich sein – genauso wie das Straßennetz oder die Stromversorgung.“

„Was mich direkt zu Punkt 2 bringt“, setzte Alena Beuys ihren Vortrag fort. „Wem gehören die Daten? Ich bin mir nämlich nicht so sicher, ob der Staat hier der richtige Akteur sein wird. Für Datenriesen wie AskLeibniz oder Punica Granatum ist das Sammeln körperlicher und emotionaler Daten natürlich ein fantastisches Geschäftsmodell. Sie werden in kürzester Zeit unsere innersten Bedürfnisse und Gefühle kennen. Im harmlosesten Fall wird die Werbeindustrie darunter leiden, weil AskLeibniz den Konsummarkt mit unseren Bedürfnissen abgleicht und uns jeder Zeit das passendste Auto oder den perfekten Lebenspartner vorschlagen kann. Natürlich ist das Missbrauchspotenzial noch viel größer und gefährlicher, wie uns der Skandal im Zusammenhang mit den Wahlmanipulationen im Kongo erst kürzlich gezeigt hat. Für normale Menschen wird es sehr schwierig sein, sich diesem Prozess zu widersetzen. Schon jetzt verschenken die Menschen im Austausch für lustige Katzenvideos ihr wertvollstes Vermögen – ihre persönlichen Daten. In der großen Schlacht zwischen Gesundheit und Privatsphäre wird die Gesundheit also wahrscheinlich locker den Sieg davontragen. Daher bin ich ja im Grunde genommen ganz bei Ihnen, Herr Leuterfurth. Das Betreiben von nanotechnologischen

Immunsystemen sollte nicht in der Hand dieser Unternehmen liegen, sondern in die Hand von staatlichen Gesundheitseinrichtungen überführt werden. Aber wir sollten nicht blauäugig sein. Auch dieses Szenario birgt Gefahren. Es könnte zu digitalen Diktaturen führen. So sehr wir die Macht großer Konzerne fürchten sollten, so sehr zeigt doch die Geschichte, dass es uns in den Händen übermächtiger Regierungen nicht unbedingt besser geht. Zumindest im Jahr 2025 würde ich meine Daten lieber Hieronymus Hauptmann als Wladimir Putin oder Kim-Jong Un anvertrauen. Wenn ein Diktator beispielsweise in der Lage ist, die Emotionen jedes einzelnen Bürgers während seiner Neujahrsansprache zu überwachen und zu sanktionieren, dann haben wir verloren. Die Frage der Datenhoheit wird die wichtigste politische Herausforderung unserer Zeit."

„Spannender Gedanke und ehrlich gesagt auch ein wenig gruselig. Mit Blick auf die Uhr bitte ich Herrn Leuterfurth um ein abschließendes Statement."

„Ich plädiere für ein Moratorium, damit wir uns zunächst einmal über die Dimensionen dieser Technologie mehr Klarheit verschaffen können. Wir müssen gesetzliche Leitplanken setzen, bevor wir die Technologie freigeben."

„Herr Leuterfurth beendet die Runde mit einem Vorschlag, den technologischen Fortschritt auf Eis zu legen." In der Stimme des Moderators war zu erkennen, dass sich die Talkshow ihrem Ende näherte. „Ich sehe im Gesicht von Herrn Moreau, dass er damit nicht einverstanden ist. Ihre abschließende Meinung dazu? Und halten Sie sich bitte kurz."

„Ich warne davor, den Fortschritt aus Angst zu blockieren. Das Eigentum der Daten lässt sich beispielsweise über dezentrale Netzwerkstrukturen und vernetzte Algorithmen auf die kollektive Menschheit übertragen. Der Allgemeinheit würden dann gemeinsam alle Daten gehören. Das ist möglich. Sicherheitsschlüssel könnten so konzipiert werden, dass nur ein Individuum Zugriff auf seine eigenen gespiegelten Daten hat. Im Ernstfall ließe sich dann ein temporäres Zugriffsrecht für den behandelnden Arzt aktivieren. Wir stehen an der Schwelle einer neuen Ära – wir dürfen nicht zurückweichen. Wenn wir es nicht tun, dann tun es andere."

„Vielen Dank für diese Worte. Sie merken, die Sendezeit ist leider viel zu knapp bemessen für dieses große Thema. Jetzt, wo es so richtig spannend wird, müssen wir Schluss machen. Aber erlauben Sie mir zum Abschluss noch einmal an die Worte von Hieronymus Hauptmann zu erinnern, der sich vergangenes Wochenende mit einem Wunsch an die Öffentlichkeit wandte, indem er sagte: Wir benötigen einen offenen Diskurs, in dem alle Gesellschaftsschichten mitgenommen werden. Jeder muss verstehen, worauf wir uns hier einlassen. Gemeinsam müssen wir uns die Zeit nehmen, den philosophischen Unterbau zu definieren und gesetzliche Leitplanken festzulegen, damit wir in eine Zukunft blicken können, in der sich der Mensch seine Menschlichkeit bewahrt.

Also – die heutige Debatte war in vielerlei Hinsicht sehr erkenntnisreich. Jetzt kommen die Kollegen vom Heute-Journal Update und wir sind morgen wieder für Sie da. Dankeschön. Tschüss."

„Puh", Zita atmete tief durch. „Bereit?"

„Immer", entgegnete Adira. Sie nahm den Kopfhörer aus ihrem Ohr und ließ ihn nonchalant in Zitas Hände fallen.

Dann kletterte sie zwischen den Vordersitzen hindurch ans Lenkrad.

Stimmen und das leise Klirren einer Glasflasche drangen an Zitas Ohr. Moreau verabschiedete sich von einer freundlichen Garderobenfrau. Kurz darauf fiel eine Tür ins Schloss, und die Stimmen verstummten.

Zitas Smartphone vibrierte.

Matteo: Moreau verlässt das Studio ;)

Zita: Geh ans Fenster. Was siehst du?

Auf das Klackern von Treppenstufen folgte das mechanische Geräusch einer Drehtür. Anschließend vernahm Zita das leichte Rauschen des Windes. Eine Autotür wurde aufgerissen.

Matteo: Gelbes Taxi. Hamburger Nummernschild.

„Adira, schmeiß die Karre an. Wir suchen ein gelbes Taxi mit Hamburger Nummernschild. Pronto."

„Ah, ein Hamburger Taxi. Was für eine Überraschung." Adira schnaubte, drehte den Zündschlüssel des alten VW-Bullis um und ließ den Motor aufheulen.

Zita hörte, wie der Professor seinem Fahrer eine Anweisung gab. Obwohl sie jetzt beide Kopfhörer zur Verfügung hatte, war der Ton deutlich leiser geworden. Wahrscheinlich hatte sich Moreau einen Mantel übergeworfen, der das Mikrofon der Wanze isolierte.

Matteo: Taxi fährt Richtung Kreisverkehr.

Adira lenkte den Bulli durch den Verkehr, die Scheinwerfer der entgegenkommenden Fahrzeuge blendeten sie. „Wo sind sie jetzt?"

„Kreisverkehr. Fahr schneller."

Zita deutete auf einen gelben Volvo V90. „Da. Das ist es!"

Doch nur knapp dahinter folgte ein zweites Taxi.

„Scheiße, welches nehmen wir?“

„Kein Plan.“ Zita fluchte, das leise Murmeln aus dem Kopfhörer half ihr nicht weiter.

Von der Behringstraße bog der Tross nach links auf den Hohenzollernring ab. Kurz vor der Elbchaussee wurde Adira plötzlich nervös. Eines der Taxis blinkte nach links, das andere nach rechts.

„Komm schon, Zita, ich brauch Anweisungen. Kannst du nicht hören, was die da drin sagen?“

„Ich weiß nicht. Es ist zu leise. Sie reden irgendwas von Elbphilharmonie … und Kahn. Oder Kran.“

„Kran?“

Adira riss am Lenkrad und bog auf die linke Abbiegespur. Zwei Wagen weiter vor ihnen blieb das Taxi vor einer roten Ampel stehen.

Zita schaute fragend zu Adira hinüber. „Kräne stehen immer links, oder wie?“

„In diesem Fall ja. Vertrau mir.“

Der Geruch von Benzin und Fisch strömte durch die Lüftungsanlage ins Fahrzeuginnere. Auf der Straße, die parallel zur Elbe verlief, hatten sie Schwierigkeiten, dem rasanten Fahrstil des Taxifahrers zu folgen. Plötzlich verstummte der Ton im Kopfhörer. Hatten die beiden aufgehört zu reden, oder war die Verbindung abgerissen? Folgten sie dem falschen Taxi?

Im diffusen Licht der Abenddämmerung schlängelte sich die Straße über eine Rechtskurve ans Elbufer heran. Mittlerweile waren die Schiffsanleger und die Fußgängerpromenade deutlich zu erkennen.

„Gleich hier hinter den Landungsbrücken“, hörte sie plötzlich eine Stimme im Ohr.

„Adira, du kleines Genie", jubelte Zita.

„Hmm?"

„Wir sind richtig abgebogen. Ich hab sie wieder drauf."

Aus dem Augenwinkel erkannte Zita die schemenhaften Silhouetten der roten Backsteinfassaden. Die Straße näherte sich den Konturen der Speicherstadt. Von dort aus ging es über eine Brücke in die engen, kopfsteingepflasterten Gassen der HafenCity. Das gedämpfte Taxigespräch vermischte sich in Zitas Ohren mit dem Poltern des Bullis. *Am Sandtorkai*, stand auf einem der blauen Straßenschilder.

Adira ging in die Vollbremsung.

„Hey!"

Zita rutschte nach vorne und stützte sich im letzten Moment mit ihren Händen an der Tischkante ab.

„Hier endet der Spaß. Ab hier gehts zu Fuß weiter."

Durch die Windschutzscheibe erkannte Zita, wie das Taxi knapp zwanzig Meter entfernt in eine Parkbucht fuhr. Die Männer verabschiedeten sich, dann trat das Gesicht mit dem gezwirbelten Schnauzbart hinter dem gelben Auto hervor und überquerte die Straße.

„Adira, wie weit reicht der Empfang?"

„Solange er nicht ins Boot steigt, weit genug."

„Gut." Zita drückte Adira die Kopfhörer in die Hand und riss die seitliche Schiebetür auf.

„Dann pass auf, dass wir alles mitschneiden. Ich sorg für die Bilder."

Mit diesen Worten hastete Zita dem Professor hinterher. Als sie sah, wie Moreau hinter dem Vespucci Haus auf eine schwarze Bogenbrücke zusteuerte, verlangsamte sie ihren Schritt. Die Brücke war ausschließlich zu Fuß passierbar.

Ein hölzernes Schild verriet ihr, was sie dahinter zu erwarten hatte.

Sandtorhafen
Stiftung Hamburg Maritim
Traditionsschiffhafen im Herzen Hamburgs

Auf der Hälfte der Brücke angekommen, griff Zita nach ihrer Sonnenbrille. Die untergehende Sonne stand jetzt so tief, dass sie die schwimmenden Anlegedocks der Pontonanlage und das umliegende Wasser in ein sattes Orange tränkte.

Moreau bog nach links und ging auf eine Parkbank unterhalb eines restaurierten Hafenkrans zu. Von der Brücke aus hatte Zita eine leicht erhöhte Position und beobachtete, wie sich ein breitschultriger Mann im weißen Hemd aus dem Schatten löste. Seine Haare waren zu einem Pferdeschwanz gebunden und eine lange Narbe durchzog seine Kopfhaut. Zita lehnte sich an das schwarze Metallgeländer der Brücke an und zückte ihre Kamera.

Als sich die Männer per Handschlag begrüßten, drückte sie das erste Mal ab. Dann noch einmal, als der Mann mit dem Pferdeschwanz in Richtung des Hafenkrans deutete. Zita zoomte noch etwas näher heran. Am Steg des Krans erfasste sie das Eingangsschild eines Hotels. Adira du verdammtes Genie, wiederholte sie in Gedanken und schüttelte ungläubig mit dem Kopf. Die Männer trafen sich tatsächlich in einem exquisiten Hamburger Hotel. So wie ihre Quelle es ihnen vor wenigen Tagen prophezeit hatte.

Was hatte dieses Treffen zu bedeuten? Warum nur hatte Hieronymus Hauptmann ihr diesen Hinweis zugesteckt? Handelte der Professor auf eigene Faust? War sie Zeuge, wie ein französischer Neurowissenschaftler mit einem chinesischen Staatsbeamten über die Zukunft der menschlichen Evolution verhandelte?

Zita nahm einen tiefen Atemzug. Salzige Seeluft füllte ihre Lungen. Die letzten Sonnenstrahlen des Tages spiegelten sich in der modernen Glasfassade der Elbphilharmonie.

Zufrieden steckte Zita ihre Kamera zurück in die Tasche und beobachtete, wie die Sonne hinter der hanseatischen Skyline verschwand und den Hafen in eine geheimnisvolle Dunkelheit legte.

„Hieronymus Hauptmann. Was ist der nächste Zug in deinem Spiel?“

ꕤ

Hieronymus lehnte in den weichen Polstern seines Sessels und ließ seinen Blick auf dem E-Reader ruhen.

>Band II generieren

Der Button glomm in einem beruhigenden Blauton. Ein Klick darauf, und die KI würde in Windeseile einen weiteren Roman ausspucken.

Erstaunlich, dachte er, was diese Geräte inzwischen konnten. Vor einer Minute hatte er seinen ersten personalisierten Roman beendet – geschrieben nur für ihn. Ein Roman für Hieronymus Hauptmann, dem 66-jährigen, verwitweten Buchhalter aus Paderborn, der seine Ausbildung Ende der 70er-Jahre bei der Nixdorf Computer AG absolvierte und vor einigen Wochen einen neuen Lebensabschnitt begonnen hatte.

Seine Tochter Hannah hatte ihm zum Renteneintritt dieses kleine Wunderwerk der Technik geschenkt. „Damit dir nicht langweilig wird, Papa“, hatte sie gesagt und mit einer Mischung aus Fürsorge und Erheiterung gelacht.

Auf Basis einer kleinen Vorauswahl bezüglich Genres, Lieblingsautoren und Infos zu seiner eigenen Person, hatte die Software innerhalb weniger Sekunden einen vollständigen Roman erzeugt. Hieronymus versuchte noch einmal, die Geschichte Revue passieren zu lassen. Er erinnerte sich daran, dass er damals kurz entschlossen auf Spannungsroman, Dan Brown und Yuval Noah Harari geklickt hatte. Woher das Gerät jedoch wusste, dass er noch nie eine Folge Markus Lanz verpasst hatte, blieb das Geheimnis der KI.

Hieronymus legte den E-Reader zurück auf den Couchtisch, als würde er ihn ein letztes Mal aus der Hand geben. Die Geschichte, die er gelesen hatte, war faszinierend gewesen, doch etwas anderes hatte in ihm eine tiefe Beklommenheit ausgelöst. Das Gerät schien ihn besser zu kennen, als er sich selbst verstand. Mit einer beunruhigenden Präzision hatte es schon in der ersten Szene eine Vorhersage getroffen, die er selbst erst mit zunehmender Lesedauer verstand.

Mit schweren Schritten ging er nach draußen auf die Veranda. Hannah saß in einem Gartenstuhl und genoss die Spätsommersonne. Vor ihr lag ein Apfel, den sie mit ruhiger Sorgfalt in hauchdünne Streifen schnitt.

„Hier, Papa." Sie schob ihm einen Teller hin. „Die sind für Amelie. Bringst du sie ihr nach unten zum Sandkasten?"

„Natürlich, mein Schatz." Seine Stimme klang fest, doch sein Innenleben war aufgewühlt. Er beugte sich vor, drückte einen Kuss auf ihre Stirn und nahm den Teller entgegen. Ohne Vorwarnung stiegen Tränen in ihm auf. Schnell wandte er sich ab und drehte sich den Treppenstufen zu, die in den Garten hinabführten.

Mit glasigen Augen blickte er hinaus auf die angrenzende Wiese. Ein Zitronenfalter flatterte hektisch aus dem grünen

Gras empor, um vor einem herantrottenden Galloway-Bullen zu fliehen.

Er hatte es seiner Tochter noch nicht gesagt, doch beim Lesen des Buches war es ihm besonders augenscheinlich geworden. Immer stärker war ihm der Inhalt des Gelesenen schleierhaft entglitten. Jedes Mal, wenn er versuchte, den Inhalt des Buches zusammenzusetzen, war es, als hätte er die letzten Kapitel nie gelesen. In den letzten Tagen war es ihm daher zunehmend schwerer gefallen, das Tablet in die Hand zu nehmen. Er hatte es bei seinem eigenen Vater beobachten können, wie schnell die Krankheit voranschritt.

Er holte tief Luft und zwang sich, weiterzugehen. Amelie saß im Sandkasten und hatte eigenständig die Idee entwickelt, einen mit Sand gefüllten Plastikeimer auf den Kopf zu stellen, um daraus einen Turm entstehen zu lassen. Er wischte sich mit seinem Ärmel über die feuchten Augen und musste grinsen, als er den Haufen aus Förmchen sah, welcher neben Amelie im Sand lag. Sie bildeten einen bunten Mix aus verschiedenen Obst- und Gemüsesorten.

„Amelie", sagte er, kniete sich langsam zu ihr in den Sand und stellte den Teller mit den Apfelstreifen zur Seite.

Sie sah ihn mit großen, erwartungsvollen Augen an. Hieronymus griff nach einem der Förmchen.

„Weißt du mein Engel, eines Tages werdet ihr Dinge erschaffen, die kann sich ein alter Mann wie ich noch gar nicht vorstellen."

Dann veredelte er das Bauwerk des Mädchens mit einem Granatapfel.

NACHWORT

Da im letzten Abschnitt der Eindruck entstanden sein könnte, bei diesem Roman sei künstliche Sprachintelligenz am Werk gewesen, lasst mich euch zunächst vom Gegenteil überzeugen …

Als ich vor knapp vier Jahren damit begonnen habe, den Traum des eigenen Romans in die Tat umzusetzen, war die sogenannte *Artificial Intelligence* für Außenstehende wie mich eher ein blasses Funkeln am Horizont. Meine Verlegerin Mareike Menne war es, die während eines Online-Workshops im Dezember 2022 darauf aufmerksam machte, dass die ersten Softwareunternehmen mit KI-basierten Textgeneratoren auf den Markt drängten. Ich kann mich noch sehr gut daran erinnern, wie ich die Vorweihnachtszeit damit verbracht habe, eines dieser Sprachtools in der Testversion auszuprobieren und schlichtweg begeistert war. Dennoch reichten die Fähigkeiten des Tools nicht aus, den Schreibprozess wirklich effizient zu unterstützen. Die Sätze waren noch zu oberflächlich und ohnehin hatte ich mir ja bereits den gesamten Plot der Geschichte zurechtgelegt. Außerdem passt die Binsenweisheit „*Der Weg ist das Ziel*“ wohl auf kaum eine Tätigkeit so gut, wie aufs Schreiben. Das Gefühl, eine neue Szene auf Papier gebracht zu haben, kann fast schon ein bisschen berauschend sein.

Naja, nur kurze Zeit später erfuhr die halbe Welt dann von einer neuartigen Anwendung namens *ChatGPT*. Was sich seitdem innerhalb kürzester Zeit entwickelt hat, ist unglaublich. Im Jahr 2024 war es plötzlich möglich, die gesamte Datei des Manuskripts hochzuladen und theoretisch innerhalb weniger Sekunden analysieren zu lassen.

Wie wird also die Autorenzunft in Zukunft mit dieser Errungenschaft umgehen? Eine Frage, über die sich viele schlaue Menschen tagtäglich den Kopf zerbrechen und dessen Antwort nur philosophischer Natur sein kann. Vielleicht habe ich ja unwissentlich zu einer Zeit mit dem Schreiben begonnen, die einmal zu den letzten Jahren zählen wird, in der wir ganz eigenständig unsere Romane ausformuliert haben. Vielleicht werden die nächsten Generationen unsere Bücher als unsagbar schlecht empfinden im Vergleich zu dem, was ihnen die neue Technologie bietet. Vielleicht verliert das Buch ohne den Menschen dahinter aber auch seinen Reiz. In jedem Fall befinden wir uns in einer Zeit des Umbruchs und ich habe das Gefühl, dass sich schon heute kaum noch ein Autor vor der kreativen Interaktion mit der Maschine verschließt. Am 21. Dezember 2024 erschien in der *Süddeutschen Zeitung* ein Artikel mit der Überschrift *„Tausend Seiten in zehn Tagen“*. Darin wird beschrieben, wie eine Autorin mithilfe der künstlichen Intelligenz weit mehr als hundert Sachbücher in einem Jahr veröffentlichte. Gesetze, die die Nutzung von KI beim Schreiben regeln, gibt es noch nicht.

Der persönliche Roman im letzten Abschnitt ist also geflunkert, wird aber schon bald ein realistisches Szenario sein. Zwei Namen im letzten Abschnitt des Romans habe ich mir jedoch keinesfalls an den Haaren herbeigezogen. *Dan Brown* und *Yuval Noah Harari.* Viele von uns besitzen Bücher, die sie besonders geprägt haben. Die meisten meiner Generation sind mit *Harry Potter* und *Frodo Beutlin* aufgewachsen. Noch spannender fand ich immer die Geschichten von *Dan Brown.* Genau kann ich es nicht mehr sagen, aber kurz nach der Jahrtausendwende müsste es gewesen sein, dass ich *Illuminiati* von meinem Patenonkel geschenkt bekommen habe. Wahrscheinlich habe ich diese Bücher so gerne verschlungen, weil sie stets meinen Fable für Geschichte getriggert haben. Ähnlich wie der israelische Historiker *Yuval Noah Harari*. Jeder, der sich schon einmal mit ihm beschäftigt hat, wird bemerkt haben, wie stark insbesondere die zweite Hälfte des Romans von seinen Gedanken beeinflusst ist. Sein Werk *Homo Deus* lässt sich im Prinzip wie folgt zusammenfassen: Nachdem die Menschheit grundlegende Herausforderungen wie Hunger, Krankheiten und Krieg weitgehend überwunden habe (den Krieg werden wir wohl niemals los), stünde sie nun vor neuen Zielen. Die Menschheit werde noch im 21. Jahrhundert versuchen, fast gottähnliche Fähigkeiten zu erlangen, indem sie sich auf Unsterblichkeit, Glück und das Überwinden der biologischen Grenzen konzentriere. *Harari* beschreibt, wie technologische Fortschritte, insbesondere in der Künstlichen Intelligenz und der Biotechnologie die Macht der Menschen verändern werde und ihn auf eine neue Evolutionsstufe heben könnte. Entstehen würde eine neue Art Mensch, die mutmaßlich weniger mit uns gemeinsam hat als wir mit unseren eiszeitlichen Vorfahren. Gleichzeitig warnt er vor ethischen und sozialen Herausforderungen, die mit diesen Entwicklungen einhergehen könnten. Wer wird im Besitz unserer Gedanken sein? Wird die physische Verfassung und die individuelle Intelligenz noch viel stärker als heute eine Frage des persönlichen Reichtums werden?

Sicherlich müssen wir uns in Zukunft einigen ethischen Fragen stellen. Ich bin jedoch optimistisch, dass gesellschaftlicher Diskurs und gesetzliche Rahmenbedingungen den sozialen Frieden sichern können. Am Ende des Tages ist es vor allem eine Frage des politischen Systems, ob wir alle gemeinsam vom technologischen Fortschritt profitieren können, oder ob wir in eine neue Ära der Ausbeutung schlittern.

Wie wichtig die medizinische Forschung im Kampf gegen die großen Geißeln der Menschheit ist, musste auch meine Familie vor Kurzem erfahren. Ab einem bestimmten Alter wird fast jeder von uns mit Fällen der unheilbaren Krankheiten in seiner unmittelbaren Umgebung konfrontiert. Zu Beginn meines Schreibprozesses traten erste Anzeichen von Demenz bei meinem Vater auf. Seit etwa einem Jahr haben wir eine Diagnose – Frontotemporale Demenz (FTD). Eine relativ seltene Form der Demenz, die zumeist früher als eine klassische Altersdemenz auftritt und zudem hochgradig vererbbar ist. Heilungsmethoden sind derzeitig noch nicht abzusehen.

Auch wenn ich noch pessimistisch bin, dass meine Generation bereits spürbar von den technologischen Wundern der KI- und Biotechforschung profitieren wird, hoffe ich doch für unsere Kinder und Kindeskinder, dass wir eines Tages Mittel und Wege finden, die unzähligen Leidensgeschichten der Betroffenen und Angehörigen zu minimieren. Ob diese Durchbrüche wie bei *Harari* beschrieben, aus dem Bereich der Nanotechnologie hervorgehen werden, bleibt abzuwarten.

DANKSAGUNG

Zuerst geht mein Dank an alle Freunde, mit denen ich mich während des Schreibens immer mal wieder über das Buch austauschen durfte. Manche haben sich sogar die Mühe gemacht, einen Zwischenstand zu lesen, um mir Feedback geben zu können. Andere haben mir gut zugeredet, mit mir gebrainstormt, oder sich Gedanken über Marketing und Zeitplan gemacht. (André Brüseke = Motivationskünstler!) All das gilt natürlich in erster Linie für meine Freundin Vanessa. Sie hat mein Hobby nicht nur geduldet, sondern regelrecht Spaß an dem Projekt gefunden und mir viele gute Tipps und Einschätzungen gegeben.

Dann gibt es da noch unsere nette und hilfsbereite Paderborner Stadtarchäologin Dr. Sveva Gai. Sie hat mir ohne zu zögern die Pforten hinab in die vergessene Unterwelt der Paderborner Altstadt geöffnet. (Sorry, dass unsere Archäologin im Buch kurz leiden musste!)

Ebenso hilfreich war die Expertise von Christian Berg. Als Ausstellungsleiter des *HNF* und Biograph von Heinz Nixdorf konnte er mir die Geschehnisse der 80er-Jahre rund um die *Nixdorf Computer AG* bis ins Detail erklären. Natürlich spielt dieses Buch mit dem Gedanken, wie sich die Geschichte entwickelt hätte, wenn Nixdorf auf den Kooperationsvorschlag von *Apple* eingegangen wäre. Welche Chancen hätten sich eröffnet, wenn Nixdorf aktiver in den aufkommenden Markt der Personal Computer eingestiegen wäre?

In der Realität gestaltet sich das Ganze natürlich deutlich komplizierter. Beispielsweise entwickelte sich bereits in den 80er Jahren eine enorme Konkurrenz auf der Angebotsseite des PC-Marktes. Eine Analyse der Gründe für die negative Entwicklung der *Nixdorf Computer AG*, die sich nach dem Tod des Firmengründers abzeichnete, wäre an dieser Stelle zu komplex. Am Ende bleibt, dass Heinz Nixdorf die Stadt Paderborn kulturell und wirtschaftlich geprägt hat, wie kaum eine zweite Person und wir uns anlässlich seines 100. Geburtstags auch bei ihm einmal bedanken können. (Lesetipp: *Heinz Nixdorf – Eine Biographie*)

Im Endeffekt kann der Unternehmergeist einzelner Personen also ganz entscheidend für den Erfolg eines Wirtschaftsstandortes sein. Möglicherweise lässt sich die Geschichte dieses Buches in Zeiten, in denen von der Deindustrialisierung Deutschlands die Rede ist, auch als Motivation auffassen …

Als nächstes danke ich meiner Lektorin Ines Wolf, die das Manuskript nicht nur einmal durchgepflügt hat, und natürlich danke ich ganz besonders meiner Verlegerin Mareike Menne, die ein Potenzial in meiner Geschichte gesehen hat und mir mit Rat und Tat zur Seite steht.

Dann zum wichtigsten Teil: Danke an meine Familie und Freunde meiner Eltern, die sich gemeinsam so tapfer um das Schicksal meines Vaters kümmern. Allen Voran natürlich meine Mutter, die sich nie unterkriegen lässt und pünktlich zum Renteneintrittsalter noch einmal zur Hochform aufläuft.